사랑하고
미워해도

김상근 지음

시와 그리움
감성 시집

사랑하고
미워해도

김상근 지음

생각나눔

| 목차 |

1부

2부

1부

수 없이 많은 날들
만 구백오십 개
날 풀어헤칩니다.

내리는 빗소리에
찰박찰박
적셔가는 소리
들려옵니다.

그리운 사람을 찾아

누군가 떠나고 있습니다.
억새 꽃잎 타고 이 산에서도
강 건너 그곳에서도
강가에 앉아 고기를 낚는 태공의
등을 타고 떠나고 있습니다.

산 등에 오른 그대 얼굴을 스쳐 떠나고 있습니다.
뽀얀 그 속에 희미하게 비치는 모습
어쩌면 갓 태어난
갓난아이의 눈 속같이 펼쳐진 그림들

곱게 차려입고 있는 새색시처럼
사뿐히 앉아
또 하나의 열매를 맺는다.

그대 삶은 그리운 사람을 찾아
떠나는 억새꽃이여

어울리지 않는 그대

땀방울 속에서
하루 일을 마치고
창밖을 내다보는
마음의 사치를 누려본다.

커다란 테이블
쓸쓸히 앉아 있는
청보리 이삭

작은 꽃병에 꽂힌
보리 이삭 몇 개
청보리 꺾어 풀피리 분다.

지금 청보리는
음식점 테이블 위에 놓여
옛 친구 그리워
오늘도
기다리고 있습니다.

나

그대는 아시나요.
그대는 아시나요.
어린아이
손톱만큼이라도

내 알몸을
그대에게 내밀고
다가가고 싶습니다.

그대가
알고 싶어하는
마음만큼
날 알고 싶습니다.

그대가 미워지면
내 껍질도 미워지네
그대가 사랑스러우면
내 껍질도 사랑스럽습니다.

새 생명

봄이 좋다.
봄이 참 좋습니다.

그대 품이 포근해
그대 봄이 좋습니다.
아지랑이 기운이
날 날려 보내는 것만 같아
그대
품이 좋습니다.

언제나
그대 봄을 그리고 있습니다.
그리움에 못 이긴 내 마음
아지랑이가 되어

그대 봄을 찾아가고 있습니다.
가슴 조인 내 표정 그대가 올 때
비로소 향기를 낼 수 있나니
꼭 날 찾아오소.

그대
봄이 좋습니다.

놀이터

뼈만 앙상한 건물 밑
모래 더미 자갈 더미
동네 꼬마들 해지는 줄 모르고
둘러앉아
흙장난 한다.

부르릉
부르릉
얼마 전 아빠가 퇴근길에 사들고 온
포크레인 장난감 차

부르릉
부르릉
모래 담아 우리 집 짓고

부르릉
부르릉
흙담아 우리 검둥이 집 짓는다.

부르릉
부르릉

내 꿈도 짖는다.

건물 밑 모래 더미 흙 더미
우리들의 놀이터
어느새 해는 내 친구
키를 길게 늘려 놓고 있다.

안개비

맘껏 받아 안아주고 싶습니다.
멀리 있기에 당신이 그립습니다.
그대가 그리워 맘껏 마셨습니다.
꼭 당신이 보낸 것 같소.

날 안아주오.
자욱한 안개비
날 안아주오.

또 내려다오
한없이
그리운

안개비여

출근길

빗소리에 놀란
아카시아 꽃잎은
힘 없이 떨어져
흔적도 없이 사라진다.

이른 새벽
출근길 항상 나에게
주고 가는
꽃향기

내가 오길 기다린다.

조금은 수줍은 듯
살며시 창을 열고
그대가 주는 향기를
가슴에 담는다.

멀리서도
알아봐 주는
그런 당신을…

동백

궁성산 자락에
살포시 앉아
오월에 알을 품고 있는
산새처럼

뜨거운 여름 햇살에
잘 여물어가는
자주 빛 열매

긴 머리 치마폭에
풀어 놓으시고
동백기름 찍어
바르던 당신

어느새 햇살을 머금고
찬란한
보석 조각을 만든다.

지금은 세월이 지나
동백 열매는 주인을 잃고
검게 멍이 들어간다.

초여름

간혹 스쳐 가는 불빛들
창가로 슬며시 스미는
보릿대 태운 냄새

개굴개굴
밝은 달빛에
두 눈이 비친다.

사랑하는 임 찾아서 개굴개굴
작년 홍수 때 잃은 아들 녀석
그리워 개굴개굴
왜 이리도 울까

멀리 있는 임이 그리워
우는 것은 아닐런지
개굴개굴하는 소리에
나 또한 장단 맞춰
울고 있네.

나도 개구리네.
너 또한 개구리네.

목포 가는 길(월출산)

지는 해는
오늘도 아쉽다 하여
붉은 핏덩이처럼
가는 이 등을 내리치네.

높은 언덕 산 올라 바라보는
영암 땅
뾰족뾰족 삼지창처럼
영암을 위해
우뚝 서 있네.

어느 대장장이 만들었을까
세월은 지나도 옛 모습 그대로
당당하게
날 바라본다.

찬란하게 비치는
거룩한 그대 모습
영원히
간직하고 싶네.

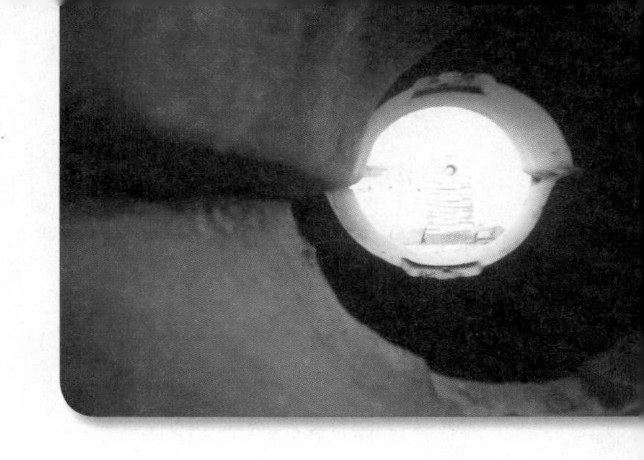

무궁화 꽃이 피었습니다

무궁화 꽃이 피었습니다.
무궁화 꽃이 피었습니다.

꼭꼭 열 번 피었습니다.

길가에 피어 있는
무궁화 꽃
반가운
옛 친구 본 듯하여라

꼬~옥
꼬~옥
숨어 사는
옛 친구 본 듯하여라

잎이 진해
꽃의 화려함을
잃고
있어라.

새벽안개

당신은 보셨나요.
이른 새벽 물 위에 피어나는 새벽안개를
당신은 아시나요.
이른 새벽에 물새 우는 소리를

깊숙한 물속에서 살며시 떠오르는 작은 추억들
당신은 몇 개인지 아시나요.
우리 내 삶이요.
우리 내 모습이네.

강둑에 외롭게
서 있는 재두루미
날개에 살포시 앉는다.

잊으리라

잊으리라
잊으리라
잊으리라 했는데
잊지 못하네.

그대 땀내 항상 내 몸에
가득하네.
두고 간 그림자 움켜 안고
엉~ 엉~
울어 보지만
아무 반응 없네.

잊으리라
잊으리라
잊으리라 했는데
잊지 못하네.

그대 꿈속에 날 부르네.
그대 품속에 울고 있네.

한없이 울고 있네.
엉~ 엉~
울어 보지만
아무 반응 없네.

가을 이야기(태안사)

흐르는 물소리에
작은 돌멩이 굴러가는 소리
바람 소리에
낙엽 떨어져
내 발에 밟힌 소리

천불상 태안사
생김새
하는 행동
앉아 있는 모습
우리 사는 모습이네.

힘겹게 앉아 있는
천불상도
알 수 없는 꿈이 있겠지.

삶 속에

지금도 그대 체취에 취해
흐느적거리고 있습니다.
그대가 걸어간 길을
난 찾고 있습니다.

오랜 세월 속에
그대 그림자는 사라지고
모두들 잔혹한 세상이기에
그렇게 잊혀갑니다.

세월 속에 깊이 묻힌
그대 얼굴
숨소리마저 묻혀
이젠 두려움만이
내 몸을 녹이고 있습니다.

변해버린 내가
얼마나 어떻게 변했는지
말해줄 수 있는 것은
새벽안개뿐입니다.

아버지

산 너머 멀리서
교회 종소리 들린다.
산 너머 멀리서
경운기 소리 들린다.

소리가 들린다.
가을밤 이슬을 머금고
들여오는 소리-

여름내 활짝 핀 봉선화
그 화려함은 간데없고
앙상한 가지만 남았네.

저렇게 많은 가지에
꽃을 피우고
이젠 굵은 뼈마디에
피멍만 들어 있네.

이제 다시는
볼 수도
만질 수도 없는
손이 되었습니다.

???

한 주 전 꿈속에서
까마귀 떼를 보았네.

아주 어릴 적
겨울이 오기 전
하늘 높이 까악 까악 하면서
커다란 원을 그리는
까마귀 떼를 보았네.

사흘 전 꿈에서
영구차를 보았네.
내가 아는 사람은 없었네.
자꾸 두려워지네.

이틀 전 죽는 꿈을 꾸다가
일어났네.
정말 무서웠네.

어젯밤
꿈속에서 보았네.
내가 숨을 헐떡이며
눈물을 흘리고 있는 것을

마지막 몸부림을 치네.

하늘이여! 제발

넓은 들녘 농부의
한숨 소리가 들린다.

하늘을 원망하는 소리
귀를 찢는다.
벼들이 누렇게
익어 가는데

농부의 심정도 몰라주고
뻥 뚫린 하늘은
비만 내리고 있다.

근심 어린 표정으로
하늘만 바라보고
원망에 소리를
내뱉는다.

눈으로 보고 마음으로 보는 너

세상에 나를 묶고
세상에 너를 묶고
시간에 의지하며
허허 둥둥
떠나보세

말없이 그대 모습 보면서
허허 둥둥
떠나보세

이 사람아!

뭘 또 생각하고 있니
자리를 한탄하고 있는 것이니
아니며 인간들에 치여
속상해하고 있니

말없이
그대 모습 보면서
허허 둥둥
떠나보세

사랑하니까

그대가 너무도 예뻐
어찌할 줄 모르겠네.
그대가 너무도 사랑스러워
자랑하고 싶네.

그대 가슴이 봄에 갓 핀
한 송이 꽃보다 아름다워
영원히 간직하고 싶네.

그대가 너무도 좋아
난 원하네.
그대와 행복하기를

그대와 조용히
입맞춤을 하고 싶네.
봄 향기를
그대 입술에서 느끼고 싶네.

단 한 번밖에

졸업 시즌을 맞아
손에 꽃다발 들고
즐거운 마음으로
삼삼오오 몸짓을 한다.

나에게도
졸업식이 남았다.
한평생 다닌 인생학교

마지막 꽃을
내 몸에 휘장하고
화려한 졸업을 한다.

지각도
결석도
중퇴도 아닌

성실한 개근상과
꽃다발을
가슴에 안고
가벼운 걸음으로

떠나야지

환한 웃음으로
걸어가야지

야설

늦은 밤
눈이 내립니다.

아무 생각 없이 걸어간다.
가로등 사이로 내리는 눈

도로에 떨어져 흔적도 없이
사라진 눈

내 옷깃에 앉은 눈송이
뽀얀 솜사탕
슬며시 녹아든다.

어느 꼬마가 물고 있는 하얀 돌사탕

이리 돌리고 저리 돌리고
오랜 시간을 머물다 간다.

변하는 인간들

자디잔 글씨가 가득
너의 행동으로 한 잘못이요

말로써 지은 죄
깨알 같은 글씨요

깨알보다 더 작은 글씨
마음으로 지은 죄요

흰색은 없고 그냥 까맣다.
그대 양심
내
양심이다.

그대가 좋아

그대가 좋아
나 또한 그대의 사진을 본다.
그대가 좋아
마냥 서성이고 있다.
나 또한 그대가 좋아
음악을 듣는다.
나 또한 그대가 좋아
그대를 그리워한다.
나 또한 그대가 좋아
입맞춤을 한다.

나 또한 그대가 좋아
자꾸 생각하게 한다.
나 또한 그대가 좋아
사진에 지문을 남긴다.
나 또한 그대가 좋아
모든 것을 준다.
나 또한 그대가 좋아
사랑 얘기를 속삭인다.
나 또한 그대가 좋아
꿈을 꾼다.
나 또한 그대가 좋아
눈을 감는다.

이별

나 그대에게
이별의 편지를 쓴다.
눈이 아파온다

아픔이
넘칠 듯
목메일지언정

감추고자
바람을 안고자
밝은 태양을
바라본다.

잊으리라
모든 것을
잊고 살고 싶어라
비우기엔
너무도 힘든 사람

작은 씨앗

작은 씨 이 땅에 떨어져
눈은 이슬을 먹고
파란 잎이 몸 밖으로
나오기만 기다린다.

상처받은 씨앗
다시금 필 수 없는
꽃이기에

멀리서
부는 바람에
소식만 전하네.

생매장

너는 살아 숨 쉬고 있는
사람을 땅속 깊숙이
묻은 적이 있느냐

간혹 무차별적으로
짓밟고
우뚝 서길
밥 먹듯 한다.

과연 뭐 다를까

그때마다
난 한여름 뙤약볕
개처럼 헐떡이고 있었다.

숨 못 쉬는 고통을
알고 있다.

얼굴이 달아올라
고통스럽게
숨 못 쉬고 있는
내 모습을
난 느낄 수 있었다.

긴 어둠

새벽이 올 때까지
떠도는
바람에 의지하며

싸늘한 바람에
체온 버리고
찬 기운
육체에 담는다.

잔 비우듯
마음을 비우려 했으나
그마저 허락하기가
쉽지 않네.

비워지지 않는
작은 가슴만
원망하네.

살아 있다는 것은

살아 있다는 것은
부드럽고 약합니다.
초목도 살아 있을 땐
부드럽고 약합니다.

모든 게 죽으면
뻣뻣하고 강해
보잘것없습니다.

사랑하는 사람이
보고프고
그립기에
난 살아 있습니다.

또 한 번의
고통과 시련이
있다 해도
난 살아 있다는 것을
확인하고 싶습니다.

너

차디찬
두 손을 감싸고
있어야 할 의무감이
있었기에

만나면
시간 가는 줄 모르고
헤어질 땐
빈 하늘만 쳐다본다

보내고 나면
어둠만 남고
쓸쓸한 방에 오면
그립기에
다시 달려가
더 보고
싶은 사람

제발 원하옵니다

시련의 아픔이
있으면
저 흐르는 강물에
남몰래 살며시 두 손 적시고

그립고 힘겨우면
등 뒤 부는 바람
품에 안아보렴.

까만색
그는 정말 어두워 지금도
찾지 못하고 있는 것이다.

조용한 밤

사람들이 지나간 흔적
그 온정은 남아 있으련만
오늘도 지저분한 방을
청소하는 것으로
하루를 마무리한다.

혼자 있기에
너무도
무서운 밤

나는 무서움을
달래기 위해
낙서를 한다.

어느새
연탄불은 꺼지고
늦은 밤
청승을 떤다.

다시 태어나

내 가슴은
너무도 작아
더 이상
채울 수 없습니다.

이 모든 것
다 버리고
다시 채워야지

어쩌면
난 이미 다 잃고
새로운 것을
채우고 있는 것
일지도 모릅니다.

幸福

태어나 결혼하고
자식들 낳아 잘 살고
이들 다 크면 늙어 죽고
정말 여자의 행복은 사랑일까?

난 그대를 사랑하고 존경하므로
그대는 행복하다고 생각하면서
날 만날까?

여자의 행복은
사랑 유일한 것일까?

남자의 행복은
한 여자를
행복하게 해주므로
절로 나에게도
행복이 찾아오는 것일까?

그대 행복하게 하는 것이
내 행복일까?

부도

그대가 내 목을 조른다 해도
손끝 하나 대지 않으리라.
그대의
따뜻한 손으로 여기고 두 눈 감고
감사하게 받겠습니다.

그대의 욕심을 위해
날 버린다 해도
난 슬퍼하지 않겠습니다.
그대를 너무도 사랑하기에
그대는 내 시작이요
끝이기에

모든 것을 따스하게
두 손으로 받겠습니다.

지금은 사랑 그 하나로도
채울 수 없는 시대이기에
난 만약을 대비해야겠습니다.
예고 없이 다가오면 난 쓰러질 것
같은 생각이 들어

나를 위해 언제나 조그마한 점을
가슴 속에 남겨두고 살아가겠습니다.

그대가
너무도 좋았기에
그대를
위해 슬퍼할 여력도
지탱할 기운도 없습니다.

우린 모두 거짓투성이

새벽 일찍 일어나
청소하는 청소부 김씨
그는 일찍부터
쓰레기가 된다.

말없이 이른 새벽
혼자서 일하는 모습
누군가의 가슴을 데워주고
식은 연탄재
손수레 가득 싣고

우린 한 번이라도
그분에게 수고한다고
아침 인사해본 적이 있을까

그러면서도
우리가 성실한 사람을
더 가치 있는 사람이라
할 수 있을까
말은 그럴싸하게 하는
나 그리고 당신들
우린 모두 거짓이다.

바늘 끝 인생

하나에서 절반
혼자 바늘처럼 우뚝 서서 살아왔다.
바람 불어도
넘어가지 않았지만

언제나 불안하고
날카로워
누구 한 사람도 들여다보지 못한
바늘 끝 인생

차갑게만 느껴지는 바늘
어쩌면 그렇게 해야만
내가 살아날 수 있는
숲으로 난 길이었을지도
모른다.

선 1

인연의 끝은
죽음도 아니요
헤어짐도 아니요
영혼까지 사랑했기에
우주가 사라진다 해도
어디엔가
살아 숨 쉬고 있을 것이다.

선 2

그림자처럼
얼굴 없는 사람처럼
옛이야기 주인공처럼
살아가자
조용한 삶과 속삭임
사랑의 얘기로 가느다란 선으로
끝이 없는 실타래처럼

아름다운 마음

진실을 비출 수
있는 거울

스스로 눈과 마음을
갈고 닦아

거울을
소생하게 하라.

진실 거울은
내 마음속에 있으니

스스로 그
거울에
마음을 씻어라.

길

마음속에 아무것도 짊어진 것이 없는 사람은
무작정 길을
나서지 않는다.

덜어내 풀어야 할 무언가 있기에
길을 떠나는 것이다.
떠난다는 것은
풀어내기 위함이라

무언가 가슴 속에
자리 잡고 있기에
비워내고 채우기 위해 길을 떠난다.

찾은 길은 비움을 위한 길이요.
길을 찾는 것은
채우기 위한
떠남이다.

구슬

나도 모르게 찾고 있는
소중한 보물을 찾았습니다.

너무도 눈이 부시네.
그대 눈빛이

말할 수 없이 곱네.
그대 가슴이

지탱할 수 없게 현기증이 나네.
그대 향기가

내 가슴이 두근거리네.
그대가 있기에

내 머릿속을 가득 채우네.
그대의 잔상이

오는 사랑

사랑은 기다림이다.
그것은 참으로 고귀한 것이기에
이대로 이 모습
그냥 그대가 좋습니다.

사랑은
요구할 수 없는 것
강에 부는 바람처럼

나를 향해 다가올
풀잎을 흔드는 몸짓이기에
들에도
산에도 바다에도

어느 곳이든
가리지 않고
찾아다니는 바람처럼
그렇게 사랑은 곁에 와 눕습니다.

그대를 사랑하오

그대 얼굴 바라보며
마주앉아
고운 손 잡고 있으면
내 마음은 초원 위를 걷고 있고

그대 얼굴 바라보며
마주앉아
고운 손 잡으면
어머니 젖가슴에
안긴 아이처럼
살며시 잠이 찾아온다.

개척자

우린 단단한 땅에
몸을 딛고 사는 것은
갈라진 땅을
조금씩 매우며
기쁨을 얻는 것이다.

긴 시간의 침묵으로 이룬 대지는
사랑을 잃은 빛바랜 돌이다.
더더욱 강해지고
작은 신음 소리에도 흔들리고 갈라진다.
갈라진 사랑을 찾아
무지개를 찾아
그곳을 메우는 개척자

두려움

아름다운 추억도
헤어짐에 있어
서글픈 추억으로

어쩌면 두 뺨에 흐른
눈물방울은
아름답던 추억의
상징이련만

차라리
눈물 속에
지난 아름다운 일들을
씻어 버리리.

벙어리

말 없는 자를 비웃지 말라.
보이는 것이 전부가 아니라는 사실
침묵은 무엇보다 강하다.

말 없는 자를 조롱하지 말라.
그 혼자 있게 하자.
그만의 집을 짓도록

허수아비라 비웃지 말라.
사람들은 나로 인해 추억하고
참새는 여전히 나를 경계한다.

참새는 알고 있다
날 잡지 못한다는 것을
그러면서도 날
두려워한다.

동물의 세계

어두운 밤하늘엔 구름이 펼쳐졌다.
비가 올 것 같다.

온 세상이 고요함에 갇혀
이웃집 개들이
내 발자국 소리에 반응을 한다.

사람들이 잠든 밤
비로소 눈을 뜨는 그들의 우주
언젠가는 우리들의
밝은 날이 오길

증오에 찬 눈빛으로 어둠을 밀어내며
목에서 피가 나오도록
외친다. 자 피맺힘의 한을

너희들에게
항상 복종하는 동물이라
생각하지 마라
그건 착각이다.

내일이면 오월이다.

들국화

사랑의 향기다.
한 모금 또 한 모금

당신이 내게 보여준
신뢰의 향기다.

또다시 한 모금
그래 이건
음~
행복의 향기다.

믿음으로 행복해하는
사랑의 향기입니다.

꺾을 수 없는 꽃 속의 작은 벌레

나는 보았네.
꿈속에서
아주 무섭게 생긴 여인을 보았네.

그리던 사람이기에
더더욱 보고 싶네.
활활 타오르는 가슴이기에
더더욱 보고 싶네.

둘이 하나 되는
몸짓으로
꼭 한번 물어보고 싶습니다.
긴 시간을 홀로
그 아픔을 감싸 안고 살아왔는지

난 묻고 싶습니다.
단 한 번이라도

조그마한 세상

큰 소리로 불러보는 세상
온몸으로 부서지는 노랫소리
난 그 노래를 흩어지는 바람이고 싶다.
사방으로 철조망이
어느 한 곳에 가서
마음 놓고 시원스레 불러 볼 수 있는 곳이 있더냐.

여기저기
신음 소리 가득한 세상
그 누구 한 사람 시원한 노래 한 곡 들려주는 이
간절히 원해 보지만
너무 무심하다.
나 홀로 무인도 갇혀있다.

당신을 미워했습니다

당신을 내 피붙이라
진정으로 생각했는지
내 자신에게 물어보고 싶습니다.

정말 죄송합니다.
한 번이라도 따뜻한 마음으로
당신을 대하지 못해 정말 죄송합니다.

이렇게 쉽게 떠날 줄 몰랐습니다.
떠나고 없다 생각하니
그 자리가 너무 크게 나타나고
그 자리에 죄만 채워지는 것 같았습니다.

마지막 결정을 내린
동생을 용서하세요.

당신을 계속 지켜줄 용기가 없어
그런 결정을 하였습니다.

부디 용서하고
다 잊고 좋은 곳에서

아프지 않고 큰소리치며
사세요.

당신은 내 형입니다.

20년 만의 외출

항상 가슴 속 깊이
무거운 짐을 간직하고 살았습니다.
그 어느
누구에게도 내 비춰지지 않게 말입니다.
묻고 싶은
말이 너무도 많았습니다.
알고 싶은
일들이 너무도 많았습니다.
이젠
아주
조금씩, 조금씩 버리겠습니다.
용기는 없으나
노력하겠습니다.
잊는다 생각하니
너무도 서럽습니다.
당신을 위해
나를 위해
잊겠습니다.
여러 해를 잊기로 했으나
다시금 생각나고
커다란 바위 하나를

작은 먼지로 만들듯
가슴앓이하면서 20년에 걸쳐
지우겠습니다.

미련이 있습니다

미련이 있습니다.
그를 보는 것만으로도 죄 합니다.
오늘은 꼭 말해야지 하면서
다짐을 하고 길을 나섰습니다.
오늘 이후엔 이런 생각
저런 생각 하지 말고 살았으면 하고

내가 미워지네요.
몇 번이고 다짐하고 다짐했건만
그 말이 그대에게 상처로 남을 것 같아
차마 얘기하지 못하고
오늘도 돌아섰네요.

차라리 나에게 커다란 상처를 주고
떠났으면 합니다.
밉도록 말입니다.
아주 밉도록 말입니다.

소류지

오늘 날씨가
날 가만두지 않는다.

몸은 벌어먹고 있어도
마음만은 어느
소류지에 있다.

새벽안개도 보고 싶고
찌 오름도 보고 싶고
까욱 까욱 하면서
새벽이슬을 헤치고 가는
물새도 보고 싶다.

항상 그곳에 가면 마음만은
편해지는데

내 있는 자리
내 쉬는 자리
그 모든 근심도

아무 생각 없이

그저 한두 마디
찌만 바라보는 이유

간혹 당신이 보고 싶어하는
마음만큼이나
그곳에 가고 싶네.

내가 사는 산중에도 봄이 오구나

지난 늦가을
다랑논에 뿌린 보리
어느새 잘 자라 푸른 잎에 봄 햇살을
머금고 윤기가 흐른다.
실눈 사이로 들어오는 광채를 이내 밀어낸다.

이 산중에도 봄은 오구나
바로 옆 진달래 나무에도
연분홍 꽃송이가 살포시 내린다.
나 좀 봐 달라 소리친다.
흐르는 계곡물에 손 담그려 하니
작년 가을에 떨어진 참나무 잎 사이
오늘내일하면서 기다리는 도롱뇽 알들

참 신기하다.

내가 사는 산중에도
봄이 오구나

조금 더

조금만 더
욕심을 부리고
조금만 더
편하게
조금만 더 많이 그리고
조금 더 조금 더

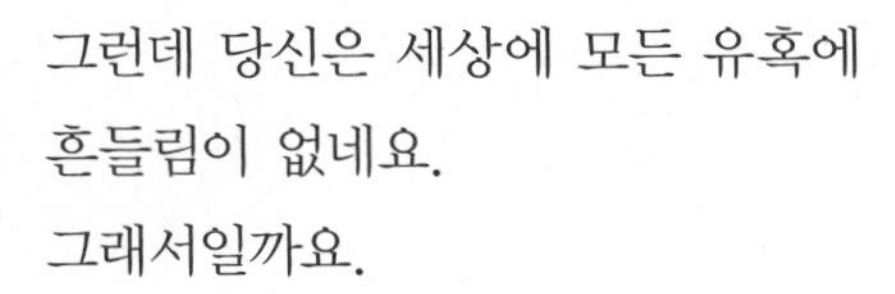

그런데 당신은 세상에 모든 유혹에
흔들림이 없네요.
그래서일까요.

당신의 향기를
먼 곳에서도 맡을 수 있으니
그것은 봄바람이 전하는
사랑의 향기일까요

나이가 들어 노인이 되어도

이런 향기 잊지 않고 살고 싶은데

이렇게 살아도 될까요.

욕심이련만

이내
날았습니다.

저 멀리
날았습니다.

평소에는
두 날개 이슬에 젖어
날지 못하고
그저 먼 하늘만 바라보았습니다.
마음에서 만개하는
그런 꽃을 보기 위해 있었습니다.
날 멀리서도 알아봐 주는
그런 꽃이기를 원 하였습니다.

멀리서도 볼 수 있는
그런 꽃
근접할 수 없는 꽃이면
멀리서라도

그 향에 취해

그날을 기억할 수 있는
그런 시간이라도 있었으면 하는
이내 욕심을 가져 봅니다.

봄 향기

날씨가 참 좋네요.

출입문을 활짝 열었습니다.

조금은 춥다고 표현할 수 있으나
그래도 냄새가 나네요.

아주 상쾌한 냄새가
내 코를 밀고 들어옵니다.

두 눈은 시고 감겨 옵니다.
이내 감고 말았습니다.

냄새가 좋아서 말입니다.

가슴에 담고 싶어서 말입니다.

항상 담고 토하여
이따금 되새길까 합니다.

너무 답답합니다

너무 답답합니다.

아주 답답합니다.

이내 밤잠을 이루지 못하여
무작정 나왔습니다.

한적한 소류지 둑에 나왔습니다.
막상 나와 보니 갈 곳이 없었습니다.
똑같았습니다.

이내 맘이 왜 이리 답답할까요.
아무 생각도 나지 않습니다.
무언가 터질 듯 오르기만 합니다.
그래도 이곳만은
편한 줄 알았습니다.
이마저 저에게는 허락하지 않았습니다.

정말 울고 싶었습니다.

두 볼에 골짜기가 패이도록 말입니다.

한없이 버리고 싶었습니다.

뒤늦게 알았습니다.
그대로 영원히 잊지 못할 것 같았습니다.

이슬비를 맞았습니다.
왠지 포근하게 말입니다.
날 위로하듯
온몸을 감싸안아 주었습니다.
차디차도록 말입니다.

무너진다

조용히 쉬고
싶어한다.
주저앉고 싶어서
안달을 하는 것만 같습니다.

피곤함보다 무기력함이
내 온몸을 돌돌 감아
전혀 움직일 수 없도록
꼭꼭 묶는다.

먹어도 맛을 모르고
웃어도
그 의미를 모른다.

걷고 있어도
왜 걸어가는지
나 자신도 모른다.

오늘은 만삭 임산부보다
내 몸이 무겁다는 것을
느낀다.

바람 부는 날

바람에 못 이겨 창문이 흔들거린다.
바람에 못 이겨 대문 옆 은행나무도
몸부림친다.

바람을 피해 처마 끝에 앉아 있는
제비 또한 바람을 잠시 원망한다.
해 지기 전 배고파하는 이 몸을
채워야 하는데
새끼를 위해서라도
채워야 하는데
근심스러운 표정으로 바람을
원망한다.

바람에 창 우는소리가
꼭 그대 오는 소리 같아
나도 몰래 살며시 창을 두드린다.
멀리 동구 밖 붉은 십자가만
높이 서 있구나.

세상사는 거 뭐

늦은 아침 위경련에 진땀을 뺀다.
재우려 해도 쉽지 않아
미칠 지경이다.
온몸이 축축해진다.

한 수저 한 수저
입맛이 없는 늙은이처럼
참다못해 잔 밥통에 넣는다.

먹는 거 버린
성격 아닌데
어쩔 수 없네.

마음을 다스리고자
경련을 잊고자
고통을 잊고자
이게 사는 거고 죽는 거

아주
쉽구나.
쉬워

내가 사는 곳

밤은 깊어
가는 이 없구나.
마을 끝이라
더욱이 없구나.

밤 공기 그리워
알몸으로 방문을 열고
깊숙이 맞이하네.

개구리 우는 소리
풀벌레 우는 소리
개울물 흐르는 소리

초여름
깊은 밤
소쩍새 울음소리에
밤은 깊어가네.

개구리 우는 소리
풀벌레 우는 소리
개울물 흐르는 소리

잊지 못하네.

항상
곁에
있었으면 합니다.

바쁜 일과(無念)

요즈음
같은 날이면
요즈음
같은 날만 있었으면

일에 쫓겨 사는 것도 아니고
어떤 일에 골머리 아파하는 것
또한 아니다.

가장 바쁘게
하루 일을 마무리하는 것은
무념 속에서 행동하는 거

규율 속에서 육신을 담고
짜디짠 조선간장에
양념하여
손님 밥상에 올라오는
모습이 아니길 바란다.

내 모습 이 순간
얼마 더 유지 할 수 있을까?

항상 바라는
내 삶이기에

멍청한 사람아

구름이
하늘을 가린다.
잠시 구름 한 점 없는
좋은 세상에서 살았습니다.

뿌연 구름에 가린
세상 속에서 항상
바라고 기다렸을까

저 구름이
없는 곳에서
단 하루라도
살아봤으면 하고

이 세상 또한
저 세상하고 별반
다른 거 없구나.

이 사람 또한
저 사람 별반
다른 거 없구나.

이 몸 또한 어디 한 곳
반가워하는 이 없어
먼 길을 떠날까 하네.

모든 게 다 싫다고
말일세.

어이할꼬

그립다 하여
어이할꼬
어이할꼬
마냥 기다린다.

머리끝에서 발끝까지
다 뺏기고 싶소.
모세관 사이사이에
모든 것을 잃어가듯

세월 속에
모든 것을
뺏기듯

닦아도, 닦아도
흐르는 땀
어이할꼬
어이할꼬

향기

멀리 있어도
이젠 알 수 있습니다.
당신의 향기를 아주
뚜렷하게 기억합니다.

바람 끝에 맴도는 체취
한 번 더 심호흡을 하면
아쉽게 사라진답니다.

당신이 머물던 자리
항상 느낄 수 있습니다.

잠시 걸음을 멈추고
향기만 듬뿍
감싸고 갑니다.

방해라도 하면 다신
그곳에 없을 거 같아
향기만 감싸고 갑니다.

유리벽

눈앞에 보이네.
가서 잡아라. 하였네.
허나 잡지 못하네.
마음만 아파하네.

멀리서
바라보는 것만으로도
행복하게 여기고
살아라 하네.

내 속은 까맣게
타들어 가네.
무더운 여름 햇살에
더더욱 타들어 가네.

우울한 오늘

가슴이
무겁습니다.
태풍 비는 내려도
몸 하나 쓸고
갈 수 없어
더욱이 무거운가 봐요

이 빗속에
내 육체를 떠안겨도
받아주지 않습니다.

아무리
애원을 해도
날
받아주지 않습니다.

바람아

살아도
죽어있고
몸은 가벼워도
마음은 무거워
가는 길이 힘들어하네.

그저
텅 빈 머리에
천하에 존재하는
모든 잡것들이
가득하네.

하늘만 보면
곧 비라도 올 거 같고
땅만 보면
내 발끝이 한 치 앞도
볼 수 없는
천 리 길 낭떠러지

갈 곳 없이 떠도는 시간들
오늘도 유령이네.

영산에서

이른 가을이라 억새 몸짓에
아직은 생기가 돈는다.
촉촉이 젖은 모가지
바람에 흔들린다.

작은 몸짓들이 서로 기대어
수런거리는
갈대숲의 이야기

해가 저물면
추우련만

꼭꼭
부둥켜안고
살으라 합니다.
식지 않는 사랑으로

아리아리 아리아

빈 껍질뿐인 이곳에서
잃어버린
제 몸을 찾는다고
시간의 흐름에
올라타 두리번거린다.

그 어떤 아픔이 있기에
속으로만 아파하는지
알 수가 없습니다.

아리아리 아리아
약도 없어라

아리아리 아리아
검게 타들어 가는 내 속을
아리아리
아리아 합니다.

금목서(10월) 향기

해마다 10월이 되면
당신을 찾습니다.

가까이하면
아무 반응이 없는 듯하니
멀리서 지나치면
당신의 존재를 알 수 있습니다.

오래전부터
당신에게 반하여
아주 작은 가지만이라도
갖고 싶었습니다.

아무도 모르게 꽃가지 조금
꺾어 품에 안아보고
얼굴에 문지르고
하였습니다.
멀리서 느끼는 것보다
못 하였습니다.

내 욕심 버리고

이젠 당신을 멀리서만
느낄 수 있는
그런 사람으로
남고 싶습니다.

병풍산

스르륵 스르륵
가을바람에 낙엽 떨어진 소리
스르륵 스르륵
마른 잎 뒹굴어가는 소리

한여름
개울가 물 흐르는 소리 같아
개울이 있는 것 같아 보이네.

이 가을이 싫어
여름이 아쉬워하는 거 아닐런지
낙엽이 돌돌 말아
생기가 없어 보이네.

꼭 내 손바닥 보는 것 같아
보습제라도 발라주고 싶네.

밟지 말고 가야지
돌아가야지
눈을 감고
가야지.

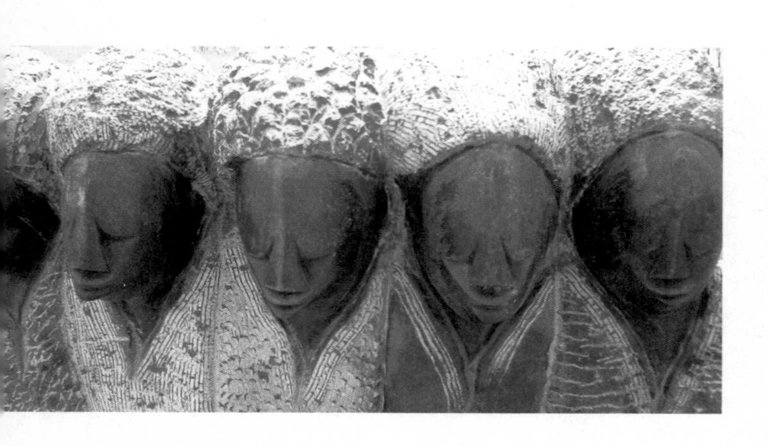

새벽 길

조용한 새벽
빗소리에 개들도
자고 있구나.

내 흔적이
빗물에 씻겨
어디론가 사라진 듯
모든 게 사라진다.

저 멀리 보이는
가로등 불빛
점점 내 시야에서
희미하게---

결국 사라진다.

이렇게
모든 것을
내가 외면하고
떠나는 것일까

정말 알고 싶네.

나산 친구

생에 있어 친구란
당신밖에 없었소.

기억하오.

리스본 시골마을
들꽃에 취해 고향 하늘을 얘기하다
길을 잃고 지도하나 의지하여 돌아온 때를

세네갈에 갔을 때
돈이 없어
시계 맡기고 바에서
한잔하던 시간들을

지금도 기억하오.

허나 지금 당신은
이 추운 겨울에 홀로 눠있어
내 가슴이 아프다오.
다시는 만나지 못하나
내 당신을 항상 그리워하며

소주 한 잔을 올리고
떠나네.

꿈 이야기(말벌)

어젯밤
무시무시한 꿈을 꾸다
일어났습니다.

어디선가
하늘이 보이지 않을 정도에
말벌 떼가 내 주위를
빙빙 맴돌았습니다.

꼭 내 귀가 벌집인 듯
자꾸만 들어오고
나가는 것입니다.

난 온 힘을 다해
들어오는 벌을 막고
나오는 벌은 손으로
잡아당겼습니다.

참 이상하게도
벌은 절
쏘지 않았습니다.

시간 그리고 세월

1월

2월

3월

4월

5월

6월

7월

8월

9월

10월

11월

12월
그리고
1월입니다.

이렇게 세월은
흘러갑니다.

싸리 꽃

앞동산 커다란 바위
사이사이 틈새
하얀 싸리 꽃

집 마루에 앉아
멀리 보니
검푸른 바위
하얀 솜뭉치

하굣길
자세히 보니
동네 시집온
새색시 짚 밟고 오던
그 모습 같네.

거센 봄바람에
부러질 듯
부러질 듯하면서
잘 버티고 있네.

두 손 모아 한 아름

싸리 꽃 바람에 날린다.
내가 좋아하는
싸리 꽃은
바위틈에
있으련만.

잠자기 좋은 날

화창한 날씨입니다.
요즈음 화창한 날씨만큼이나
나 또한 화창합니다.

그늘에 가려진 모습은
언제 그랬는지
모르게 말입니다.
눈에 보이는 모든 게 신기하고
새롭게 느껴지네요.

아주 신기하고 새롭게 말입니다.

항상 이렇게 살아야지 하면서도
지금껏 그렇게 하지 못했을까
말입니다.

달빛

당신이 있는 곳
달님이 있네.

당신에게 오는 길
구불구불 찾아오니

달님이 당신 눈 안에
들어있네.

정
남
진
가
는
길

자주 빛 국화

작년 회사 현관 앞
손톱만큼이나 작은
자주 빛 국화
너무도 탐스럽다.

그렇게 탐스럽던
국화가 서리에 그 빛을
잃고
건물 뒤편 풀밭에 버려진다.

누가 버렸을까?

4월
버려진 국화는
풀 속에서
하얀 솜털을 입고 다시 태어난다.

작년 나에게 보여준
모습 잊지 못해
두 손으로
안아준다.

탐하여 가지고 온 이상
정성껏
보살펴 줘야지
자줏빛 국화향

가고 싶은 길

늙으신 어머니
아버지가 남기고 간 터를
홀로 지키며 팔십 평생을
보내고 계신다.

이 작은 재만 넘으면
내가 태어나고
자란 우리 집이 있다.

수 없이 많이 넘어다니던
길
난 이 길을 앞으로도
계속 넘어다니고 싶다.

잊지 말아야지
내가 가고 싶을 때
아무 때나 지나가야지

항상 그렇게 하듯
현관 앞에서
불러봅니다.

난 바보입니다

당신이 생각하는 그런 사람입니다.
당신이 그리워하는 그런 사람입니다.
난 바보입니다.

당신을 위한
그대를 위한
바보입니다.

당신이 바라는 사람이 아니기에
난 못난 사람입니다.
난 부족함을 참 사랑합니다.

당신 하는 행동, 생각
참 당신은 바보입니다.
난 그리워합니다.
바보 같은 생각, 행동을
참 그리워합니다.

꾀꼬리

예쁘게 생긴
노오란 꾀꼬리
날 스쳐 지나간다.

날 과거로, 과거로
아주 먼 과거로 데려간다.

어릴 적 형하고
뒷산 골짜기 꾀꼬리 둥지에
새끼 잡으러 간 적이 있다.

아주 낮은 자세로
엉금엉금 기어간다.

어미 새는 이미 알고
날 공격한다.
꽥~
아주 무섭게 내 머리를 스쳐 간다.

나를 향해 추락하는
가미가제

특공대처럼

결국은
어미 공세에 밀려
형은 포기하고
돌아선다.

아마도
세상에서 가장 무서운
새는 꾀꼬리가 아닐까

그 매서운 공격력
노오란 깃털
난 갖고 싶습니다.
그 시절의 추억과 함께

무안 백로

비 오는 새벽
백로 때 하늘을 날아
주인 없는
논배미에 앉는다.

고요한 새벽
이른 아침을 해결하고자
무리를 지어 앉는다.

오래전 옛 친구
지금은 곁에 없지만
백로 마을로 이사했다
초대하였네.

지금도 기억하고 있네.
네가 사준 돼지 갈비
산책하며 백로 자랑

지금도 기억하고 있네.
널 보고파
너에게 갈 땐

항상 외딴곳
그 식당을 지나가네.

두 번 다시
같이 갈 수 없다는 것이
안타까워
자네가 미워지네.

너무도 보고 싶다.
친구야

강진 청자 축제

혼자 길을 떠난다.
막상 갈 곳은 없는데

청자 축제 이정표가
곳곳에 붙어있다.
무작정 따라간다.

입구에 작은 종들이 많이도
대롱, 대롱 매달려있다.
스치는 바람에
인파에 밀려 소리를 낸다.

"안녕하세요."
"어서 오세요."
또 어떤 종은 이렇게
물어본다.
"왜 혼자 왔느냐."고

"너희들이 하는 소리
듣고 싶어 왔어."
하고 얘기하니

너무 좋아 깔깔 웃는다.

실은 그게 아닌데
너희들이 내
발길을 잡았는데

바람

누구나 다
바라는 것은 있습니다.
당신 또한 속내에 있는 것이고
나 또한 그러합니다.

비가 오면
오지 않기를 바라고
눈보라 치는 겨울엔
봄을 바라고

뜨거운 여름 햇살엔
아침저녁으로
부는
가을바람을 바라네.

바람은 항상 변하는 거.
오늘은 더 이상
바람이 없구나.

2부

아마 난
이 자연을 후회할 것이다.
내 발걸음 그곳에서 숨 쉬고
지나간 흔적들

다시는 찾아가지 못하는
미안함...
아쉬움...

접시꽃

딱딱한 방 모서리에
하얀 습자지, 가위, 나무막대기

미술책을 보고
아무리 해도 해도
하얀 접시꽃은
쪼글쪼글

다시 접고 또 접고
이젠 습자지가 온통
일그러진 아이처럼
생겼네.

결국 아이는 울음을
터트리고
학교 가면 무서운
호랑이 선생님

내 손바닥을 대 자로
때릴 것 같아
마냥 속만 타고

울음밖에 나오지
않는다.

보다 못한 엄마는
윗집에 가신다.

예쁜 누나가
쇠젓가락에 돌돌 마라
예쁜 접시꽃을 만든다.

마술처럼 금세 금세
만들어낸다.

하얀 접시꽃
지금도 나에겐
어려운 숙제

가을걷이

너울너울 춤을 추네.
가을 들녘
나락 모가지
춤을 추네.

너울너울
춤을 추네.
가을 날씨 좋아라.
춤을 추네.
경운기 소리
콤바인 소리
들녘에
넘실거리네.

택배 아저씨 바빠지네.
객지에 나간
자식들 주소 챙기네.

덩달아 누렁이도 바빠지네.
덩달아 춤을 추네.
넘실넘실 춤을 추네.

병원

좁은 감옥
6인실
오늘 입원했는데도
벌써 가슴이 답답하다.

시골이라
깨끗함보다 거리가 먼 것은
도시와의 거리인가 보다.

어르신들 연세가 많으신지라
더욱 조심스럽네.

다친 상처보다
머리가 더 아픈 것은
갇혀 있어야 할 시간이 주는
답답함이다.

오후 어르신 다들
주무시네.

농사일에 겨워
주름진 이마에 커다란 한숨이
내려앉아 있다.

멀리서 온 손님

고맙습니다.
친구야
난 썩어 옛 친구가 아닌데
이렇게 찾아주어 고맙습니다.

너무 고맙습니다.
네가 부럽습니다.
내가 부럽습니다.

멀리서 가족들 데리고 온
네가 부럽습니다.
내가 고맙습니다.

멀리서
옛 기억 잊지 않고 온
네가 고맙습니다.
내가 고맙습니다.

아침 못 챙겨준
내가 미안합니다.

멀리 있는 친구
보고 싶어 찾아온
네 마음
꼭꼭
간직하겠습니다.

빙~ 빙~ 고추잠자리

눈을 감았습니다.
먼지 같은 모양을 하고
수없이 많은 것들이
꼬리에 꼬리를 물고
헤엄을 치고 지나갑니다.

두 손을
다시 한 번 덮습니다.
조금 전보다
더 깜깜하게 덮습니다.

올챙이, 해마, 실지렁이
수없이 많은 모양들
편안하게
헤엄을 치고 지나갑니다.

아무 일 없는 것처럼
이 순간도
그렇게 지나갑니다.

가을 찬이슬에 젖어

날지 못하는 고추잠자리처럼
아침 해를 기다립니다.

빙 빙~
꼬리가 빨간
고추잠자리

작은 행복

겨울이 채
가시기 전
양지 밭 냉이 한 줌

송아지 하늘 높이 꼬리 추켜들고
쟁기질하는 어미 소 따라나와
온 논밭을 뛰어다니는 송아지처럼

아들놈 그저 좋아
작대기 하나 들고
뭐라 중얼중얼하면서
뛰어다닌다.

밭 언덕 넘어
조그만 개울
돌 틈 차디찬
물속에 다슬기 제법 있네.
소매 걷어붙이고
하나하나 주워담는다.

하나하나

주워담은 기억들
나 또한 작은 행복을
주워담는다.

벚꽃

살랑살랑 실바람에
토오옥 토오옥
소리 내며
하얀 티(뻥튀기) 밥을 만든다.

조심조심 다가가
그놈 몸뚱어리를 살며시 안아본다.

조심조심 안아본다.
내가 온 줄도 모르고

토오옥 토오옥
소리를 내며
하얀 티(뻥튀기)밥을 만든다.

내 어릴 적 할머니 따라
새넘 밭에 명(목화) 따로 가던 그 기억

하얀 명(목화) 때 묻지 않게 조심조심
대소쿠리에 담는다.

토오옥 토오옥 소리 내며
하얀 티(뻥튀기) 밥
어느새 대소쿠리 가득

시간들

해는 서쪽 언덕에 있네.
지는 해 등에 업고
소류지 둑에 앉아
내 그림자만
길게 만드네.

멀리서 뻐꾸기 우는 소리
물결 따라
술렁거리고

작은 소나무 숲
맹감 넝쿨 속
여러 마리 텃새들
낮은 소리로
무슨 얘기들을 하는지

도무지 알아들을 수 없는
소리만 하네.

내가 듣지 못한다는 것을 알고
신경도 쓰지 않는다.

작은 돌멩이 들어 들어
소류지에 힘껏 던져보지만
그리 멀리 가지 못하고
내 코앞에 퐁당 소리를 낸다.

난 아주 멀리 던졌는데

땅에 있을 땐
아주 작은 돌멩이처럼 보였는데
내 손에 닿는 순간
세상에서 가장 무거운
돌로 변하였네.

불명 난 아주 멀리 던진다고
힘주어 던졌는데

맹감 넝쿨 텃새들이
날
보고 웃는 것만 같아
내 몸을 감춘다.

그래도 보이네.
아주 선명하게
물속에 비치는
키 작은
내가 보이네.

자귀나무 꽃

어느새 자귀나무 꽃이
활짝 피었습니다.

밤이슬
내리는 초저녁
멧비둘기 우는 소리

아랫마을
황소 우는소리

자귀나무 꽃잎처럼
이부자리 피고
주무시고 있는지

황소 울음소리
못지않게 구시통
굴러가는 소리가
잘도 들린다.

주인 어르신
여물 주고

주무시지
황소는 일찍 자는
자귀나무 꽃잎을
바라본다.

장대비 속에서

종일 소란스럽게
해장부터 내 잠을 깨운다.

뭐가 바쁜지
먹구름 뒤를 따르며
많은 비를 뿌리고 가네.

그 빗속을 종종걸음으로
꺼병이 줄지어
달려간다.

먹구름 따라 달려가는
장대비

까투리 뒤를 좇아가는
꺼병이

시간에 꽁무니
나는 따라가네.

눈을 감고

밤 깊어
안개비 지나가고

개구리 울음소리
스산한 마음에
밤안개 이룬다.

밤안개
몸 담그니
온몸이
떨려온다.

밤안개
몸 담그니
온몸에
때를 벗는다.

기다리며…

천하장사도
서 있을 수 없게
무덥습니다.

긴 장마 후
찾아온 여름
한 달 넘게 이어진
무더위, 가뭄

오늘 난 비를 맞았습니다.
개울이 범람하는 것처럼

아주 짧은 시원함을

개울물 등에 업고
개울물 가슴에 안고

저녁 찬이슬을 안아보자고
아침 찬이슬을 같이 하자고
또 하나 약속을 합니다.

개울물 등에 업고
개울물 가슴에 안고
난
항상 가렵니다.

새벽 길

들풀을 밟으면
하얀 분가루 털면서
걸어갑니다.

그 누구도
지나가지 않은
새벽 둑방길

내 지나온 흔적을
뒤돌아보아도
내 발자국 외엔
아무것도 없습니다.

난 반듯하게
걸어왔는데
어떤 무리가 지나간
흔적처럼

다박다박
발자국이 아닌 것 같아
한 참 쳐다보다 속상해합니다.

지금껏 내가 걸어온 길
새삼 뒤돌아봅니다.

달빛 그림자

한가위 보름달
내 발끝에 와 닿네.

달빛에 비친
벼들도 질세라
힘껏 빛을 낸다.

멀리 희미하게
보이는 아미산
조금씩, 조금씩 달빛을 헤치며
다가온다.

이렇게 서 있기만 해도
내가 가지 않아도
고향에 모든 향수는
먼저 다가오네.

어머니가 살아 계시기에
어머니 정성이
이 모든 것을 만들었네.

신기한 꽃

눈처럼 하얀 꽃을
보았습니다.
줄기 또한 하얀색
이었습니다.

꽃잎은 하얀색이었다가도
어느 날 보면 노란색이고
또 어느 날 보면 청색이고

세상에 이런 꽃 보셨는가요.

비가 내리는 날이면
신기하게 분홍빛 꽃잎으로
변한답니다.
줄기 또한 분홍빛으로

참 신기한 꽃입니다.

이슬이 내리는 날이면 분홍빛
바탕에 하얀 반점
줄기 또한 꽃잎처럼
변한답니다.

참 신기한 꽃입니다.

가을 여행

이른 가을
벚잎은 떨어지고
억새꽃 가을 석양에
눈부시게 반짝이네.

실 눈감고
두 손가락
만져 안아보니
살랑 바람 스쳐가네.

가을바람에 긴 여행
준비하는 억새꽃
한창 치장을 하네.

설렘에 몸들 봐
어찌할 길 없어
이내 부스럭부스럭
소리 내며,
한들한들 춤을 춘다.

게으른 농부

바람이 너무 불어
벼 이삭이 떨어진다.

게으른 농부 너무 좋아하네.
내년 봄
모내기하지 않아도
된다고 좋아하네.

신장로 먼지 그윽한
허스름한 시골 가게
막걸리 한잔하며
좋아하네.

내년 모내기하지
않아도 된다고

들깨 터는 할머니

스삭 스삭
부지깽이 두드린 소리
진한 들깻잎 향이
온 동네를 가득 메운다.

늙은 할매
스삭 스삭
이놈 영감 어디 갔는지
스삭 스삭
세월이 데려갔는가?

다 헐은 수건
머리에 이고
아픈 팔
계속 놀린다.

스삭 스삭
가을 향기
담벼락 틈을 타고
옆집 강아지
잠 깨워
누런 이 하늘을 보네.

강 건너가는 길

강물 속
내 속을 보듯
환하게 보인다.

한 발 조심히
물 표면에 담가 본다.
눈에 보이지 않는
유리막처럼
내 발은 빠지지 않는다.

용기 내
다른 한쪽 발도
담가 본다.
역시 빠지지 않는다.

조금씩, 조금씩
두려움에 밀려
떨리는 다리
앞으로 내딛는다.

저 건너

모래밭이
자갈밭이
갈대밭이

날 부르는 것 같아
용기 내어
한 걸음
한 걸음
옮겨본다.

뒤돌아 건너편
가기엔
너무 짧은
인연이여

가을 속으로

뚜벅뚜벅
바스락바스락
삶의 무게를 느낀다.

모두 들 등에 조그마한
배낭을 업고
산길을 따라
올라간다.

배낭 속엔
산 아래에서 가지고 온
온갖 짐들이
들어있다.
말로 다 표현할 수 없는
수없이 많은 짐들

우리는
이 무거운 짐들을
산 정상에서
내팽개치듯
다 던져버린다.

바람 속으로
골짜기 돌무덤 속으로
떨어진 낙엽 속으로
다 던져버린다.

한 걸음 또 한 걸음

눈이라도 내리면
포근할 텐데

내 눈물처럼
얼굴을 할퀴고 갑니다.

깊은 상처만
남기고
스쳐 지나가는
겨울비

곧 멈출까
하는데
멈추지 못하네.

검은 하늘
내 머릿속 닮았네.

뽀드득뽀드득
눈을 밟고
오는 소리
난 듣고 싶어합니다.

진눈깨비

시커먼 서쪽 하늘
진눈깨비가 내린다.

길 가는 사람 모습
잘 한 번 봐 주소

우산 쓰고
빗물을 가리는 사람
모자를 눌러 쓰고
눈을 가린 사람

선택에 결과는
다 내 몫이랍니다.

비를 가리나
눈을 가리나
선택에 몫은
내 것이랍니다.

겨울 하늘

아무 말 없어 지켜보니
정말 말이 없습니다.

나만이런가 싶어
아파옵니다.

이 일을 어찌할꼬
허~ 허~

깜깜한 하늘만
나무라 합니다.

지나가는
겨울바람
바라보고 크게
웃고 갑니다.

마흔여섯

오늘은
마흔여섯 번째
생일입니다.

내가
가장 보고픈 친구
내게
하나밖에
없는 친구가
올 수 없어
직접 찾아갑니다.

친구가
사는 마을은
버스도
택시도
승용차도
없는 조용한
마을입니다.

그래서

내가
찾아갑니다.

친구하고
단둘이
술 한잔하고 싶어

선물로 소주 한 병
마른 명태 한 마리

이것도
다 먹지도, 마시지도 못하고
남기고 옵니다.

힘들고
추울 때

아껴서
마시라고
당부하고
돌아섰습니다.

명절

매년 빠지지 않고
찾아오는 명절입니다.

매년 찾아온다는 것
또한 누구 한 사람
모른 이 없습니다.

태어나
부모님 살아 계신 곳
어제 왔어도
오늘 또 갑니다.

어제 본 고향
오늘 뵌 부모님
어제와 오늘
단 하루 차인데
반가워하십니다.

자식은
언제 봐도
반가워라
하십니다.

시골 오일장

뽀드득뽀드득
눈을 밟고 가는 소리
저 멀리 신장로 걸어갑니다.

머리에 빨간 보따리이고
조심조심 황소걸음
시골 면 오일장에 갑니다.

저 보따리 속엔
아마도 팥 몇 대와
정성스럽게 말린
토란 잎 고사리나물

내 어머니도
그렇게 사셨습니다.

곧 정월 대보름이라
장에 가신가 보다.

가실 땐 시간 버스 타고
가셨으면 합니다.

기일제(忌日祭)

바람이 문틈을 할퀴고 갑니다.
하얀 거미집 속
거미가 미동을 합니다.

바람이 문틈을 밀고
들어옵니다.
이승에서 못다 한
몸부림을
괜한 창문에
심통을 부리며
우웅 소리를 냅니다.

나왔다
봐 달라 합니다.
나왔다
반겨주라 합니다.

밤새 창문을
두드리며
나 왔으니
밝은 보름달 아래서
실타래 풀어
헤치자 합니다.

2014. 2. 20.

60년 세월 가슴에
피멍이 되어
피눈물로 지센
나날들

긴 세월
기다림에
짧은 만남의 보답

떠나는 버스
가로막고
슬피 우네.

떠나는 버스
차창에
두 손 내밀어
언제 다시 볼 수 있을까
기약 없는
생이별의 통곡

짧은 시간
더 보고 싶어
눈 감을 틈이
없습니다.

이게 사는 거야

힘든 시간
어려웠던 시간들
다들 힘들어한다고
애기합니다.

하루가 지나고
한 달이 지났습니다.
그리고
일 년이란 시간이
흘러갔습니다.

다시 모였습니다.

지난날들
애기하며
술잔을 마주합니다.

커다란 웃음소리
지나가는
열차 소리
잠재우고

이게 사는 거야 하면서
서로 목에 걸린
가시를 게웁니다.

넷이서(골프)

혼자 하기엔
지루함이

둘이 하기엔
세상근심
내 것이요.

셋이 하기엔
아쉬움, 미련
욕심이 날
유혹하고

넷이 함께하니
세상 喜, 怒, 哀, 樂
다 보이네.

대원사에서

긴 꽃 터널
화려한 꽃 터널
떨어져 날리는 꽃잎
날 유혹하여라.

봄바람에
꽃가지 손짓하여
재촉하는 발걸음
빨리 오라
재촉하네.

화사한 꽃잎
바람에 떨구고
당신 오는 길
반기어주네.

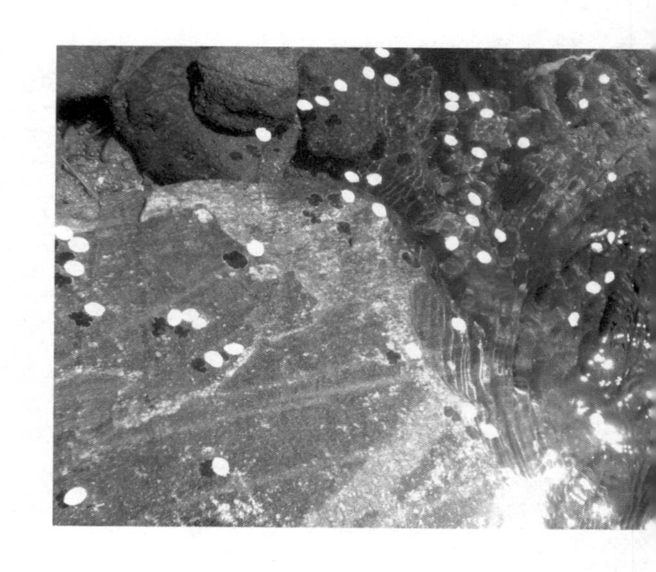

어제와 오늘

어제와 오늘
날씨가
이해할 수 없을 정도
다릅니다.

어제와 오늘
행동이
다릅니다.
내가
아닙니다.

어제와 오늘
종착역은 같습니다.
정반대로 가는
기차를 탑니다.

어제는
몰랐는데
오늘은
알 수 있었습니다.

死月

온 천지가
곱디고운
꽃으로
치장을 합니다.

설레는 마음으로
봄단장하고
여행을 떠납니다.

온 천지가
슬픔에 잠겨
한없이
울고 있습니다.

아름답고
예쁜 꽃들이
한날한시 한 곳에서
사랑하는 가족, 친구의
곁을 떠났습니다.

온 천지가
슬픔에 잠겨
툭하면
눈물이 앞을
가립니다.

자연 속으로

봄
먼 산 연녹색 숲이 있어
내 마음을 주니
봄 산이 좋아라.
여름
포플러 잎이
부는 바람에
바스락바스락
내는 소리
등목하는 농부
더위 잊어
좋아라.
가을
한 해의 결실을
수확하여
오는 해
배부르게 하니
생각만 해도
좋아라.

겨울
볼품없이
제멋대로 자란
커다란 감나무
앙상한 가지 끝
다박다박 지어 올린
까치집이 있어
내가 태어난
이곳이 좋아라.

노 승

오솔길
저 앞서 가는
노승

하얀 고무신
좁디좁은
오솔길
걸어가네.

자그마한
걸망은
아무것도
없는 듯
가벼이 보이네.

인적 없는
깊은 산 중에
노승을
기다리고
있는 것은
작은 암자이련만

가벼이
걸어가네.

들

이른 새벽
한 방울씩 내리는 비
어느새
바짓가랑이 적신다.

보슬보슬
소리 없이
내리는 비
어느새
다랑이 논
흙탕물로 변했네.

이른 새벽
한 방울씩 내리는 비
어느새
농부 어깨 삽 한 자루

보슬보슬
소리 없이
내리는 비
어느새
다랑이 논
재두루미 찾아왔네.

논배미

작은 논배미
논배미 하나에
의지하며
사셨습니다.

묵묵히
두 발을 담그고
한평생을

언제부턴지
노인은
보이지 않고
젊은이가
논배미에 와
있었습니다.

작은 논배미는
그렇게
심고, 가꾸고
채워져 갑니다.

사랑, 미움

동그라미
세모
네모

많은 생각을 하고
많은 생각을 남긴다.

사랑과 미움
오묘한 맛
지운다 해도
떠오르는

동그라미
세모
네모

까만 밤
빨건 얼굴로
동그라미
세모
네모

30

시곗바늘은
멈추고 말았습니다.
아주 오래 돌았기에
지쳐합니다.

자그마한
유리조각에
오랜 시간을
멈춰 있었습니다.

멈춰버린 시곗바늘
돌리고자
먼 길을
돌아왔습니다.

천만다행입니다.
이제라도
돌릴 수 있다는
희망이 들여옵니다.

고개 숙인 내 아이들(남) 땅 따먹기

하굣길
코주부 점방
양철 점방

콜라병 뚜껑 하나
누가 볼세라
재빠르게
호주머니에 담는다.

흙바닥에
돌돌 문질러
잘 미끄러져라
미끄러져라
주문을 한다.

커다란 사각형
모서리
내 땅이네.

고개 숙인 내 아이들(여) 먹가치기

흙담 아래
살금살금
누가 볼세라
흙 기와 한 장

회관 모퉁이
쭈그려 앉아
또닥또닥
먹가를 만든다.

먹가는
내 발등을 타고
내 손등을 탄다.

먹가는
귀하디귀한
대접을 받고
아이 손에서
떨어지지 않는다.

달맞이꽃

밀려오는 파도
밀려가는 파도
한없이 바라보고
기다린다.

길고 질긴 인연의
아픔이 밀려왔다.
밀려간다.

무더운 여름날
향기도 없이
핀
노오란 달맞이처럼

노오란 꽃잎
어둠이 내리면
슬며시 밤이슬 안아본다.

덕이까지

밤새
양 한 마리
양 두 마리
양 세 마리

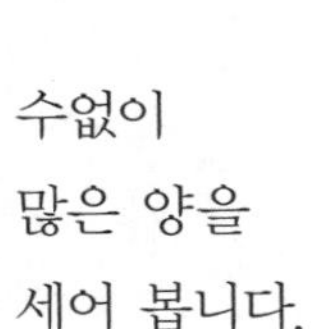

수없이
많은 양을
세어 봅니다.

그렇게 몇 날이 지났습니다.

밤새 푸름을
뜯고 있을 양을
생각하며
난 목동이 됩니다.

온몸에
살 오름이
끝없는 미소 되어
양을 부릅니다.

찔레꽃

강바람에
달콤한
꿀 향기
온몸을 감싸 안아주네.

고운 꽃잎
눈이 부시네.
여린 하얀 꽃잎
향에 취하네.

바람 불면
떨어질세라
조심히
꽃잎 하나 입술에

강바람에
달콤한
그 향기
하얀 찔레꽃

슬픈 길

미움, 자책
그리고
아픔의 상처를
어루만져 봅니다.

오랜 세월
멈춰버린
흔적들

주인만이
열 수 있는 대문

굳게 닫힌 세월들
한 걸음 한 걸음
걸어갑니다.

내 딛는 발걸음
가슴을 치며
뚝 뚝
떨어집니다.

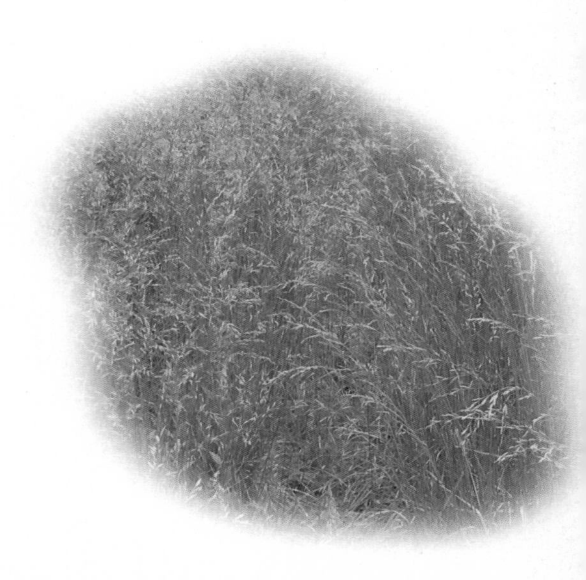

사르렵니다

나
사르렵니다.
나
사르라 합니다.

두 다리 힘줘
사르라 하네.
걸어서 오라 하네.

두 팔 힘줘
사르라 하네.
뛰어서 오라 하네.

힘줘
걸으렵니다.
힘줘
뛰렵니다.

무거운 삶
내려놓고
사르렵니다.
사르라 합니다.

이놈 大犬이다

무더운 여름
시원함을
찾아 떠나는 계절

무더운 여름
더위를 잊고자
떠나는 사람들

이놈 좀
한번 봐보소
얼마나 大犬한지

다들
더위를 피해
이곳저곳을
헤집고 다니는데

여름 햇볕
뜨거운 철판 위에서
웃을 수 있는 여유
이놈 정말 大犬이구나.

이놈 웃고 있는
모습에
나 한번 웃고
나 한번 깨우친다.

늙으면

부럽습니다.
부럽습니다.
당신을 본
내 가슴은 설렙니다.

보는 이
부러워하는 마음
알고 있는 듯
물고기 떨고 있습니다.

근심 걱정에
돌돌 말린
몸일지라도
저곳에 앉아 있으면
다 잊으련만

부려진 나뭇가지
찢어진 천막
손톱 밑
시커먼 때

그래도 부럽습니다.
당신이
부럽습니다.

달력

한 장
그리고 또
한 장

매달
다가오는 숫자
그리고 또 하나의 숫자
삶과 죽음이 공존합니다.

매달
다가오는 숫자
그곳엔 과거와 미래
그리고 현재가 공존합니다.

내 달력은
6월이라 크게 쓰인
종이 한 장

내 달력은
3이라고 쓰인
종이 한 장

내 달력은
항상
6월입니다.

어느 분교

짤막하고
무딘 소리
날카롭게
스쳐 지나간다.

당신이
들고 있는
대나무 뿌리처럼

위엄(威嚴)의 종소리
빈 교실만
지키고 있구나.

철부지 아이들
웃음소리
온데간데없고
풀 벌레 소리 가득하네.

없는 것

사랑해도
사랑할 수
없는 것

미워해도
미워할 수
없는 것

해도해도
안기지도
버리지도
못하네.

허우적허우적
안기지도
버리지도
못 하네.

실타래

하늘이
내려앉은 듯한
뇌성을 들었습니다.

땅이 갈라져
뒤흔드는 듯
서 있지도
눠 있지도
못 합니다.

수없이 많은 날들
만 구백오십 개
날 풀어헤칩니다.

내리는 빗소리에
찰박찰박
적셔가는 소리

커다란 쇠구슬
내 뒤를
따라옵니다.

바람 그리고 푸름

바람
불어오는 날
긴 머리
뒤로한 채
단추를 하나하나
풀어헤칩니다.

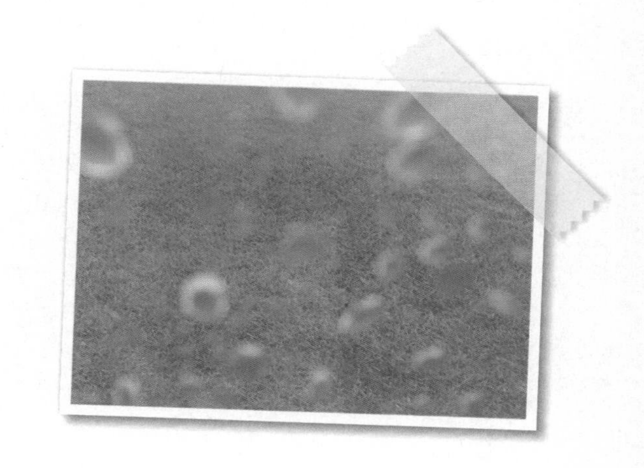

비
내리는 날
우산 하나
의지하며
느린 걸음으로
걸어갑니다.

눈
내리는 날
뒤꼬리 달린
내 발자국
새삼스럽게
돌아본다.

눈
부시게 푸른 날
노래 한 구절
한 구절
중얼거리며
불려본다.

이라도

지나고 나면
한낱
부질없는 것인 줄 알면서
기다려 봅니다.

내 사는
세상이기에
실망하면서 또
기다려 봅니다.

다 같은
마음은 아니지만
통하는 이 있기에

깜깜한 밤
케미에 오르내림을
기다리듯
또 내일을
기다립니다.

사랑하고 미워해도

펴 낸 날 2014년 7월 23일

지 은 이 김상근
펴 낸 이 최지숙
편집주간 이기성
편집팀장 이윤숙
기획편집 주민경, 윤은지, 김송진
표지디자인 신성일
책임마케팅 임경수
펴 낸 곳 도서출판 생각나눔
출판등록 제 2008-000008호
주 소 경기도 고양시 덕양구 화중로 130번길 24, 한마음프라자 402호
전 화 031-964-2700
팩 스 031-964-2774
홈페이지 www.생각나눔.kr
이 메 일 webmaster@think-book.com

• 책값은 표지 뒷면에 표기되어 있습니다.
ISBN 978-89-6489-298-5 03810

• 이 도서의 국립중앙도서관 출판 시 도서목록(CIP)은 서지정보유통지원시스템 홈페이지(http://seoji.nl.go.kr)와 국가자료공동목록시스템(http://www.nl.go.kr/kolisnet)에서 이용하실 수 있습니다(CIP제어번호: CIP2014020538).

KB055912

학초실기

학초실기

펴 낸 날 2018년 1월 8일

지 은 이 학초 박학래
엮 은 이 박종두
펴 낸 이 최지숙
편집주간 이기성
편집팀장 이윤숙
기획편집 이하영, 최유윤, 이민선
표지디자인 이하영
책임마케팅 임용섭
펴 낸 곳 도서출판 생각나눔
출판등록 제 2008-000008호
주 소 서울 마포구 동교로 18길 41, 한경빌딩 2층
전 화 02-325-5100
팩 스 02-325-5101
홈페이지 www.생각나눔.kr
이 메 일 bookmain@think-book.com

• 책값은 표지 뒷면에 표기되어 있습니다.
ISBN 978-89-6489-808-6 03810

• 이 도서의 국립중앙도서관 출판 시 도서목록(CIP)은 서지정보유통지원시스템 홈페이지(http://seoji.nl.go.kr)와 국가자료공동목록시스템(http://www.nl.go.kr/kolisnet)에서 이용하실 수 있습니다(CIP제어번호: CIP2017035290).

어둡고 혼란한 구한말, 작은 시골에서 태어난 힘없는 한 젊은이가
관리들의 탐학과 불의에 맞서 싸우며 세상을 헤쳐나간 긴 이야기

학초실긔

鶴樵實記

①·②

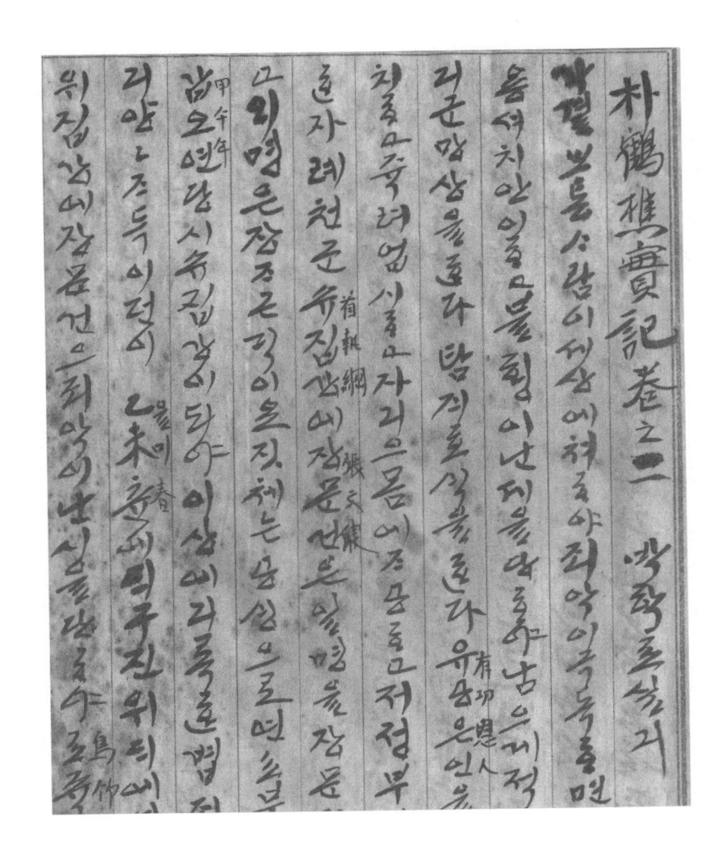
朴鶴樵實記卷之二 박학초실긔

『학초실기』를 편집하며

『학초실기』는 학초(鶴樵) 박학래(朴鶴來1864~1942)의 자서전을 편집한 책이다. 학초 박학래는 고종 1년인 1864년 예천 우음동(현 예천군 호명면 산합리)에서 태어났다. 학초가 살던 당시는 우리 역사 이래 가장 혼란한 시기였고, 외래 신문물이 물밀듯이 밀려오며 신식제도가 하루가 다르게 바뀌는 격동기였다.

학초의 자서전은 지금 두 권이 전하고 있지만 세 권을 남긴 것으로 보인다. 그러나 안타깝게도 그가 남긴 마지막 3권은 찾지 못하고 있다. 남아있는 2권까지의 내용은 그의 성장기부터 1902년 그의 나이 39세까지의 행적이 기술되어 있다. 이 자서전이 언제 기록되었는지에 대한 기록은 따로 없으나 표지에 덧붙인 신문의 기사로 보아 일제 강점기인 그의 나이 60세이던 1923년 무렵에 정리된 것으로 보인다. 그가 자신의 생을 돌아보면서 있었던 일을 정리하였다고는 하나 자서전에 기록된 정확한 연대와 날짜표기, 당시의 관리 이름, 하루가 멀다 하고 바뀌는 정부조직과 기구 이름, 그리고 기술된 내용의 구체성으로 보아 자신이 살아오면서부터 의미 있는 일에 대해서 관련된 자료를 모아두었거나 그때마다 기록해 두었다가 정리한 것으로 보인다.

학초가 저술한 이 자서전은 한글로 기록되었으며 표지에는 '학초전'이라 하고, 본문 첫머리와 끝머리에는 '학초실긔'라고 하였다. 자서전이므로 '학초전'이라 하고 기록한 내용이 모두 꾸민 이야기가 아닌 사실을 기록하였으니 '실긔(實記)'라는 이름을 쓴 것 같다. 특히, 이 자서전은 일반 자서전과는 달리 자신을 3인칭으로 칭한 대화체 소설 형식을 취하고 있다.

이 자서전이 세상에 처음 알려진 것은 최근이다. 이 책에 기록된 내용 중 많은 부분이 예천 동학에 대한 이야기가 기술되어 있어 2015년 12월에 동학농민혁명기념재단에서 표지의 이름 그대로 『학초전1』, 『학초전2』의 두 권으로 출간하였다. 갑오동학농민혁명 당시 동학농민군을 토벌한 쪽에서 기록한 자료는 수없이 많으나 직접 동학에 가담하여 활동한 사실을 기록으로 남긴 자료는 이 자서전이 유일하다. 이 책은 처음부터 한글로 기술된 책이었지만 오랜 세월이 흘러 독자들의 이해를 돕기 위해 특정 부분에는 주석을 달아 번역하고 원문과 함께 출간되었다.

학초가 남긴 유고로는 이 자서전 외에 『학초소집(鶴樵小集)』이 있다. 순한문으로 기록한 이 『학초소집』은 현재 대구에 있는 계명대학교 도서관에 소장되어있다. 또 한글로 기록한 두 편의 가사는 담양의 가사문학관에서 소장하고 있다. 그 외에 많은 시편(詩篇)을 남긴 것으로 알고 있으나 아쉽게도 지금은 찾을 수 없다. 『학초소집』에는 태어나서 78세, 우리 관습의 나이로는 79세로 세상을 떠날 때까지 자신과 주변에 대한 중요한 일들을 간략히 기록한 연보와, 자손에게 당부하는 유훈, 그리고 중요한 서간문 등이 수록되어있다.

편집자는 이 자서전을 독자들이 쉽게 읽고 이해할 수 있도록 편집하여 그 이름도, 기존에 출간한 『학초전』과 구별하기 위해 『학초실기』로 하여 출간하려 한다.

이 『학초실기』는 자서전을 번역하고 편집함에 있어 독자의 관심이 적을 것으로 예상되는 부분은 생략하고, 독자들의 이해를 돕기 위해 붙인 주석은 읽기 쉽게 원문에 삽입하여 자연스럽게 기술하였다. 거기에다 당시 사건의 맥락을 이해하기 위하여 그 사건과 관련 있는 시대적 배경을 단락의 앞에 기술하였다. 이는 자서전에 없는 내용이므로 글자 크기를 원문보다 한 포인트 작게 구별하였다. 자서전에 나와 있지 않아 이야기 전개가 부족한 부분은『학초소집』의 내용으로 보충하였다.

학초의 자서전에 기록된 내용을 여러 사료와 대조해보니 대부분 사실로 밝혀졌다. 다만 학초가 풍문으로 들은 몇 가지 극히 일부분의 사소한 이야기는 당시 대중매체가 발달하지 못한 때이니만큼 다소 다른 부분은 있었다. 이러한 부분은 이 책의 이름이 '학초실기'이니만큼 바로잡거나 삭제하였다. 다만 한 가지 분명하게 밝힐 것은, 독자들을 위해 편집하였다고는 하나 그 내용은 철저하게 원문에 충실하였다.

학초는 높은 벼슬을 하여 공적을 쌓은 사람은 아니다. 다만 암울하고 혼란한 당시에 부정과 불의를 꾀하는 세력에 굴하지 않고 자신이 배운 공·맹의 도를 실천하고 혼란한 사회 속에서 가족을 지키기 위하여 노력한 사람이다. 아울러 주위에 힘없고 억울한 사람들의 중심에 서서 그들을 대변하여 문제를 해결한 사람으로서 그중 몇 가지 이야기는 그냥 지나칠 수는 없는 사례이다.

『학초실기』를 펴내는 까닭은 이것이 바로 살아있는 역사이기 때문이다. 까마득한 옛날의 이야기가 아닌 불과 백여 년 전에 실제 몸으로 부딪히고 겪은 일을 생생하게 기록한 자료이기 때문이다.

올바른 역사 공부는 역사 사실을 단순히 암기하는 것이 아니라 인식하는 것이다. 역사를 제대로 배운 사람은 역사지식을 많이 알고 있는 것이 아니라 바르고 정확한 역사의식을 갖는 것이다. 지나간 과거를 제대로 파악하여 이를 거울삼아 다가오는 미래를 슬기롭게 개척하기 위한 안목을 기르는 것이다.

『학초실기』는 비록 옛날에 있었던 일이지만 오히려 오늘날 살아가는 우리들에게도 많은 시사점을 준다. 2권에 나오는 달대평 사건만 하더라도 그렇다. 우리들이 잘 알고 있는 1894년 갑오년 고부군에서 일어난 만석보 사건과 똑같은 일이 5년 후인 1899년 경주 안강의 달대평에서도 일어났다. 당시 5천여 몽리민을 대표하는 장두로 추대된 학초는 비록 시간과 노력이 더 많이 들어가더라도 포기하지 않고 탐학과 부정이 판치는 그 시절에도 상부 관청인 감영에 호소하고, 몽리민을 단결시켜 폭거가 아닌, 다만 억울함을 호소하여 평화적으로 해결하였다. 원칙과 비폭력적 항거가 자신을 지키면서도 얼마나 큰 힘을 발휘하는지 직접 보여주었다.

오늘날 여러 곳에서 일어나는 지역갈등과 분쟁들이 슬기를 모아 그 실마리를 푸는 것이 아니라 자신의 억울한 감정만 내세워 억지와 폭력으로 해결하려 하는 경우가 허다하다. 잘 살기 위해서 하는 일들이 불행으로 막을 내리는 안타까운 일들이 너무나 많다. 학초의 달대평사의 해결 방법은 백여 년 전에 일어난 일이지만 오히려 현재에 사는 우리에게 많은 시사점을 준다.

이 책을 처음 접할 때는 한 개인의 영웅담을 기록한 것으로 보이나 그 내용을 하나하나 음미해보면 결코 영웅담이 아니다. 지금의 우리들처럼 가족의 안녕을 위해 자신에게 닥친 난관을 극복해 간 한 사람의 진솔한 이야기이다.

2018.

편집자

차 례

❶

❷

1 권

1. 학초가 태어날 당시는

– 혼락한 시절 몰락한 가문에서 태어나

1864년 갑자년 음력 4월 24일에 학초는 예천 우음동에서 태어났다. 안동과 예천의 접경지인 예천군 호명면 산합리 운골(움골)이 바로 그곳이다.

학초가 태어날 당시 조선은 매우 혼란스러웠다. 세도정치로 인한 부패로 관리의 탐학과 세금에 더는 견디지 못한 백성들이 곳곳에서 들고 일어났다. 1862년에는 충청, 경상, 전라도, 소위 삼남 지방 곳곳에서 농민들이 봉기하였다. 여기저기에서 민란이 불쑥불쑥 일어나니 민심은 흉흉하였고 나라는 어지러워졌다. 이러한 민란이 일어난 원인은 뭐니뭐니해도 오랫동안 쌓여온 삼정(三政)의 문란과 관리의 부정과 탐학에 있었다.

삼정(三政) 중, 먼저 전정(田政)에 해당되는 토지에 붙여지는 세금은 그 기초가 되는 토지의 면적과 등급을 파악하는 양전(量田)이 제대로 시행되지 못하였다. 권력을 행사하는 사람이 소유한 토지는 토지대장에서 빠지게 되고 힘없는 양민만 꼬박꼬박 세금을 바쳤다.

옛날이나 지금이나 남자 장정, 소위 남정(男丁)들만이 짊어지는 국방의무에 관한 군정(軍政)은, 조선 개국 때는 관리나 향교에 다니는 유생과 승려들만 유보되고 16세에서 60세까지의 모든 남정들은 군역에 해당되었으므로 1년에 2필씩의 군포를 담당하였다. 당시 포(옷감) 1필 값이 쌀 4말에서 6말 값과 비슷할 때라 군역에 포함될 남정이 1명만 있어도 그 부담이 토지 1결(마지기)에 12말씩 거두는 전세의 부담과 비슷하였다. 당시는 대가족사회이니만큼 한 가정에 아비와 자식을 포함하여 남정이 서너 명만 있어도 가난한 집에서는 도저히 감당하기 어려운 부담이었다.

거기에 더하여, 인조는 명분 없는 반정으로 등극하니 자신의 자리보전을 위하여 기득권층인 양반에게는 군역을 면제하여 주는 조치를 내렸다. 양반이 군역에서 빠지니 백성들의 불만은 더 커져갔다. 백성들의 원성이 높아지니 급기야 영조 임금 대에 와서는 균역법을 시행하여 포 1필로 낮추었다. 1필로 감하여 생긴 부족분은 어염세(소금 등 수산물에 붙이는 세금)나 은결(토지대장에서 빠진 토지를 찾아 세금을 매김) 등 잡세로 메운다고 하였지만 어림도 없었다. 자연히 군영을 축소하여 국방의 규모는 대폭 줄이고도 예산은 태부족이었다. 왜란과 호란의 양대 국란을 겪고도 조선의 임금이나 대신들은 나라의 장래보다는 자신의 안위와 임시방편 땜질에만 급급하였다. 군포의 부담이 줄어들었다고는 하지만 그래도 여전히 양반은 군역에서 빠지니 백성들의 원망은 없어지지 않았다. '군역을 균등하게 부담한다.'는 균역법(均役法) 본래의 취지는 기득권층인 양반의 반대로 성사되지 못하였다. 양반이 군역에서 계속 빠지니 많은 이들이 양반을 자처하거나 양반의 그늘 속에 숨어드는 폐단이 생겨났다. 이러하니 거두어들인 군포의 양은 점점 줄어들어 그 수효가 턱없이 부족할 수밖에 없었다. 비록 군영은 축소하였으나 거두어들일 군포가 당장 반으로 줄어들고, 더구나 군포를 낼 사람은 줄어드니 그 부족분을 어떤 방법을 동원하여서라도 보충하여야 했다.

부족분을 채우려니 온갖 억지 수단이 동원되었다. 젖 먹는 어린아이에게도 군포를 거둬들였다. 당시 사람들은 이것을 빗대어 황구첨정(黃口簽丁)이라 하였다. 부리가 노란 병아리 같은 어린아이를 군적에 올렸다는 뜻이다. 그런가 하면 이미 죽어서 백골이 된 사람에게도 군포를 징수하였다. 백골징포(白骨徵布)란 말이 이 말이다.

환정(還政)은 더욱 문란하였다. 원래 환곡은 흉년이 들었을 때 끼니가 떨어진 사람들에게 관아 창고에 보관되어 있던 곡식을 빌려주고, 다음 해에 거두어들이는 진휼의 성격을 띤 좋은 제도였다. 그러나 후기에 접어들면서 국가재정이 궁핍하게 되자 점차 원곡에다 연 1~2할의 이자를 붙여 받는 고리 대부업으로 변질되어갔다.

'환곡의 이자가 아무리 높더라도 관청의 원곡을 내가 가져다 먹지 않으면 그뿐이라.' 고 단순히 생각할지 몰라도 그렇지 아니하였다. 풍년이 들어도 백성들에게 원곡을 억지로 떠맡겼다. 이것을 당시의 사람들은 '억배(抑配)'라고 불렀다. 머리 회전이 빠른 수령들은 무거운 곡식을 번거롭게 떠맡기지 않고 가가호호별 할당량만 알려주고 가을에 그 할당량에 해당하는 곡식의 이자를 받았다. 이것을 '백징(白徵)'이라 불렀다. 수령과 아전들은 대여한 곡식에 따른 모곡은 이자를 붙여 꼬박꼬박 받아놓고는 백성들이 형편이 어려워 다 받지 못하였다고 허위 장부를 만들어 그 차액을 착복하였다. 이 수법을 '반작'이라 불렀다.

삼정뿐만이 아니었다. 여러 가지 잡다한 세금은 얼마나 많은지 다 셀 수 없을 정도였다. 이러한 폐단들은 돈을 주고 벼슬을 산 지방 수령들에게는 본전을 찾기 위한 절호의 기회였다. 세금을 착복하여 매관으로 들어간 돈을 메우거나 다음 승차(승진이나 영전)를 위한 자금으로 썼다.

세금에 견디지 못한 사람들이 야밤에 도망을 가면 그의 몫은 친척이 물어내어야 했다. 이를 족징(族徵)이라 한다. 물어내어야 할 친척이 없으면 마을 사람들에게 강제로 받아갔다. 이를 이징(里徵)이라 한다. 관리들의 탐학은 이보다도 더욱 백성을 괴롭혔다.

견디지 못한 백성들이 들고일어나니 이것이 바로 민란이다. 민란이 일어나지 않은 곳에서도 백성들이 힘을 합쳐 수령을 고을 경계 밖으로 내어 쫓기도 하였다. 당시의 사람들은 이것을 삽짝을 돌린다고 표현하였다. '삽짝'이라는 원래의 말은 문밖 또는 동구 밖이라는 뜻이다. 고을 백성들이 수령의 학대에 견디지 못하여 가마에다 태워 고을 경계 밖으로 내다 버리는 행위를 말한다. 조정에서는 처음에는 쫓겨난 수령들을 징계하였지만 비슷한 일들이 여기저기에서 일어나자 이번에는 나라의 기강을 세운다고 일을 벌인 백성을 벌하였다.

예로부터 백성의 소리는 하늘의 소리라고 하였다. 일이 이 지경까지 왔다면 하늘의 소리치고는 제법 크게 들렸을 법한데도 눈 어둡고 귀 어두운 조정의 대신들은 그 소리의 의미를 깨닫지 못하였다. 오히려 이러한 혼란을 자신들의 이익을 채울 기회로만 여겼다.

고종 8년 1871년 신미년은 학초 나이 8세가 되는 때였다. 처음 서당에 입학하였으나 대대로 가정이 빈한하게 내려오다 보니 볼만한 책이라고는 거의 없었다. 마을에도 배울 데라고는 없어서 십 리나 떨어진 서당에 매일 출입하면서 공부를 하였다. 때로는 외가인 풍기군 조고리(현 예천군 하리면 탑리)에 가서 공부를 했다.

외가 마을은 여느 마을과는 달리 정취가 있는 아늑한 마을이었다. 낮에는 옛 전설이 서린 부용산(芙蓉山)과 그 산 위에 걸쳐진 구름을 보고, 밤이면 옛 산성인 어림성(御臨城) 위에 떠 있는 달을 보면서 지냈다. 어림성(御臨城)이란 글자 그대로 '임금이 다녀간 성'이란 뜻으로 옛날 고려말 공민왕이 홍건적의 난을 피해 잠시 이 성에 머문 적이 있다고 전해 내려온 성이다. 어린 학초는 어림성 위에 밝은 달이 비칠 때면 멀리 떨어진 부모가 더욱 생각나고 집이 그리워지는 마음이 더욱 간절하였다.

외가는 학초의 집과는 달리 살림살이가 부유하였다. 집 주위에는 각종 과일나무가 심겨 있고 더구나 외삼촌과 외숙모는 학초에게 무척 다정다감하였다. 학초는 이곳 외가에 머물면서 집에서는 구하기 어려운 책들을 외가나 이웃에서 구해 와 읽을 수 있었다. 책이 많다고 하는 집도 실은 한 질의 책 중에 몇 권이 빠지는 산질(散帙)의 책들이 많았다. 그러나 이러한 책을 얻어 읽는 것만 해도 학초에게는 여간 고마운 것이 아니었다.

학초의 외삼촌인 용초(蓉樵) 조병일(趙秉馹)은 청년 시절 과거 장중에 참여하여 글을 능숙하게 잘 지어 제일 먼저 제출했다 하여 그 별호를 조일천(趙一天)이라 하였으며 학식이 깊었다. 다만 연줄이 없어 소과나 대과에 합격하여 벼슬에 오르지는 못하였다. 학초에게는 5년 연상이라 학초가 어린 시절 외가에서 지낼 때는 밥도 한 상에서, 잠도 한 이불에서 지내게 되니 자연 용초의 영향을 많이 받고 성장하였다. 학초에게 외삼촌은 스승이기도 하였다. 여덟 살부터 열세 살에 이르기까지 외삼촌에게 동몽선습을 비롯하여 소학과 대학을 배웠다. 열네 살이 되었을 때 근방의 명망 있는 선비인 이맹선 선생께 잠시 맹자를 배운 후, 열여섯 살 때에는 다시 외삼촌께 시작(詩作)을 배웠으니 누구보다도 외숙의 영향을 많이 받았다고 할 수 있었다.

당시의 풍습대로 학초 나이 13세인 1876년 병자년 음력 9월 26일에 용궁에 사는 해주 최씨 가(家)에 장가를 들었으니 신부의 나이는 학초보다 다섯 살 연상인 18세였다.

2. 진영에 잡혀간 아비를 구하기 위해

– 14세의 어린 소년이 폐문루의 북을 신문고처럼 두들겨

당시 조선 조정에서는 관리를 임용하는 경우는 세도가의 힘을 빌리거나 돈이 있는 자의 매관매직이 대부분이고 돈을 아니 바치고 정식으로 발령을 받아오는 사람은 백에 하나쯤 되었다. 고을에 내려온 수령은 백성의 아픔을 자신과는 상관없는 것으로 여겼으며 백성을 오직 자신의 욕심을 채울 대상으로만 여겼다. 겉모습은 관장이지만 실제로는 강도나 마찬가지였다. 비단 고을 안에서만 이러한 일이 일어나는 것이 아니었다. 군수의 위로는 감사의 취착이다, 통제사의 영지이다 하여 학민(虐民), 탐재(貪財)하는 수단은 별별 능수가 다 있었다. 이러한 탐학에는 지역을 방위하기 위해 주둔한 진영의 관리들도 마찬가지였다.

1877년 정축년은 학초 나이 14세에 접어든 해였다. 당시 학초의 부친

은 예천의 인근 고을인 충청도 단양군에 옛날 참판을 지냈던 성 참판의 농장 관리를 대신 보아주고 있었다.

어느 날 유학길이라는 사람이 참판 댁에 여종을 팔고 대신 곡식을 빌려서 먹었다. 유학길은 가져다 먹은 곡식 값은 주지 아니하고 여종을 판 대금을 학초의 부친에게 달라고 떼를 썼다. 학초의 부친은 여종을 팔아서 받을 돈과 곡식을 빌려서 주어야 할 돈을 서로 상계하고 남은 값을 계산하든지, 아니면 성 참판 댁에 가서 직접 받으라고 하였다. 그러나 유학길은 곡식값은 주지 않니하고 여종을 판 대금만 달라고 하였다. 당사자인 성 참판에게는 그 위세에 눌려 어찌하지 못하고 만만한 학초의 부친에게 달라고 하였다. 당시는 유학길처럼 경우를 따지기보다는 우격다짐으로 억지를 부려 이익을 챙기려는 사람이 적지 아니하였다. 살아나가기가 어렵다 보니 백성 중에서도 먹고 살기 위해서는 수단 방법을 가리지 않은 이들이 많았다.

유학길은 온갖 계교를 생각하다가 요로를 통하여 안동 진영에 연줄을 달았다. 진영이란 지방을 방어하기 위하여 각 지역 요소요소에 군대를 상주시키던 지방 군대로서 안동과 같은 큰 고을에 약간의 장교와 병졸을 두었다.

정축년(1877) 음력 정월 21일 새벽 미명에 안동 진영의 나졸들이 학초의 집을 찾아와 솔개가 참새를 움켜잡듯이 불시에 덮쳐들어 아비를 잡아갔다. 학초가 이 광경을 보았으나 힘으로 말하면 모기가 태산을 겨누는 격이라 어찌할 수가 없었다. 아비가 잡혀가자 불현듯 떠오르는 생각으로는 전후 사실대로 소장(訴狀)을 작성하여 예천 관아에 들어가 군수에게 소지를 청하는 것이었다. 학초는 마음을 진정하고 급히 소장을 작성하여 30여 리나 떨어진 관아로 달려갔다. 출발할 때는 새벽이었으나 관아에 당도하니 이미 동이 터오고 있었다.

당시 군수가 있는 동헌으로 들어가려면 삼문(三門)을 통과해야 했다. 삼문은 동헌 앞에 설치된 문으로 들고 나는 대문이 세 개가 달려있다고 해서 붙여진 이름이다. 관찰사가 있는 감영이나 군수나 현령이 있는 고을의 관아이든 규모의 차이는 있으나 삼문을 갖추고 그 안에 수령이 업무를 보는 외동헌과 숙식을 하는 내동헌이 있었다. 대부분 관아에는 삼문 앞 한쪽에는 누각이 있었다. 고을마다 그 누각의 이름을 달리 부르는 곳도 있는데 통상적으로는 '폐문루'라고 불렀다. 새벽에는 문을 열고 밤에는 닫는 데서 연유한 이름으로 누각에는 시각을 알리는 큰 북을 달아두었다.

삼문에 들어가서 사또를 만나기 위해서는 문을 지키는 사령의 조사와 허락을 받고야 들어설 수 있었다. 그러나 사령은 어린 소년이라 별로 대수롭지 않게 생각하고 기다리라는 말만 하고 들여보내 주지 아니하였다. 학초는 시각이 급하여 애타는 마음이야 한량없지만 발만 동동 구르고 있었다. 그렇다고 이렇게 마냥 기다릴 수는 없었다.

시각은 자꾸 지체되니 어떤 특별한 계책을 생각하지 않으면 안 되었다. 안절부절못하고 발을 동동 구르며 서성이고 있는데 폐문루 위의 북이 눈에 띄었다.

'백성이 억울하면 격쟁(임금의 행차에 징이나 꽹과리를 쳐서 억울함을 호소함)도 치고 등문고(신문고)도 울리는데….'

하는 생각이 불현듯 떠올랐다. 학초는 사령들 몰래 뒤로 빠져나와 폐문루에 올라 바닥에 떨어져 있는 북채를 집어 들고서는 북을 찢어져라

하고 있는 힘을 다해 두들겼다. 한두 번 두드리는 것이 아니라 계속 마구 두드리니 성안 온 읍 중의 사람들이 '무슨 일인가?'하고 폐문루로 몰려들었다. 예천 부중에서 이제까지 이러한 일은 없었기 때문이었다. 그것도 이른 아침, 학초가 맹타하는 북소리로 성안 부중이 발칵 뒤집혀졌다.

이렇게 되자 내아의 진대답 소리가 요란하고 급창(관아에서 원님의 명령을 전달하는 종)은 사령을 부르면서 조용하던 관아가 갑자기 소란스러워졌다. 사령이 급히 폐문루에 올라 북을 치는 학초를 붙잡아 앞세우고는 군수가 있는 동헌으로 향하였다. 요란한 북소리에 아침을 맞은 군수는 무슨 변고라도 일어나지 않았는지 놀란 가슴을 진정시키고 있었는데, 어른도 아닌 한 어린 소년이 사령과 함께 나타나자 청상에 앉아 어이없다는 표정으로 입을 떼었다.

"아니 어찌 일개 초립동이인 네가 무슨 원정이 있어 이같이 소란스럽게 하느냐?"

군수를 대하자 학초는 품에서 소지를 꺼내어 올리고 땅바닥에 엎드려 목놓아 울면서 아뢰었다.

"민(民백성)은 우음동에 사는 박학래이옵니다. 집에 아비가 불시 횡액으로 방금 사생이 결단이고 명이 재 경각이옵니다."

하고 북을 친 연유를 차근차근 말하였다. 말을 마치자 학초는 더욱 목 놓아 울면서 군수를 쳐다보며,

"민의 아비가 죄가 있을 것 같으면 본관 성주(-군수) 합하(閤下) 아래에서 유죄, 무죄를 밝히시어 만일 죄가 있으면 성주가 처치하심이 마땅하다고 생각됩니다."

잠시 간격을 둔 학초는 다시 말을 이어갔다.

"유학길이가 민의 아비에게 받을 돈이 있다함은 단양 성 참판 댁에 여종을 판 대금입니다. 필연코 그 대금을 받으려고 한다면 민의 아비에게 독촉할 것이 아니라 당사자인 성 참판 댁에 직접 요구하면 될 것으로 여겨집니다. 적반하장으로 자신이 성 참판 댁의 곡식을 먹은 것은 갚지 아니하고 이같이 여종을 판 대금을 아비에게 갚아 달라고 합니다. 성 참판 댁은 성세강약으로 감히 하지 못하고, 더구나 민원을 본관 성주 앞에 정하지 아니하고 월정(越政: 송사를 본 관청에 내지 아니하고 상부 관청에 직접 냄)함은 이미 아실 터이옵니다. 민의 아비가 방금 중로(中路)에서 죽사오니 제발 살려주시기 바라나이다."

자초지종의 이야기를 들은 군수도 내심 불쾌한 마음이 들었다. 자신이 관장하는 고을 백성을 인근 고을, 그것도 안동 진영에서 잡아갔다는 이야기를 들으니 괘씸할 수밖에…. 잠자코 생각을 마친 군수는 영을 내렸다.

"너의 탄원과 민소에 대해서는 차차 밝히기로 하고 우선 여기에 대령해 있으라."

하고는 사령 둘, 장교 둘을 불러 진영으로 보내는 문서를 발송하여 주며 갔다 오게 하였다.

학초는 일이 돌아가는 모습을 보고 어린 소견에도 이렇게 되어서는 안 되겠다는 생각이 들었다. 진영의 영장이 잡은 죄인을 당장에 내어 줄 리도 없을뿐더러 자칫 군수가 보낸 공문대로 순순히 시행될지 여부도 장담할 수 없었기 때문이다. '그리된다면 이 송사가 어느 세월에 해결되며 잡힌 아비는 언제 풀려날까?'하는 걱정이 들자 학초는 군수에게 다시 부탁하였다.

"황송하오나 일이 이렇게 되면 진영 나졸과 군수 나졸 간에 충돌이 생겨 본관의 체통이 무너질 수도 있습니다. 안동 지방으로 넘어서면 안동 진영은 가히 백만 군졸을 가진 것이나 다를 바 없습니다. 성주 관하 백성들을 이끌고 가는 것이 좋을 듯합니다. 소도처의 장정들을 모아 가서 영지를 전하는 것이 좋을 듯하나이다."

당시에는 수령의 역할을 수행하기 위하여 사람이 모자라면 민가에 들러 군수의 지령을 보이고 장정을 징발하여 일을 처리하였으며 수령의 힘을 빌려 민원을 낸 사람이 앞장서서 문제를 해결하던 시절이었다. 군수는 한참을 생각하더니 '그렇게 하라' 고 다시 명령을 내렸다. 학초는 군수에게 절을 올린 후 장교들과 함께 서둘러 안동 진영으로 가면서 도중에 각처 마을에 들러 사람들을 이끌고 진영으로 향하였다. 가는 도중에 동네 앞을 지날 때마다 큰 소리로 사람들을 모았다. 한 명 두 명 모이던 장정들이 예천의 경계를 벗어날 때는 구름떼같이 많은 사람들이 동행하였다.

학초의 부친을 붙잡아 가던 안동 진영 군졸들은 아직 진영에 도착하지 않고 중간의 주막에서 아침을 겸하여 술 한잔을 걸치며 학초네가 돈을 마련하여 찾아오기를 기다리고 있었다. 당시에는 관아의 나졸이나 진영의 군졸들은 죄인을 잡아갈 때는 수령이나 진영 장의 성화같은 명령이 아니고는 곧장 관아나 진영으로 데려가지 않았다. 더구나 이번 일은 진영장이 주도한 것이 아니고 장교가 벌인 일인 만큼 서둘러 진영으로 갈 리도 없었다. 붙잡힌 집안에서 돈을 마련하여 찾아오면 목적을 달성하기 때문이었다. 잡힌 가족은 해결해야 할 돈과 군졸에게 줄 약간의 돈, 그리고 술값과 식비를 물어내어야 했다. 만약 기다려도 붙잡힌 집에서 아무런 기색이 없으면 관아나 진영으로 끌고 가서 정식대로 처리할 셈이었다.

이제나저제나 학초네가 찾아오길 기다리고 있는데 갑자기 느닷없이 열네 살짜리 어린 학초가 예천 관아 장교와 나졸, 그리고 동민들을 이끌고 들이닥쳤다. 중로에서 아비를 구하고 부친을 압송하여 가던 진교(진영 장교)와 그 진교에게 부탁한 송민인 유학길을 결박하여 예천으로 향하였다. 안동 진교가 군수를 통하지 않고 멋대로 예천의 백성을 압송하여 갔기 때문이었다. 소위 월권행위를 한 셈이었다.

따라가지 않으려는 진영 장교와 유학길을 장정들이 들것을 만들어 상여를 메고 오듯 '너화넘차너화'를 외치면서 예천 관아로 행진하였다. 서슬 퍼런 진영 장교가 붙잡혀 가는, 이러한 모습은 처음 보았는지라 마을 앞길을 지날 때마다 남녀노소 모두가 나와서 구경하였다. 근래에 없던 큰 구경거리라 호기심 많은 동네 어른들과 아이들이 동구를 벗어나도 뒤를 따랐다. 이때까지 진영의 군졸에게 억울하게 당하기만 하던 사람들이 그 군졸이 잡혀가는 신세가 되자 쌓였던 분풀이를 하기 위함인지 아니면 마치 자신들이 잡아가는 기분이 들었는지 어깨춤까지 추면서 뒤를 따랐다.

관아에 잡혀 온 진영 장교는 크게 꾸중을 당하고 나서야 풀려나고 진영에다 부탁한 유학길은 옥에 가두었다. 억울하게 붙잡혀 간 학초의 부친은 풀려날 수 있었다.

3. 갓 스물한 살 앳된 청년이

– 장두가 되어 관아에 세금경장을 주창하여

고종 20년인 1883년 계미년은 학초의 나이가 이제 갓 스물이 되는 해였다. 이 해에 참혹한 흉년이 들었다. 가뭄이 들어 논에 모를 심지 못 하였다. 수리시설이 부족한 시절이니 오직 하늘에서 제때에 비가 내리기를 기다리는 수밖에 없었다. 농사를 짓는 농부에게는 하늘이 모든 것을 쥐고 있었다.

비가 아예 오지 않을 것으로 미리 알았다면 일찍 다른 대파 작물을 심을 수도 있었지만, '내일 올까, 모레 올까.' 기다리는 동안 어느덧 다른 작물을 심을 시기도 놓쳐버렸다. 일찌감치 모내기를 포기한 사람들은 다른 대파 작물을 심어 조금이나마 먹을 것을 건질 수 있었다.

추수 시기가 되어도 추수할 것이 없는 흉년이다 보니 마을을 떠나는 사람이 하나둘 생겨났다. 예전에도 흉년이 들면 늘 그러하였던 것처럼 입을 살려고 어떤 집은 안동에 있는 외갓집에, 누구는 충청도 단양의 처가에 의탁하러 가족이 이산하는 가정이 늘어났다. 그도 저도 어려운 사람도 마냥 굶고서 앉아 있을 수만은 없었다. 동냥이라도 하여 목숨이라도 잇기 위해 정처 없이 개걸 길을 떠났다. 다음 해에 농사를 지어 곡식을 추수할 때까지는 어떻게 하든 살아남아야 했다. 학초의 집도 다른 집과 마찬가지였다. 학초네도 살던 집을 비우고 외가에 가서 흉년을 보냈다. 다행히 학초의 외가는 그런대로 살림살이가 넉넉하여 학초네 가족이 이런 어려움을 겪을 때마다 큰 도움을 주었다.

이듬해인 1884년 갑신년, 이 해는 작년에 흉년을 당한 온 마을 사람들이 학수고대 기다리던 해였다. 봄이 되자 흉년을 당하여 텅 빈 동네에 집을 떠났던 사람들이 하나둘 돌아왔다. 학초네도 외가에서 각종 종자와 심지어 가축에다 그 먹일 양식까지도 얻어 돌아왔다. 그렇지만 해가 바뀌어도 50여 호 되던 마을은 아직도 돌아오지 않고 빈집으로 있는 집이 더 많았다.

흉년이 들어 먹을 것이 없어도 줄어들지 않은 것은 각종 세금이었다. 세금 중에는 토지에 과세되는 전세도 있었지만 한 동네에 얼마씩 할당되는 호구세 등 각종 세금도 그 종류가 셀 수 없이 많았다. 아무리 흉년이 들었다지만 나라에 바칠 상납금이나 구실아치들에게 지급할 요미를 비롯하여 지방관아에서 운영하는 자금에 들어갈 유치금은 거두어야 했다. 특히 호구세는 동네에 배당되는 세금이므로 몇 안 되는 남은 사람들이 감당해야 할 처지에 이르게 되었다. 이 호구세 한 가지만 하여도 학초의 마을에 배당된 액수가 6백여 냥이나 되었다.

이러한 어려움은 비단 학초의 동네에만 겪는 일은 아니었다. 이웃 마을도, 그 이웃의 이웃 마을도 사정은 마찬가지였다. 다만 동네 사람 중에서 많은 농토를 가지고 있는 부호들이 있는 소위 부동(富洞)은 그나마 사정이 나았다.

당시는 촌락이 같은 성씨로 집성촌을 이루고 있거나, 자신이 살고 있는 마을이나 그 이웃 마을까지 많은 토지를 소유하고 있는 사람들끼리 한 마을을 이루고 있는 경우가 많았다. 한 떼기의 땅도 없는 사람이 그 마을에 살기도 하였지만, 자연적으로 그들은 부잣집의 궂은일이나 잔심부름을 해주고 얻어먹는 하인 아닌 하인으로 지냈으며 호구세는 부자들이 대신 부담하였다. 흔히들 큰 지주들이 있어 살기가 비교적 넉넉한 동네를 부동이라 하고, 손바닥만 한 몇 떼기의 땅을 부치거나 남의 토지를 빌려 경작하는 소작농들이 거주하는 소위 가난한 사람들만 모여 사는 동네를 빈동이라 불렀다. 가난한 사람들이 주로 사는 빈동이라는 동네들은 지난 흉년에 마을을 떠난 집이 남아있는 집보다 더 많다고 할 정도였다. 특히 학초가 사는 동네는 유독 더 하였는데 동에 부과된 세금을 거의 학초네가 혼자 담당해야 할 형편이었다. 마을에 돌아온 사람이 학초네만 있는 것은 아니었지만 그들의 형편은 학초네보다 더 어려워 세금을 부담하지 못할 집이 많았다. 세금 경장을 하지 않고는 올해는 억지로 해결한다고 하여도 해마다 그 많은 세금을 물어낼 수는 없었다.

학초는 동헌을 찾아가 학초가 속한 예천 남쪽 두 면이라도 세금을 우선 경장할 것을 호소하였다. 이 남쪽 두 면은 학초가 속한 곳이기도 하지만 논농사를 주로 짓는 곳이다 보니 작년 흉년이 다른 곳보다 더 참혹하였고 빈집이 워낙 많아 남아있는 몇 집이 동별 부담금 모두를 부담하기는 어려웠기 때문이었다.

호구세는 처음 생겨났을 때는 이름 그대로 가구당 얼마씩의 세금을 거두어오다가 차츰 세금 징수의 편의를 위하여 동네별로 할당하여 거두어왔다. 큰 동네 작은 동네 호수를 감안하여 동네별로 액수를 정하여 일괄하여 거두었다. 이러한 징수 방법은 지금까지 별로 호구 수의 변동이 적어 큰 문제가 없었다.

학초는 호구세란 원래의 취지에 맞게 떠난 사람이 많은 동네는 세금을 줄여줄 것을 호소하였다. 학초의 주장은 호구세의 원래 취지로는 당연한 논리이지만 이미 오랫동안 지속되어 왔고 동리별로 일괄 징수하는 것은 비단 예천만 그러한 것이 아니었다. 더구나 민의가 통하지 않는 당시라 계란으로 바위를 치는 격이었다. 학초는 무려 스물 한 번이나 동헌을 찾아가 지금까지 내려오던 세금액을 다시 조정해 줄 것을 호소하였다. 군수도 학초의 끈질긴 호소에다가 현실적으로도 동호세를 받기 어려운 동네가 많아 세금 경장을 고려하는 듯하였다.

학초가 세금 경장을 호소한다는 소문이 퍼지자 호구의 변동이 적은 소위 부동에서 반대하고 나섰다. 전체 세금액이 정해져 있는 만큼 탕감해 주는 동네의 세금은 자연히 그만큼 자신들의 동네에 더 부과되기 때문이었다.

예천 고을 남쪽은 세금액을 줄여달라는 쪽과 예전대로 내자는 쪽으로 갈라져서 의견이 분분하더니 급기야는 떼를 지어 관가로 몰려가는 사태가 벌어졌다.

학초는 떠난 사람이 많은 동네인 빈동의 장두(狀頭)로 추대되었다. 장두란 소장의 맨 첫머리에 이름을 올리는 사람으로 흔히 '우두머리'라고 한다. 이때 학초의 나이가 집의 나이로 겨우 스물한 살, 이제 갓 소년티를 벗은 그를 주위 사람들이 장두로 추대한 까닭은 군수에게 세금 경장을 여러 번 호소한 이력도 있지만, 평소에도 논리정연한 말과 두려움 없는 행동이 근동에 알려져 왔기 때문이었다.

학초가 빈동의 장두로 추대되었다는 소문이 예전 학초를 가르쳤던 이맹선 선생의 귀에까지 들어가게 되었다. 어느 날 이 선생은 학초를 조용히 불렀다. 두 사람은 산 위에 올라 발아래 풍광을 바라보면서 거닐었다. 선생이 먼저 입을 열었다.

"어린 너를 장두로 추대하고 어른들은 뒤에 숨으니 일이 잘못되면 너 하나 진멸(盡滅)되기는 일도 아닌데 더구나 그 수가 2천을 넘는다 하니 너는 두렵지 아니하느냐?"

일이 성사된다면 아무 탈이 없지만 일이 잘못되면 장두가 우두머리이니만큼 더 큰 처벌이 돌아가는 것은 당연한 일이었다. 예나 지금이나 그 수가 많으면 모두 벌을 내리기는 어려우니 앞장선 사람만 대표적으로 처벌하였다. 그러하니 소장을 낼 때 맨 먼저 이름을 올리는 것을 꺼려할 수밖에…. 사발통문이라는 방법이 생긴 것은 바로 이 때문이었다. 책임을 떠안게 되는 장두를 아무도 나서지 않으니 사발을 엎어 둥근 원을 그린 다음 통문이나 소장에 등장하는 사람의 이름을 그 원 안에 써넣어 누가 장두인지 알아보지 못하게 하여 소장을 내었다. 실은 누가 장두인지 따로 뽑지도 않고 연명으로 등장하는 경우도 많았다.

산전수전 겪어보지도 못한, 소년티를 겨우 벗은 앳된 청년이 다른 사람 다 제쳐놓고 일이 잘못되면 최고의 벌을 받는 장두로 올라 있으니 스승으로서는 옛날 가르쳤던 제자가 염려되었다.

“그 수가 2천이나 2만이나 그보다 더 많더라도 두려울 것은 없습니다. 불쌍한 빈동 사람들을 다 같이 살려주려는 마음뿐입니다.”

이 선생은 그래도 마음이 놓이지 않았는지,

“범어만사를 조심하여라. ‘수효가 많으면 백족충(百足蟲)이라.’고 사람이 많으면 나서는 이가 많고 이로 인하여 자칫 분란을 초래할 수도 있느니라.”

한둘도 아니고 수백도 아닌 수천 명이 등장하여 소장을 넣고 농성을 하다 보면 제 감정에 못 이겨 일탈 행동을 하는 사람이 생기게 마련이다. 관아에서는 그것을 빌미로 장두에게 엄한 책임을 물을 수 있기 때문이었다.

“지자불굴(智者不屈), 사리에 합당하면 뜻을 굽히지 않아야 한다고 생각합니다.”

이와 같이 스승과 제자는 이야기를 나누다가 헤어졌다.

학초는 장두가 되어 소장을 짓고 세금 경장을 원하는 동네 사람들 모두 등장(等張: 소장에 연명으로 이름을 올림)하여 관아로 향하였다. 학초가 인솔하는 빈동의 주민들은 너도나도 함께 나섰다. 오천강을 건너 사람들이 20리에 뻗칠 정도로 긴 줄을 이루어 관아를 향해 행진하였다. 2천여 명의 사람들이 시쳇말로 성군작당(成群作黨)하여 기세도 위세 있게 관아로 향하였다. 장두가 먼저 2천여 명이 등장한 소장을 안고 관아로 들어가고, 뒤따르던 사람들은 관아의 삼문 밖에서 학초가 사전에 일러준 대로 ‘원통합니다! 살려주시오!’를 한참이나 부르짖다 돌아왔다.

이 소식을 들은 호구 변동이 적은 부동도 동민을 모아 최금릉이 장두가 되어 소장을 써서 관아로 몰려갔다. 일이 여기에까지 이르자 군수는 은근히 걱정이 되었다. 여러 곳에서 민란도 일어나고 심지어는 군수를 내어 모는 경우도 있었기 때문이었다. 당시 군수는 이용태였다. 뒷날 고부에서 전봉준을 주축으로 한 농민들이 고부 관아를 점령하였을 때 소요를 잠재울 책임을 맡은 안핵사로 파견되었던 인물이었다.

군수는 소장을 들고 온 부동 장두 최금릉을 우선 옥에 가두고 나머지 백성은 물러있으라 호령하였다. 일을 공정하게 처리하기 위해서 먼저 세금 경장을 주창하는 소장을 제출하고 이미 집으로 돌아간 장두 박학래를 급히 붙잡아 오라는 명령을 내렸다.

이슥고 장교 둘, 나졸 하나가 삼지창으로 협박하면서 학초를 잡아 길을 재촉하여 관아로 끌고 갔다. 장두가 잡혀간다는 소문을 들은 빈동 사람들은 '너도 가자 나도 가자!' 일제히 소리를 지르며 관아로 향하였다. 앞장선 장두가 잡혀가니 인정상 그냥 있을 수 없기 때문이었다. 학초의 집이 예천의 접경지이므로 거기에서 예천읍까지 30여 리를 오는 동안 많은 사람들이 학초의 뒤를 따랐다. 소장에 등장한 남정네들뿐만 아니라 아낙네에다 노파까지 관아로 몰려들었다. 예천 부중은 마치 민란이 일어난 것처럼 왁자지껄 떠들썩하였다.

군수는 잡혀 온 학초는 보지 않고 장교에게 우선 붙잡아 오는 동안의 전후 사정과 같이 따라온 사람들의 동정을 물었다. 학초를 붙잡아 온 장교가 대답하기를,

"박 모는 잡혀 올 것을 미리 알고 있었던 모양으로 태연하였고, 오는 도중에 그쪽 사람들이 저희 장두가 붙잡혀 가니 너도나도 따라오는데

그 수효를 알지 못하나이다."

군수는 가만히 듣고 곰곰이 생각하더니 이윽고 내일 공사에 부친다고 하면서 모두 물러가라고 하였다. 내일 날이 밝으면 양편 사람들을 대질하여 그 추이를 보고 세금 경장의 가·부를 결정지으려고 마음먹었다. 물러난 사람들은 집으로 돌아가거나 성중에 남아 주막을 정하여 숙식을 해결하면서 그 결과를 기다렸다.

학초는 세금경장을 반대하는 부동 장두와 마찬가지로 옥사에 갇혔다. 옥에서 들리는 풍문으로는 상대편에서 정한 여관에서는 한 끼에 한 돈씩 하는 밥값의 합이 2백 냥이나 된다고 들었다. 부동의 많은 사람들이 부중에 남아있다는 셈이다. 또 들리는 말로는 자기네들 장두가 옥에 갇혀 있으므로 새로이 장두를 뽑았다고 하였다. 그 장두가 공교롭게도 학초의 스승 이맹선 선생이라고 하였다. 이 선생은 당시 일향리의 유지로서 퍽 존경을 받던 사람이었다. 이맹선 선생에 관해서는 이런 일화가 전해왔다.

예전에 철종 임금 시절에 경상감사를 지냈던 신석우의 일가 되는 사람이 오천 서당(예천군 호명면 오천리 소재) 뒷산에 장례를 지내러 왔다. 하늘도 찌를듯한 세도가의 행사에도 이맹선 선생은 겁내지 않고, 조목조목 옳고 그른 사리를 따져가며 그들을 내어 쫓았다고 하였다. 이와 같이 이맹선은 언변이 논리정연하면서도 담대한 사람이었다.

새로 뽑은 장두가 자신의 스승인 것을 듣고 학초는 내심 생각하기를, '부동 사람들은 이맹선 선생이 이러한 점도 있지만, 무엇보다 빈동 장두인 학초의 선생이라는 점을 생각하여 감히 제자가 스승을 항거하지는 못하리라.'는 계산을 한 것 같았다. 일이 묘하게 진행되자 학초는 옥사에 마냥 그대로 있을 수는 없었다. 급히 장교를 불러,

"잠깐 저쪽 사람들이 모여 있는 집합소에 다녀오려고 하니 허락하여 주시오. 내가 도망갈 사람은 아닙니다. 정 나를 믿지 못하면 함께 갑시다."

소장을 제출한 장두가 밤새 도망칠 이유는 없으니 장교는,

"괜찮으니 그렇게 하라."

하고 허락을 하였다.

학초는 장교와 동행하여 부동 집합소를 찾았다. 부동 집합소는 김 약방 객줏집에 차려져 있었다. 집합소 주변에는 사람들이 겹겹이 둘러싼 채 모여 있었다. 높은 당상 초석자리에는 새롭게 장두로 추대된 이맹선 선생이 긴 담뱃대를 물고 앉아 있었다. 학초는 모여 있는 사람들을 헤치고 선생의 앞에 서서 먼저 문안 인사를 올린 후 온 목적을 아뢰었다. 감히 스승의 안전이라 몸가짐은 공손하면서도 분명한 어조로 좌중이 다 들릴 만큼 큰 소리로 아뢰었다.

"소제자 이번 일로 관아에 잡혀 온 줄은 아실 바이오니 따로 아뢸 일은 없사옵니다. 사제지분(師弟支分)도 부모와 자식 사이와 같다고 할 수 있습니다. 소제자는 관청에 붙잡힌 몸이라 불가불 내일 송사에 입정할 터이며, 부득이 장두를 그만둘 수 없는 처지입니다. 처음에는 없었던 일에 선생님께서 나서셔서 송사에 사제지간이 함께 참여하여 옳고 그름을 따진다는 것은 만고에 없던 일이며 이는 대의가 아닌 듯하오이다. 이제까지 닦은 사제지간의 예의가 반고부자 될까 두렵나이다."

말씀 올리기를 마치자 이내 하직을 고하고 다시 뒤도 돌아보지 않고 물러서서 잡혀있던 관아의 옥사로 향하였다. 갑자기 당한 일에 선생은

물론 좌중에 있던 많은 사람들이 묵묵부답으로 듣기만 하였다. 그러다가 갑자기 이 선생은 하인에게,

"나귀를 등대하라. 방금 저 장두의 하는 말을 뉘 아니 들었으랴. 내가 이렇게 하다가는 밝은 낮에 고개를 들고 다니지 못할 것이로다."

하고 장두를 사퇴하고는 나귀를 재촉하여 황급히 자리를 떠났다.

다음 날 오전에 군수의 주제로 공사가 개정되었다. 좌우에 수십 명의 나졸이 늘어서고, 다음에는 붉은 칠을 한 곤장인 주장대를 든 형리가 서슬 푸르게 서 있었다. 중간 계단에는 수령의 명령을 전하는 관노가 서 있었다. 높은 대상에는 장교와 아전, 통인들이 서고, 관방에는 군수가 앉고, 그 문 앞에는 서기가 지필묵을 갖추고 앉아 있었다. 군수가 청령을 내렸다.

"박학래를 대령하라."

청령에 의하여 학초가 공사 마당에 끌려오니 군수가 대뜸 꾸짖기부터 하였다.

"너 한 백성으로 하여 육칠천이나 되는 여러 인민들이 양편으로 갈려 소란을 피우니 너의 죄가 당장 영문에 보하여 엄히 유배를 보내는 것이 합당할 것이로다."

군수는 말을 이었다.

"막중한 공금이 철판대장에 변경이 없는 것을 너로 인하여 국법에 없는 번복을 하도록 하고, 다른 백성이 다소간 주선하여 바칠 것도 너로 인해서 지체되고 있다. 너는 나이 불과 스무 살 남짓 어린 백성이 나날이 송사를 일삼아 관정을 분란케 하니 너의 죄를 도저히 용서 못 하리라."

철판대장이란 마을별로 부담할 세금 액수를 정한 세금대장을 말한다. 당시의 세금은 재작년에 내던 방식대로 작년에 내었고 작년에 내던 액수대로 올해도 내는 것이 관례였다. 철판대장이라는 이름도 해마다 조금도 변경 없이 받아오던 때문에 붙여진 이름인지도 몰랐다.

군수가 호령하니 대하에 있는 관속들이 군수의 말에 맞추어 학초를 마구 힐난하였다. 소란이 잠시 수그러지자 마당에 엎드려 있던 학초가 고개를 들어 천천히 입을 열었다.

"갓 스물 되는 이 백성이 이 지경으로 원통함을 호소하는 것은 위로는 나라의 백성이 되고 아래로는 부모 처자를 거느리고 살고자 하는 바람뿐입니다. 일신상 열 손가락 중에 한 손가락이 상하여도 어찌 아픔이 없겠습니까? 성주는 위민부모(爲民父母)입니다. 어찌 가난한 백성은 모두 죽어라 하나이까?"

군수가 내려다보고 한참이나 말이 없더니 삼문을 열어 양편 백성을 모두 입정하도록 하였다. 모두 합쳐서 5~6천이나 되는 사람들이 양편으로 나누어 빼곡히 앉았는데 자리가 좁아 다 앉지 못한 사람들은 원장 밖에서 구경을 하였다. 재판을 관장하는 군수 안전이라 두려운 생각으로 모두 조용하게 지켜볼 뿐이었다. 군수가 대상에서 다시 호령하였다.

"최금릉을 대령하라."

이때 부동 장두 최금릉이 나졸들에 이끌려 나왔다. 군수는 최금릉을 향해,

"너희 두 사람이 여러 백성을 모아 민요(民擾)를 지어 관청과 민간을 요란케 하니 응당 감영에 보고하고 그 지령을 받아 엄히 조치하리라."

엎드려 있던 최금릉이,

"철판대장에 정식으로 정해진 공금을 어찌 남의 동리 공금까지 원중해야 하오니까? 그저 억울할 따름입니다. 본시 예전에 정한 법대로 세금을 바치게 하소서. 그리고 위법에 분란을 지은 백성은 징계하여 주소서."

최금릉의 말이 끝나자 군수는,

"오늘 공사는 양편 간 이치를 들어 정당으로 결정할 것이니 최금릉의 말에 대하여 박학래 아뢰어라."

말이 끝나기 무섭게 학초가 대답하였다.

"철판대장에 적힌 것이 정식대로라고 주장하는데 철판대장도 처음에는 사람이 만든 것입니다. 고금(古今)에 없는 흉년을 당하여, 사실 그 흉년도 따지고 보면 하늘이 내린 것입니다. 하늘이 내린 변복을 다시 고치지 아니하고 그대로 시행하는 것은 옳다고 할 수는 없습니다."

이야기를 들은 군수는 다시 최금릉을 향하여,

"최금릉이 아뢰어라."

이번에는 최금릉이 대답할 차례였다.

"도 전체도 아니고 군 전체도 아니고 오직 우리들이 있는 두 면만 변경하는 것은 불가하오이다. 한 해 흉년이 들었다 하더라도 다음 해에 다시 풍년이 되면 그 자리가 메꾸어질 터. 옛날에 정해진 대로 시행하기를 바라나이다."

군수는 다시 학초를 둘러보며,

"박학래 아뢰어라."

학초가 대답하였다.

"못 사는 동네 사람이 잘사는 동네에 가서 머슴이나 품팔이를 하고 살면 따로이 세금을 내지 않고 살아갑니다. 반면에 똑같은 처지에 있는 사람이라도 가난한 사람들이 모여 있는 동네에 살면 낼 능력이 아주 없어도 구세금이니 신세금이니 모두를 내어야 합니다. 세금 변경도 군 전체가 아니어서 못한다고 하는데 이 같은 일로 인하여 견디지 못해 죽을 지경이면 이것을 보고 구하는 것이 도리가 아니겠습니까?"

이번에는 군수가 최 민을 보고 '답하여라.'고 하니 묵묵부답 말을 못하는지라. 군수가 사령에게 명령하였다.

"말 없는 백성은 따로 한쪽에 앉히고 원정을 말할 백성이 있거든 들어와서 말하여라."

그때 부동 편에 앉아 있던 한 사람이 나섰다.

"빈부는 각각 하늘이 정하는 것입니다. 잘 사는 동네 백성이 다른 동네 백성의 재산을 강탈한 일도 없고, 아무 상관이 없는 터에 어찌 남의 동리 공금까지 우리가 내어야 하리까?"

군수가 학초를 돌아보며,

"박학래는 그 이치에 가·부를 말하여라."

학초가 대답할 차례이었다.

"부자는 가난한 사람의 고운 딸도 데려다가 제 마음대로 첩이나 하인으로 부리면서 호강을 누리고, 가난한 사람에게 낚시의 미끼처럼 돈을 빌려주고 나중에는 고금의 이자를 붙여 받아왔습니다. 또 살기 어려운 사람을 불러 큰 덕이나 베풀듯이 하면서 노예같이 일만 시켜먹곤 하였습니다. 가난한 백성은 열심히 일하여도 입에 풀칠하기도 바쁜데 부자는 장기, 바둑에다 도박까지 하면서 신선을 자처합니다. 이번 흉년을 당하여 어려운 사람들의 곤란을 외면하지 말아야겠습니다. 지금까지 어려운 사람들의 것에서 많이 빼앗아서 모은 돈으로 동포지의를 발휘합시다. 우리 같은 가난한 동네에는 큰돈이지만 부자에게는 넓은 바다에 좁쌀만 한 알이요. 구우일모(九牛一毛: 소 9마리에 터럭 하나)라 생각합니다."

학초의 긴 대답이 끝나자 또 다른 백성이 일어나 아뢰었다.

"차차 있으면 저쪽 동네에도 사람들이 모여들어 일체가 될 터이오니 잠시 일 년 흉년을 빙자하여 철판대장에 변경 없을 공금을 겨우 한 백성의 주장으로 인하여 번복하는 것은 부당하여이다."

군수가 학초를 돌아보며 대답하기를 기다렸다.

"공·사채 불문하고 한 번 빚을 지면 10년, 20년 아니 평생을 두고도 갚기 힘들고, 또 갚지 못하면 족징이라고 하여 그 일가붙이에게 물립니다. 궁한 백성은 전에 짊어진 부채에 눌리어 헤어나기 어려운데 저 백성의 말은 새로 이사 온 사람더러 동네를 떠난 사람의 세금을 징출한다는 격이 됩니다. 매년 내는 공금 7백 금을 마을이 다 이루어질 때까지 저 아뢰는 백성에게 독당(獨當: 혼자 담당)하려는 다짐을 받으시면 금일 저 백성에게 송덕을 기리고 퇴거할 터이옵니다."

군수는 조금 전에 아뢴 부동 백성을 향하여,

"저네들 동네가 성촌되기 전 공금은 네가 담당하겠는가?"

물어보니 묵묵부답이라 또 한 편 몰아 앉히고는,

"원통한 자 들어와서 아뢰라."

그러자 또 한 사람이 일어났다.

"예천군 전체가 경감을 하면 민들도 원통함이 없겠으나 민이 사는 두 면만 경감하기는 불가하옵니다. 못된 한 백성의 이웃이 되어 독당하는 것은 억울하오이다."

"여기에 박학래 대답하여라."

군수의 독촉에 학초가 대답하였다.

"태산을 옆에 끼고 북해를 뛴다 함은 감히 하지 못하는 헛소리이고, 나뭇가지 한 개를 꺾지 못한다 함은 할 마음이 없어서입니다. 못된 이웃이란 말은 한낱 이웃을 불고하는 자이오니 같은 동포 지의를 모르는 백성이라 하겠나이다."

"여기에 대해 답하여라."

라는 군수의 말에 그 사람은 말이 다시 없는지라. 옆에 또 앉히고는,

"원통한 백성 있거든 아뢰라."

하니 또 한 사람이 일어서서 몹시 상기된 얼굴로,

"삼문 밖 나서면 우리 민(民) 수천 명이 한낱 박 민을 타살한 후, 이 고을 백성 되지 않고 모두 떠난다면 허다히 떠나는 백성을 성주가 어찌 다 만류하시렵니까? 급기야는 민들의 동네도 텅 비고 빈터만 있고 보면 어디에 가서 공금을 받아 상납하리까?"

이 말을 들은 군수는 노발대발 호령하였다.

"너 같은 백성은 집안 세력만 믿고 남을 아주 능시 하는구나. 되지 못하는 낭유를 지어서 사람이 많으면 능사로 아는구나. 사리에 맞게 쓸 말은 없고 두량패류요 불가취용이니 죄당 엄치하리라."

사령이 이 말 듣고 그 백성을 잡아다 더 먼 곳에 앉히었다.

"억울한 백성 있으면 들어서서 정당한 사리에 맞게 말하여라."

한참 뒤 또 한 사람이 일어섰다.

"저 연소한 박 민이 관청에서 정한 법률을 고치고 싶어 청산유수 같은 말만 꾸며 각 면 각 동을 분란하게 하지 말고 그냥 민의 동네로 이사를 와서 함께 살면 무사태평할까 하나이다."

말이 끝나기 무섭게 군수는 학초에게,

"저 백성의 말에 대답하라."

"민이 사는 동네에 기왕 나온 공금과 앞으로 해마다 나오는 공금을 그 백성이 구제할 방침이면 하필 민을 자기네들 동네로 오라 할 필요 없사옵니다. 우리 동네 사람들이 이같이 낱낱이 그 동네로 간다면 우리 동에서 지고 온 세금을 그 백성이 대신 상납할 다짐을 받아주기 바라옵니다. 그렇지 않을 진대는 말이 이치에 맞지 않고 관민을 속이는 무리간계지언(無理奸計之言)이로소이다."

군수가 부동 백성을 돌아보며,

"그리하겠느냐? 다짐을 써 올려라."

하니 아무 대답이 없었다. 군수는 사령에게 분부하여 원통하고 정당한 말을 할 자가 있거든 곧 들어서서 말하라고 하였다. 아무도 나서는 사람이 없으니 사령은 주장대로 열을 지어 앉아 있는 부동 백성의 옆구리를 차례로 찔렀다.

"네가 하라."

또 옆의 사람을 찌르며,

"네가 말을 할래?"

하여도 하나도 나서는 이 없었다.

한참을 기다리다 군수는 자리에서 일어나 대청으로 나서며 언성을 높였다.

"정당한 말에 대하여 할 말이 없으면 정당대로 시행하지, 너희들이 무슨 연유로 성군작당하여 민간을 요란케 하고 관정(官庭)을 문란케 하느냐? 빨리 나가 새로 경장할 공금을 성화같이 독납(督納)하라."

이로써 관정재판은 끝나고 양편의 백성들이 조수같이 물러나갔다. 학초는 물러나지 않고, 오늘 이 판결도 나중에 지방수령이 바뀌면 부동에서 또다시 이 문제를 분란으로 삼을까 염려되어서 확실하게 관아의 증명서를 받아두려고 결심하였다.

"오늘 이같이 명판결을 내리신 것은 차후 공문이 있어야 후일 이 같은 분란이 없을 터이니 지사인, 동임 등이 일일이 성명 납고(納侤: 관가에서 다짐을 받음)를 받아 완문(完文: 관가에서 발급하는 증명서)을 내어 주시옵소서."

지사란 동네 사람들 중 명망이 알려진 유지를 말하고 동임이란 동네 일을 맡아보는 동장이나 이장을 말함이다. 이참에 학초는 완벽한 문서를 받고 싶었다. 누에 똥 갈이듯 수령이 자주 바뀌는 세상이라 새로이 수령이 바뀌면 저쪽 동네에서는 그 기회를 이용하여 다시 번복하려 들 수도 있기 때문이었다. 군수는 잠시 생각하더니 고개를 끄덕이었다.

"그렇게 하라."

하고 남아있던 부동의 지사 두 사람만 불러들여 시명 날인한 것에 납고를 받아 완문을 만들어 주었다. 학초는 정중하게 감사의 인사를 올린 후 퇴정하였다. 학초가 나오자 폐문루 문밖에서는 빈동 사람 30여 명은 아직도 가지 않고 세금 감면을 자축하고 있었다.

당시 각 군에서는 관속(官屬)들이 백성에게 세금을 거두는데 그 세금의 종류는 수를 셀 수 없을 정도로 여러 가지였다. 관아의 노비를 감독하는 관노청(官奴廳)의 노방 세곡, 관청 문간을 지키는 사령의 사령 세곡, 각 면의 면주인의 봉급을 주기 위한 면주인 세곡, 우선 이제 말한 세

관청의 세금만 하더라도 마을별로 봄·가을에 각 한 번씩 하여 두 번, 도합 쌀 6~7석씩을 내어야 하였다.

대동법이 처음 시행될 때는 군역을 제외하고는 대동미 외에 일체의 세금을 더 거두지 못 하게 하였었다. 농민들로 하여금 잡다한 세금의 부담을 없애고 농사에 전념하도록 하는 것이 이 법의 취지였다. 대동미로 거둔 쌀 중에서 중앙정부로 보내는 상납미를 제외한 유치미는 지방관아의 운영에 쓰이도록 하였다. 그러나 해가 갈수록 국가재정이 궁핍하게 되니 상납미의 비중은 높아지고 지방관청에서 사용하는 유치미는 부족하게 되었다. 이렇게 되자 조정의 묵인 아래 관아의 운영에 필요한 잡다한 세곡을 새로이 거두게 되어 대동법의 취지는 사라진 지 오래였다.

관아의 육방관속에게 지급될 요미와 운영에 필요한 경비는 흉·풍년과 관계없이 필요하기 때문에 흉년이라고 하여 한 번 정한 세곡은 다시 고쳐지기 어려웠다. 흉년이 들어 세금을 내기 어려운 지경이 되니 답답하여 혹시나 싶어 각 청의 소위 방장이나 수석을 찾아가 감해 달라고 애걸을 해도 오히려 따귀만 맞고 쫓겨나오기 일쑤였다. 학초는 이러한 이야기를 듣고 각 면 빈동 동임들을 읍내에 머무르도록 해놓고 혼자 직방청에 가서 수석 방장을 만나 세곡 전말에 대해 이야기를 꺼내었다.

"조상 선조 때부터 정한 세금을 덜 내려 한다고 따귀를 쳐 쫓아 보낸다는 이야기를 들었는데 그것이 사실입니까? 만일 그렇다면 이는 옳지 못합니다."

수석 방장은 내심 불쾌하다는 듯이,

"그 세금을 올해 처음 받는 것도 아니고 무작정 세금을 감하려고 하면 우리 직방청은 어찌 살라고 그러십니까? 지금까지 없던 세금 변동 이야기는 왜 끄집어내시오?"

학초는 자리를 고쳐 잡고 설득하듯이 이야기를 꺼내었다.

"그 화려하던 진시황의 아방궁도, 송도 땅 만월대도 지금은 방초로 우거져 있는데 항차 촌민이 정한 세금액이 변동 없으리라는 법이 어디 있소? 더구나 작년 계미년 흉년에는 길에 송장이 즐비하고 모두 염치불구하고 남의 집 문전에 밥을 빌어 연명하였는데 군방장 방수곡으로 사람을 내어 쫓고 해서야 되겠소?"

"우리도 살아야 하지 않소이까?

학초의 긴 설득에도 방장은 뜻을 굽히지 않았다. 학초는 다시 말을 이어갔다.

"그렇게 함은 실제상 세곡이 사람을 쫓는 격이 되는 셈이오. 뉘 아니 밭을 갈아 씨를 뿌려 농사지어 철마다 봉제사하고 나라에는 세금을 달라 하는대로 주고 살고자 하지 않은 사람 있으리오만, 우선 살아가는 형편을 볼라치면 태산 같은 세금이 눈앞을 막고 있으니 어찌 헤쳐 나갈 수 있겠습니까? 우선 배가 주리니 자신의 체면도 남의 사정을 살핌도 자연적으로 없어지게 됩니다.

명치 선정하는 군수도 백성의 원통함을 밝혀 주심으로 거리마다 선정비가 있어 오가는 행인들이 긴 세월 동안 송덕합니다. 본청 중방장 수석은 십여 세 남짓 시작하여 5~6십이 되도록 허다 고생하여 방장이 되셨습니다. 자손에까지 사령 관속 물려주는 것만 영광으로 여기지 말고, 언젠가는 그 영광 사라질 수도 있습니다. 나중에 산 적적 월 공명할 때 후회하지 말고 살아생전에 인민에게 착한 선심 많이 써주소. 어진 군수의 선정으로 세금도 경감을 받았는데 이참에 장방세곡(관아 서리들의 생계를 위하여 거두는 곡식)도 군수와 같이 선심을 바랍니다. 잠깐 살고 가는 군수도 이같이 선정을 하시는데 항차 자자손손 함께 살아가는 같은 고향에서 한 번쯤 생각해 보시오."

학초의 긴 설득이 끝나자 잠자코 듣고 있던 수석 방장이,

"같은 말, 같은 사실이라도 이같이 말씀하시니 도저히 깎아주지 아니하고는 못 당하리다."

하면서 전에 내던 세곡에서 10분의 8을 부담하는 탕감증서를 써 주었다. 학초가 장방세곡을 탕감하는 증서를 받아왔다는 소문을 들은 빈동 동임들은 학초가 받아온 탕감증서를 보자 만세를 불렀다.

각 관청에서 집집이 거두는 호세는 호포나 변포라고도 부르는데, 당시에는 가가호호에 배당이 되는 것이 아니고 마을 단위로 매겨졌다. 사령청의 수곡이나 관노청의 수곡 등 대부분이 마을 단위로 배정이 되어 각 동에서 동임이 가구 수로 분배해서 거두어 바쳤다. 흉년이 들어 다른 곳으로 이사를 한 집이 많으면 그만큼 부담이 더 돌아오는 셈이다.

전세는 지세(地稅) 또는 결곡이라고도 하였는데 각처 인민들이 곤란으로 지세를 내지 못하면 관속이 독촉하여 잡아갔다. 이러한 일이 벌어지면 모두 학초에게로 와서 호소하는데 사소한 일로 잡혀가는 경우에는 학초가 대신 책임을 지겠으니 관대히 해달라는 말만 전하면 무사히 방면되었다. 이러한 일이 자주 반복되니 군 남쪽 양면의 사람들은 간혹 시장에서 시비가 붙은 백성들도 관청의 관리가 아닌 학초에게 판결을 원하는 웃지 못할 일도 일어났다.

23세가 되던 1886년 병술년 여름에는 괴질이 크게 번졌다. 곳곳에 죽은 자가 널려있고 그 수를 헤아리기 어려웠다. 학초의 모친도 괴질에 걸려 여러 날을 치료하였으나 차도가 없었다. 우연 중 연부육일탕 두 첩을 의학서대로 지어 드렸더니 병이 나았다. 모친의 병이 신기하게 낫는 것을 보자, 학초는 그때부터 이듬해까지 의학 공부에 몰두하였다. 동의보감은 물론, 백대의종, 만병회춘, 의학입문 등의 의서를 구하여 심독하였다. 5년이 지난 1891년 신묘년 10월 21일 그 당시 열일곱 냥을 들여 약국을 설립하였다. 다행히 치료를 받은 사람들이 효험이 있다는 소문이 퍼지자 약업은 점차 번성하여 큰 약국을 차렸다. 이 덕택으로 학초는 지금까지 부친이 남의 보증을 서서 지게 된 부채까지 모두 청산하고 새로이 논밭을 늘려갈 수 있었다. 갑오 동학까지 학초는 의약을 생업으로 하여 재산은 조금씩 늘어가서 제법 풍요롭기까지 하였다.

4. 동학에 입도하여

– 진사에 급제한 후 오히려 동학에 입도하여 직곡접주로

1894년은 다른 해보다 큰 의미가 있는 해였다. 그 전까지는 사소한 민란이 여기저기에서 일어났지만, 이 해에는 민중의 거센 저항의 물결이 조직적으로 일어났다. 그 시발지는 호남지역이었다. 갑오년인 1894년 1월, 전라도 고부군에서 발발되어 전국을 휩쓴 '동학농민혁명'이었다.

갑오동학농민혁명은 국내는 물론 그 주변국에 커다란 변화를 가져왔다. 동학이 성한 지역에서는 접소를 세워 한때나마 관청 대신 동학 접에서 민원을 처결하였으며, 그들이 내건 요구가 내정개혁인 갑오개혁에 반영되었고, 한편으로는 청일전쟁의 원인을 제공하였다.

1894년 갑오년, 이 해는 학초의 나이 31세가 되던 해이다. 조선이 개국한 지 5백 년, 대대로 세록을 받아온 세도가들만 판치던 시대라 과거에 급제하는 사람은 물론 조정의 중요한 자리는 세도가들이 독차지하였다.

이들은 방백(方伯: 관찰사), 수령(부사, 목사, 군수, 현령 등)은 물론, 주사(主事), 참봉(參奉: 최말단인 종9품 벼슬)에 이르기까지 모두 돈을 받고 매매하니 참봉과 군수 자리는 한 달만에도 바뀌었다. 이를 두고 당시의 백성들은 '아침에 내어 저녁에도 갈리고, 부임하러 가다가도 바뀐다.'고 비꼬았다.

벼슬을 사서 지방에 내려온 관리들은 백성들이 겪는 고통은 생각하지 않고 그 친척이나 친구까지 대동하여 떼거리로 내려왔다. 이들은 읍내에 여관을 정하고 지내니 당시의 사람들은 이들을 일컬어 '관아의 손님'이란 뜻으로 '아객'이라 불렀다.

군수가 새로 갈리면 삼공형(三公兄: 지방관아의 구실아치 중에서 호장, 이방, 수형리를 일컬음)은 물론 이고노령(지방관아에 속한 서리, 장교, 관노, 사령을 일컬음)까지, 심지어 면주인까지 돈을 받고 매매하였다. 돈을 주고 벼슬을 산 군수는 물론, 그 군수에게 돈을 주고 자리를 차지한 관속에 이르기까지 모두 세력을 빙자하여 백성의 재산을 겁박하여 떨어 먹으니 시골에 살고 있는 백성은 마을 입구에 팔을 휘젓고 들어오는 관속을 보면,

"또 누가 잡혔노?"

몇 사람끼리 모여 수군대면서 걱정 속에 하루를 넘겼다. 잡힌 사람의 집은 가족이 찾아가 보기라도 할라치면 줄줄이 뇌물을 바쳐야 하고, 갇혀있는 사람의 식비, 즉 구류채로 들어가야 하니 남은 살림은 거덜이 나게 마련이었다. 잡혀가지 않은 사람은 언제 자신에게 그런 일이 닥칠까봐 늘 불안 속에 살아야 하였다.

그뿐만 아니라 정식으로 내는 세금도 백성의 고혈을 짜내는 것은 똑같았다. 세금은 지세(地稅)를 비롯하여 열한 가지 명색으로, 호세는 1, 2, 3, 4, …, 7번까지 한 번에 엽전 닷 냥에서 일곱 냥까지 나날이 독촉하여

거두어들이니 백성들은 자다가도 세금 걱정이고 꿈에라도 보일까 전전긍긍하였다.

사령, 관노, 면 주인까지 춘추로 세곡을 받아가니 백성이 어찌 살기를 바라며 원통한들 어디 가서 호소하랴. '관청이 인민의 부모'란 말 다 거짓이요, '죄를 지으면 밝은 대낮에 벼락 친다.'는 말도 있으나 어디 벼락 치는 것 보지 못하였다. 오오창생(嗷嗷蒼生)이 솥에 물이 자연으로 끓어 넘듯이 곳곳에서 민란이 일어났다. 갑오년에는 각처에 동학이 크게 봉기하여 세상에 혁명의 북소리가 진동하였다.

순조 임금 24년, 1824년 갑신년 음력 10월 28일 경상도 경주군 가정리에서 하늘이 점지하여 특출한 선생이 나셨으니 이름은 최제우요, 호는 수운(水雲)이라 하였다. 1860년 음력 4월 5일, 경신년인 그의 나이 37세 때 꿈에 옥황상제의 명을 받아 유불선(儒佛仙) 3도를 함께 깨달아 '시천주조화정영세불망만사지(侍天主造化定永世不忘萬事知)' 13자를 주문으로 외우며 조선 전역에 포덕(布德: 동학에서 전도한다는 뜻)하여 제자가 구름 모이듯 하니 이름하여 '동학(東學)'이라 하였다.

흥선대원군이 집권하자 예수교 등을 이단이라 하여 지독하게 금하더니 급기야는 '동학도 세상의 민심을 소란케 하는 것'이라 하여 1864년 갑자년 3월 11일, 교주 최제우는 경상감사 서헌순에 의해 대구 관덕당 앞에서 처형당하였다.

교주가 사라진 동학은 법헌 최시형을 다음 교주로 정하였다. 그는 충청도 보은 장안동에 거처하면서 계사년과 갑오년 양해에 걸쳐 포교활동을 펼치니 각 도, 각 군, 면면촌촌이 일제히 동학에 입도하였다. 동학의 세력이 이와 같이 커지자 각 관아나 영문(營門: 군대가 주둔하는 진영)은 지금까지 하늘을 찌를 듯한 세력은 간데없고 곳곳의 동학 접에서 관청을 대신하여 공무를 처리하였다. 각처의 동학 접에서는 접소임을 알리는 깃발을 높이 세워 걸고 접소끼리는 서로 연락해가며 지금까지 관아에서 처리하던 송사를 이곳에서 대신하였다.

각 접에는 접주와 기찰을 조직하여 그 위엄이 대단하였다. 원통한 백성들의 소송을 모두 동학 접에서 처리하였다. 두루마기 입고 지팡이 짚고 서슬 퍼렇게 사방으로 횡횡하며 사람들을 잡아가서 결박하여 돌을 짓이겨 놓는 사람은 모두 동학의 기찰이었다. '아이고 지고'하는 소리를 내는 사람은 모두 예전에 세력을 부리던 사람들이었다. 양반이나 아전들, 심지어 그들의 세력을 믿고 백성들을 괄시하던 사람들이 이번에는 처지가 거꾸로 되어 욕을 보았다.

예전에 욕을 당한 것을 설욕하고 빼앗긴 재물을 되찾으려는 원총늑굴(怨塚勒掘)이 곳곳에서 일어났다. 예전에 사문사 존문을 당하여 재산 빼앗긴 일이며, 빙공영사(憑公營私: 공적인 일을 빙자하여 사적인 이익을 챙김) 빙자하여 불법으로 재산 빼앗긴 일이며, 무단히 생피 붙었다는 죄목을 씌워 재산 빼앗긴 일들이 이제 처지가 뒤바뀌니 죽을 자는 양반이었다.

이렇게 처지가 바뀌니 어떤 사람은 욕을 면하기 위하여 동학에 입도하기도 하고, 어떤 접에서는 동학의 세력을 이용하기 위하여 입도하는 경우도 있었다. 이렇게 되다 보니 동학도 중에는 부정한 사람이 늘어나게 되었다. 유·불·선(儒佛仙) 3도가 무엇인지도 모르고 그저 질서를 어지럽히는 불법한 자가 적지 아니하였다.

1894년 갑오년 음력 2월 8일은 왕세자 전하의 생일이었다. 이를 기념하여 전국의 선비를 모아 과거를 시행하였다. 당시의 과거 관행은 대과 급제는 언제나 세도가들만 뽑고 소과의 진사 생원은 물론, 지방에서 시행하는 예비 선발시험에 해당하는 초시까지도 응시자와 시험관이 돈을 주고받고 매매를 하는 실정이었다. 음력 2월에 시행한 과거시험은 각처에서 일어나는 동학 소요로 인해 그 결과를 바로 발표하지 못하고 6월이 되어서야 창방(唱榜), 즉 급제자의 이름을 발표하였다. 결과적으로는 이 갑오년 과거가 조선의 마지막 과거였다. 갑오경장으로 인하여 그 말 많던 과거제도가 폐지되었기 때문이었다. 학초의 재종 동생 영래가 당시 결혼 전 도령으로 인물이 절묘하여 삼청동 심상훈 판서의 집사로 있었는데 학초와 함께 재종 간 진사에 동반 급제하였다.

예전 같으면 진사에만 급제하더라도 급제한 자에게 수여되는 백패(白牌)와 임금의 유지를 넣어 다니는 유서통을 앞세우고 서울로부터 각 군 열읍을 통과하며 선산에 영전하고 각 촌이 환영 영접하였지만, 동학이 관청을 대신하는 시절이 된 지라 오히려 세록지가의 행세라 하여 욕을 당하였다. 과거급제한 행사는커녕 방백과 수령도 군졸로 하여금 삼문을 지키게 하고 자기 신변 보존에 급급하던 시기였다.

학초가 세상 형편을 둘러보니, 모두 동학에 입도하니 동학에 입도하지 않으면 운신할 곳이 따로 없어 보였다. 학초의 부친도 마침 동학 입도하기를 권하기도 하여 관동포 최맹순의 수하 접인 박현성 직곡접에 입도하였다. 입도한 다음날부터 수일 동안 학초가 사는 곳은 물론이고 인근에 사는 많은 사람들이 학초 지하에 입도하였다. 학초는 직곡접주가 되고 직곡접주 박현성은 토치접주가 되어 관동포에서는 상접주의 대접을 받게 되었다. 바로 10년 전인 계미년 흉년에 장두로 뽑혀 세금 경장을 하였을 때부터 그동안 학초가 남을 도와준 일이 많았으므로 예천의 남쪽에 사는 대부분 사람들은 학초의 접에 입도를 하였다. 더구나 학초가 관장하는 직곡접은 예천과 안동, 의성의 접경지이니만큼 그곳의 사람들도 입도하니 직곡접은 자연히 부근의 다른 접소보다 도인의 수가 월등히 많았다.

학초가 동학에 입도하였다는 소문이 퍼지자 근방의 다른 동학 접에 붙잡혀 괴로움을 견디지 못하던 사람들이 학초에게 도움을 요청하였다. 연락을 받은 학초가 어떤 접에 들어가 보면 동학 접에서 4~5십 명 또는 근 백 명씩 열을 지어 앉아 있고 그 앞에는 민간의 소장을 책처럼 쌓아놓고 공사(公事: 재판)를 하는 중이었다. 직곡접 좌·우 기찰들이 접주가 왔음을 먼저 알렸다. 학초는 기찰을 따라 안으로 들어가면서 잡아 꿇린 사람은 일으켜 세우고, 갓이 벗겨져 있는 사람은 갓을 쓰게 하고, 결박당한 사람은 결박을 풀어 좌중에 함께 앉게 하였다. 그런 연후에 앉아있는 사람들과 인사를 나눈 후에 여기에 온 목적을 말하였다.

"동학의 주지인 유불선 삼도와 예의, 염치, 오륜 등속은 모두 자신의 수심을 지키기 위함입니다. 살다 보면 약간의 과실이 있었다 하더라도 그 뒤 잘못을 뉘우치면 과오가 없어짐과 같습니다. 설혹 잘못을 뉘우치지 못하였던들 관청도 아닌 동학 접이 백성을 벌할 수는 없습니다. 유불선 도(道) 중에도 없는데 어찌하자고 동포 형제를 모두 잡아 사적으로 형벌을 가하십니까? 하늘의 상제라 하더라도, 관장이라 하더라도 아름다운 풍속을 만들지 못하면 도리어 부끄러운 일이거늘 어찌하여 사람을 상하게 한단 말이오? 이제 다시는 그리하지 맙시다. 만일 이 중에 이 사람의 말이 틀리다고 생각되면 보은의 장안 도소에 가서 물어보시오. 그렇게 하지 않으시려거든 다시 그리 하지 맙시다."

대부분의 사람들은 묵묵부답이었지만 그중 몇몇 사람은 고개를 끄덕이며 옳은 말이라고 하였다.

용궁군 어촌이라는 동네에 사는 신동건은 조부 때까지는 이름난 부자였다. 속설에 경상도 부자를 이르자면 경주 교촌의 최 부자와, 순흥의 김자인과, 용궁의 신 버벌이라고 하는데 '버벌이'란 위호는 경상도 말로 벙어리를 이르는 말이다. 주인이 벙어리이어서가 아니라 '말 못할 만큼 재산이 많은 부자'란 뜻이었다. 택호는 '보은집'이라 하였는데 당시 조선의 풍속에 부자라고 하면 대체로 남에게 공짜로 주지 않고 받을 때는 인정 사정두지 않고 독하게 받아가니 이로 인하여 남과 원수를 맺는 일이 허다하였다.

신동건 부친 대에 와서는 가산이 군속하여지니 양반을 내세우며 만만한 사람들을 불러 강제로 돈을 빌려 쓰고 갚지 아니하였다. 그뿐만 아니었다. 주변의 사람 중에 중인(中人)이나 서인(庶人)들은 감히 그 집 당상에 오르지도 못하였다. 심지어는 이웃 동네 사람들은 그 집 앞은 물론, 동구까지 머리를 숙이고 지나지 아니하면 혼쭐을 당하였다.

이제 동학의 세상으로 뒤바뀌니 옛날의 전횡에 대해 원한을 갚기 위하여 동학 도인들이 몰려왔다. 칠십 노인과 오십 노인 부자를 결박하여 그 집 당하에 꿇리고 동학 도인들이 당상, 당하 좌우에 둘러서서 공갈 협박을 하였다. 그 집 노부녀는 평소에 직곡의 동학 접주는 절박한 사람들을 구제하여 준다는 소문을 듣고 있었는지라. 자식 신동건을 시켜 비밀리에 달려와서 구원을 청하였다. 급급한 모양새로 곤란함을 세세히 말하고 구원 적선해 달라고 하였다. 학초는 그 사람을 먼저 보낸 후 수하 기찰 3인을 대동하고 신동건의 집으로 향하였다.

집안에 들어서니 수많은 사람들이 둘러싸고 그 안에서는 호령 소리가 야단으로 일고 있었다. 기찰이 먼저 들어가며 직곡접주가 도착했다는 사실을 통지하였다. 그 뒤로 학초가 따라 들어가며 결박한 사람부터 풀어주고 인사를 건네었다. 학초는 당상에 오르지 않고 마당에 자리를 정한 채 앉았다.

"여기 무릎 꿇리어 계시는 분은 보아하니 이 동네에서 학문을 닦으신 분 같은데, 개인적인 가사 문제가 있으면 한두 사람이 찾아와 말로 해도 못할 일 없습니다. 그러함에도 수백 명이 작당하여 남의 집에 함부로 침입하여 주인을 결박하고 이같이 공갈 협박함은 동학 규칙 중 어디에 있으며, 어느 상접의 명령이오니까?"

학초가 언성을 높여 말하자 좌중에 앉아있던 한 사람이 입을 열었다.

"선생의 이름은 익히 알고 있습니다만 보기는 오늘이 처음 올시다. 그런데 초면 인사도 나누지 않고 잘못부터 지적하시니 어떤 영문인지 알지 못하리다."

학초는 대뜸 언성을 높여,

"이 사람이 들어오기 전에 기찰이 먼저 통지하였지만 영접은 없었습니다. 당상에 앉아 계신 좌장은 물론 그 아래에 앉아있는 일반 사람들도 일절 영접이 없었습니다. 수인사 거동은 하지 않고 결박한 사람 호령만 내리니 오히려 적반하장이라 생각됩니다."

그러자 또 한 사람이 나섰다.

"그 점은 우리 접이 실례하였소이다. 여기에 묶인 주인으로 말하면 옛날 다른 사람에게 돈을 많이 빼앗아 갔는지라, 이제 그 빼앗긴 돈을 찾기 위해서입니다. 결박한 까닭은 옛날에는 이 사람이 이 마당에서 무수한 사람들을 결박하여 볼기를 친 것에 대한 갚음이라 할 것이외다."

학초가 다시 대답하였다.

"공·맹의 도나 유불선 동학 지문에 인민을 결박, 공갈하는 것이 어느 곳에 있소? 언제는 여러분들이 이 당하에서 결박당해 꿇리어서 아픈 매를 견디지 못하여 돈을 바쳤고, 오늘은 주인이 앉던 마루에 객이 앉고 마당에 주인을 꿇려 호령하는 형세로 뒤바뀌었구려. 그때 여러분들이 죽을 욕을 겪은 것을 하나도 빼먹지 않고 지금 되갚아주고 있구려."

듣고 있던 좌중의 사람들이 아무 말이 없는지라 한 참 후 학초는 다시 입을 열었다.

"지금 이 자리에서 옛날의 설욕은 이미 다하였으니 여기에서 마치시오."

학초는 이어서 동학 접인들을 향해,

"모두 돌아가 농사하는 이 농사하고, 장사하는 이 장사하며, 동학 도인이라 핑계 대고 남에게 술 한 잔, 밥 한 그릇 공짜로 먹지 말고 각자 하던 일이나 하여주소. 만일 다시 이 같은 행위를 하여 이 사람 귀에 들어오는 날에는 보은 도소로 사실을 보고하여 낱낱이 죄를 캐물을 것이니 그리 아시오."

말을 마치자마자 학초는 기찰을 시켜 회의를 파하게 하고 모두 돌아가도록 하였다. 혹시라도 지체하는 사람이 있으면 직곡접 기찰들이 작대기로 등을 쳐서 낱낱이 쫓아내자 모여 있던 도인들이 황급히 달아났다.

이런 일이 있은 후 혹시나 또 행패를 부리는 일이 있을까 염려되어 신동건 부자를 아예 학초의 집에 피난시켜 기거하게 하였다

하루는 동네에 사는 젊은이 하나가 신동건 조부 앞에서 맞담배질을 하면서 언사가 불공하였다. 학초가 그 사람을 불러 타일렀다.

"나이로 보더라도 부모뻘이요. 전에나 지금이나 사람의 도리는 항상 같은데. 항차 동학 도인으로서의 행동이 어찌 그러한가? 같은 소년끼리도 서로 공손히 공경함이 옳은데, 항차 칠 팔순 노인에게 경대를 모르니 어찌 사람이라 할 수 있는가? 그대들의 나이가 저 어른같이 되고, 소년이 그대 같은 이 있어 이같이 한다면 그대는 통곡하지 않겠는가? 극진히 공손을 다하여도 서산에 저무는 노인을 뵐 날이 그리 많지 않거늘. 다시 이후부터는 노인을 홀대하여 세상에 부끄러운 짓을 하지 말라."

그 사람이 감히 다시 말을 못하고 물러갔다.

안동 구담동에 김종원이라 하는 사람이 살고 있었다. 그 선친인 김경도가 자수성가로 부자가 된 후에는 조정의 세도가와 친밀한 관계를 맺어 과거에도 급제하였다. 김경도는 당시 부자들처럼 주변 사람들에게 돈이나 곡식을 빌려주고 뒤에 이자를 쳐서 받을 때는 인정사정을 두지 않고 독하게 받았다. 당연히 받을 것을 받았지만 그런 일로 원성을 많이 샀었다. 김경도가 죽고 김종원이 집안 살림을 맡았을 때 마침 동학이 봉기하던 때였다.

"전일 불법으로 빼앗긴 돈을 찾자."

하고 수백 명씩 나날이 와서 도륙을 내었다. 김종원 집에서는 학초와는 일면식이 없어 전부터 알고 있는 김치홍을 중간에 내세워 직곡접에 구원을 청하였다. 학초는 먼저 기찰 2인을 서둘러 보내어 직곡접주가 온다는 기별을 미리 하도록 하고 자신은 천천히 김종원의 집으로 향했다. 직곡접주가 온다는 연락을 미리 기찰로부터 들은 그 동학 접에서는 갑자기 야단이 일어 모두 뿔뿔이 흩어져 도망가고 학초가 당도하였을 때는 온 집안이 조용하였다. 이처럼 묵은 원한을 설욕하고자 하는 도회가 여러 접에서 열렸지만 학초가 찾아가면 흩어지고, 학초가 떠나가면 모여들고 하는 것이 반복되었다.

의성군 소직골에, 당시는 늙어서 벼슬을 그만둔 신 승지 신태관(申泰寬)이라 하는 사람이 살고 있었다. 옛날에 찰방(역참을 맡아 관리하던 종6품의 벼슬)을 거쳐 옥당(홍문관)의 한림승지로 벼슬하고 늦게 산수 좋은 곳에 내려와서 세월을 보내자니 자연히 살림은 궁색하게 되었다. 그렇다고 농사도 못 짓고 장사는 더 못하고, 아무 할 일 없이 지내자니 살기가 궁색해질 수밖에 없었다. 신 승지는 사사로이 사람들을 불러다가 돈이나 곡식을 빌려 쓰고는 갚지 아니하는 일로 이름이 나 있었다.

동학의 세상이 되자 의성 등지의 동학도들이 성군작당하여 연로한 옛 옥당 승지를 무수히 괴롭혔다. 심지어는 잡아가서 문초하기도 하였다. 마침 신 승지에게 들려오는 소문으로는 직곡접에서는 곤란을 겪는 사람들을 많이 도와준다는 말을 듣고 하루는 사람을 급히 보내 구원을 청하였다. 당시에는 학초에게 이러한 구원을 청하는 손길이 매일 답지

하였으므로 몸을 빼서 나가지는 못하고 기찰 2인에게 통문을 작성하여 보냈다.

통 문

예로부터 천지개벽 이후 사람이 살고부터 제왕과 성현이 백성을 보호하고 예와 법도를 만들어 지켜왔음이라. 동학의 유불선 삼도 또한 사람이 지켜야 할 도리에 관한 법이라. 이러한데도 무리를 지어 인가에 침입하여 사람들을 협박하는 것은 죄를 짓는 일이라. 귀 접은 도인임에도 불구하고 이같이 한다면 비접 직곡접에서 수하 도인을 대동하여 귀 접이 신승지 집에 가서 한 행위를 문제 삼을까 하니 해답하여 주시기 바람.

갑오 7월 29일 직곡접장

의성 각 접중

이 통문을 받은 접의 각 도인은,

"우리는 싸움하기 싫소."

하면서 모두 흩어졌다 하였다.

학초와 같은 우음동 마을에 신태성(申泰成)이라는 사람이 살고 있었다. 그 부친 되는 신경조가 앞에 소개한 신태관 신 승지의 친척이었다. 신태관이 예전에 상현 찰방으로 갔을 때 비서 일을 맡아 하는 소위 책방으로 따라갔다가 다녀온 이후로는 신태관이 승차하여 옥당 벼슬함을 세력으로 믿고 주변 사람들에게 돈이나 재물을 빼앗았다.

주변 사람들은 이러한 신경조를 보고 부르기를 '책방택'이라 하였다.

신경조가 세도를 얼마나 부렸는가 하면 관아의 막중 공금도 3~4년씩이나 아니 주었다. 혹 관청 명리가 이를 받기 위해 방문하면 하인을 불러 상투 잡아 빵빵이시키고, 또 한 놈은 장작가지로 마구 때려 쫓아 보낼 정도였다.

그 아들 신태성은 시속에 맞게 강하고 부드러움을 함께 지닌 위인으로 사람을 부리는 기술도 부친보다는 나았다. 한 동리에 살아왔기 때문에 학초와는 다소 친분을 맺고 있었다.

마침 용궁군 암천동에서 그 지역의 동학 도인들이 모여 신태성을 붙들어다가 당하에 꿇리고 엄숙한 호령으로 질책하였다. 그 가족이 학초에게 구원을 청하기에 서너 명의 기찰을 데리고 급한 걸음으로 달려갔다.

암천을 들어서니 수많은 군중이 주위를 둘러싸고 당상에서는 범을 쫓는 듯한 호령 소리가 울려 나오고 있었다. 마침 신태성의 등에 짊어지울 돌을 맞잡고 오는 두 사람을 직곡접 기찰이 불러다 따귀를 쳐 돌려보낸 후 당상으로 올라서면서 직곡접주가 당도하였음을 알렸다. 학초는 들어서면서 신태성의 결박을 풀고 의관을 찾아 입히고는. 부액하여 같이 당상에 올라와서 자리를 잡고 앉았다. 그리고는 좌중을 향해,

"오늘 이 모임은 어떠하신 도인의 주장으로 되었는지요?"

좌중이 모두 묵묵부답이었다. 학초가 다시 큰 소리로,

"동학의 본뜻이 도기장존사불입(道氣長存邪不入)이라 하였습니다. 도를 닦은 기상이 오래 남아있다면 간사한 마음은 감히 들어오지 못할 것입니다. 포덕으로 널리 천하를 구제할 요량은 하지 않고 여럿이 모여 그 수효 많음을 내세워 예전의 애통한 원한을 갚기를 주장한다면 도저히 도인 대접을 하기 어렵소. 차후에도 이같이 하면 동학의 도를 어지럽히

는 자로 알겠소. 사과를 하고 서로 보기 좋게 지내겠다고 인사를 다시 하시오. 개과호면(改過好面)이라 하였습니다. 누구든 잘못을 뉘우치면 서로 좋은 얼굴로 대할 수 있습니다."

하고 신태성을 먼저 인사시키니 앉아있던 모든 사람들이 엉겁결에 같이 인사를 하였다. 학초는 기찰을 시켜 파회를 고하고 신태성과 함께 돌아왔다.

어느 날 안동과 의성은 물론 조령, 죽령 이하 각처의 동학도들이 오천장터(현 예천군 호명면 오천리)에 도회를 열었다. 참석하지 않은 도인에게는 궐이나 벌을 준다고 하니 각처 동학 도인들이 하던 일을 제쳐놓고 구름같이 모여들었다. 그러나 직곡접주인 학초는 몇 명의 기찰만 대동하고 참석하였다. 각자 생업으로 바쁜데 굳이 모든 도인들이 참석할 필요는 없다는 생각에서였다. 무슨 공사를 벌이기 위해 모이라 하는지 궁금해하면서 시도기를 적으려는데, 먼저 와서 줄을 맞추어 앉아있던 한 사람이,

"직곡접장은 들으니 5천7백여 인으로 관동 각 접 중에서 그 수로 말하면 큰 접인 줄 알고 있습니다. 그동안 날로 입도하는 사람이 있어 지금은 7천몇이 될지도 모르는데 불과 3~4인만 참석하니 어찌 된 영문이시오?"

"돌아오는 통문은 직접 받아보았습니다만 아직 이번 모임의 목적은 알지 못하였습니다. 본 접의 도인들의 생업에 방해와 손해가 있을 수 있어 우선 접주가 참석하여 알아보고, 뒤에 조치하여도 늦지 않다고 생각됩니다. 물도 한꺼번에 많이 흐르면 탁류가 되기 쉽습니다. 우선 1~2인

이 참석하여 많은 사람이 모여 생길 수 있는 폐단을 막을 듯 하여이다."

하니 모두가 반박하지 못하고 직곡접 수하 불참궐석이 무마되고 타접의 불참자도 다시 거론 없이 넘어갔다.

온 사람들이 모두 모여 공사를 시작하는데 한 사람이 나섰다.

"이번 공사는 다름이 아니오라, 지금 조정에서 정치하는 것이 전혀 법률을 쓰지 아니하고 세도와 문벌만 따져 과거에 급제하고 벼슬을 하는 것이…. 공맹(孔孟)의 유지는 물론 글의 뜻도 모르고 그저 읽기만 할 수 있는 도능독(徒能讀)이라. 법률 조목은 하나도 알지 못하고, 배운 바도 원래 없고, 돈 있는 사람을 못살게 하여 재산을 불리는 소위 세도 대신이다, 혹 민중전이다. 아니면 어떤 불알 없는 지사이라. 방백 수령이라 하는 사람은 본시 백성 떨어먹는 강도의 괴수이지 어찌 인민의 부모라 하리오.

물극필반(物極必反: 사물의 발전이 극에 달하면 반드시 뒤집히게 마련임)지의로 하늘의 기운에 순응하여 동방에 성인이 나셨으니. 상제가 수월 선생에게 영령하시어 유불선 도를 내니 하늘의 구름같이, 바다의 조수 같은 인심이 발전되었음이라. 이제는 머리를 흔들고 눈을 굴려 불법 행위를 하던 자와 백 가지나 쌓인 원망, 인륜 변괴와 빙공영사한 강도들을 모두 우리 도중에서 척결할만하게 전세가 바뀌었으니 각각 어느 정도에서 처리할 것인지에 대한 규정을 정해야 할 터이니 일러 주심을 바라나이다."

하고 장황한 서론과 함께 오늘 모인 목적을 말하였다. 말을 마치자마자 한 사람이 일어서서,

"각 접에서 인민의 시비곡절을 판결해주기로 하고 다만 각종 세금은 일절 거두지 맙시다. 세금을 관청에 주지 아니하면 군수는 먹을 게 없으

니 저절로 떠날까 하여이다."

말을 마치자 또 한 사람이 일어섰다.

"이 중에서나 아니면 이 근방에서 지극히 원통한 일을 겪었거나 일대 변괴된 일이 있거든 빠짐없이 말하여 앞으로는 이런 폐단이 없도록 합시다."

이 말이 떨어지기가 무섭게 각 접에서는 모아놓은 소장을 한 아름씩 안고 들어오고, 좌석 한쪽에는 붙잡혀 온 사람들이 앉아있는 것이 보였다. 결박한 채로 붙들리어 온 사람도 꽤 눈에 띄었다.

한 사람이 일어서서 가기동 회석장 가에 한 장의 익명서(누가 썼는지 이름을 밝히지 않고 쓴 글)가 붙어 있어 이것을 떼어왔다고 하면서 좌중에 돌렸다. 돌아가면서 받아보고는 일제히 하는 말이,

"세상에 이 같은 인륜 변괴가 어디 또 있으리오."

모두 놀라는 눈치로 한 마디씩 거들었다. 이를 보고 학초는 수하의 기찰을 시켜 익명서를 가져오게 하였다. 익명서에 적힌 당사자는 학초의 선대로부터 서로 반목하여 지내오던 집안의 사람이었다. 하회 류씨 좋은 집안의 사람으로 생가는 사촌 사이요, 양가로는 남매간인데 출가 전 처녀·도령 때부터 간통하여 비밀리에 자식을 낳아 강물에 던져 인명을 살해하고 남매간 생피한 내용의 고발장이었다. 학초는 읽기를 마친 후 한참이나 생각하다가 좌중에 말을 꺼냈다.

"요임금과 순임금은 만고에 성군이시지만 요임금의 따님인 아황, 여형 두 형제는 사촌 되는 순임금과 혼인하였습니다. 만고 대성 공자는 3대에 걸쳐 아내를 내쫓았습니다. 이와 같이 법은 당시 정하기에 달린 것입니다. 사태(死胎) 아이가 강물에 던져져 없어졌다는 건도 청청 강물이 흘러간 지 수 세월이 지나 알 수가 없습니다. 누구나 내장에 구린 똥을 감

추고 살듯이 추한 면은 숨기고 좋은 모습은 드러내고 싶은 것은 대인군자도 하는 처사입니다. 지금에 와서야 여러 도중의 힘을 빌려 이런 일을 발기한 것은 음창 버러지 같은 마음이라 할 수 있습니다. 도중은 이러한 청을 들을 이치 없습니다."

말을 마치면서 그 익명서를 불로 태워버린 후 결박을 당한 채 무거운 돌을 지고 있던 한 소년을 풀어 기찰을 동행시켜 무사히 돌아가게 하였다.

이 소년은 다름 아닌 하회 류씨 류결성의 손자였다. 류결성은 과거에 급제하여 옥당을 거쳐 군수를 지냈으나 그 아들 류혁이는 선비로 지내 가난을 견디지 못하여 자신의 딸을 천국보라고 하는 부자에게 돈을 많이 받고 출가시켰다. 그 뒤로도 살기가 어려워지자 인근 지방에서 수령하는 세록의 힘을 빌려 인민을 괴롭힌 적이 없다 할 수 없는 터였다. 이번에는 아들이 잡히어 이다지 곤욕을 치르다가 학초에 의해 방면된 셈이었다. 이때 한 사람이 일어나,

"요즈음 각 군수는 우리 도인 때문에 난동은 물론 행영(行營: 관할구역을 돌아다니며 사정을 살핌)도 하지 못하고 대신 동학 각 접에서 잡아온 죄인이 많으니 어떻게 처분할지 공동으로 결정을 정하기 바라나이다."

지난날 관아에서 죄인을 잡아 처벌하였는데 이제는 동학의 세상이 되어 동학의 각 접에서 죄인을 다루기 위한 그 처벌 수위가 각각 다르므로 여기에 대한 의논이 필요하다는 말이었다. 아무도 여기에는 별로 말이 없자, 학초가 일어서서 모두가 들리게 큰 소리로 말하였다.

"동학 접에 한 규정을 만들어 오늘 도회가 파하거든 통문을 내어 시행하기를 바라나이다."

대부분 사람들이 좋다고 하니 기찰을 불러 지필묵을 준비하여 학초

가 부르는 통문을 받아쓰게 하였다. 이것을 알기 쉽게 풀이하면,

통 문

가정에는 부모가 있고 나라에는 임금이 있으며 도에는 선생이 있으니 가정의 규모와 같고 나라의 법과 같음이라. 동학 도인은 수본수도하면서 산업에 종사하여 동포를 보호하고 위로는 부모를 모시고 아래로는 처자를 보살펴서 각자 하는 일 열심히 하며, 자칫 예전의 원한이나 빼앗긴 재산을 찾겠다고 도인 간이나 외인 간에 서로 분쟁하여 난동을 부리는 것을 일절 금한다. 이후 도인이라 칭하며 백성들의 술 한 잔, 짚신 한 켤레라도 공으로 받거나 사람 간 언어가 불공하면 북을 지고 동네를 도는 할안명고에 처할 것임. 이후부터 실행할 것임

갑오 팔월 초 삼일

관동지접 임지 오천 회중

쓰기를 마치니 학초가 기찰을 시켜 작성한 통문을 여러 사람이 듣게 낭독하고 각 접에 보낼 것을 한 부씩 베끼도록 하였다. 앉은 사람 중에는 이견을 말하고 싶은 사람이 있어도 말을 못하고 잡혀 왔던 사람들은 모두 방면하고 파회를 하였다.

집에 돌아온 그 다음날 지금까지 대대로 서로 담을 쌓고 지내왔던 류혁이가 전날 익명서를 당해 자식이 붙잡혀 갔다가 학초로 인해 방면된 사연을 듣고 학초의 집을 찾아왔다.

학초의 집안은 예천에서 오랫동안 뿌리를 내리며 살아온 것이 아니라

인조반정을 당하여 정처 없이 흘러다니다가 순흥을 거쳐 고향도 연고도 아닌 이곳에 정착하다 보니 향촌의 사람들과는 이질적인 요소가 많았다.

공손히 예를 다한 후 지금까지 외지에서 온 사람들이라고 무시해 왔던 점 등 잘못한 점을 구구절절 사과하였다. 그도 그럴 것이 자칫 멸족을 당할 뻔한 것도 있지만 그래도 자신들은 근방에서는 양반으로 자처하고 지내왔는데 '사촌 간 생피'라는 얼굴을 들지 못할 험한 지경을 당할 뻔한 것을 학초로 인해 모면할 수 있었기 때문이었다. 그러면서 남평합죽선 부채 한 자루를 정표로 드린다고 하였다. 학초는 한사코 사양하였으나 기어이 두고 가서 더 이상 거절하지 못하였다.

의성에 살고 있는 이장표(李章表)라 하는 사람이 있었다. 겉모습은 점잖은 체하였으나 말씨가 불량하고 쓰지 못할 심술이 심하였다. 이장표는 언제나 무슨 세력이나 있는 것처럼 남을 헐뜯는 말을 일삼고 근거 없는 말을 지어내어 분란을 일삼았다. 어느 날부터는 느닷없이 자신이 보은 장안까지 가서 입도하고는 동학의 감찰이 되었다고 거짓 행세를 하고 다녔다.

이 소문이 퍼지자 장안 도소에서는 음력 8월 13일 용궁군 암천동 반석에서 대도회를 열고 이장표를 잡아다가 난잡한 말과 행동에 대한 벌로 엄태 30대를 가한 후 쫓아내었다.

석양이 되어 도회가 파하고 모여 있던 사람들이 흩어졌는데 동쪽으로 가는 동학 도인들이 안동 풍서면 자방동(현 안동시 풍천면 도양리)이라 하는 곳을 지날 때쯤 되어 이미 날이 저물게 되었다. 도인 중 한 사람이 어둠을 틈타 신장원의 집에 불을 질러 사당에 있던 조상의 신주까지 불에 타버리는 일이 발생하였다.

당시만 하여도 불에 탄 어떤 재물보다 조상의 신주가 탄 것은 큰 낭패였다. 신장원 부자는 신주를 불태운 원수를 갚아달라고 안동부사에게 하소연하여도, 진영에 아뢰어도 당시에는 관청이 힘을 펴지 못할 때라 할 수 없이 법헌 최시형 선생이 있는 보은 장안 도소에 소위 '신주 소화 사건'을 해결해 달라고 하였다.

장안 도소에서는 각 접에 신장원 신주 소화 사건에 대해 실제 사정을 자세히 조사하여 보고하고 신장원의 4대조(四代祖)까지 신주를 불태운 그 원한을 갚아주라는 통문을 보냈다. 어두운 밤에 어느 손에 의해 저질러졌는지 쉽게 찾을 수 있는 문제가 아니어서 어느 접에서도 해결할 수가 없었다. 보은 도소에서는 급기야 학초가 있는 직곡접에 한 통의 통문을 보냈다.

평소 직곡접이 의용 처결을 잘한다는 소문에 따라 학초에게 '의총안찰사'라는 사령장과 함께 소위 '신장원 신주 소화사'를 해결하라는 통문을 보내왔다. 통문을 접한 직곡접의 기찰이나 수하 도인들은 난감할 수밖에 없었다. 아무리 직곡접이 의용하는 명성이 높다지만 신주 소화 사건의 범인을 찾는 것은 그야말로 모래밭에서 바늘을 찾는 격이기 때문이었다.

"이번 신장원 사건을 어찌하시어 공사를 밝게 하시려이까?"

기찰들이 걱정이 되어 학초에게 묻자,

"그대들은 염려 말고 내가 하는 대로 따라 보라."

하고는 즉시 각 접에 통문을 보내었다.

통 문

본 통문은 관동 대접 장안 통문에 의거한 것임.
인민이 부모나 조상에 대한 설욕은 옛날부터 있어 온 인간으로서의 지켜야 할 도리이므로 신장원 사의 잘못된 점을 바로 잡기 위하여 금월 모일 사시(巳時오전 9시~11시)에 구담 영벽정으로 일제히 내도하되, 본 통문에 정한 양식에 따라 종이의 가로 세로의 길이와 글자 크기를 틀림없이 맞추어 각 접 시도기를 준비하여 종이 매수가 많아 책을 매거든 보통 매는 방식대로 만들어 제출할 것.
참석자의 점심 일체는 각자 준비하여 밥 한 숟갈, 짚신 한 켤레, 술 한 잔이라도 도인 세력 믿고 구담 일동 촌민에 값을 치르지 않고 먹는 도인이 있으면 도둑의 죄명으로 엄히 다스릴 것임.

갑오년 8월 모일
관동의용안찰사

구담(현 안동시 풍천면 구담리) 영벽정(暎碧亭)이란 정자는 옛날 구담동 마을이 처음 형성될 때 류 처사(處士: 벼슬을 하지 않고 초야에 묻혀 사는 선비)란 사람의 소유로 있었으나, 다만 류 처사의 고적비는 동쪽 아래 강둑에 자리하고, 지금은 신 씨 소유의 고택이 되어 있었다. 영벽정을 도회 장소로 정한 것은 신장원의 공사를 같은 신 씨의 정자에서 하려는 배려에서였다.

모임 날을 당하여 직곡접 5천 7백여 인이 먼저 도착하고 그 외 다른 접에서 허다 도인이 모여 정자 주변은 발 디딜 틈조차 없을 지경이었다. 각 접의 접주와 기찰은 영벽정 정자로 오르게 하고 일반 도인들은 정자 앞의 모래사장에 각 접이 구별되게 줄줄이 항과 오를 맞추어 겹겹으로 앉았다.

당상에서 학초가 큰 소리로 외쳤다.

"오늘 여러 사람이 여기에 모인 까닭은 장안에 계신 상접의 명령으로 신장원 조상의 신주 소화 사건의 범인 색출을 하려 함입니다. 본 접장이 안찰이란 역할을 맡은 것은 이미 다 아시는 바라 더 설명할 필요 없을 것입니다.

고금을 통하여 사람 간 사귐은 도인이고 도인이 아니고 간에 옳은 도리로 교제하면 각기 보호하고 싶어집니다. 반면에 옳지 못한 도적을 품에 안아 숨기면 뱀을 붙들어 품속에 품은 셈이 됩니다. 이치가 그렇지 않습니까?"

듣고 있던 사람들이 모두

"옳습니다."

하고 외쳤다. 학초는 다시 큰 소리로,

"천지가 생긴 이후로 사람이 태어나서 삼강오륜을 존중하고 제 법도를 준수하고 있습니다. 각자 자기 맡은 직업에 충실하여 내 번 것 내 먹고, 네 벌어 네 먹으면서 상호 침해를 아니하면 하등 문제 삼을 필요 없습니다. 그러함에도 남의 집에 일부러 불을 지름은 그 죄 중하거니와 더구나 조상의 신주를 태웠으니 사람마다 역지사지로 당하고 보면 어찌하겠소?"

잠깐 숨을 고른 후 학초의 말은 이어졌다.

"이제부터 '차마 어찌 말하리.' 하고 생각하시거나, '내 어찌 원수 맺으리.' 하지 마시고 마음을 단단히 하시오. 지금부터 아주 좋은 수를 행하려 합니다. 붓에 먹을 묻혀 기찰의 인도를 받아 시도기를 살펴본 후 마음 가는 사람의 이름 아래에 점을 찍으시오. 기찰까지도 의견을 금하고 혹 남이 찍었다고 따라 찍지 말고 각자 자기 뜻대로 찍으시오. 타점자를 찾아 죄인을 발각하려고 합니다. 이렇게 하면 뉘 손, 뉘 입으로 발각된 줄 드러나지 않게 됩니다."

앉아 있던 사람들 모두 실로 탄복할 꾀라고 하며 손뼉을 쳤다. 그래도 마음이 놓이지 않았는지 학초는 다시 큰 소리로 한마디를 덧붙였다.

"만일 이번 공사 비밀 타점에 죄인을 적발하지 못하면 오늘 모인 동학 도인 명색은 일절 사라질 것이오, 오륜은 땅에 떨어질 것입니다. 지금 마지막 몸과 명예를 찾는 고비임을 명심하여 거행합시다."

이때 보은 장안 도소에서 직곡접주가 이번 공사를 어떻게 처결하는지 살펴보려 비밀 안렴사로 이용구가 파견되어 영벽정 근처 김순흥의 집 사랑방에 머무르고 있었다. 이용구는 갑오농민전쟁에도 참여하였으나 후에 일본을 견학한 이후 친일로 돌아서 일진회 회장을 맡기도 한 인물이다. 이용구는 영벽정에 사람들이 너무나 많이 모여 있으니 혹시나 하는 두려운 생각에 안렴사가 학초를 청하였다. 기별을 들은 학초는,

"도중 공사가 더 긴급하니 마치고 뒤에 가리라."

하고는 기찰을 시켜 시도기에 비밀 타점을 받았다. 모인 군중의 반을 돌지 않아 '김도희'란 이름 밑에 무수한 타점이 찍혀 더 이상 찍을 틈이 없는 먹판이 된 지경이라고 기찰이 알려왔다. 학초는 그 사람을 잡아들이라고 분부를 내렸다. 이윽고 기찰이 한 도인을 잡아 대청 아래에 꿇리었다.

"네가 김도희냐?"

학초의 물음에 그렇다고 대답을 하였다.

"그러면 살기는 어디에 살며, 무슨 연유로 남의 집에 불을 질러 신주를 불태웠느냐? 너 하나로 인하여 관동 각 접 수천만이 누명을 쓰고 있는데 이제 방점으로 드러났으니 사실대로 직고하여라."

"소도는 본래 안동 중대사(中臺寺)의 중이올시다. 신장원 사건은 저도 할 말이 있나이다. 나무로 깎아 만든 신주뿐만 아니라 살아있는 신장원 부자까지 태워죽이지 못한 것이 그저 원통할 따름입니다."

"어찌하여 그러하단 말이냐?"

"신장원의 부녀조나 부자가 모두 자신들이 양반인 것을 내세워 함부로 사람들을 잡아다가 돈과 곡식을 빼앗기 능사요. 그것도 한 번 두 번이면 참기도 하련만 해마다 자자손손 이어지니 견딜 수가 없었습니다. 신주라 하는 것은 훌륭한 분을 모셔다 놓고 제사 지냄이 옳습니다. 강도와 같은 신주를 도적질을 더 잘하라고 모셔 둘 이치는 없습니다."

김도희는 자신이 당한 것이 신주를 불태운 이상으로 억울하다는 듯이 말하였다.

"네가 나이 불과 30세로, 더구나 중이 되어 산사에 있어 승가와 속인의 구별이 분명한데 어찌하여 양반의 부여조상까지 헐뜯는 말을 하느냐?"

"소승이 중대사 중이기 때문에 그러한 연유가 있습니다. 중대사가 본래 노론 양반에게 매인 절이올시다. 신장원 집은 안동 노론 양반이라, 매번 절에 오면 무료로 식사하고 떠날 때는 노잣돈은 물론이거니와 신발과 가죽신도 챙겨가는 것이 관례였사옵니다. 절에 속한 전답은 신장원 부자가 모두 팔아먹고 한 달에 한두 차례씩 절에 들러서는 중이 목탁 두드려 동냥해 모은 곡식까지 빼앗아 갔습니다. 만일 거역하면 하인을 시켜 무수히 두들겨 팹니다. 승가에 속한 사람을 신가(申家)의 먹잇감으로 삼으니 불을 지르지 아니하면 두었다 도적을 기르리까?"

동인과 서인으로 갈라지는 붕당 초기에는 영남에 속한 선비들은 대부분 조식과 퇴계의 학파로 동인에 속하였다. 그러다가 서인의 우두머리격인 정철에 대한 단죄 방식의 의견 차이로 서경덕과 조식학파는 북인으로, 퇴계학파는 남인으로 갈라지게 되었다. 안동을 중심으로 그 인근 지역은 대부분 남인의 후손이었다. 다만 당시 조정에 벼슬을 하거나 그 벼슬아치와 연줄이 있는 사람은 노론으로 행세하였다.

학초가 들으니 하도 어이가 없어 실상을 알아보려고 고소자인 산장원과 대질하려고 찾으니 나가고 없는지라 도희를 보고 꾸짖었다.

"설사 양반이 그같이 하였기로 너희들이 중대사에 아니 살면 그만 아니냐? 죄인의 악행을 치조하는 것은 관청이 하는 일이고, 하도 심하면 하늘의 벼락도 있거늘 너는 관리도 아니고, 설혹 관리라 하더라도 인가에 불을 질러서는 아니 될 터. 더구나 승·속간에는 서로 간의 감정도 피하거늘 그 죄를 용서할 수 없으니 징계를 당하여라."

결박하여 그 죄를 기록한 통문을 단 북을 지고 구담 일촌을 빙빙 돌도록 하였다. '할안명고'란 이 형벌은 당시 민가에서 죄를 지은 사람들에게 행하던 벌이었다. 그렇게 한 후 동네 입구 모래사장에 죽지 않으리만치 허리 아래로만 묻어놓고 계속 신장원을 재촉하여 찾았다. 한참이 지나 도착한 신장원에게 학초는,

"동학 도중(道中)에는 사람을 죽이는 권리도, 치죄하는 권리도 실상은 없습니다. 이제 이만치 하였으니 차후 관아로 가든지 어찌하든지 당신 뜻대로 하고 다시 도중을 찾지 말아 주소. 마지막으로 부탁할 일은 앞으로는 부디 바른 도리로 살아가소."

하고 점잖게 나무랐다. 학초는 이어 각 접의 기찰을 한데 불러 모아서는 도회의 파회를 알렸다. 오늘 도회에서 민가에 끼친 폐단이 있는지 조사하여 보고하라고 한 뒤 김순흥의 집에 머물고 있는 안렴사 이용구를 만나러 갔다. 주인이 술과 안주가 차려진 상을 차려놓고 이용구와 마주 앉아 학초를 기다리고 있었다. 초인사를 나눈 후 이용구가 먼저 입을 떼었다.

"처음 뵙습니다. 도소에선 이번 일도 매우 어려운 공사로 여겨져 여혹 실수라도 있을까 걱정되어 이 사람이 명사(사실을 살피기 위해 특별히 보낸 사람)로 내려왔습니다. 잠깐 오늘 공사 진행을 알아보았습니다. 지척에 두고도 찾지 못한 것을 정말 시원스럽게 해결하였습니다. 오늘의 공사는 상접 선생께 보고 드리도록 하겠습니다."

상접 선생이란 바로 교주인 법헌 최시형을 말함이었다.

"과찬의 말씀올시다."

학초는 겸손하게 대답하고 주인을 향하여,

"주인의 주안상은 저에게는 불편하나이다. 조금 전 도인들에게 남의 집 주효의 폐단을 끼치지 말라고 해놓고 주안상을 대해서 아니 먹자니 좌우 면목에 박절할 듯하고 실로 난감하여이다."

초가을이라 이제 갓 익은 홍시 한 개만 입에 대고는 바로 작별 인사를 나누고 바깥으로 나왔다. 이때 학초 수하의 기찰이 도착하였다.

"이 동네 부자 김종원의 집에서 전일의 고마움을 이번에 조금이라도 갚을까 하여 주막에 쌀을 주고 점심을 부탁하여 마련하였습니다. 비빔밥으로 주문하였는데 익힌 음식을 되돌릴 수도 없어 먹고는 밥값을 주니 김종원은 '음식 장사를 한 것이 아니다.'고 하면서 한사코 받지 않겠다 합니다."

학초는 웃으며,

"말은 그럴듯하지만 여러 사람이 한 사람에게 신세를 지는 것은 옳지 않은 일이다. 도인은 밥값을 각자 내어 주막 주인에게 주고, 주막 주인은 쌀값을 김종원에게 주면 저절로 해결될 것이라."

학초의 말에 따라 밥값을 모두 계산하고 동네를 떠났다.

용궁(龍宮) 암천에 김동리 공의 자손으로 김순명(金順明)이라 하는 동학 도인이 있었다. 9대 동안 안동 좌수와 진사를 지낸 집안으로 안동에서는 유력한 집안의 자손이었다.

좌수(座首)란, 지금은 향장이라고 부르지만 조선 초에는 유향소로, 그 이후는 이름이 향청으로 바뀐 지방자치 기구의 우두머리를 말한다.

김순명은 어릴 때부터 인물도 출중하고 주색이라 하면 남보다 한층 좋아하여 주위 사람들에게는 의기남자로 보였다. 자신이 뜻하는 바와 같이 일이 진행되지 않으면 호령도 하고 부탁도 하는 수단이 능한 사람이었다. 민취(民娶: 양반이 상민과 혼인함)에 장가들어 그 처가의 재산도 많이 얻어 쓰고 지역에서는 양반 행세를 하면서 세력도 과시하였다.

안동부사 홍모와는 별로 사이가 좋지 않게 지내왔는데 어느 날 홍 부사가 벼슬을 내놓고 서울로 돌아가는 길에 예천 경진 주점에 하룻밤 유숙하게 되었다. 이를 안 김순명이 동학의 세력을 믿고 부사를 찾아가서 안동에서 불법 학민으로 토색질한 돈을 내놓고 가라고 협박하였다. 끝내 뜻을 이루지 못하자 홧김에 부사의 행장 중 보료와 요강을 빼앗아 갔다는 소문이 들려왔다.

학초가 그 소문을 들으니 몹시 괴이한지라 기찰 몇 명을 데리고 암천을 직접 찾아갔다. 김순명이와 같이 행동한 동학도인들을 모두 잡아 탈취한 장물을 수색하여 찾아놓고 그 죄를 물었다.

"그대들은 이 같은 행동이 동학의 폐습이라는 것을 모르는가? 설사 그대들이 그 부사에게 직접 불법으로 횡탈을 당했다고 하더라도 좋게 되돌려 받지 못하면 옳다고 할 수 없을 터. 하물며 주지 않는다고 남의 행장 짐을 뺏으면 이는 도인이 아니라 곧 강도라. 그대들로 인하여 다른 도인들에게 누를 끼치니 적당히 처리할 수 없다. 다시는 그 같은 행동을 하지 말고 빼앗은 물건은 지게로 져다가 한양까지라도 갖다 주라."

하고 풀어주었다. 뒤에 들으니 한양까지는 갖다 주지 못하고 용궁 관아의 포군에게 맡겼다고 하였다.

5. 화지 대도회

– 모사대장이 되어 화지 도회를 평화적으로 마무리 짓고

1894년 동학의 세력이 날로 확대되자 조선 정부에서는 청에게 원군을 청하였다. 음력 5월 5일 청군이 조선에 상륙하자 이어 일본도 곧바로 군대를 파병하였다. 당황한 조정은 동학군이 내건 폐정개혁을 받아들이고 부랴부랴 화약을 맺었다. 우리는 이 화약을 '전주 화약'이라 부른다.

동학농민군은 호남을 시작으로 행정 공백 지역에 집강소를 설치하여 이제까지 관청에서 이루어지던 치안과 행정을 대신 맡으면서 백성의 민원도 이곳에서 처리하였다. 이 집강소는 이후 동학의 세력이 왕성한 다른 지역으로 퍼져갔다. 독특하게도 예천은 군수와 아전 등 보수 세력들이 발 빠르게 집강소를 설치하였다. 후일에 사람들은 동학군의 자치 기구인 집강소와 구별하기 위해 '보수 집강소'라 부른다.

군대를 파견한 청과 일본은 각기 조선 정부의 철수 요청을 받았지만, 일본은 경복궁을 점령한 후 민 씨 일파를 몰아내고 대원군을 내세웠다. 예전

의 서슬 퍼렇던 대원군도 이제는 일본의 꼭두각시에 불과하였다. 곧이어 일본군이 아산만 부근 풍도에서 청군을 공격하여 '청일전쟁'이 발발하였다. 청일전쟁 중 일본의 입김으로 군국기무처가 설치되고 갑오개혁을 준비하였다. 음력 7월에는 일본의 강요로 '조일양국맹약'이 체결되어 조선의 조정은 친일로 기울어지고 청과의 전쟁에서도 일본에게 협조하게 된다.

음력 8월에 들어서자 동학농민군의 봉기는 충청도와 영남의 서북쪽에서도 일어났다. 9월에 교주 최시형의 기포령이 내려지고는 전국으로 확대되었으나 일본군의 개입으로 뜻을 이루지 못하였다. 이후에도 동학군의 활동은 다음 해인 1895년 을미년까지 산발적이나마 이어졌다.

예천의 화지 도회는 북접의 기포령(음력 9월 18일)이 내려지기 이전이다.

예천군 소야동(현 문경시 산북면 소야리)에 최맹순이라 하는 사람이 있었다. 그는 보은군 장안 이하의 관동포 동학에서 우두머리라 할 수 있는 수접주이기도 하였다.

관동포의 '포'란 동학 조직의 한 단위이다. 동학의 총본부에는 교주를 중심으로 한 '도소'가 있고, 그다음 조직으로는 '포'가 있으며, 일선 조직에는 '접'이란 조직이 있다. 동학의 접은 군사 조직이나 관청의 행정 조직처럼 포가 접을 모두 관장하는 위계가 뚜렷하게 유지되지는 않았다. 도소와 인접해 있는 예천과 같은 경우는 도소와 포 그리고 접의 관계가 다소 유지되었지만 다른 지방은 꼭 그렇지도 않았다.

관동포는 조령과 죽령 이하 예천, 용궁, 문경, 풍기, 은풍, 안동, 의성 등지의 접이 대략 여기에 속하였는데 그 범위와 경계는 뚜렷하지는 않다. 전하는 말로는 충청도 일부와 강원도의 일부 지역의 접도 관동포에

속하였다고 하였다.

포와 접의 조직은 조정에서 정한 행정구역 단위로 조직된 것이 아니다. 자신이 사는 곳에 있는 접에 소속되어 있는 경우가 대부분이지만 때로는 이웃의 다른 접에 소속되어 있는 경우도 있었다.

최맹순은 일찍이 동학에 입도하여 관동포에서는 소야접이 수접으로 대접을 받아왔다. 그의 수하로는 함경도 사람 고 선달의 아들 고매함 형제가 각각 풍기와 은풍의 지사로 있으면서 최맹순의 제일 수하로 행세하였다. 그다음은 상주 막골 사는 황방손의 자손이면서 참봉을 지낸 황은묵이라는 사람이었다. 소야접은 조령, 죽령 이남으로는 수부(首府)라 칭하였고 그 기세가 대단하였다.

갑오년 음력 8월 모일에 소야 도회를 개최한다는 통문이 도달하였다. 그 통문의 요지는 대략 다음과 같다.

> 비통한 일을 맞이하여 통문을 발송하니 모두 나라를 위하고 백성을 편안히 한다는 취지로 참석하기 바람.
> 각 접의 도인들은 창과 총을 준비하되, 총은 있는 대로, 총 없는 이는 창이라도 지참하여 각 접은 기호를 분명하고도 위엄있게 하여 항과 오를 지어 행진하여 우선 8월 ○일을 기해 용궁을 거쳐 도회에 참석할 것이며 그대로 시행하시기 바람.

학초는 통문을 읽고 난 후 현 시세를 헤아려보니 인심은 흉흉하고 민생은 도탄이라 필히 혁명은 일어나고 말리라는 생각이 들었다. 풍문으로 들려오는 것도 동학의 힘을 빌려 조정의 간신 세력들을 물리친다는 이야기들이었다. 이러한 격랑 속 폭풍 전야처럼 관청의 힘이 무력화되고 그 번성하던 탐관 토색은 일체 사라졌던 시절이었다.

학초도 직곡접을 인솔하여 소야 수접에서 보낸 통문의 지령에 따라 용궁으로 향하였다. 최선두와 최후진에 명하여, 가는 도중에 도인의 이름을 빌려 촌민들에게 폐단을 끼치는 것을 엄금하도록 하였다. 아울러 타 접의 도인들이 혹시 행패를 부릴라치면 적극적으로 말리도록 하였다.

용궁을 못 미쳐 성조(현 예천군 개포면 장송리)라 하는 주점촌(酒店村)이 있었는데 그 마을 백성이 몇 동이의 술과 안주를 준비하여 길을 막고서는 잠시 쉬어 먹고 가기를 청하였다. 앞서가던 기찰이 먹을 수 없다고 거절하니 그곳 사람들이 길을 막고 가지 못하게 하였다. 동네 사람들의 권주 때문에 가던 길이 지체되는 중에 그곳 사람들이 촌로들을 대동하고 나와 학초의 말고삐를 잡고 잠시 쉬어가기를 청하였다. 할 수 없이 학초는 말에서 내려,

"어찌하여 우리가 청하지 아니한 음식을 권하오? 우리 접은 남에게 폐를 일절 금하기로 지금껏 지내왔습니다. 지금도 먹을 수 없으니 그리 아시오."

그래도 동네 사람들이 한사코 권하였다.

"지금 세상이 관리들의 탐학으로 생민이 도탄에 빠져있었는데 동학 포덕 이후로는 관리의 탐학은 정지되었습니다. 혹 도중 불법으로 불평은 있었으나 이마저도 직곡접 창설 후로는 도중 불법도 일절 엄금되었습니다. 풍문으로 들려오는 소문에도 그 덕화가 적지 아니하니 하늘이 내신지 어찌 되었든 천우신조라 할 수 있겠습니다. 백성이 군대를 환영하기 위해 음식을 갖추고 예로써 맞은 풍속은 옛날에도 있었지 않습니까?"

그래도 학초는,

“인정으로 이같이 하는 줄은 알고 있으나 우리 접은 그럴 수 없나이다. 속히 떠나야 합니다.”

하고 길을 재촉하였다.

용궁을 들어서니 벌써 소야 상접과 각처 동학 접에서 온 도인들이 군수가 있는 동헌을 둘러싸고 있었다. 학초는 사람들을 헤치고 대상에 들어가니 소야접의 고 접주 고매함 형제가 군수를 대하여 무기를 내어놓으라고 협박하는 중이었다. 군수의 말이,

“도인의 접에서 하는 말이 조정 상관의 명령과 같다고 할 수 없으니 삼영(三營)의 영지(명령을 전하는 공문) 없이는 못 준다.”

하고 버티었다. 군수의 거절과는 상관없이 이미 소야 도인들이 무기고를 열고 총과 창 등 무기를 모두 내어 흩어놓았는데 슬쩍 보아도 쓸 수 있는 것은 없고 모두 못 쓰는 물건으로 보였다.

빼앗은 총을 둘러메고 모두 소야로 향하였다. 한들이라는 곳을 지날 때 이미 해는 서산으로 넘어가고 황혼이 되었다. 학초는 길을 가면서 수하 기찰에게 용궁에서 탈취한 무기를 직곡접에서는 일절 갖지 말도록 명령을 내렸다.

날이 어두워 횃불을 들고 행진하니 밝기는 백주 대낮 같았다. 모든 동학군이 용궁에서부터 소야까지 천지를 희롱하는 듯 의기양양하게 행진하였다. 소야에 들어가니 대장도소, 중군도소, 좌·우익도소, 급량도소, 서기 후보 정탐 등 막사가 규모 있게 설치되어 있고 용궁에서 빼앗은 무기를 한쪽에 쌓아놓는 모습이 보였다.

이튿날이 되자 백 명씩 조직을 구성하여 교련장에서 훈련을 하고 있었다. 무리에서 앞장서 진을 돌며 지휘를 하는 사람이 눈에 띄었다. 몸은 비대하고 나이는 한 오십 살 미만으로 보였는데 들리는 말로는 어느 고을 장교 출신이라 하였다.

소야의 지형과 촌락의 모습을 살펴보니 동쪽은 예천이요, 서쪽은 문경이라. 북은 단양인데 북쪽에서 물이 산양을 둘러 남쪽 상주를 향하여 흐르고, 동, 서, 북쪽은 높은 산으로 둘러싸여 있는데 사람 다니는 고개가 사방으로 나 있는 산중이었다. 인가가 있는 뒤쪽 정원(庭園)에는 사람 반 키 정도 되는 단(壇)을 쌓아놓고 가끔 시천주(侍天主)를 모시고 기도를 드린다고 하였다.

모여 있던 각 접이 떠날 준비를 하는데 용궁에서 빼앗은 총을 서로 달라고 옥신각신 실랑이가 벌어졌다. 직곡접 기찰도 용궁 무기를 분배받기를 원하는 눈치였다. 학초는 다시 한번 다짐을 주었다.

“나는 어제 용궁에서부터 말하였거니와 소야접에서 총을 나누어 줄 리도 없다. 오히려 총을 받지 아니하는 편이 훨씬 좋으리라.”

하면서 대장도소에 가서 하직 인사를 하고 떠났다. 중도에 잠시 쉴 때 기찰 김종수가 학초에게 와서,

“우리 접 도인들이 용궁 무기를 얻어오라는 대장의 명령이 없어 얻지 못함을 못내 서운해하고 있습니다. 접주께서 소야에서부터 어찌하여 무기를 받지 아니하는 것이 더 좋다고 하십니까?”

“육도삼략(六韜三略: 중국의 오래된 병서)에서는 ‘싸움에서의 모든 계책은 성인(聖人)이 가야 할 밝은 길과 같은 이치라.’고 하였다네. 지금 세세한 설명은 어려우므로 일언폐지하고 재주와 덕행은 흠이 없어야 한다

네. 사실 그 병기도 사용할 수 없는 것일세. 설사 고쳐 사용한다 하더라도 별 소용이 없는 것은 일반이라. 어쩌면 조선 조정이 바로 그 총과 같은 처지라. 우선 소야에서는 그 정부의 병기로 인하여 토벌군을 부르는 것이나 마찬가지일세. 하다못해 쓰지 못할 병기라도 각 접에 몇 개씩이라도 분배하였으면 나중에 소야에서 위급한 일이 일어나면 모두 구원이라도 나서겠지만, 이번에 이마저도 인연을 끊어버렸으니 홀로 떨어진 외로운 토수짝골에 새롭게 제조한 대포 몇 방이면 제갈량인들 막을 재주가 있겠는가?"

학초는 말을 계속 이어갔다.

"제갈량 같다면 각 접의 도인들을 면면이 위로도 하고 우리가 떠날 때 전송도 하였겠지만 그런 일도 일절 없으니…. 옛말에 범교자패(凡驕者敗)라고 교만한 자는 스스로 망한다고 하였느니라. 앞으로 용궁 폐문루 앞에 누구의 머리가 달릴는지는 두고 보아야 할 것이야. 여러분도 공연히 쓰지 못하는 총 몇 자루 가지고 가서 남의 이목에 띄어 그 때문에 멸족당하지 말게. 돌아가면 각자 하던 일이나 열심히 하고 부모 처자나 잘 보살피게. 아직 세상이 바뀌자면 한참을 기다려야 하지. 지금 이후로 여생 행복하게 보내려면 내 말 명심할 필요 있느니라."

모두 듣고 저희끼리 웃는다. 겪지 않았으니 실감하지 못하리라.

용궁 군기를 소야 동학 접이 탈취해 갔다는 소문이 퍼지자 각 군수는 집안 단속을 철저히 하며 동학군을 방어하는데 몰두하였다. 예천군수도 객사 대청에 집강소를 설치하고 장문건으로 하여금 수집강에, 황경재로 하여금 부집강에 보하고 각 파임을 정하여 예천 부내에 있는 사람들을 모아 관아 창고의 곡식을 내어 구실아치들에게 주던 방식으로 매일 식량과 북어 일미씩 주어 무리를 모았다. 이 집강소는 나중에는 강도 소굴과 같은 폐단을 저질렀다.

안동읍에 김한돌(金漢乭)이라는 사람이 있었다. 본래 안동 진영 장교 출신으로 황수까지 지냈다고 한다. 당시 진영 영장이 백 가지로 백성을 괴롭힐 때 그도 함께 백성을 학대하면서 읍·촌간에 한껏 위세를 부리던 사람이었다. 그러나 세월이 지나서 차차 동학이 득세하자 이번에는 동학에 입도하여 안동 발산의 동학 접의 접주가 되었다.

발산 사람들의 민·형사 소장을 처리하며 예전에 하던 버릇대로 또 백성의 고혈을 빨아 안동과 의성 지역 사람들에게 원성을 산 그 장본인이다. 의성 출신 오모 두 명과 이모를 좌·우익으로 삼고 그 수하로는 57명의 포군을 두었다. 이들은 조선 구식 총을 가지고 있었는데 총을 쏘는 솜씨는 한 자욱 한 발씩 백발백중하는 명포수들이라 하였다. 김한돌은 이들을 인솔하여 소야에 합류하여 전일 소야 도회 때 기세 좋게 진을 돌면서 훈련을 지휘하던 바로 그 사람이었다.

소야 수접에서 예천 화지동에 동학 대도회를 연다는 통문을 각 접으로 보내니 조·죽령 아래의 동학 도인들은 사방에서 구름같이 모였다. 학초도 음력 8월 24일에 수하 도인 5천7백여 명을 이끌고 화지동으로 출발하였다. 도인이므로 도회에 가지 않을 수는 없고, 가기는 하되 그 목적은 알 수 없었다. 전번에 용궁으로 하여 소야로 갈 때는 그 모습이 도저히 도인의 행위라고 할 수는 없었다. 지금의 행군도 전쟁을 하기 위해 나서는 군사들의 행군이라 할 수 있었다. 지금 하는 행군의 목적이 임금을 위한 행군인지, 조정을 개혁하기 위한 행군인지 아니면 외국과 무슨 연관이 있는지 도무지 헤아리기가 어려웠다. 도착하여 알아본 후 진퇴를 결정하리라 마음을 먹었다.

화지에 도착하여 묵어 지낼 진영을 정하고 주변을 살펴보았다. 동네에 평평한 산이 있고 그 위에 대장소를 정하고 천막은 하늘을 가릴 만큼 즐비하게 늘어서 있고 중군소며 좌·우익 대장소, 군요향관소 등 필요한 막사를 백 모 접주가 기구 있게 설치하여 두었다. 군량은 어디에서 구하였는지 산같이 쌓아놓고 각 접 시도기에 적힌 인원수에 따라 분배하여 주었다.

대장소의 대장은 일전에 소야에서 보았던 김한돌이었다. 군율을 엄하게 정하여 놓고 추상같은 호령으로 말을 잘 듣지 않으면 볼기를 치는 벌도 내린다고 하였다.

학초는 기찰을 먼저 대장소로 미리 연락을 보내고 들어가 초면 인사를 나누었다. 대장이 먼저 입을 열었다.

"직곡접은 일찍부터 명성이 자자하였는데 진작 뵙지 못하고 이제야 만나 뵙습니다. 앞으로 높은 수단으로 대도회 공무상 업무를 잘 처리해 주실 줄 바라나이다."

"이미 다 지난 일이며 명성이라 할 것도 없습니다. 그나저나 이번 도회는 군대의 모임처럼 보이는데 무슨 곡절인지 듣기 바라나이다."

"그러하오이다. 도중에서 임금의 애통한 마음에 대한 호응도 있고 국태공 대원군의 비밀 부탁도 있고…, 세도가이며 각 군수의 불법 학민에 견디지 못하여 도탄에 빠진 백성을 구할 목적도 있습니다. 전체적으로 경기, 전라, 충청 등 각도의 동학 접이 모두 일어나 여기에 반대하는 사람은 아직 없는 줄 압니다. 여기에다 안동 영장이 도인을 잡으려고 예천 집강소를 설치·시행한다 하니 이 기회에 안동과 예천 양군 사람들이 동학에 입도하고 복종하도록 하려던 참입니다."

"그러면 임금의 애통조나 대원군의 비밀 내통에 대한 친필을 보고자 합니다."

하고 그 증거를 확인하려고 하자. 대장은,

"저도 사람들에게 들었지 그 친필은 아직 못 보았소이다."

"그렇다면 보은 장안의 도소나 소야접에서는 이번 일에 대해 명령한 것이 있습니까?"

"장안 도소는 알지 못하고 소야접에서는 대략 알고는 있는 줄 압니다."

사태를 대략 파악한 학초는 대장을 쳐다보고,

"아직까지 우리 도중에서는 군대를 일으켜 접전을 벌인 일이 없고 간혹 도인 한·두 사람이 불법 행위를 일으키면 도중에서 엄단하고 있습니다. 예천이나 안동의 일은 한두 사람의 삼촌설(세 치 혀. 즉, 말)로도 충분한데 수만 도인들이 군대를 일으키니 뒷날에는 군대를 일으킨 것이 도리어 약점이 될까 하오이다."

김한돌은,

"여러 사람에게 들은 이야기 중에 처음이고 또 최고올시다. 아무쪼록 이번 도회 진영에서 군사 모사가 되시어 일해주시기를 특별히 청하나이다."

김한돌은 안동 진영에게 쫓기어 궁여지책으로 소야접으로 피신하여 왔다. 마침 고 접주 형제들과 의기투합하여 소야 도회와 지금 화지 도회를 열고 중군 대장의 역할을 맡고 있지만 심중은 늘 불안하였다. 앞으로 자신의 용신할 일도 오리무중인데 진영에 있을 때부터 자신을 따르던 오모를 비롯한 수하 병졸 수십 명의 거취도 남의 일이 아니었다. 학초의 이야기대로 '삼촌설로 해결이 되면 오죽이나 좋겠느냐?' 는 생각도 들었다. 내친걸음에 소야 수접의 이름을 빌려 화지 도회까지 열어 수많은 동학 도인들을 모았지만 기한 없이 화지에서 도회를 계속 열 수 없고 그렇다고 예천읍을 치면 그 죄를 더하니 다음에는 토벌군이 예천읍에 올 것은 불을 보듯 뻔하다는 것을 오랫동안 진영에 몸을 담아온 자신이 그 이치를 모를 리 없었다. 몇 가지 이야기를 더 나누고 학초가 퇴장하여 나오니 대장이 군 중에 발령을 내었다.

"직곡접주는 이번 진영에서 모사대장이라. 대장소 등 일절 무상출입할 수 있도록 하여라."

그리고는 주위 사람들에게 직곡접주의 수작이 최상이라는 이야기를 늘어놓았다.

다음 날 각 접의 접주와 기찰들이 학초가 있는 모사 대장소에 몇 가지 의논 차 들렀다. 의논을 마친 뒤 예천 집강에서 포군(총을 맨 군대) 50명이 맞은 편 방천에 진을 치고 있는 점을 모두 걱정하였다. 집강소 포군들의 복장은 조선 구식 포군들이 입는 검은 윗옷에다 갓 쓰고 화약통을 메고는 바로 화지 동학 대장소 앞 방천에 자리를 잡고 있었다. 귓불 달아 쏘는 화승총은 이쪽으로 겨누고 앉아있어 대장소와는 불과 논들을 사이에 두고 서로 마주 보는 형상이었다. 각 접의 포군들이 대장소를 옹립하려 대치하고 있어 자칫 어느 한쪽에서 먼저 발포를 할라치면 서로 응포하여 접전이 일어날 듯 보였다. 도인들은 학초가 모사대장

인지라 학초에게 좋은 계책을 내어달라고 하였다. 학초는 웃으면서 농을 거는 것처럼,

"건너편 포병(총을 든 병사) 50명을 오늘 밤 내로 총 바치며 항복하고 입도하는 계략이 어찌 없겠습니까?"하니 모두 어안이 벙벙하여 말을 못하고 있다가,

"정말 그렇게만 된다면 모두 모사대장 휘하 되기 바라나이다. 만일 그러한 수가 없으면 화지 일대는 피로 강물을 물들일 것입니다. 사방에 인명이 날 터이니 그렇게 해 주시길 바라나이다. 대장소는 와당퉁탕하는 것만 알지 그 같은 계략은 어림도 없을 것입니다."

모두 믿어지지 않는다는 투로 말을 거들었다.

"그리하려면 내가 내리는 영을 거행하라. 우선 등불 셋과 등불을 달아둘 긴 대나무 장대 셋을 준비한 후, 포군 삼백 명을 준비시켜 석양에 와서 다음 영을 기다리라."

하고 돌려보냈다.

화지동 지형을 살펴보면 북쪽은 산으로 둘러쳐져 있고 동쪽으로 한 가지의 강줄기가 경진을 향해 남으로 내려오고, 그 중간에 예천읍으로 내왕하는 길고개가 보인다. 또 한 가지 강줄기는 북으로부터 서쪽을 돌아 동쪽으로 하여 경진을 향해 흐르면서 강 남쪽에는 흙을 고봉에 쌓아 둔 것처럼 들판 가운데 산이 흩어져 있었다. 그 가운데 나지막한 산이 의자 등허리처럼 두 동네가 등을 맞대고 서로 돌아앉아 있는 형상이었다. 그중에서도 북쪽은 큰 마을이 되고 촌전과 산 앞에 옥답 논이 있었다. 그 논 동쪽에 동산 밑으로 방천이 들러있고 그 방천 너머 예천 포군이 진을 치고 있었다. 그 논 서쪽의 앞머리에는 대장소가 자리 잡고

있어 서로 총을 겨누고 있는 형국이었다.

그날 석양 무렵이 되어 각 접 기찰이 비밀리에 준비를 다 마쳤다는 보고를 받고 다음 일을 명령하였다. 총명해 보이는 기찰 하나를 불러서,

"포군 백 명을 인솔하고 황혼 초에 화지 동산 고개, 즉 예천에서 오는 길에 복병하였다가 화지동 남산 위에 등롱 한 개가 흔들리거든 총을 연발로 쏘면서 예천 포군 쪽으로 달려가는 것같이 하되, 사실은 그곳에 있도록 하라."

그리고는 약차약차 몇 가지를 더 시켰다. 또한 기찰을 불러,

"포군 백 명을 인솔하고 화지동 마을 입구로 가서 황혼에 매복하고 있다가 남산에 등롱 두 개가 흔들리거든 일시에 총을 쏘고 한 백 보나 쳐들어가는 척하고는 다시 더 들어가지는 말라."

또한 기찰에게 명령하기를,

"포군 백 명을 인솔하고 화지 동편 방천 상류에 매복하고 있다가 남산 위에 등롱 세 개가 흔들리거든 약간의 총을 쏘고 있다가 남산에 등롱 불이 모두 꺼지거든 예천 포군이 있던 포대에 가서 포군 옷과 총을 주워 가지고 우리 진으로 대령하라."

이번에는 대장소의 좌·우익장에게 비밀리에 통지하기를,

"오늘 밤 세 곳에서 총 소리가 울려도 대장소는 일절 응포를 하지 말고 불도 켜지도 말 것이며 찾아오는 사람만 반기는 듯하여라. 만일 이 명령을 지키지 않을 시엔 직곡접은 용서 없이 위령죄를 물으리라."

또 향관소에 일러서 오늘 저녁 식사는 모두 일찍 마치도록 하였다.

이윽고 황혼이 되어 학초는 수하 기찰 7인을 대동하고 화지 남산으로

올라갔다. 작은 소나무들이 우거져서 모시옷 바지가 자꾸 걸렸다. 바지를 걷어치고 수건으로 허리를 동여매고 올라갔다. 가는 도중에 가정집인지 재실인지는 알 수 없지만 작은 초가집 한 채가 있고 개 한 마리가 인기척을 느끼고 '컹컹' 짖었다.

남산 꼭대기에 오르니 밝은 낮이면 사방을 볼 수 있을 만한데 이미 황혼이 깊어 저녁 안개만 깔려있었다. 서남쪽은 구름이 낮게 끼어 내를 이룬 것 같이 보였다. 동쪽의 동학 접이 있는 곳은 불빛만이 보이고 세상이 자는 듯 조용하였다.

예천 포군이 있는 곳을 바라보면서 학초는 잠시 생각에 잠기었다. 오늘 이 계략이 성공하여 저들 50명이 동학 진에 항복하여 입도한다면 이 계략이 실로 요절할 꾀라는 생각이 들었다. 기찰에게 명령하여 대나무 장대에 등롱을 매고 등롱의 간격은 7~8보가량을 일(一)자로 세우게 하였다.

첫째 등롱에 불을 달도록 하였다. 첫 번째 등롱이 세워져 흔들리자 천지가 고요한 속에서 갑자기 화지동 동편 예천에서 들어오는 길목에서 총소리가 일시에 일어나니 천지를 진동하는 듯하였다. 콩을 볶는 듯한 소리가 한참을 울렸다.

조금 뒤에 두 번째 등롱에 불을 붙여 세우도록 하였다. 화지 동구인 경진 둑에서 총성이 요란하게 울렸다. 조금 있다가 세 번째 등롱을 흔들었다. 이번에는 방천 상류에서 또 총성이 요란하게 울렸다. 세 곳에서 총성이 차례로 울리면서 예천 포군을 향해 달려들 듯이 하였다.

예천 포군 50명은 처음에는 동쪽에서 총을 쏘며 달려드는 적군을 노리고 있다가 이번에는 갑자기 아래에서 총성이 울리면서 달려들 듯한 고함이 들리므로 매우 놀라 있을 때, 이러하던 차에 이번에는 방천 상류에서 또 총성이 울려 세 곳에서 포위를 당한 형상이었다. 목숨을 부지하려 동학 진이 있는 곳으로 도망을 칠 수밖에 달리 방법이 없었다. 총을 들고 항복하러 가는 것은 지극히 위험하니 총도 그대로 둔 채 포군을 표시한 윗옷도 벗어놓고 총성이 없는 동학 접이 있는 곳으로 허겁지겁 도망을 쳐 숨어들었다. 방천 상류의 포군은 학초가 미리 시켜놓은 대로 총 하나씩 옷 한 벌씩 들고 의기양양한 모습으로 모사대장소로 와서 보고를 하였다.

다음 날 화지의 동학 진영에서는 전날 밤에 예천 포군이 항복하였던 이야기가 종일 화제가 되었다. 그리고 동학군의 기세는 하늘을 찌를 듯하였으며 자연히 학초에 관한 이야기가 많았다. 몇몇 접주는 학초의 모사대장소를 직접 방문하여 진하의 인사를 하였다.

"보통 싸움이라 하면 단병접전이라. 창이나 칼로 서로 찌르거나 총으로 쏘아 서로 죽이고 잡는 방법뿐인데 총소리는 위엄만 울리고 인명 살상 하나 없이 승전 한 일은 어디에도 찾기 어렵습니다. 더구나 군기 갖다 바치고 항복하여 내 군사 도인 만드니 이것은 보통의 일이 아닙니다."

어떤 사람은 한술 더 떠서 치켜세웠다.

"우리 도중에 장자방이나 제갈량이 있다고 해도 허언이 아니올시다."

눈엣가시처럼 보이던 예천 포군의 일을 해결한 학초는 화지 도회에 참석한 여러 접의 동학군으로부터 모사대장으로서의 위상을 세울 수가 있었으며 작은 일까지도 학초의 지시를 기다렸다. 화지 도회에 영솔한 동학군의 수효가 다른 접보다 월등히 많은데다 일사불란하게 움직이는 기찰들이 있었기 때문이었다. 거기에다 학초가 예천 포군 50명을 항복 받은 일이 있고부터는 동학 진영에서 학초의 입지는 더욱 커졌다.

관동포 부접주인 토치접주 박현성이 학초를 찾아왔다.

"이제부터는 어떻게 하리까?"

"내일이면 항복하였던 포군 50명이 비밀리에 빠져나가 예천읍으로 돌아가 우리 진영의 대단한 모습들을 이야기할 것입니다. 예천집강에서도 불가불 신명을 보존하기 위해서 찾아오는 사람이 있을 것입니다."

과연 다음 날 오시(午時: 오전 11시~오후 1시)에 예전에 이·호장을 지낸 연로한 공형 5인이 대장소를 찾아와 일자로 복지석고 하였다. 대장소에 있던 사람들은 모두 큰 소리로 꾸중을 하면서 가만두지 않겠다는 으름장을 놓으며 쫓아내었다.

도중에 있었던 한 사람이 학초가 있는 모사대장소로 와서 집강소 사자가 대장소에 찾아온 일을 이야기하였다. 이야기를 들은 학초는 이미 예상하고 있었던 터라,

"그 속에 우리가 선택할 길흉 간의 일이 있으니 대장소에서 처분하는 것을 들어오라."

그 사람이 다시 와서 하는 소리가

"대장소에서 무수히 꾸중하고, 척후라고 하고…. 그 사람들을 쫓아내서 돌아갔다고 합니다."

보고를 듣자마자 학초는,

"속히 그 사람들 가는 길을 쫓아서 데려오라. 예천집강소가 복종하고 우리 도중이 명분 있게 귀가하는 수가 그 속에 들어있다."

심부름을 떠난 사람들이 얼마 후 그 사람들을 데려왔다. 학초는 주안

상을 차려 놓고 그 사람들과 마주 대하며,

"어찌하여 노인들이 왔으며 하고 싶은 말을 해보라."

다섯 노인 중 한 사람이 입을 열었다.

"도중과 예천읍은 서로 간에 아무 잘못됨도 없는데 도중에서 우리를 친다 하니 하도 억울하여 서로 무사하길 바라서 찾아왔습니다."

학초는 그 말을 듣고,

"당연한 말이라. 도인과 예천읍과는 한 점의 관계도 없는데 우리를 잡으려고 집강소를 설치하고 무기를 꺼내어 훈련을 한다 하니 그 소문을 듣고 도중이 이같이 도회를 열 수밖에 없지 않은가? 양측이 각기 말하면 근래에는 관리가 불법 학민을 못하고 있다고 하지만 그래도 학민하는 관리가 있고, 도중으로 말하면 여러 사람 중에 혹여 불법 학민하는 사람이 있으니 피차간 좋은 수가 있으면 서로 무사 화해하는 것이 어떠한가?"

"과연 지당한 말씀이오니 그 방법을 듣고자 합니다."

"관청이 학민 다시 하지 않으면 도중이 문제 삼을 것 없음이라. 원래 집강소는 동학의 도소인데 관아에서 집강을 차려놓고 오히려 동학인을 해하려 하지 아니한가? 앞으로는 집강소가 일제히 우리 도인에 입도하여 학민하지 못하게 하면 될 것이라. 도중에 있는 죄인은 도중에서 잡아 예천으로 보낼 테니 옥석 간 밝히도록 하라. 앞으로는 예천과 동학 접은 서로 간섭하지 말고 각자 할 일을 하는 것이 어떠한가?"

다섯 노인이 일제히 절을 하면서,

"과연 지당한 분부올시다. 그러나 그것을 실행에 옮기기는 정말 어렵습니다. 양 측에서 서로 의심을 하고 있으니 어느 편이 어찌 하는 것이 좋을지 듣기를 원하나이다."

이 말을 듣고 학초는 언성을 높여,

"너희 집강이 우리 도인을 의심하고 있지 않은가? 그렇다면 우리 도중이 먼저 믿음을 보일 것이니 그러면 어떠하냐?"

"듣기를 바라나이다."

"우리 관동포 둘째 상접이 너희 군수를 보러 갈 것이다. 서로 마주 대하여 집강소를 혁파한 후 우리 도인에 인도하고, 그런 다음에는 안동, 예천 양군에 이미 알려진 죄인 두 사람이 있으니 동학 도중에서 잡아 결박하여 보낼 테니 그 밖의 여차한 일은 두 사람이 마주 앉아 해결하면 될 것이로다."

"정말 그렇게 하면 모든 사람들의 행복입니다. 집강소를 혁파하고 도인에게 인도하는 문제는 소인들이 돌아가서 성사되도록 하오리다."

이윽고 그 노인들은 무수히 절을 하고 돌아갔다.

학초는 토치 접주 박현성을 청하여 마주 앉았다.

"상접주 체중하신 행차 이번에 곧 예천읍에 들어가시어 군수와 집강을 대하여, 집강소는 동학에 인도하고 각자 귀가하여 모든 사람들이 태평을 보게 하소서."

박현성이 손사래를 치며,

"아니, 지금 양측이 적국지간처럼 서로 잡아먹을 것처럼 대치하고 있는데 나더러 범 아가리에 들어가라는 말이 아니오니까?"

좌우에 동석해 있던 사람들도 모두 입을 모아 불가하다고 만류하였다. 학초는 이미 예상하였던 일이라 조용한 어조로 설명을 이어갔다.

"연왕 신하 형경(일명 형가)이도 진시황을 잡기 위해 아방궁 전상에 홀로 섰고, 제왕 전상에서 70여 성을 얻은 역이기도 혼자였고, 오왕 전상에서 동작대부를 외어 조조의 백만 대군을 적벽에서 잡은 제갈량도 모두 뒤에 구원군이 없이 당당한 장부의 걸음이었습니다. 그러나 이번 일은 우리 동학대진 후군 사·오만 명이 뒤를 받쳐주고 있으니 염려할 것 없습니다."

학초는 말을 이었다.

"상접주께서는 우리 진으로 말하면 관동포에서 제일 접이요. 이번 진중에서 상장군이라. 상장군을 적진에 보내고 태평하게 할 일 없이 있지는 않을 것이오. 염려 말고 다녀오시오. 도중 죄인 두 사람은 잡아 결박하여 예천 옥거리 타루비 안으로 데리고 가고, 동학 진영은 그 건너편 내를 건너 모래사장 천변으로 약정하겠습니다. 죄인을 주고받고 한 후에 총 소리를 신호로 약속하여 도인은 각자 귀가하고 상접께서는 죄인 교부 전에 건너편에 사람이 섰거든 물을 건너오시면 됩니다."

"말은 그럴듯합니다만 정말 호랑이굴에 들어가기 어려운 일이올시다. 그리고 도중 죄인은 누구인지 듣기를 청합니다."

학초는 작은 소리로 알려주었다. 아직은 이 사실이 바깥으로 새어나간다면 동학 진영에서 자칫 혼란이 일어날 수도 있는 사안이기 때문이었다.

듣고 난 박현성은 눈이 휘둥그레지며 더욱 난감하다는 표정으로,

"극히 어려운 일입니다. 그 사람이 우리 도 중에서 5만여 명의 진퇴를 마음대로 하는 범 같은 대장인데 누가 감히 잡아 결박하리까? 더구나 그와 함께 생사고락을 같이해온 백발백중 친병 포군 오십여 명이 있는

데 몹시 어려운 일이올시다. 나중에 약속이 틀어지면 호랑이굴에 가 있는 사람의 신명이 보존될지도 걱정스럽습니다. 우리 도중에서 그 일을 성사시킬 사람도 없을까 합니다."

듣고 있던 좌우의 사람들도 박현성의 말에 동조를 하였다. 좌우를 돌아본 학초는 정색하면서 말을 이어갔다.

"지금 이 문제를 풀 방법은 군병을 동원해서도 아니 되고, 돈으로도 아니 되고, 인정으로도 아니 될 것이오. 오직 우리가 해야 할 처지입니다. 사람이 체격과 이목구비가 그만한 데…. 대초동 목수일보다 더 쉬운 일이니 염려 말고 가시오."

그래도 박현성은 내키지 않은 표정으로 물었다.

"그 소임은 누가 다하리까?"

"먼저 예천읍으로 떠나시는 이나 뒤에 남아서 그 일을 처리할 사람도 모두 우리 박가올시다. 염려 말고 다녀오시오."

학초는 자신이 뒷일을 처리할 것임을 암시하여 안심시키고는 계속 말을 끌 수는 없고 매듭을 짓는다.

"내일이 8월 28일이라. 오후 신시(申時: 오후 3시~5시)로 하여 읍내 옥거리 집강소가 군기 묶어 세우고 나열 복배하는 그때 만납시다."

박현성이 못 이기는 체하면서,

"모사대장의 말을 들으니 안심은 합니다. 적병 포군이 절로 와서 항복하는 수단을 보았으니 의심은 하지 않겠습니다."

하고 일어섰다.

학초는 예천집강소로 보낼 통문을 작성하였다. 이 통문의 내용은,

갑오 8월 27일 선문 보고 관동 동학 예천 화지동 임시 도회 중 박학래
예천군수 집강소 어중
어제 귀군에서 보낸 노리공형을 통해 보내온 상고상신사에 대하여 언급합니다. 나라마다 나름대로 종교가 내려오며 하물며 동학은 조선의 토교입니다. 동학이 주지하는 유불선 삼도가 공자의 도와는 크게 다르지 아니 한데도 군과 본 동학은 서로 의심하거늘, 지금 도중에 불법 죄인은 한 사람뿐인데 동학을 무단 정벌하기 위하여 집강을 훈련시키는 것은 옳지 못함입니다. 집강소는 차후 동학에 입도하고, 도중에 있는 죄인은 결박 납상 교부하고 동학과 집강소는 각자 귀가하여 평안히 각안 기업하는 것이 마땅한 바입니다. 서로 얼굴을 마주 대하여 의논하기 위하여 본 도회 상장인 박현성을 보내니 내일 오전에 군에 들어가서 오후 신유시(신시와 유시 즉, 오후 3시~7시)에 귀가하기로 미리 연락을 보냅니다.

8월 27일 저녁에 벌재접주 김 모가 대장소에 찾아와서 인사를 나눈 후 지난 8월 25일 밤에 있었던 전과에 대해 먼저 입을 떼었다.

“전해온 이야기를 들으니 우리 잡으러 왔던 예천집강소 포군 50명이 군복 벗고 총 바치고 절로 동학 진에 들어왔다고 들었습니다. 이 대도회 중에 제갈량 같은 군사가 다시 살아왔다 할 수 있습니다. 그저 감축할 따름입니다.”

듣고 난 김한돌이,

“정말 그러하지요. 앞으로 처리해야 할 일에 대해서 알고 싶거든 모사 대장소인 직곡진에 가보시오.”

대장인 김한돌도 앞으로 일어날 일에 대해서는 대략 짐작하고 있는 듯이 말하였다. 벌재접주는 대장소에서 이야기가 끝나자 학초가 있는 모사대장소를 찾아 앞으로 할 일을 물었다.

"우리 접은 도인들의 수효가 3~4천은 넉넉히 됩니다. 앞으로 어떻게 해야 할지 명령을 기다리나이다."

"속히 돌아가시어 내일 신유시(오후 3시~7시)로 기한하여 예천읍 신거리의 임효자비 앞을 지나지 말고 그곳에 머무르십시오. 그러다가 서남진이 옥거리 강 남쪽 편에 열을 지어 행진할 것입니다. 그다음에 하실 일은 서남진이 하는 대로 따라 하시면 됩니다. 그때는 예천읍이 우리 진중과 다를 바 없으니 안심하고 각자 돌아가 하던 일을 하시면 됩니다."

박현성이 예천읍으로 떠나기 하루 전날 저녁 화지에서는 이 사실을 알고 있던 몇몇 측근들이 모사대장소로 모였다.

"관동포 제2접주 상장을 호랑이굴 같은 적진에 보내고, 미리 약속한 도중의 죄인을 결박하여 보내는 계책을 어찌 시행하리까?"

학초의 수단을 알고는 있지만 이번 일은 아무리 생각하여도 절대 쉽지 않은 문제라 모두 걱정하여 물으니 학초가 웃으며 대답하였다.

"염려들 마소. 천군만마를 뒤로하고 스스로 결박당하여 좋은 말에 좌우 기찰 부액하여 기세 좋게 옥거리 앞 물을 건널 적에 그 모습 구경이나 하여보소. 이 사람이 가담하면 절로 해결되는 줄로 알아주소."

말을 마친 학초는 기찰을 불러 대장소에 전갈을 넣었다.

'집강을 입도시키기 위해 다음 날 사시(巳時: 오전 9시~11시)에 출진하여 신유시(오후 3시~7시)에 예천읍으로 들어간다.'

음력 8월 28일 아침 식사를 마친 후 박현성이 기찰 3인을 데리고 떠나려 하였다. 박현성이 말 위에 오르면서도 그래도 미덥지 못한지 모사대장인 학초를 돌아보며 다짐을 받는다.

"뒷일을 단단히 부탁합니다. 그리고 더 일러줄 말 없습니까?"

학초가 웃으면서,

"염려 마소. 이번에 가시면 큰 대접까지 받고 미주가희에 갖은 풍악도 구경하리이다."

하면서 농 섞인 말도 건네었다.

한편 동학 진에서는 박현성이 떠나고 직곡접 모사대장의 명령으로 예천으로의 행진이 시작되었다. 지금까지 숙식을 위해 필요하였던 여러 도구를 정리한 후 군기를 단속하여 각 접은 포군을 앞세워 항오(行伍: 열과 오)를 정제하여 기세등등하게 떠났다.

모사대장인 학초는 선두에서 좌우에 기찰을 대동하여 마상에 앉아 가고, 총을 맨 포군 수백 명이 함께 행진하였다. 그 뒤에는 직곡접 군사 5천 7백여 명이 뒤따르고, 김한돌의 대장진은 중군으로 행진하며, 그다음으로 각 접의 군사들이 줄을 이어갔다.

오 리나 행진하니 때는 서경자(西耕子) 십 리 제방 위에 버들잎이 석양에 반짝이고 있었다. 비단 도인들뿐만 아니라 근처의 사람들이 읍에서 도망을 왔는지 구경을 하러 왔는지 좌우를 돌아보니 좌우 산천은 사람으로 들어차 있었다.

행군하는 동학 진을 둘러보니 화지에서부터 읍까지 십 리 사이에 대열이 산을 덮을 정도로 가고 있으나 아직 화지 본진에는 사람이 줄어들어간 표시가 안 날 정도였다.

수하 기찰이 예천집강의 사자를 대동하고 학초의 말머리에 다가와서 공문을 내밀었다. 아마 동학 대진이 오전부터 예천읍으로 옥여 들고 읍

중 관민들이 동요를 하니 군수가 부득이 급박한 공문을 보냈는데 그 대략의 내용은,

예천군수·하첩 위 관동포 동학 화지 대도회 중 대소 인민전

전자 용궁 군기 탈취와 금일 화지 도회 거병하여 예천읍으로 군사가 들어오니 관·민간에 어느 누가 놀라 겁을 먹지 않으리오. 도중의 죄인은 도중에서 조치하고, 비읍 집강 조처는 읍에서 조치하기로 하며 도중은 읍으로 들어오지 말고 각자 귀가하여 자신이 하던 일을 하도록 하는 것이 어떠하리오?

갑오 8월 28일

회지대도회 중

이라 하였다.

학초는 말에서 내리지 아니하고 공문을 읽고는 품속에서 지필을 내어 바로 답장을 썼다. 이를 알기 쉽게 옮기면,

어제 한 약조는 정중히 이행해야 하고 서로 의심할 필요 없습니다. 지금에 와서 어린아이 희롱하듯 변경하는 것은 부당하며 한 치의 어김도 없이 그대로 준행하여야 합니다. 용궁 군기 사건은 본 조약과는 상관이 없는 문제입니다. 도중의 죄인을 아니 받겠다는 말은 사리에 맞지 않고 만민이 입도하는 집강을 아니 내어 주는 것은 이치에 맞지 않습니다. 전일에 정한 약조대로 이행한 후 각자 집으로 돌아가 각안기업 하도록 합시다.

즉일 화지 도회 행진 도중 답

으로 써서 집강소 사자에게 주었다.

예천읍의 지형을 말하면,

북쪽에서 서쪽으로 높은 산 위로 성(城)재가 읍을 두르고 있었다. 북쪽에서 흐르는 물이 동남쪽으로 흘러오다 수읍 쪽은 제방의 북쪽인 신거리에서부터 들을 따라 서쪽으로 흘러 옥거리를 지나서 서경자 앞으로 하여 남으로 경진까지 뻗쳐있다.

동학 대진이 서쪽인 화지로부터 무학당(武學堂) 건너로 하여 둘러싸고, 신거리로는 별재 동학 진이 일시에 때를 맞추어 연속 둘러싸니 그 가운데에 있는 읍의 형상은 마치 주머니 속에 든 물건과 같았다. 또 다른 말로는 단지 속에 잡아 가둔 형세라 해도 틀린 말이 아니었다. 가마솥 안에 잡아넣고 뚜껑을 덮어 불을 땐다 해도 크게 과장된 말은 아니었다.

학초가 마상에서 좌우를 둘러보니 동학 대진의 기구와 위령이 강산을 동여 녹일 듯해 보였다. 이때 만일 영을 내리면 예천집강의 할애비라도 잡으려면 잡을 모양새였다.

읍 뒤 성터를 바라보니 남자 여자 할 것 없이 많은 읍 중 사람들이 절벽을 붙들고서 오지도 가지도 못한 채 서 있는 모습이 마치 산천초목에 가을 단풍이 만발한 것처럼 보였다. 만일 동학 진에서 한번 발포라도 할 것 같으며 가을 추수에 대추 떨어지듯 할 것 같았다.

선두에 가던 방성운의 선봉 깃발이 벌써 옥거리 타루비 앞을 가고 있었다. 학초는 잠깐 말을 세우고,

“선봉기는 옥거리로 들어가지 말고 남쪽 편 시내 건너 제방으로 방향을 바꾸어 행진하라.”

하고 처음 계획을 바꾸어 영을 내렸다.

집강이 있는 건너편의 읍을 바라보니 총을 비롯한 여러 군기를 묶어서는 마치 나뭇단같이 세우고 길을 메울 정도로 많은 사람들이 엎드려 살려달라고 애원하고 있었다. 그 옆에는 박현성이 모시옷 두루마기에 갓을 쓰고 서 있고 그 옆의 한 사람이 남쪽을 바라보면서 손을 흔들고 있었다. 마침 냇물은 많지 아니하였다. 뛰어서 건널 수 있을 만치 물이 발등만 덮을 정도였다.

지금 도중에 있는 죄인 둘을 잡아 보내야 하였다. 학초는 말에서 내려 수하 기찰 수십 명을 자신의 좌우에 일자로 세웠다. 그리고는 중군의 대장진을 향하여 손짓하여 오라는 신호를 보냈다. 김한돌이 부대장(副大將) 오모와 함께 왔다. 학초는 김한돌을 향하여,

"내 말을 자세히 들어줍시사. 당장 내 한 몸 굽히고 적진을 항복 받으면 그 아니 좋으리까? 적장을 사로잡아 장막 앞에 꿇려놓고도 손수 내려가 결박을 풀고 환영하여 상좌에 앉히고 도리어 그 사람의 수하가 되는 지금의 이치를 아시겠습니까?"

지금까지 추진되어 온 동학 진과 예천집강소 간의 약조와 그 이행에 대해서 명색이 중군대장인 김한돌이 전혀 모를 리는 없었다. 대장으로서 모사대장이 하는 일을 묵묵히 따라온 것은 그 약조가 자신이 은근히 바라온 것이기 때문이었다. 화지 도회가 파하고 나면 자신은 홀로 남은 채 설 곳이 없는 처지가 되고 말 것이기 때문이다. 거기에다 대장의 마음을 짓누르는 것은 자신을 따르는 수하 수십 명의 안위도 걱정이었다. 영남 곳곳에 동학군을 토벌하기 위하여 조정에서는 토포사가 내려

오고 대구 감영에서는 남영병을 보내고 있는 이야기를 들을 때마다 자신의 목을 조르는 심정이었다. 조금 전만 하더라도 안동 진영에 쫓기어 이곳까지 숨어들지 않았던가?

설혹 자신이 원하는 대로 일이 진행되지 않더라도 계속 화지에서 오랜 기간 대치할 수도 없었다. 소야 수접의 이름을 빌려 화지에서 대도회를 열어 명분상 대장으로 행세하고 있지만, 지금에 와서 수만 명의 도인을 수십 명의 수하만 거느린 자신이 좌지우지할 수도 없는 일이었다. 그러나 김한돌은 학초로부터 더 구체적인 확답을 듣고 싶었다.

"하시는 말씀은 들었습니다만 그 말씀 가운데 본론을 알아듣게 말씀하시오."

학초는 그 말에는 대답하지 않고,

"남을 항복 받아 내 휘하를 만들자면 설사 허물이 없다 해도 내 허물을 먼저 비치어 상대방이 사죄를 받는 것이 실행하기 쉬운 법이지요. 옳은 일을 한다 해도 남이 그릇되게 볼 수도 있습니다. 그러니 내 잘못을 먼저 표시하고 상대방을 환영하면 그 사람이 결국은 허리를 굽힙니다."

학초는 결박을 당하고 읍으로 가야 하는 이치를 설명하였다. 돌아가는 이치를 대략은 짐작하고 있는 김한돌은 학초의 변죽을 울리는 말에 더욱 답답하여,

"다 알아들었으니 요점을 속히 말하소."

"존체 두 위 분이 우리 도진에서 상장이시라. 말씀 한 번 떨어지면 뉘 아니 복종하리까? 더욱이 안동 진영에서는 영장이 잡으려 하여 동학 진에 피해 와 있는 줄은 도중뿐만 아니라 예천군수와 집강소도 다 알고 있는 일입니다. 혹 그 사람들 생각에 '안동에서 도피한 이가 저 진에 있

는데 자칫 또 어디로 도주하지는 않을런가?' 하고 의심이 없지 아니할 텐데. 이참에 두 위 분이 결박당하시어 저곳으로 건너가시면 토치 상접주가 이미 그에 대한 약조를 하였을 것입니다. 지금 저 사람들이 저같이 나열 복지 하였을 때가 바로 기회입니다. 오늘 밤 예천읍이 집강소에 우리 동학에 입도할 때 그 접주가 되어 봅시사."

지금까지의 지은 죄도 무마되고 더욱이 예천읍 집강소의 접주도 얻게 되니 도망자 신세인 김한돌의 처지에서 지금으로써는 그 방법밖에 선택할 다른 방법이 없었다. 듣기를 마친 김한돌이,

"그렇게 하리다. 어서 묶으라."

하고 뒷짐을 지고 돌아서며 옆에 서 있는 오모에게도 권하였다. 오모가 잠시 주저하니,

"내 하는 대로만 따라 하지 무슨 심사인가?"

대장 김한돌의 꾸중에 오모 역시 뒷짐을 지고 돌아섰다. 직곡접 기찰이 발산 포군을 뒤로 물리게 하고는 달려들어 두 사람을 묶은 후 좌우에 기찰 넷이 부액하여 내를 건넜다. 박현성은 건너오며 처음에 약속한 대로 양쪽에 총성 한 발씩 울렸다. 내를 건너온 박현성은 안도의 빛을 보이며 학초의 손을 잡고는,

"저 같은 맹호 둘을 수고 없이 결박하여 보내니 정말 수단이 대단하오이다."

인사를 마친 둘은 악수로 이별하고 각자 귀가하였다.

모든 일이 학초의 의도대로 순조롭게 진행되었으나 전혀 생각하지도 못한 어처구니없는 일이 바로 이때 일어나기 시작하였다.

어느덧 어둠이 깔리고 양쪽에서 총 소리가 울리자 그 총 소리가 동학 진에서 죄인 2명을 보내고 대신 사자로 갔던 박현성이 돌아오는 신호인 것을 일반 동학 진에서는 알 리가 없었다. 어둠이 깔리는 속에서 갑자기 예상하지도 않았던 대장소의 대장 2명이 결박당해 예천으로 가고 연이어 총성까지 울리니 중군과 후군에 있던 몇몇 사람이 겁을 집어먹고 대열을 빠져나와 방천 남쪽 논으로 내달리자 영문도 모르는 다른 사람도 대열을 이탈하여 같이 내달리기 시작하였다.

불과 삽시간이었다. 접주와 기찰의 통제도 아우성에 묻히고 지금까지 기세 좋고 위엄 있던 대열은 눈 깜짝할 사이에 무너졌다. 인산인해를 이루던 사람들이 국솥에 물이 끓어 넘듯 모두 영문도 모르는 채 마구 논으로 내달렸다. 벼가 익어가는 국개논 진창에 허리까지 찬 벼 포기 때문에 빨리 빠져나가지도 못하였다. 뒤에 사람이 앞의 사람을 덮치니 넘어지고 밟혀 무수한 사상자가 발생하였다. 밝은 대낮도 아닌 어둠 속에서 제방 아래의 논에는 수많은 사람들이 뒤엉켜 아비규환을 이루었다.

한편 읍으로 간 김한돌과 오모 대장은 부중이 횡횡하며 아무도 본인을 맞아주거나 붙잡는 사람도 없었다. 결박을 푼 채 읍을 한 바퀴 돌아도 자신을 거들떠보는 사람조차 없었다. 김한돌은 신거리로 하여 읍을 빠져나와 안동을 거쳐 영덕, 영해로 도피하였다가 얼마 후에 안동 진영에 붙잡혀 처형을 당하였다고 풍문으로 들었다.

예천동학농민군의 마지막 집회가 '회지도회'이다. 화지 도회 부분에 대해서는 당시 관아 쪽인 보수집강소의 처지에 있었던 반재원이 기록한『갑오척사록』부분과『학초전』에 기술된 부분이 공통적인 내용도 있지만 상반

된 내용도 있다.

공통된 내용은 화지 도회 중, 음력 8월 25일에 집강소 포군이 동학 진에 잡힘, 양측 사이에 통문이 오고 간 점과 통문의 내용 일부, 동학군을 대표하여 박현성이 집강소로 건너간 점, 마지막 부분에 제방을 따라 행진하던 동학농민군 중에서 총 소리를 듣고 논으로 도망을 가다가 다수의 사상자가 생긴 점 등이다.

다른 부분은, 『갑오척사록』은 8월 25일 예천 포군이 잡힌 인원, 양측의 약조로 오고 간 통문을 동학 진에서 일방적으로 보내온 것으로 기술하였고, 더 특이한 점은 마지막 파회 때 사상자가 난 것은 집강소 포군이 동학농민군을 공격하여 이룬 전과로 기술되어 있다. 『갑오척사록』이 관아 쪽을 대변하여 기술한 자료라는 점을 생각하면 왜 이 부분에서 차이가 나는지 짐작이 간다.

예천 동학농민군의 활동은 지리적으로 충청도 보은에 있는 최시형의 동학도소와 가까운 곳에 있어 영남의 다른 지역보다 동학 활동이 활발한 곳이다. 이 지역의 동학농민사를 정립하는 것은 역사적으로 큰 의의가 있다.

애석하게도 『학초전』이 지금에야 세상에 나오는 바람에 그 전부터 있었던 『갑오척사록』의 사료를 토대로 예천 동학사가 연구되어오고 또한 정리되었다.

마침 양쪽에서 기록한 자료가 있으니만치 각 자료에 기술된 전후 사실의 인과관계, 논리성과 현실성을 고려하여 살펴본다면 어느 자료 어느 부분이 진이고 위인지 누구나 쉽게 구별할 수 있어 예천동학사가 새롭게 정리될 것으로 보인다.

6. 화지 도회가 파하니 집강소가 보복을

– 재산을 빼앗기고 쫓기는 몸이 되어

사람의 간사한 꾀는 승시타변(承時他變)이라고 자신에게 유리한 대로 해석하여 변화를 부렸다. 음력 8월 28일 밤을 지내고 나니 예천집강소는 화지 도회도 파하고 동학의 세력이 사라지자 군수와 공모하여 관아의 객사와 대청에 군문을 설치하고 동학군을 잡는다는 핑계로 재산이 있는 사람이나 평소에 눈밖에 벗어난 사람들을 동학에 가담하였다는 죄목으로 붙들어 왔다.

원래 집강소는 동학의 세력이 왕성한 곳에 관청 대신으로 동학농민군이 고을을 다스리는 기구인데 앞서 말한 대로 예천은 관아 쪽에서 발 빠르게 집강소를 설치하였다. 이 집강소는 화지 도회에서 동학 진에 인도되는 쪽으로 약조가 되었으나 공교롭게도 동학군이 해산한 후 바로 다음 날인 음력 8월 29일, 안동에서 지원병과 일본군 50여 명이 예천에 도착하였고 이

들로 인하여 관동포의 수접이라 할 수 있는 소야접이 와해되니 전세가 서로 바뀌어 무산되었다. 이 기회를 이용하여 예천 관아와 집강소는 동학인들을 붙잡아 재물을 빼앗고 처형을 자행하였다.

그들은 무리를 지어 예천 곳곳을 다니면서 사람을 붙들어오고 재산을 빼앗았다. 빼앗은 재산은 당연히 집강소의 사람들이 나누어 가졌다.

집강소에서는 빼앗은 재산 중 전곡은 일부를 방매하고 일부는 군량으로 충당하였다. 토지는 몰수하여 관아의 재산목록에 올리고 돈이나 쓸 만한 물건은 취합하여 집강군의 살림에 보태었다. 혹 붙잡힌 사람의 처가 인물이 미색이면 빼앗아 첩으로 삼는 일도 있었다. 나중에는 평소 자신과 사이가 좋지 않던 사람까지 동학이라 몰아 붙잡아가고 그 집 살림은 다 같이 떨어먹었다. 붙잡힌 사람들은 난동을 부린 동학군이라 하여 감영에 거짓 보고하고 군공을 세우는 데 이용하였다.

집강에 가담한 사람들의 재물이 제법 착실하게 쌓여 호의호식한다는 소문이 퍼지자 이번에는 읍이나 촌에서 직업 없이 부랑 잡기로 지내던 사람들이 집강의 앞잡이가 되었다. 그들은 죽창으로 무장하고 무리를 지어 재산이 있는 사람이나 지나가는 장사치를, 심지어는 자신과 반목하던 사람을 동학이라 죄를 씌워 집강에 고발하고 빼앗아간 재산의 일부를 챙겼다. 심지어 시장에 탐나는 물건이 보이면 동학군의 물건이라 뒤집어씌워 빼앗아가기 일쑤였다. 만일 아니라고 항변이라도 하면 그 자리에서 잡아 죽이고 동학인이 항대하였다고 덮어씌웠다.

이러한 일이 많이 벌어질수록 집강에 있는 사람들의 살림은 늘어났고 군수와 집강의 전공은 높아져 갔다. 불과 며칠 전만 하여도 동학군의 위세에 쩔쩔매던 그들이, 지난 8월 28일 그 약속은 까맣게 잊고 이제는 하늘 무서운 줄 모르고 날뛰었다.

> 그것이 당시의 법이고 관례였다. 중앙정부에서도 역모를 꾀하는 사람을 고변하면 그의 재산은 고변하는 사람이 차지하였다. 단종 복위 사건에 연루되어 죽은 성삼문의 가족들은 남자들은 모두 주살되고 여자들은 수양대군 측의 공신들에게 노비로 나누어졌으며, 토지도 낱낱이 공신들이 나누어 차지하였다. 다른 사육신들도 같은 길을 걸었다. 그 이후에도 역모 사건이 일어날 때마다 이와 같이 반복되었다. 중종반정이나 인조반정 때도 마찬가지였다.

이야기를 이전으로 돌려 소야대도회 때 소야 수접의 고 접주 형제가 앞장서 용궁에서 총과 창을 탈취하여 돌아갈 때 일본군 장교 한 명이 용궁에서 서쪽으로 가다가 장승배기라는 곳에 이르렀다. 마침 동학군들도 같은 방향으로 행진하고 있었다. 동학군이 장승배기로 하여 계속 다가오니 일본 장교는 자신을 잡으러 오는 줄 알고 길을 재촉하여 도망치다시피 허겁지겁 한들이라는 곳까지 왔는데 동학군이 거기까지 계속 따라오고 있었다. 날은 이미 어둑하여 타향도 아닌 타국에서 갈 길을 정하지 못하고 있다가 차라리 잡히기보다는 스스로 죽는 것이 낫다는 생각으로 자결하였다. 마침 그곳을 지나던 동학군 한 사람이 일본 장교의 칼을 가져갔다.

그 일이 있고 난 뒤 일본 군대가 예천에 왔을 때 남영병과 함께 소야를 공격하여 동학 접을 해산시키고 용궁에서 군기를 탈취한 고 접장 형제를 붙잡아 용궁 폐문루 앞에서 처형하였다. 다행히 소야접주 최맹순은 그곳에 없어 화를 면하였다.

일본군 다께우찌 대위에 대하여 당시 일본 신문은 동학도들에 의하여 피살되었다고 기록하고 있다. 이 부분에 대해서는 학초도 들은 이야기를 짤막하게 기록하여서 지금에 와서 그 진위는 더더욱 알기 어렵다. 다만 어떻게 사망하였더라도 일본은 조선 침략과 동학 토벌의 구실을 찾기 위해서는 당연히 피살로 이끌어갈 것이다.

원래 소야 동학 수접주(首接主) 최맹순은 충청도 보은 장안의 법헌 최시형 다음이고, 관동포로는 제일가는 수접주였다. 체격은 그리 크지 않으나 심지가 곧고 총명하며 몸가짐이 단아하였다. 소야접이 비록 관동포 동학의 수접에 해당하는 위치에 있었으나 동학의 위세를 일절 부리지 않고 포덕에만 힘을 쏟아 유불선 수도나 착실히 하였다. 수하 도인들이 동학의 위세를 이용할라치면 '각자 하던 일이나 열심히 하라.'고 타이르고 부당한 일을 일절 금하던 사람이었다.

그의 외동아들이 나이가 스무 살이 되니 혼기가 지나 친구의 중매로 예천 벌재(현 문경시 동로면 벌재리)의 김 씨 가(金氏家)의 규수와 혼인을 하게 되었다. 혼인 첫날밤을 지내고 그 이튿날 함께 유숙해 있던 최맹순과 새신랑인 그의 아들은 예천집강소 포군에게 잡혔다. 당시의 혼인 풍습으로는 신부가 사는 곳에서 먼저 초례를 치렀다. 초례를 치를 때는 신랑과 그 부친 또는 후견인이 신부가 있는 곳으로 간다. 상객인 신랑의 부친은 사돈이 되는 그 집에서 며칠을 머무르다 돌아오는 풍습이었다.

예천집강소에서는 그 전에 일본 군대와 함께 소야로 가서 소야접을 해산시키고 그곳 사람들의 재산을 샅샅이 뒤져 강탈하여 갔는데 이번의 '최맹순은 수접주이므로 돈을 많이 주면 살려준다.' 하여 더 많은 돈을 요구하였다. 결국은 주는 대로 다 빼앗고는 둘 부자를 처형하였다. 최맹순이야 관동포 동학의 수접주이니 그 죄목을 씌워 처형한다고 명분을 만들면 되지만, 그 아들은 아무 죄목도 없으면서 함께 처형되었다.

벌재에서 최맹순 부자를 잡아 올 때 겨우 하룻밤 보낸 새 신부도 함께 잡아 와서는 옥에 가두지는 않고 읍에 두고 집강소 포군이 갖은 협박과 회유로 별의별 수단을 써서 달래었다. 새 신부 김 씨는 근방에서는 보기 드문 미색이라고 알려져 있었다. 그래서 그들은 더욱 집요하게 달려들었다.

"이제 동학군은 소용없다. 나와 살면 금의호식에 사랑받고 살 것이다."

온갖 말로 어르고 협박을 하였다. 최맹순 부자가 처형당하자 김 씨는 의탁 없는 신세가 되어 결국 자결하였다.

당시 남편이 동학에 가담하였다는 죄목으로 붙들려 가서 죽으면 전 남편과의 사이에 아들 낳고 딸 낳고 하였는데도 새로이 집강의 여자가 되어 팔자를 고치는 일도 있었다. 최맹순 자부 김 씨는 겨우 신혼 첫날 밤만 보냈는데도 남편을 따라 자결하였다. 당시 사람들은 이 일을 두고,

'하룻밤 보낸 남편에게 무슨 정이 그리 남았겠느냐만 순절하였다. 당시 보기 드문 요조숙녀요 또 안타까운 것은 최맹순의 하나뿐인 독자가 자식 없이 함께 죽으니, 아아! 이제 최맹순은 자손 멸망이라.'

하고 모두가 애석하게 생각하였다.

예천집강소에서 자행하는 흉악한 소문이 들려와서 학초가 하루는 용

궁 대죽동(현 예천군 지보면 대죽리)의 피악골이라 하는 곳의 산에 올라 예천 쪽을 바라보니 그 아래 마을에서는 집강소 사람들이 행패가 여간 아님을 보았다. 동학인의 집이라 하고 재물을 떨어가고 집에다 불을 질러 여러 곳에 화염이 충천하였다. 하늘이 내려보이는데 어찌 두렵지도 아니한지 모르겠다.

집강소에서는 학초를 잡을 흉계를 꾸미고 있었다. 지난번 화지 도회 때 서로 평화적으로 헤어져서 각자 하던 일을 하기로 약속하여 집강소는 위기를 모면하였다. 사실 따지고 보면 당시 동학 대진에서 학초가 모사대장으로 있으면서 화호각산하기로 일을 거행하였기 때문에 결과적으로 무사하게 되었지 않았던가? 학초는 21세 때부터 가난한 동네를 대표하는 장두로 세금 경장에 앞장서 결국 관철한 일부터 하여 그 지역에서는 인망을 얻고 있으니 섣불리 잡아갈 수도 없어서 기회만 엿보고 있었다.

예천 우동에 사는 김중길이라 하는 사람이 있었다. 그 동생 김수문이 안동 진영의 군뢰(軍牢)로 있었다. 군뢰란 옛날 관아에서 죄인을 다루던 옥졸을 말한다. 갑오년 동학 이전에 관청에서 학민을 할 때 수문이 군뢰로 있는 것을 기화로, 그것도 세도라고 하여 둘 형제가 힘없는 사람들을 협박하여 재산을 강탈하였다.

한번은 솥땜장이 최덥헐이라는 양민을 잡아다가 무슨 도적이라 하는 누명을 씌어 갖은 형벌과 고문을 가하였다. 그래도 자백하지 않으니 급기야는 신경에 대침을 꽂아 죽였다. 이처럼 온갖 재간을 부려 남의 물건을 빼앗는 것을 생업으로 삼고 지내다가 학초의 부친에게 심하게 꾸중을 들었던 것을 가슴에 늘 품고 있었다.

집강소에서 동학하던 사람들을 무수히 잡아가는 것을 보고 김중길은 이 기회를 이용하여 학초의 집에 복수하기로 마음을 먹었다. 더구나 학초가 잡혀간 뒤에 그 재물의 얼마를 고변하는 사람에게도 나누어 주니 일석이조인 셈이었다. 김중길은 집강소를 찾아가 학초가 동학을 다시 하려 한다고 고발하고 집강소 포군이 오는 날을 정하여 황소 다리 둘을 사다 놓고 기다리고 있었다. 집강소도 학초를 잡을 구실을 찾고 있었는데 김중길의 고변으로 기회를 잡은 셈이었다.

이 날이 바로 갑오년 음력 9월 11일이었다. 화지 도회가 끝난 지 열 사흘이 되는 때였다. 학초는 화지 도회 이후 세상이 시끄러워도 제각기 각 안기업하자는 약조대로 가정에서 약국을 열고 농사일도 돌보고 있었다. 이 날도 고용인들과 함께 추수한 벼를 마당에 낟가리를 태산같이 가려 놓으니 어느덧 황혼이 되었다.

여느 날 같으면 저녁을 먹고 방 안에서 잠을 청하고 있었을 텐데 이날따라 학초는 저녁을 먹고는 개울 건너 신태성의 사랑방에서 신태성과 요즈음 세상 돌아가는 이야기를 나누다가 깜빡 잠이 들었다. 의관은 벗지 아니하고 퇴침을 베고 이야기를 나누다가 잠깐 잠이 들었다.

잠결인지 꿈결인지 수건 쓰고 검정 옷 입고 구식 조선 총을 든 근 백명 포군이 총에 화승불을 달아 반짝반짝하는 무리가 자신의 발을 흔드는 것이었다. 깜짝 놀라 깨어보니 신태성은 곤히 자고 있었다. 꿈이었다. 문을 열고 밖을 보니 개울 건너에는 꿈에 보았던 그 포군들이 학초의 집을 에워싸고 일변 재물을 빼앗아 가는데 횃불을 든 줄이 길에 길게 뻗쳐있었다. 또 다른 포군들은 학초를 잡으려는지 동네를 뒤지느라 횃불이 이곳저곳 부산히 움직이고 있었다. 옆에서 잠을 자는 신태성을 깨워 두 사람은 그리 멀지 않은 곳에서 건너편에서 일어나고 있는 광경을 구경하고 있었다. 어느덧 밤이 지나 새벽안개가 산허리를 두를 때가 되어 구경을 마쳤다. 학초는 신기동 김점준의 집을 목적으로 잡고 발길을 옮겼다.

김점준은 학초를 반겨 맞았다. 도망다니는 죄인을 숨겨 두었다가 오히려 화를 입을 수도 있었지만, 전날의 인연으로 하여 두렵게 생각하지 않은 것이 여간 고마운 것이 아니었다. 하룻밤을 지내니 남은 가족 걱정이 앞섰다. 황혼을 이용하여 다시 신태성을 집 근처에 있는 조당골 산으로 불러 가족의 안부를 묻고 다음 일을 부탁하였다. 재산은 모두 빼앗겼으니 그곳에서 계속 눌러 있을 수는 없었다. 부모와 처자 형제들을 각각 나누어 친척들에게 가서 있을 곳을 일일이 신태성에게 일러주었다. 부모와 형제는 순흥 남대동(현 영주시 부석면 남대리)으로, 처와 자식은 우선 인아 친척에 기거하도록 일러 준 다음에 정처 없이 다시 떠났다.

"어디로 가려고?"

떠나는 학초의 뒷모습이 처량하여 보였는지 신태성이 물었다.

"내가 가는 곳이 바로 갈지(之)자걸음과 같은지라. 정처 없이 가는데 어찌 거처가 있으리오."

하고 떠났다.

학초를 놓친 집강소는 근처 방방곡곡을 뒤지고 있었다. 백송동(현 예천군 호명면 백송리)에도 집강군이 들이닥쳤다. 마침 이 동네에 살고 있던 이맹선은 이들을 불러 크게 꾸짖었다. 이맹선은 학초의 스승이기도 하지만 선몽대 주인인 우암 이열도 선생의 종손으로 일향에서 명망 있는 선비로 지내던 분이다.

"너희들이 어찌하여 그 사람의 가산을 빼앗고 그리고도 무엇이 더 부족하여 기어이 찾아 해하고자 하는가? 흉년을 당하여 나라의 막중한 세금도 경장하였지 않았던가? 흉년에 모두 마을을 떠나 남은 사람들이 모두 담당하게 생겼는데 그 사람 덕분에 세금을 감하여 어려운 동네 사람들 모두가 덕을 보지 아니하였던가? 양반들도 그렇지. 동학 시절 의용접을 창설하여 양반, 아전 명색이 살 곳이 없는 것을 오백 연반리 근처 족속을 구제하지 않았는가? 팔월 화지 일도 그렇지. 너희들이 군기 묶어다 도진 앞에 바치고 입도하고 신명을 살려 달라 해놓고 이제 와서 손바닥 뒤집듯 하는가? 그 사실을 지금은 알 만한 사람들은 모두 알고 있는데 어찌 손바닥으로 하늘을 가릴 수 있다고 생각하는가? 대성공자 같은 사람을 잡아 죽이고 남의 재산을 뺏을 흉계나 꾸미는 너희 집강소가 바로 강도소라. 후일 필히 벼락 맞을 날이 있으리라."

집강소 포군들은 이 선생의 일장훈시와 무수한 꾸중을 다 듣고 아무 말 없이 떠났다.

이틀이 지난 음력 9월 13일 학초가 살던 우음동과 멀리 떨어져 있지 않은 예천 금릉동(현 예천군 호명면 금릉리) 봉황대(鳳凰臺) 뒷산에 올라 몸을 피하고 있었다. 때는 9월 단풍 시절이라 온 산천초목이 예전의 가을과 다르지 않건만 변한 것은 자신의 모습이라는 생각이 들었다. 부모 처자와 함께 지내자면 집강소와 관군에게 잡힘을 면치 못할 것이오, 기분 내키는 대로 동학군을 새로 모아 대항한다면 예천집강이야 잡아 설욕할 수 있을 것 같지만 그다음 일을 생각하니 이도 아니 될 일이었다. 대구의 남영병이 구원을 빙자하여 밀어닥칠 것이 뻔하였다. 일은 더욱 커지고 결국은 조정에 죄를 짓는 격이 된다. 그대로 있자니 우선 임시로 부모와 처자가 헤어져 각기 기거하니 이 또한 걱정이 안 될 수 없었다.

학초는 낮에는 산에서 몸을 숨기고 밤에는 근처 각 동 친구의 집을 찾았다. 개중에 동학 시절에 욕보던 사람들은 학초를 보고 모두 반기면서 숨겨주었다. 어떤 때는 안사랑에다, 또 어떤 때는 안방을 비워주어 내외간 체면 가리지 않고 숨겨주었다. 발각이 되면 함께 벌을 받지만 아랑곳하지 않고 그간에 들은 이야기를 알려주곤 하였다. 아침이 되어 집을 나올 적에는 노자에 쓰라고 하면서 6~7냥씩, 많이 주는 집에서는 1~2관(1관은 100냥)씩 주었다. 얻은 돈이 무거워서 이 집에서 받은 돈은 저 집에 두고, 저 집에서 받은 돈은 그다음 집에 두고 다녔다. 심지어는 평소에 가까이 지내지도 않고 잘 알지도 못한 사람이 학초를 숨겨주어 고맙기가 도리어 미안할 정도였다.

7. 누명을 벗고 빼앗긴 재산을 찾으러

– 관찰사 조병호를 만나기 위한 편지를 얻으려 서울로

호남을 대부분 점령한 동학농민군은 1894년 음력 5월, 조정으로부터 폐정개혁(弊政改革)을 약속받고 해산하였다. 이 폐정개혁안 중 중요한 것만 든다면, 탐관오리와 불량 양반이나 유림을 징벌할 것, 노비 문서를 소각하여 신분제를 없앨 것, 과거제도의 폐단을 시정할 것, 잡다한 세금을 폐지할 것 등이었다. 이러한 요구 조건은 대부분 갑오개혁에 반영되었다.

관제도 개편되었다. 우선 왕의 권력은 축소하고 잡다한 궁중의 부서들을 궁내부로 통합되었다. 의정부의 육조를 내무, 외무, 탁지, 군무, 법무, 학무, 공무, 농상의 8아문으로 개편하고 종래의 사헌부, 사간원, 홍문관을 폐지하였다.

1894년 음력 9월에 접어들자 대원군이 밀사를 호남에 파견하여 동학농민군의 봉기를 부추기자, 전봉준은 재기포를 알리는 통문을 발송하였다. 지금까지 침묵하던 동학 교주 최시형도 기포령을 발하니 동학군의 봉기는 전국으로 확대되었다.

고종은 교서를 내려 동학을 비도라 규정하고 토벌을 강행하였다. 당시 용산에 주둔하여 있던 일본 수비대는 음력 9월 19일 안성, 의천을 거쳐 충주로, 또한 소대는 공주와 괴산을 거쳐 보은으로 진군하였다. 음력 10월에 접어들면서 이노우에 공사는 더 많은 수비대를 동학군의 토벌대로 투입하였다. 동학군에 비하여 비교도 안 될 작은 규모이지만 철저한 훈련과 신식 무기로 무장한 이들 일본군에 동학군은 접전하는 곳마다 패전하였다.

하루는 어촌의 신동건의 집을 찾아갔다. 하도 반기는 인정이 말로 다 나타낼 수 없을 정도였다. 그곳에서 몇 밤을 숨어 지내다가 약간의 노자를 챙겨서 망혜(芒鞋짚신) 죽장(竹杖: 대나무 지팡이)으로 서울을 향하였다. 집강소 포군에 쫓기어 피해 다니면서 오랫동안 생각하여 내린 결론이었다. 경상관찰사 조병호를 찾아가서 사실을 이야기하는 수밖에 다른 도리가 없어 보였다.

당시 관찰사인 조병호는 탐관오리가 아닌 명망 있는 관리로 알려져 있었다. 그렇다고 관찰사가 일면식도 없는 일개 백성인 학초의 이야기를 자초지종 들어줄 리도 만무하였다. 한가한 때도 그러한데 당시 동학으로 온 경상도 아니 온 나라가 부산하던 때였다. 유력한 사람의 연통 없이는 함부로 감사를 면담할 수는 없었다.

학초는 서울에 사는 조병호의 장질(長姪큰 조카)인 조한국을 떠올렸다. 먼저 조한국을 만나 그 편지를 받아 대구의 경상감영을 찾아갈 궁리를 해보았다. 학초는 조한국의 집안인 옛 조 판서 댁에 집사 일을 보아주던 재종 형 춘래를 떠올렸다. 충청도 목천 땅에 있는 재종 형 춘래를 만나서 사통을 받아 다시 조한국을 찾아 편지를 얻을 심산으로 우선 목천으로 향하였다.

학초는 서울을 오가면서 보고 듣고 느낀 것을 노정가사로 기록하였다. 당시 전국적으로 봉기한 동학군과 이에 맞서는 민포군이 서로 대치하여 중요한 길목을 점령하고 있어 왕래하기가 무척 힘이 들었다. 죽령이나 추풍령과 같은 큰 재는 이미 사람이 왕래하기 어렵다는 풍문이 들려왔다. 추풍령으로 가지 못하고 문경을 지나 이울령(이화령)을 넘어 충청도 목천으로 노정을 정하였다. 목천까지 가는 동안에 경주를 비롯한 경상도 남동해안에 오랜 흉년으로 고향을 버리고 충청도로 무작정 길을 떠나온 사람들의 애처로운 모습도 가사에 담았다.

오직 믿는 것은 남편뿐인데 입에 풀칠은커녕 구박만 일삼으니 팔자를 고치고 싶은 한 젊은 부인의 추파도 받아보았다. 요광원 숙소에서 이야기를 잠깐 나눈 스무 살의 꽃다운 부인이 신세 한탄을 하면서 학초에게 넌지시 연정을 품고 있었다. 학초는 이 어려움을 가족과 함께 헤쳐 나가 슬기롭게 넘기면 반드시 후일에 옛말하면서 살아갈 날이 올 것이라고 앞으로의 희망과 가족의 소중함을 일깨워 주면서 정중히 타일렀다.

서울을	치치달아	세상구경	역력한데
죽령이	길이막혀	추풍령이	길이막혀
조령으로	작로하니	문경군	세원땅에
주점은	즐비하고	진장터	이십리로다
마포원	이십리는	산곡으로	분로하니
왼쪽은	이울령이오	오른쪽은	조령이라

재종형을 찾자하니 있는곳이 어딜런고
충청도 목천땅의 조판서의 집이라
노정기를 묻자하니 이울령 이정로라
십리가면 너분한길 요광원이 또십리라
오는사람 전혀없고 가는사람 뿐이라
영변칠읍 흉년으로 경주의 걸인들이
천리에 벌렸으니 잠깐사상 일기로다
일락서산 저문날에 요광원 숙소드니
산촌두칸 봉놋방에 남녀없이 많이드니
둘러보니 좌우에는 경주사람 모두로다
석반받아 먹는모습 한상밥을 셋이먹고
잠을자자 누웠으니 우는아이 소리로다
그남편 하는말이 아이소리 듣기싫다
그거동 잠깐보니 측은마음 절로난다
여보그말 하지마오 그아이 우는소리
시장하여 우는바라 심장이나 상치마오
오늘밤에 서로만나 한방소실 되었는데
억지로 참았건데 궁실구박 하지마오
차야하시 잠을깨어 소변보러 문밖나니
월색은 만정이오 야밤인적 고요한데
난데없는 한부인이 뒤으로 내달아서
주저방황 하는거동 나를보고 선듯하여
연고잠깐 물어보니 천연은근 대답하되

한방에 자던여자요 나이스물 한살이라
본래경주 사옵더니 흉년을 오년만나
칠일을 오는바에 가는곳은 정처없고
믿는바 한가장이 일부종사 하자하니
분명한 내평생이 그아니 애달프오
우연히 나는마음 연분으로 좇고싶어
비록첩의 첩이되고 종의종이 되더라도
사정을 알아주며 생전의 원풀이
내평생 아니될듯 열녀정절 있다해도
정절이 다허사라 그가장 좇고보면
고생도 쓸데없고 내평생뿐 할것이니
잠깐보아도 평생귀천이 한번복에 달렸으니
원을풀어 살려주오 그모양 잠깐보니
장부처사 우뚝생각 자기집일 대조한다
사람으로서 한평생이 영욕은 다있으니
여자마음 있으리라 내이정든 살던부부
이마음이 있을는지 모를것이 만사로다
잠깐깨쳐 일러왈 세상사람 한평생이
한번궁곤은 여사라 사람마다 있는것이
궁박할때 별로생각 일반삼인식 하여도
차후에 세상보면 불쌍한줄 서로알고
옛말하고 사느니라 이럴때 고쳐가면
도리어 하다못해 행복을 못받나니

조심하여	조심해	그마음	부디내지마라
계집사람	대답보소	애달프오	신명일러라
그날밤	지낸후	개동초에	포개지고
서울향해	재를넘어	십리가니	용바위
오리가니	연풍읍서	삼십리	칠성바위
이십리	괴산읍	산중겨우	너른곳에
물이나눈	동서촌은	서쪽으로	읍이되고
동편에	홍판서집	풍속은	경기로다
이십리	유목정에	잠깐들러	숙소하고
사십리	삼거리에	십리가니	우레바위
이십리	구정베리	이십리	오광장터
삼십리	목천가서	아우내장터	다달으니
조판서	대소가는	서울송현	환고하고
찾아갔던	재종형은	그집으로	갔는지라
할일없이	밤을새고	한양성중	찾아간다

1차로 목천에 들러 조 판서 집에 있는 재종 형을 만나러 갔지만 조 판서 일가족이 서울 본집으로 되돌아갔다. 재종 형도 동행하여 갔기 때문에 결국 만나지 못하고 원목적지인 서울로 향하였다. 목천에서 서울로 향하는 길도 만만치 않았다. 충청도에도 곳곳마다 동학군과 이서(吏胥: 아전 등 구실아치와 향리)들을 중심으로 조직된 민포군이 대치하여 길을 지나기가 무척 어려웠다.

성환(천안시 성환읍)읍의 소사 장터를 지나면서 노변(路邊)과 들판에 음력 6월 말경에 있었던 청일전쟁의 교전지 흔적을 목격하게 된다. 이미 전쟁은 끝났지만 뒤처리가 마무리되지 않은 참혹한 모습을 노정가사에 담으면서 수원으로 향하였다.

개명촌에	내달아서	교촌이라	권생원집
잠깐들러	조반하고	이곳풍설	들어보니
곳곳마다	동학이오	사람마다	이서로다
십리가니	매일재는	초목은	만전이오
시절은	단풍인데	바라보니	북녘에는
구름같은	산이야	눈아래	보이는데
산수인물	다초면에	사람자취	생각하니
백년살지	못한인생	간후자취	망연터라
술청거리	십리간에	산하처음	개었어라
이십리	홍경이솔밭	너르고	낮은산에
낙낙장송	드리운솔은	보는바	처음일러라
이십리	소사장터	잠깐가며	살펴보니
호호탄탄	너른들에	한량없는	동서로다
이곳시절	풍년으로	곡호는	단풍인데
남북으로	통한대로	대로중에	제일이오
야중노방	살펴보면	청인왜인	전장터에
장사꾼은	간데없고	떨어진	의복이며
사람죽은	피와무덤	목하시가	여차하여
옛일을	생각하니	정희량의	패전터요

고금변복 생각하니 흥망의 자취없고
허다죽은 생명이야 죽은터가 말이없네
십리가니 칠원바위 감주거리 지나가서
개장거리 십리로서 진위읍 다달으니
추수하는 농부들이 점심먹기 한창일세
얼른지나 돌아서며 잠깐옆을 둘러보니
장하다 한부인이 화룡월태 잘도생겨
그남편을 권한말이 젊은손님 만류하여
이미익은 많은밥에 요기하여 보내시오
외주인의 부른말이 여보시오 여보시오
요기조금 하고가오 대강인사 하온후에
밥을받아 먹으면서 잠깐보고 생각하니
일방인사 좋거니와 부인마음 생각하니
밥을취해 말았어라 그마음의 도량이라
이십전 부녀로서 뚜렷한 모양했세
후복정녕 좋게되어 그남자의 복일러라
치하하고 떠난후에 경주여인 생각하니
사람의 마음이야 천층만층 경력일세

수원에 도착하여 수원성에 올라 성내의 모습과 여러 유적들을 돌아보고는 과천을 넘어 서울로 향하였다.

십리가니	오미장터	중밋간이	십리로다
이십리	대황교다달으니	수원이	시오리라
수원치례	볼작시며	남문올라	구경하니
성안성내	수만호에	서울과	비등하다
남문지나	북문드니	차례단장	허다비각
어떠한	명환들은	복력좋고	덕을끼쳐
제명하여	영세불망	만고에	자취로다
그 다음	지나서니	모설모화	경치되어
연화가	만발하니	가을경치	찬란하다
이십리	사근내	십리가니	갈밑이라
십리가니	과천읍에	남태령	넘어서서
성반들	십리가니	동작강이	오리로다
강상에	떴는배는	오락가락	허다한데
초초주자	잡아타고	강상에	높이서서
사면산천	살펴보니	가려한	만학천봉
한양으로	기운주어	십리안에	서울이라
돌모운이	오리로서	남대문이	여기로다
북송현	찾아가서	우리종형	만나보니
반갑기가	층이없어	한정없는	인정이라
순임아이	인사범절	모양조차	기이하다
유련한	여러날에	장안성중	구경하고
이목에	허다구경	다어이	성언하리
그중에	사귄친구	인정이	기이하다

동작을 지나 한강을 건너 북송현(현 경복궁의 동쪽 고개 부근)의 조 판서 댁의 재종 형을 만날 수 있었다.

서울에 와서 여러 친구와 사귀는 동안 시세를 이야기하면서 짐짓 생각해보니 나라 밖이나 나라 안 모두 혼란 속에 빠져 있음을 알 수 있었다. 동학이 처음 혁명을 일으킬 때 조정은 세도가들이 두 파로 갈라져 있었다. 한 파는 자신을 보존하기 위하여 임금을 끼고 정부 공사를 주장하여 자신들을 보전해 주고 조공을 바친 청국과 가까웠다. 또 한 파는 일본과 친하게 지내기를 원하는 신하들이었다. 그러다가 일군(日軍)이 기회를 틈타 청병을 호령 박멸한 후 열국 중에 강국이 되려 하고 있었다. 이번에는 북쪽의 노국(러시아)도 스스로 위엄을 보이려고 할 것이므로 그 안에 들어있는 조선은 스스로 장막 안에 둘러싸인 꼴이 되어 있었다.

동학은 본시 일·청 관계를 생각하지 못하고 나라 안 사정이 살기 어려우므로 조정을 교정하고 일부는 학민을 참지 못하여 난동도 하였는데. 어찌하였던지 일·청이 모두 조선에 군대를 파견한 이상 접전은 정한 순서고 그 접전 승패 후 동학이 다시 때를 얻으려면 전쟁에서 이긴 나라와 교분을 갖지 못하면 다시 침식 아니 된다고 말하지 못할 지경이라.

일본 군대는 서울에서 내달아 소사들(지금의 성환읍)에서 접전을 벌여 청병을 몰아내고 후퇴하는 청병을 승승장구 평양으로 진격하여 또 대승첩하였다. 결국에는 일·청간의 전장 터가 중국의 동쪽까지 이어졌다. 중국의 하북성에서 시작된 본토 전쟁은 마관(馬關: 중국 난징 아래에 있는 지역)까지 이어져 청국은 자신에게 불리한 조약을 일본과 체결할 수밖에 없었다. 을미년 봄에 일·청간에 마관조약이 체결된 것은 열국이 다 아는 바이라.

1895년 을미년에 청의 이홍장과 일본의 이토히로부미 사이에 체결된 이 조약은 청나라가 군비 2억 냥을 배상하며 요동반도와 대만, 그리고 팽호도를 일본에 할양하는 매우 불리한 조약이다. 지금의 역사서에는 '시모노세키조약' 또는 '하관조약'이라고 기록하고 있다. '하관'은 시모노세키의 한자식 표기이다.

일·청의 양쪽 군대가 온 후에는 조정에서는 민병을 조직하고 남영병을 출진시켜 동학을 진압하려고 온 힘을 기울이고 있었다. 그러다 보니 가는 연로에 동학 진도 무덕무덕 진을 치고 길을 막고 있고, 민포군도 길을 막고 있었다. 이 양편 간에 승패가 있을 만큼 큰 접전은 없어 보였다. 그렇지만 동학 진에서도 민포군을 잡는다고 하여 무단한 사람을 잡아들이고, 민포군이나 남영병도 죄 없는 사람 잡아다가 동학군이라고 몰아세워 길에는 행인들을 찾기 어려웠다. 심지어는 서로 집에 불을 지르는 경우도 허다히 일어났다.

재종 형 박춘래를 통하여 당시 경상감사 조병호의 장질 조한국에게 예천집강에게 불법으로 억울하게 당한 말을 하였다. 조한국은 학초의 이야기를 처음부터 끝까지 자초지종 듣고 난 후 조병호에게 보내는 편지를 써 주었다.

학초는 이제 조한국의 편지를 가지고 대구로 향하여 길을 나섰다. 용인읍에 도착하니 마침 고향사람인 황경천을 만났다. 서로 반겨 인사를 나누고는 가정소식을 물으니 모두 무사하다는 이야기를 들었다. 황경천은 오히려 가는 길이 험하니 학초더러 조심하여 내려가라고 당부하였다. 학초가 내려오는 곳곳에서는 동학 진과 민포군이 진을 치고 길을 막고 있었다. 가는 곳마다 행인은 없고 주막은 빈집과 다름없었다. 학초는 살얼음판을 건너듯 한 곳 한 곳 지나갔다. 곳곳에는 일본군이 동학군을 사살한 후 머리를 베어 꿰차고 있고, 길에는 목 없는 시체들이 나뒹굴고 있었다. 학초는 차마 눈 뜨고는 보기 어려운 참혹한 모습을 보면서 길을 재촉하였다.

사평강을	건너서서	용인읍내	다달으니
고향사람	황경천과	반겨이	상봉하니
그사람의	이른말이	동란진이	막아있고
조령산성	문을닫고	포군이	수성하며
장사아니면	가지못하고	실언하면	목을치고
연로에	황막비어	숙식이	어려웁고
귀댁안부	들어보니	약시약시	지내오니
가정염려	달리말고	연로에	조심해가시오
하직하고	돌아서서	갈길을	생각하니
문복도	할것이요	조심은	특별이라

어느덧 문경새재 3관문인 조령관에 당도하였더니 군인들이 문을 닫고 통행자의 몸을 수색하고 국문을 하며 보내주지 않았다. 학초는 화를

내며 도적을 잡을 군대가 아무 잘못 없는 행인을 붙잡아 놓은 이유를 물으며 항의하니 그제서야 대장이 보내주었다. 2관문과 1관문도 어렵게 통과하여 문경에 당도할 수 있었다.

문경새재	상문오니	성문을	주지닫고
문틈으로	살펴보니	병정들이	좌우로벌려서
위엄도	장할시고	지나가니	그뉘인고
문을	두드리며	바삐열어	달라하니
그중에	감투쓴대장이	하졸을	분부하여
문을	열어주며	사람을	인도하여
진중으로	들어앉히고	거주	성명이며
무슨볼일	어디갔다오며	이목에	허다본일을
무수궁문	하는중에	행장이며	주머니며
역력히도	뒤져보고	문답실책	다없으니
공연히	말유하며	길을가지	못하게한다
장부의	간담이야	없고보면	죽는게라
정신을	온용하고	소리를	여성하여
대장대해	이른말이	아(我)동방	조선법에
법례는	일반이라	군중에도	군율은있는데
도적을	살펴보아	난세를	태평코자할진대
천리허다	행로인을	무단집탈	잡을진대
평시에는	쫓겨날배라	이법은	어떤법이오
그대장	하는말이	분명장부	언사로다

관계말고	떠나시오	장하시고	위무당당
보던바	처음이오	하직하고	떠나서니
성문넷을	간데마다	이거동	지내나니
굴모웅이	내려서니	가던길이	여기로다

서울을 향해 처음 출발한 굴모웅(현 문경시 불정동)에 도착하였다. 용궁, 영동을 지나오면서 가정 소식을 듣고는 고향을 뒤로하고 대구로 길을 잡아가는데 가는 연로에는 전날처럼 흉년에 먹을 것을 찾아 떠나는 사람들이 아직도 길을 메우며 꾸역꾸역 올라가고 있었다.

5년 흉년으로 살길이 막막한 영변 칠읍에서 떠나온 열여덟 살 된 한 가장이 어린 신부와 젊은 어머니, 이렇게 세 식구가 눈 빼고 코 베어 먹는 낯선 타향 땅으로 겁 없이 떠나오면서, 오는 도중에 어린 신부도, 젊은 어머니도 모두 잃어버리고 가져가던 살림까지 모두 잃고는 혈혈단신 빈손으로 다시 고향으로 내려가는 기막힌 사연도 들었다.

세 식구가 경주를 떠나 충청도를 향해 머나먼 길을 가다가 어린 신부가 중로에서 발병이 났다. 절뚝거리며 걷는 모습이 애처로워 지나가는 말꾼에게 다섯 돈 삯을 주고 말 등에 태웠더니 말꾼이 어린 부인을 싣고 도망을 쳤다. 낌새가 이상하여 짐꾼과 어머니를 뒤에 두고 빠른 걸음으로 따라왔지만 그만 놓쳐버리고 말았다. 미리 약속하였던 주막에 다다라 보았지만, 거기에 있을 리 만무하였다. 뒤따라오던 짐꾼들도 젊은 가장이 보이지 않으니 짐을 지고 또 도망을 쳤다. 잠깐 사이에 부인과 재물을 잃고 빈손이 되었다.

모자는 날이 어두워 어느 산촌에 들렀는데 마침 그 집이 홀아비가 사는 집이었다. 어머니는 방에서, 자신은 헛간에서 하룻밤을 보냈는데 방에서 잠을 잔 젊은 어머니는 그날 밤 그 홀아비에게 회절하고 만다. 이런 사실을 모르는 아들은 아침에 일어나 모친에게 길을 떠나자고 재촉하니 모친은 밤새 마음이 변해 있었다. 오히려 한술 더 떠서 아들을 보고 여기에서 머슴을 살라고 하니 기가 막힐 노릇이었다.

이런 애절한 사연을 여의골 봉놋방에서 하룻밤 묵고 있는 같은 고향인 경주사람에게 통곡하고 털어놓으니 옆에서 듣고 있던 학초는 이 이야기를 노정가사에 담았다.

용궁영동	내려와서	가정소식	자세듣고
대구 감영	내려갈세	여의골	다다르니
한사람의	거동보소	이사가는	경주사람
손을잡고	통곡하니	통곡은	무슨일인고
대답없이	통곡하니	보는사람	민망하다
이소년의	거동보소	울던소리	진정하고
소방에	제쳐앉아	진정으로	하는말이
경주산다	하오니	동향의	지인이요
소회는	동이라	이새새	가지마오
나도본래	살던모양	호구는	걱정없더니
진작앉아	들은말이	충청삼도를	나가면
흉년없고	밥좋은곳에	시정흔코	인심좋다하여
가산을	전매하여	경보로	짐을매니
짐꾼은	둘이요	소실은	셋인데

모친나이	서른셋이요	이십지경	청상인데
내나이는	십팔세요	내자나이	십구세라
여러백리를	나가니	청춘내가	발병나서
촌보도	갈수없고	해는점차	석양되어
주점은	삼십리인데	절며뛰며	한탄할제
마침만난	빈말꾼에	닷돈삯에	태워갈제
채를지어	가는거동	이산모퉁이	저산머리
구름같이	지나가니	따라갈길	정히없어
일모황혼	저문날에	갈주막을	찾아가니
간데없고	본적없어	실처하고	돌아서니
뒤에오던	짐꾼보소	모친을	버려두고
먼저간다	차차오라하고	도망을	또갔으니
찾을길	정히없어	모자	서로잡고
일장통곡	하나니	밤은깊어	산속에서
근처한곳	바라보니	창에불이	비치거늘
불을따라	찾아가서	주인불러	간청하니
모친은	안에자고	나는	외당에자고
새벽날	개동초에	모친불러	가자하니
이런변괴	어찌있오	주인은당시	홀아비라
열셋에	청상수절모친	이날밤에	회절하고
진정으로	하는말이	어찌할수	없는사세
나는이미	이집사람	너는이곳	고공이나살아
이말잠깐	듣고나니	모친안색	천연하다

통곡혼자 절로나서 사세를 생각하니
어제한날 재물잃고 고운아내 정절모친
둘이모두 시집가고 내한몸 남았으니
산천인물 낯선곳에 돌아서는 한몸이오
여보시오 가지마오 통곡을 새로하네
이구경 잠깐하니 부운같은 이세상에
사람의 변복이야 시각이 잠깐일네

재산 잃고 가족 잃은 기막힌 사연을 듣고는 길을 나섰다. 군위와 효령을 지나 다부를 지나오는 동안에도 관병들이 행인들을 조사하고 다부에서는 일본 병정들도 볼 수 있었다. 칠곡부사가 동학군을 토벌하고 승전을 하고 저녁 늦게 돌아오는 모습도 보았다.

효령장터 들어서니 군위의흥 취점하니
바람에 깃발이 일광을 희롱하고
다부원 들어서니 왜인은 집을짓고
인동선산 취점꾼이 연로에 나열하다
칠곡을 들어서니 칠곡부사 사공역이
승전하고 돌아온길에 횃불이 꽃밭이라
대구계명 들어서니 징청각 뒷방에서
좋은친구 동류하니 각처에 소식들어
영변칠읍 흉년이요 그외팔도 동학이라
전라도 운봉이며 안의함양 등지와

진주성주	의령으로	병정이	오락가락
충청도	괴산이며	강원도	영월등지
사람죽은	소식이야	차마어찌	들어도
조사후	청령소리	법령이	엄숙하고
조석으로	개폐문은	차청하문	하올세라

학초는 지금까지의 노정가사를 비롯하여 경주 봉계동과 안강 홍천동과 구강동의 생활을 따로이 가사집으로 남겼다. 제목을 '경난가'로 한 이 가사집은 현재 담양에 있는 한국가사문학관에 소장되어있다. 가사문학관에 소장된 가사집과 이 책에 실려 있는 가사는 그 내용이 대동소이하다.

우여곡절 끝에 대구에 다다른 학초는 감영에 통자를 넣었다. 영문에서 여러 사람을 거쳐 이춘일로부터 징청각 뒷방까지 안내를 받아 관찰사 조병호와 마주 대할 수 있었다.

학초는 서울을 다녀온 말과 함께 지난 8월에 조령과 죽령 이남 안동, 의성까지 4~5만 동학군이 예천 화지에 모여 동학대도회를 연 일과 집강소와 있었던 일들을 빠짐없이 이야기하였다. 지난 8월 28일 군수와의 여러 번 통문이 오고 간 이야기와 방포일성으로 각자 귀가하던 동학이 패전 형용으로 무수한 사상자가 있었던 이야기도 빠뜨림 없이 이야기하였다. 그 후 집강소와 군수가 허다 백성을 잡아 재산을 빼앗아 간 후 거짓으로 동학군을 잡았다고 보고하고 이것이 들통날까 봐 누설을 없애고자 자신을 잡으려 하고 재산을 적몰한 일을 고백하였다.

긴 이야기를 다 들은 관찰사는 특별한 관지 훈령을 내렸다. 한문으로

작성된 이 감결(甘結: 상급 관아에서 하급 관아로 보내는 공문)문을 알기 쉽게 풀이하면,

감결 예천

실심으로 귀화한 자는 이미 평민과 한가지라고 동학도를 달래는 일에 대해서는 이미 알려준 바 있었다. 그런데 들리는 풍문으로는 '남의 전답과 가산을 모두 빼앗아간다는 이야기가 들리는고로 과연 그러한가?' 하고 의아해하고 있었다. 이미 귀화하였는데도 억지로 빼앗으면 스스로 살길을 끊는 것과 같은 것인데 그런 이야기를 들을 때마다 정말로 민망하였다.
오늘 들은 바 있어 말하니, 본읍 우음동에 사는 박학래는 그 당시는 위협이 되었더라도 이제는 귀화한즉 편히 살게 해 주는 것이 마땅하다. 그런데도 소위 집강·아전들이 크고 작은 살림을 몰수해 가고 전답 또한 속공시켰다는 소문이 들리니 한식이 절로 나오는구나.
이에 훈령을 발하니 박 민의 가산 집, 물자를 낱낱이 조사하여 그 물목과 같이 빠짐없이 도로 내어주고 전답 등은 일절 다시 넘보지 말고, 집강과 아전은 엄히 다스려 앞으로 그 폐단을 막아라.
이외에도 폐단이 있거든 즉시 조사하여 도로 내어주거나 빌려서라도 갚되 따라가서 잡는다면 형을 더하여 새로이 책망할 것이다.

갑오 10월 15일
순찰사 수결

감영의 영리가 상부관청인 감영의 관지를 군수에게 전하니 육방관속과 집강소는 어찌할 줄 몰랐다.

지금까지 서슬 퍼렇던 집강이 속으로 병이 든 셈이었다. 군수도 황황급급으로 집강리와 제반 공형들과 머리를 맞대고 나날이 의논을 하여 박 민의 재산을 찾아주자고 하였다. 우선 당장 빼앗아간 재산의 목록을

만들려고 하여도 허다한 백성들의 재산을 떨어 가져간 재산 중에 찾기도 어렵지만 박 민의 재산을 떨어갈 때 수다한 포군들이 제각기 중간에서 차지한 재산이 대부분이라 무엇이 얼마인지도 알기도 어렵겠거니와 더구나 환수도 어려웠다.

날짜는 자꾸 지나갔다. 그렇다고 여러 사람에게 널리 알릴 수도 없었다. 이 일이 만일 민간에 알려지기라도 한다면 다음에는 건잡을 수 없는 일이 벌어지니 그저 전전긍긍하고만 있었다.

예천집강소에서 학초의 재산 반환이 늦어지자 학초는 다시 감영에 소장을 내었고 관찰사는 이행을 재촉하는 재감결문을 보냈다.

감결을 예천에 재차 보냄

본읍 우음동에 사는 박학래의 빼앗은 가산 물건 및 전답과 추수 곡수를 집강에서 찾아서 내어주라고 감결을 보낸 지 이미 열흘이 지났는데도 어찌하였다는 보고가 없는 고로 의심이 들고 있었는데 어제 박 민이 다시 올린 소(訴)를 보고 본 읍에서는 아무 거행함이 없으니 이것이 어찌 된 곡절인가?

비록 전에 동학에 들었다 하더라도 오늘에 귀화한즉슨 진실로 빼앗는 것은 반듯하지 못함이라. 집강과 향리는 패악한 난을 지움을 면치 못함이 이미 지극히 해연한데도 하물며 영문 훈령 아래 곧 거행을 아니하고 더불어 보고조차 하지 않은 수령을 우선 매를 엄히 때려 징계함이 마땅하다. 함께 빼앗은 집물을 낱낱이 기록하여 책을 만들어 박 민이 받았다는 표를 첨부하여 보고하라. 전답 등에 일절 침범을 못 하게 하며 성화같이 거행하여 보고하고, 혹 지체하여 두 사람 사이에 불화가 생겨나지 않게 하라.

갑오 11월 초일 술시

재영 순찰사 수결

그리고 수형리(首刑吏) 등이 그 처리가 급박한 것을 알면서도 어떻게 처리를 해야 할지 난감해하고 있었다. 이러한 때 기기괴괴한 사람이 나서서 어려운 문제를 처리를 하였는데 그 사람에 관해서 설명을 하려면 몇 가지 이야기가 필요하다.

예천 관아 삼문 밖을 나서면 오른편에 젊은 계집 몇을 두고 음식과 술을 파는 '안동집'이라 하는 술집이 한 채 있다. 그 집의 여자가 옛날에는 안동 죽산에서 살았었다. 남편이 도적질하다 안동 진영에 잡히어 감옥을 살 때 그 부인이 남편 옥바라지를 한 일이 있었다. 당시 감옥에 갇히면 풀려날 때까지 음식 수발과 의복 수발은 관아에서 대어주는 것이 아니라 당사자의 집에서 부담해야 했다. 옥바라지를 오래 하다 보면 자연히 군뢰들을 자주 만날 수밖에 없고 군뢰들의 도움이 필요하였다.

계집의 얼굴도 반반하여 군뢰 중에서 대장이라 할 수 있는 수군뢰 석대홍과 가까워지더니 남편 되는 그 도적은 죽고 결국은 석대홍과 정분이 들어 그의 첩이 되었다. 계집은 안동에서 음식점을 내어 석대홍과 기거하고 있었는데 자태가 곱고 말솜씨가 뛰어나고 수작이 능란하여 가근방에서는 모르는 사람이 없을 정도였다.

그 무렵 안동 풍천에 김영훈이라는 사람이 살고 있었다. 그 아비 되는 사람은 살기가 변변치 못한 목수일로 살아갔으며, 그 아들 김영훈은 솔미장터(松美場)에 쇄약이(자물쇠와 열쇠) 장수로 겨우 입에 풀칠하며 지냈다. 김영훈은 약간의 문필은 익히고 있었으나 과거를 볼 정도는 아니었다. 그 뒤 김영훈은 서울로 가서 대신 집 청지기도 하고 귀인 자제 훈장도 하면서 점차 서울에서 발연이 늘어갔다.

당시 이와 같이 세도가와 연줄이 있는 사람 중 못된 사람은 시골에 와서도 관아에 무상출입하였다. 세도가집 출입을 모르는 관원들은 이들에게 자신을 두둔하는 두호편지를 얻어 부치고 이를 기화로 온갖 협잡에 나서서 해인비기(害人肥己), 즉 남을 해하여 자신의 이익을 채우기에 바빴다.

당시 세도가와 연줄을 가지고 있는 사람 중 능수능란한 자는 매관매직에도 관여하여 소개비도 크게 얻어먹고, 공명첩지(空名帖紙) 매매와 같은 일에도 관여하여 싸게 산 만큼 소개비를 챙겼다. 공명첩이란 성명을 적지 않은 백지 임명장으로 나라의 부족한 국고를 채우기 위하여 조정에서 발행된 첩지를 말한다. 나라의 재정이 부족할 때마다 이 첩지를 중앙의 관리들이 지방에 내려와서 재산을 가진 사람들에게 팔 만큼 조선은 후기에 접어들수록 가난한 나라였다. 이 공명첩을 정식 관리가 파는 것보다는 더 싸게 판다고 하여 중간에서 거간질을 하는 경우도 있었다.

돈을 가진 사람 중 세도가와 연결이 되는 사람은 벼슬을 얻어 지방 수령으로 임명되었고 그렇지 못한 사람은 공명첩을 샀다. 세도가와 연결하여 돈을 주고 산 벼슬은 실제 군수나 현감 등 직책을 얻어 봉록을 받았지만, 공명첩의 벼슬은 '○○대부'이니 하는 높은 지위의 벼슬이지만 실제 직책은 아니고 양반 행세를 하는 데 사용되었다.

이뿐만 아니었다. 사문사 존문에도 밀고 빼기로 중간에서 이득을 챙겼다. 지방 관속들의 소임개차(所任改差), 즉 아전 등 구실아치의 인사는 군수의 몫인데도 좋은 자리를 얻고 싶은 구실아치들은 세도가에 줄을 대었다. 세도가와 직접 줄이 닿지 못하는 사람들에게 두호편지를 주고 대신 그 값을 받았다. 이러한 일에 중간 길목에 서서 누이 좋고 매부 좋고 서로를 연결해주고 얼마간의 돈을 챙기는 일이 이들의 수입원이었다.

김영훈은 조정에서 발행된 관보에 그 아비와 이름이 같은 전라도 사람 감찰인 것을 상주 함창 사람 김무경으로 감찰 교지를 위조하여 그 부친을 감찰로 행사를 시킨 일도 있었다. 이처럼 하늘 높은 줄 모르고 경향 각지를 횡횡할 때 안동부사나 경상어사 김사철도 김영훈을 잡아 엄장가수하였는데 서울에 있는 대신들의 두호편지가 하루가 멀다 하고 답지하니 할 수 없이 그 청에 못 이겨 결국은 석방하고 만 적이 있었다.

김영훈이 안동을 오면 주로 석대흥의 집에 단골 식주인으로 있게 되었다. 자연히 석대흥의 첩으로 앉은 그 계집과 은밀히 정을 통하게 되었다. 석대흥은 진영의 수군뢰로서 낮에는 관문에서 근무를 하여야 하고 밤에도 집에 오지 못하는 날이 있었다. 간혹 집에 나와 잠을 자는 날에도 새벽 날이 밝기 전에 입번을 가야 하는 터라. 그 사이 빈틈은 거의 김영훈의 차지가 되어 간통에 점점 정이 깊어졌다. 자연히 계집은 어쩌다 보는 남편 석대흥보다는 김영훈을 더 생각하니 석대흥과 김영훈 두 사람 사이에는 서로가 눈엣가시처럼 보일 수밖에 없었다. 그렇게 지내는 사이 석대흥이 병으로 죽자 석대흥의 가산은 물론 계집까지 차지하게 되었다. 건장하던 석대홍이 갑자기 병으로 죽자 가근방에는 그의 죽음을 두고 이상한 소문이 돌았다. 석대홍이 어느 날 감기가 들자 약을 지어 먹일 제 독약을 섞어 죽여 없앴다는 소문이었다. 두 사람은 예천읍으로 이사하여 앞에 이야기한 안동집이라는 색주가 영업 겸 음식점을 열었다.

이때 김영훈의 본댁은 간실이라는 촌으로 이사해 와 있고 서울에도 첩이 있다는 소문이 파다하였다. 김영훈을 따라온 석대홍의 첩은 안동집에서 죽산댁이라고 불리었는데 고운 자태와 능수능란한 말과 교태로 예천 일읍에 유수한 세력을 가진 아전들을 제각기 통간에 정을 두었다고 하였다. 심지어 민·형사의 청도 들어주어 비밀리 세력가와 연결해주는 일도 하였다.

당시에는 어사의 출도나 영문의 관지라 하면 비단 군수뿐만 아니라 관속들까지 두려워하던 시절이라 박학초의 일로 감영의 공문이 거듭 두 번이나 도달하니 그 해결 방법에 골몰할 수밖에 없었다. 늘 하던 버릇대로 관청의 구실아치들은 집강소나 관아가 아닌 안동집에 모여 의논하던 차에 자연히 김영훈이 끼어들게 되었다. 김영훈이 서울의 세도가와 연줄이 있고 심지어 서울 조 판서 댁에 있는 재종 형 박춘래와도 만난 적이 있었다. 집강소 입장에서 더욱이 다행스러운 점은 김영훈이 경상관찰사와도 일면식이 있다 하니 재물을 마련하여 그로 하여금 중간의 거간꾼 역할을 부탁하였다.

집강소로부터 거금의 재산을 챙겨놓고 전권(全權)을 위임받은 김영훈은 우선 대구 감영에 들러 관찰사에게 능청스럽게 박 모의 종적을 알 수 없어 아직 영수증을 받지 못하였다고 하면서 학초가 감영에 연락 주기를 기다린다고 하였다.

그러는 사이 시간은 많이 흘러 1895년 을미년 음력 2월 13일 대구 징청각 뒤 소리재에서 두 사람은 만났다. 학초가 김영훈을 대하여 먼저 입을 열었다.

"예천집강소의 일을 전부 영훈 씨가 담당하였다는 이야기가 있는데 어떻게 된 연유인지요?"

학초의 물음에 김영훈은 아주 친근한 척 그간의 안부까지 곁들여 말을 걸어왔다.

"들으니 난리를 피하여 경주에 가서 우선 임시로 의탁하여 지낸다니 그나마 다행한 일입니다. 예천 일이야 우리 사이에 범연할 일 없습니다. 가산집물이야 이제 와서 여의하게 찾을 수 있겠습니까만 설혹 찾았다 하더라고 경주까지 원거리에 가져갈 수도 없고, 토지는 매매를 못 하니 그렇다고 돌돌 말아 지고 가지도 못하고 보관하여 줄 것이니 염려 마시오."

학초는 내용을 확인하고는 몇 가지를 더 부탁하였다. "그럴 터이지요. 토지는 매년 추수 날 때 반분하여 감독 수고를 하여 주시고, 집은 신태성이 보관하도록 주시오."

서로 간에 정리해야 할 일은 정리를 마치고 작별하였다.

시간을 거슬러 올라가서 1894년 갑오년 동짓달에 학초는 대구를 내왕하며 세상에 처신할 곳을 정하지 못하고 재종 동생 박 진사 영래(英來)의 주선으로 실인(室人: 측실) 강씨 부인을 데리고 우선 피난으로 상주군 주암동(현 의성군 단북면 성암리)에서 족인(族人)인 박선준의 집에 한 칸 방을 얻어 잠적하여 지내듯 하면서 세상의 동정을 살피고 있었다. 하루는 재종제 박 진사가 외부 소식을 들고 왔다.

"이달 20일 통문에 의하면 각 읍 동학이 상주에서 대도회를 연다 하는 소식이 있는데 형님이 다시 한번 가서 구경을 하시고 형편을 보아서 앞으로 예천집강을 잡아 친히 문죄하도록 해 보시지요."

영래의 권고에 학초는 불가함을 조용히 설명하였다.

"동생은 앞으로 다가올 일에 대해서는 생각하지 못하는 바라. 설혹 한 번 억울하였던 일을 설욕하더라도 그 뒤에 일어날 일에 대해서 득실을 생각해보아야 할 것이라. 내가 동학에 몸을 담은 것은 참 동학을 믿기 위해서는 아니었지만 그래도 동학의 취지는 유불선 삼도(三道)이라. 고금 천하에 선비(유)나 부처(불)나 신선(선)이 여럿이 작당하여 인민 간에 어디 공격을 하는 곳이 있으리오. 선비가 인민을 위하여 취당이 있다 한들 조정의 명령 없이 난동하면 법에 용서가 없을 터. 설혹 나라가 무법천지가 되어 생령이 도탄이면 혹 창의를 할 수 있겠지. 그렇더라도 초한 시절 한(漢) 고조도 명분상 의제를 발상하고 거병하는 이치나, 삼국 때 조조는 심중에 품은 뜻은 다르더라도 형식적으로는 허수아비 천자를 옆에 끼고 자기 생각대로 일을 처리하면서 형식은 꼭 '천자의 영'이라고 하고 시행하였네. 명분이 없는 일은 성공하지 못하니라. 현재 동학은 패망 후 아직은 정부가 반대하고 더구나 정부와 일본이 동심(同心)이라. 만일 동학에 몸을 담으면 10~20년 동안은 조선 땅에서는 신명을 보존하지 못할 것이다. 이번 상주 대도회가 종래에는 자연 성공하지 못할 것이리라."

하였더니 그 후 소문을 들어보니 과연 그러하였음을 알았다.

이 이야기가 나오기 한 달여 전인 음력 9월 22일 상주의 동학군은 상주 읍성을 점령한 바 있으나 이레만인 9월 28일 일본군의 공격으로 결국 읍성을 내어주고 퇴각하게 되었다. 여기에 참여하였던 동학군의 일부는 남접 농민군과 합류하기 위해 논산을 향해 떠나고 일부는 잠적하여 숨었으며 많은 동학군이 붙잡혀 체포되거나 처형되었다. 남은 동학군은 1894년 음력 11월 동짓달에 재봉기를 위해 통문을 돌렸지만 호응하는 사람이 별로 없어 무산되었다. 학초의 재종제가 상주에 대도회를 연다는 소식을 전한 것은 바로 이 동짓달 도회 통문으로 보인다.

2 권

8. 흩어진 가족을 다시 모아

– 재산을 되찾아 경주 봉계에서 새 출발을

예천 동학 이후 학초는 상주군 달미면 주암리에 거주하면서 간혹 대구도 다니며 또 안동도 다니며 세상사를 둘러보았으나 달리 처신할 곳이 없었다. 1895년 을미 음력 정월 12일에 주암리에서 부실 강씨를 데리고 우선 용궁군 영동으로 다니러 갔다. 어촌 김 서방 집에 며칠을 유숙하면서 목화를 산 것을 안동 신경에 사는 남매 되는 김 서방에게 짐을 지워서 3인이 부모님이 계시는 순흥 남대동을 향해 떠났다.

때는 아직 엄동이라 큰 눈이 내려온 들판이 눈으로 덮여있고 다니는 길만 겨우 통하게 되어있었다. 정월 16일 새벽 미명에 예천군 오천 장터 (현 예천군 호명면 오천리)를 지나갔다. 이곳은 대대로 친분을 맺어온 장점석이 사는 곳이다. 가는 길에 잠깐 들러서 방에 들지 않고 선걸음으로 이별을 고하니 주인 내외와 심지어 자부까지 자던 잠을 깨어 반겨 맞았다. 바로 떠난다는 말에 깜짝 놀라며 몹시 서운해하는 것이 말로 설명하기 어려울 정도였다.

"언제 속히 다시 볼꼬? 소식이나 종종 듣게 하소."

인정에 못내 정표물로 대추, 떡, 엿 등을 켜켜이 쌓아 상자에 담아 주었다. 이 댁의 음식을 전에는 자주 먹었지만, 앞으로는 다시 먹을 기약이 없으니 부득이 받아 짐에 얹고 돌아서니 장점석의 온 식구와 작별함이 옛날 하양의 소무(한나라의 사신으로 흉노에 갔다가 억류된 사람) 이별이나 다름없었다.

목석간장이라도 녹일 인정으로 이별하고 오천 다리목을 건너 오백령 오른쪽 골로 우포 뒷재를 넘어갔다. 통명역(현 예천군 예천읍 통명리)에 당도하니 새벽 서리 찬 마당에 그때야 동쪽 하늘이 밝아왔다. 석바탕이로 갈 길을 정하여 노장이로 하여 흐티재를 올라서니 좌우 산천은 옛날에 보던 그대로였다.

부용산 높은 봉우리가 왼쪽에 보이건만 저 산 서쪽에 있는 동네에 외갓집이 있고 지금은 아내와 자식 남매들이 피접을 와 있으나 우선은 부모님이 계시는 순흥 남대궐 본가로 향하였다.

풍기읍을 지나 집 떠난 지 수일 만에 순흥군 읍실동 광덕 권 노인 댁을 찾아갔다. 권 노인이라 하는 분은 조상 대대로 친분 있게 지내던 집으로 학초가 찾아가니 하도 반기며 극진히 대접하였다. 하루를 묵으면서 부모님이 계시는 남대동 본가의 소식을 들었다. 강원도에는 동학 소요에 엄 부사가 동학군을 많이 잡은 공로로 영월부사 직을 얻었다고 하였다. 부사는 관포군을 사방에 보내어 동학군과 접전하며 인명을 살상하고 재산을 강탈하며, 걸핏하면 촌락에 불을 지른다는 이야기가 흡사 예천의 집강소와 닮아 보였다.

매기재를 넘어서면 부모님이 계시는 곳이건만 난중이라 가기도 어렵고 그렇다고 아니 갈 수도 없어 정말 진퇴유곡이었다. 아무리 난시를 당하였다고 하나 어떤 난관이 있어도 이곳까지 와서 부모 형제는 만나야 할 터였다.

가져갔던 짐은 권 노인 댁에 맡겨두고 매기재를 넘어 남대동(현 영주시 부석면 남대리)을 찾아갔더니 집은 비어있었다. 그 집 북쪽 태산 상상골을 넘어 뚜립박골이란 곳으로 이사를 했다고 하였다. 다시 뚜립박골을 찾아갔다. 온 산에는 눈이 붙어 있고 계곡은 얼음이 얼어서 빙천(氷川)이 되어 있었다. 겨우 사람 다니는 곳만 호박길이 통해 있었다. 좌우를 둘러보니 긴 골짜기 좌우에 참나무 잡목이 우거져있고 먼 곳에서 벌목정 소리가 들리는데 쳐다보니 몇 채의 인가에서 연기가 피어오르고 있었다. 올라가 보니 6~7호가량의 투방집이 있고 이 중에 한 집이 부모 형제가 계시는 집이었다.

정말 얼마만의 재회인가? 헤어질 때는 작별인사도 없이 황망 중에 헤어지고 서로가 서로를 걱정하며 살아온 지가 어언 몇 달만인가? 체모도 잊은 채 서로 부둥켜안고 눈물로 맞았다. 그동안 쌓였던 회포를 풀고 각기 떨어져 지나온 이야기에 밤이 새는 줄도 몰랐다.

투방집이라 함은 나무를 베어 우물 정(井)자로 얹어놓고 그 틈을 흙으로 발라 지은 집을 말한다. 맨 위는 연목을 디밀어 얹고 그 위에 풀로 덮어 이은 집이다. 밤이 되어 솔불을 켜고 있으면 호랑이와 같은 산짐승이 사람이 있는 줄 알고 투방 벽을 허비며 혹 지붕 위에까지 올라 지붕을 파헤치기도 한다고 하였다.

이곳에서 먹을 것이라곤 감자뿐이지만 그래도 별미로 여겨 먹었다. 아침에 일어나 남쪽 하늘을 바라보니 커다란 산봉우리 위를 흰 구름이 유유히 흘러가고 온 산에는 새소리가 가득하였다. 계곡에는 얼음 밑으로 잔잔하게 물이 흐르는 소리도 들렸다.

부모 형제와 만나서 반가운 마음 한량없어 이대로 시각이 정지하였으면 좋겠다는 생각이 들었다. 그렇지만 앞날을 생각하지 않을 수 없어 앞으로 어떻게 하면 좋을지 이야기를 나누었다. 동생 봉래는 그냥 이곳에서 살 작정을 하는 것 같았다. 제수씨는 시부모님과 남편이 하는 처사대로 따른다고 하였다. 얼마 지나지 않아 겨울이 지나고 그리하면 바로 봄이다. 어디에 가서든 농사는 지어야 할 것 같은데 광대천지 도처에 난리니, 어찌할지 모두 막막할 뿐이었다. 학초가 부친께,

"소자가 대구에 있을 때 징청각 뒷방에서 예전에 경주 영장을 지낸 김유석이라는 사람과 이야기를 나눈 적이 있습니다. 경주를 비롯한 영변 칠읍은 동란은 없으나 작년 갑오년 흉년으로 사람들이 거의 타관으로 떠났다고 합니다. 빈집이 허다하고 농장이 비어 이 마을 저 집, 이 논 저 밭, 마음 뜻대로 살 수 있다고 합니다. 들은 이야기이지만 좋은 기와집도 엽전 일백 냥을 넘지 아니한다고 합디다. 제일 좋은 밭은 삼사 냥, 좋은 논도 열 냥에서 스무 냥이면 몰아서 살 수 있다 하니 사람 없는 경주로 가는 것이 상책일까 합니다."

부친도 수긍하여 마침 떠나려 하던 차에 난데없는 포군 서너 명이 달려들어 불문곡직 의풍(현 단양군 영춘면 의풍리)대장소로 가자고 하였다. 학초 부자가 잡히어 의풍 20리를 내려가는데 눈 속 통로로 겨우 다다를

수 있었다. 대장소란 곳은 의풍의 한 주점인데 4~50명의 관포군이 머물러 있었다. 그중에 대장이라 하는 자는 한쪽 방에 따로 사처를 정하고 있었다.

죄인을 무수히 잡아 사정없이 매질하고 무수히 곤박을 주고 있었다. 전부 동학이니 죽인다고 협박을 하지만 사실은 재물을 빼앗기 위함으로 보였다. 여러 명의 병졸이 공초를 하는데 학초가 하는 이야기는 들은 척도 하지 않았다. 죽거나 살거나 대장을 보고서 말한다고 계속 조르니 한 병정이 그제야 대장에게 인도하였다. 대장이 먼저 물었다.

"동학에 몸을 담은 자는 노소를 불문하고 사형에 처한다. 동학을 하였느냐, 아니하였느냐?"

다짜고짜 묻기부터 시작하였다. 동학의 이력이 있는 학초는 내심 뜨끔하였으나,

"지금의 사소한 동학으로 말하여도 모두 조선의 백성들입니다. 불쌍한 백성들이 살지 못하여 아침에는 동쪽에 의지하고 저녁에는 서쪽에 의지하는 신세로소이다. 어제는 평민이 오늘은 동학으로 일어났으나 내일은 다시 평민이 될 것이요. 동학 중에서도 어떤 사람이 병불혈인(兵不血刃) 즉 칼에 피를 묻히지 아니하고 많은 사람을 실심 귀화시켰으면 그것을 믿으리까?

그러자 대장은,

"어찌 그러한 사람이 있으리오. 다시 자세히 말하라. 누가 그 같은 사람인가?"

"지금의 그 말은 본인과 대장 각하 두 사람 사이라 더 물어볼 필요가 없을 것입니다."

대장이 대뜸 화를 벌컥 내며 눈을 부릅뜨고는,

"무슨 근거로 그렇게 말하는가?"

"본인도 명색이 조정의 사마방목(司馬榜目: 소과에 급제한 사람의 인적 사항을 기록한 명부)에 이름을 얹은 자로 어쩌다 동란을 견디지 못하고 또 마땅히 처신할 곳이 없어 동학에 의탁하여 예천에서 의용진 두령으로 지내다가 갑오 8월 28일 조령, 죽령 이하 모든 동학군이 화지에 모여 읍을 침공하려 할 때 본인이 나서서 양쪽의 인명 피해 없이 실심귀화 각안기업하였는데 간사한 예천집강이 애꿎은 동학을 잡아 승전을 보고하였던바, '동학에 몸을 담았더라도 귀화하면 평민이라 가산 적몰과 인민 살해는 엄금'이라는 경상감사의 관지를 받아 무사하였습니다."

학초는 지금까지의 일을 자초지종 이야기해 주었다.

"그대가 예천에서 이와 같이 하였는가?"

"그 이야기가 거짓인지 아닌지는 경상감영으로 조회해보면 금방 알 것이로소이다."

"만일 그대가 그 같은 사람이라면 어찌하여 대구 감영에서 등용해주지 아니하고 이 같은 남대동 산중 뚜립박골에 와서 구구세월을 보내고자 하는가?"

"한(漢)나라 광무제 시절 엄자릉은 부춘산에 탁적하였고, 태평성세의 도연명과 이태백은 청운을 마다하고 각각 오류문(五柳門)과 채석강에서 티끌처럼 살았습니다. 작금에 있었던 예천의 일이 감히 거기에 비할 바는 못 되지만 시끄러운 세상에 산을 의지하고 강을 바라보며 경운조월(耕雲釣月), 구름을 갈고 달을 낚으며 한가롭게 지내는 것도 부모 처자가 안락태평을 누릴 수 있으니 이 아니 생민의 본분이 아니오리까?"

이 이야기에 나오는 엄자릉에 대해서는 뒤에 따로 설명하기로 하고, 도연명은 '귀거래사(歸去來辭)'로 유명한 동진(東晉)의 시인이다. 그는 말단 관리로 평택현이라는 조그마한 지방의 현령으로 발령을 받았다. 부임한 지 얼마 되지 않아 그 현을 관장하는 군수의 아랫사람인 하급관리가 군수를 대신하여 현을 시찰 온다고 하였다. 현의 관리는 현령인 도연명에게 앞으로 출세하기 위해서는 시찰 온 관리를 극진한 예를 갖추어 맞을 것을 조언하였다. 이 말을 듣자 도연명은,

"겨우 쌀 다섯 말 봉록을 받자고 이러한 아첨을 하여야 하는가?"

하고 벼슬을 팽개치고 낙향하였다. 도연명은 자신이 은거하는 집 앞에 버드나무 다섯 그루를 심었는데 흔히들 오류문(五柳門) 또는 오류관이라고 불렀으며 자신 또한 오류선생이라고 하였다.

채석강은 당나라 때 이태백이 즐겨 찾던 곳이다. 그는 현종의 부름을 받고 벼슬을 하였지만, 자신의 재주를 시기하는 신하들이 자신이 지은 여러 편의 시(詩) 중 그 일부분을 발췌하여 못된 곳에다 비유하여 모함을 하곤 하였다. 이백은 이것을 보고 조정에 환멸을 느껴 벼슬을 내던지고 채석강에서 달과 술을 벗 삼아 살다가 생을 마감하였다.

학초의 긴 말을 듣고 난 대장은,

"나이도 젊은 사람이 말에 막히는 것이 없이 유창하구나. 물러가서 그대 부친과 그대가 그간에 지출된 음식값이나 준비하여 갚고 가라."

하고 부친은 감금한 채 학초만 풀어주었다. 당시에는 죄를 지었건 짓지 않았든, 한 끼이건 여러 끼이든 잡혀 와서 먹은 음식값은 당연히 먹은 본인이 지급해야 하였다.

학초는 돈을 구하러 집으로 돌아오는데 이미 밤은 깊어 삼경이었다. 하룻밤 눈 붙이고 떠날 수도 있지만 대장의 마음이 언제 변할지 몰라 바로 나섰다. 사방 산천은 눈이 몇 자락이나 쌓여있고 겨우 사람의 발자국이 몇 개 나 있는 호박 길이 보였다. 태산 장곡 중간에 양편으로 길이 나 있었는데 어느 길로 가야 남대동으로 가야 하는 지를 모르고 망설이다가 우편으로 난 길로 접어들어 한 십 리 정도나 지나왔다. 나무는 더욱 우거지고 흰빛 눈 외에는 아무것도 보이지 않았다. 다만 골짜기의 얼음 밑으로 흐르는 물소리만 간간이 들리곤 하였다.

한참을 가다가 어느 한 곳 양편에 작은 밭이 있고 그 밭 왼쪽 바위 위에 우뚝한 짐승 하나가 눈에 불을 철철 흘리며 앉아 있었다. 이것을 보는 순간 학초는 전신이 오싹하며 자신도 모르게 뒷걸음으로 물러섰다. 정신을 가다듬고 헤아려보니 분명 호랑이로 보였다. 문득 떠오른 것이 옛날부터 범이란 산군(山君)이라는 명물 짐승이라 사람의 동정을 더듬어 살펴 행동을 취한다는 말이 떠올랐다. 학초는 자신도 모르게 큰 소리로 호랑이를 향해 호령하였다.

"이놈! 네가 일개 짐승일지라도 부모를 구하려고 급히 가는 사람의 길을 막고 있으니 네가 만일 진정 영물 산군이라면 물러가라."

하며 발을 구르니 졸지에 간 곳이 없어졌다. 그때야 주변을 가만히 둘러보니 왔던 길이 아니었다.

의풍으로 되돌아가 길을 다시 잡아 남대동을 향해 걸어가면서도 생각하니 난감한 것이 한둘이 아니었다. 대장이 학초를 풀어주면서 그 부친은 볼모로 잡고 있지 않은가? 산전수전 다 겪은 대장이 학초의 삼촌설에 겉으로는 감복하여 학초를 방면한다지만 실상의 속셈은 다른 곳에 있었기 때문이었다. 겉으로는 '식채를 갚은 후에 부친을 방면하겠다.' 라는 말이지만 속셈은 돈을 바치면 풀어주겠다는 뜻인 것을 학초가 모를 리 없었다. 대장과 군졸은 소위 강도와 다를 바 없으니 부친을 구할 방법은 돈을 바치는 방법밖에 다른 도리가 없었다. 지금까지 뇌물을 바치며 부탁을 하지 않고 정정행보로 살아왔건만 부모를 구하기 위해서는 다른 뾰족한 방법이 없었다.

돈을 줄수록 그 도적을 먹여 기르는 것과 진배없고 또 돈을 받은 그 도적이 이를 기화로 또 어떤 흉계를 꾸밀지도 알 수 없었다. 학초 자신이 돈을 들고 다시 대장소를 찾으면 이번에는 돈을 빼앗고 다시 가둘지도 모르니 다른 사람을 시켜 돈과 함께 편지를 보내면 혹시 자신의 손에서 벗어난 학초가 자칫 후환이 될지 염려되니 이번 일은 일단락이 되지 않을까 하는 생각이 들었다.

남대동에 돌아와서는 오면서 생각하였던 대로 약간의 돈을 구하고 서찰을 써서 다른 사람을 시켜 대신 보내었다. 그 편지의 내용은,

삼가 말씀드립니다

시운이 불행하여 국가의 난리며 생민의 도탄이라. 이때를 당하여 국가를 위하시는 일에는 옥석을 구분하기 어렵다 하지 않을 수 없고 옥석을 구분할 당시에 임하여 부자가 함께 잡혀 죽는 것은 알 바 없다고 생각할 수도 있습니다. 옛날 강 위의 한 어부는 오자서가 후일에 초 평왕을 토벌할 줄 어찌 알았으며, 친구인 신포서의 말은 듣지 않고 죽은 평왕을 부관참시한 것을 후대에 누가 예견하였으리까? 또 초강에 자신을 위해

희생하여 죽은 표모를 제사 지낼 줄 누가 알았으리오. 지금 현세에도 오자서의 행적과 같은 일이 다시 없을는지 누가 장담하리오. 초한 시절 초패왕 항우가 비록 성군이 아닐지라도 남의 부모 한태공을 해하지 아니하였거늘 옛날이나 지금이나 어찌 그런 일이 없다 하리까?

생은 어제저녁에 전말을 다 하였으니 다시 거론할 필요 없고 생의 부친을 이편에 돌려보내 주시면 대행 복망이겠습니다. 만일 여차 처분이 없으면 한양으로부터 좋게 만나 보기 바랍니다. 이편에 보내드린 약간의 돈은 뇌물이 아니라 정으로 여비에 보태어 쓰시기를 바랍니다.

을미 2월 3일 박학래

영월 출주병 대장 좌하

이 편지에 나오는 오자서는 중국 춘추전국시대에 초나라에서 태어난 사람으로, 이웃 나라인 오나라에서 손자병법으로 알려진 손무와 함께 누구도 따를 수 없는 많은 전공을 세웠지만 시종일관 비운의 장군이었다. 그의 조상은 대대로 초나라에서 높은 관리로 지내왔다. 그러다가 초평왕 시절 간신 비무기의 모함을 받아 아버지와 형은 잡혀가서 죽임을 당하고 오자서만 간신히 정나라로 탈출하였다. 그는 도망간 정나라에서도 목숨에 위협을 느껴 다시 오나라로 도망을 치려고 강을 건너게 되었다. 뒤에는 추격병이 오고 앞에는 강물이 가로막고 있었는데 홀연히 한 어부가 배를 몰고 와서 무사히 강을 건너게 해주었다. 그는 오나라에 들어와서도 병든 몸으로 걸식하며 유랑을 하였다. 하루는 빨래하는 표모에게 밥을 얻어먹고 목숨을 이어갈 수 있었다. 후일 그는 오나라에서 장군으로 발탁되었다. 오나라 장군 오자서는 초나라 침공에 앞장서 수도를 점령하였다. 오자서는 지난날의 원한을 갚을 절호의 기회를 잡았지만, 원수인 평왕은 이미 이 세상 사람이 아니었다. 오자서는 너무나 원한이 사무쳐 친구인 신포서의 말림도 아랑곳하지 않고 평왕의 무덤을 파헤쳐 백골이 된 시신을 꺼내어 난도질을 하였다. 이렇게 분풀이를 한 오자서는 자신을 위해 도움을 주고 이 세상 사람이 아닌 어부와 표모를 후하게 제사를 지내 주었다고 한다.

다음에 나오는 초패왕에 대한 이야기는 이러하다. 초패왕 항우가 유방과 서로 천하를 다툴 때 유방의 식솔들이 항우에게 붙잡힌 일이 있었다. 항우는 유방에게 항복하지 않으면 유방의 부친인 태공을 삶아 죽이겠다고 위협하였다. 유방은 겁을 먹고 항복을 청하기는커녕 삶아 죽이면 그 물을 서로 나누어 마시자고 오히려 한술 더 뜨는 내용의 편지를 보냈다. 화가 난 항우는 정말 한태공을 죽이려 하였으나 항우의 숙부인 항량의 만류로 그만두었다. 항량은 비록 적장의 가솔이지만 이를 죽이는 것은 제왕으로서 취할 태도가 아니라고 극구 만류하였다.

학초는 대장에게 보낸 편지에 옛날 중국의 고사를 들어가며 지금의 자신의 처지는 고사에 나오는 인물처럼 어부나 표모에게 도움을 받는 오자서의 처지와 비슷하며, 아직 의풍에 붙잡혀 있는 자신의 아비는 항우에게 붙잡힌 태공처럼 어려운 지경에 처해있지만, 선처를 하면 그 고마움을 알겠지만 만일 그렇게 하지 않고 그 반대로 학초의 부친을 가두고 자신을 다시 잡으려 한다면 순순히 당하지는 않을 것임을 간접적으로 편지에 비쳤다. 대장이 그 편지를 읽고 난 후에 군졸을 시켜,

"박 모의 부친을 빨리 방면하라. 가만히 보니 그 아들이 큰일 낼 사람이다. 앞으로 너희들도 조심하여라."

라는 말을 한 것을 심부름을 간 사람에게서 들었다.

남대궐(현 영주시 부석면 남대리)이라 하는 동네 이름은 단종이 그 숙부인 수양대군에게 왕위를 양위하고 영월에 유배되어 와 있을 때 순흥에 유배를 와 있는 숙부 금성대군을 가끔 만나러 오갔다고 한다. 그때 잠깐 앉아 쉬어 간 자리라 하여 연유한 것이라 한다.

그 동네 백성들이 그 사연을 잊지 않고 비각을 세우고 굴피나무 껍질로 지붕을 덮어 지내왔는데 그 유래로 인하여 '남대궐'이라 불러왔다. 자연 세월이 오래 지나게 되니 모두 퇴락하여 넘어질 지경에 이르렀다. 학초의 부친이 그곳에 피접을 하는 동안 후손에 본보기를 삼고자 봄날이 오면 새로 중수하기로 마음먹고 있었는데 봄이 오기 전 경주로 떠나게 되었다. 비록 잠시라지만 이곳 남대동 뚜립박골에 정이 없다 할 수 없었다.

산천을 하직하고 행장을 수습하여 길을 떠났다. 남대동 평지에 있던 집과 논밭은 재매부 되는 임경수에게 맡기고 떠났다. 지금까지 잠시 함께 한 이웃 친구며 남대동 산천과 모두 이별이 되었다. 사람이 살았던 자취가 이같이 사라지려 하니 마치 구름으로 정자를 짓는 것만 같았다. 후일에 이곳을 지나는 사람이 있어 이 같은 학초의 그때 마음을 그 누가 짐작하리오.

남자는 지고 여자는 이고 소위 남부여대(男負女戴)하여 새로 터를 잡을 경주를 향해 발을 옮겼다. 쑥밭재를 넘어 내성으로 길을 잡아 경주 길을 물어가며 지나왔다. 종전에 눈이 하도 많이 와서 얼음길이 되어 전전긍긍 길을 내려왔다. 얼마 전 경상감사 조병호를 만나기 위해 그의 장질 조한국의 편지를 받으러 서울에 오갈 때에도 흉년을 맞아 고향을 떠난 경주사람 일색이었는데 지금 이곳에도 길에 널린 것이 경주사람들이었다. 학초는 이때의 모습을 다음과 같이 가사로 기록하였다.

새벽날	늦이목재부터	풍설이	분분하다
남부여대	오자하니	연로에	거동보소
경주사람	이라하면	구박이	자심하다
안동땅	섶밭주막	주인정해	숙소드니
경주산다는	성서방이	젊은아내	어린자식
봉놋방에	한데들어	구박모양	자세보니
처자의	소중이야	사람마다	같건마는
남녀분별	정히없고	가련궁상	못볼러라
풍설이	장유하니	하루갈길	열흘간다
조조에	길을떠나	일행이	지내올세

이하 생략

일찍부터 출발하여 길을 나섰지만 이미 내린 눈으로 길은 미끄러운데 눈은 계속 내리니 걸음이 더딜 수밖에 없었다. 근근이 하여 새로운 터전인 경주 봉계(현 포항시 북구 기계면 봉계리)에 도착하였다.

1895년 을미년 봄이 되었다. 지난 갑오 흉년 여독으로 경주의 촌락은 모두 전쟁터와 다를 바 없었다. 근근이 목숨을 이어온 생민들이 농사를 짓자 하니 농가에 소라고는 찾아보기 힘들었다. 어쩌다 남아있던 소도 우질(牛疾)이 창궐하여 세상에 소의 명맥이 끊어질 정도였다. 농사에는 소가 있어야 하는데 밭 갈고 짐 나르는 농사 걱정이 태산이었다. 농사도 농사이지만 소는 값나가는 재산이므로 집에서 기르던 소가 죽으면 자식 다음으로 애통해하였다.

비록 지나간 이야기이지만 이학민에 관한 이야기를 잠깐 언급하고자 한다.

조선에서는 등짐장수인 보부상은 전국적으로 조직이 되어 있었다. 중앙의 농상공부(農商工部)의 상리국(商理局: 1883년 설립된 보부상을 관리하는 관청) 아래 각 도, 각 진영 관하, 각 군에는 접장(接長)으로 불리우는 보부상 우두머리가 있었다. 보부상 접장은 보부상들에게 커다란 권세를 부리며 토색질을 직업으로 할 만큼 폐단도 많았다.

지난 갑오년 전 예천에 살 때 이학민(李學愍)이라는 무식하지만 공정한 이력을 가진 사람이 있었는데 이 사람이 서울에 가서 접장을 구하러 다녔다. 장사꾼들에게는 권세와 부가 굴러들어오는 자리이므로 접장이란 직함을 얻는데 엄청 많은 돈이 들었다. 1892년 임진년 당시 학초의 부친이 서울에 머물러 있을 때, 이학민이 돈이 부족하여 전전긍긍하고 있는 모습을 보다 못해 다소의 돈을 빌려주고 보증도 서 주었다. 학초의 부친이 믿었던 이학민은 후에는 그 빚을 갚지 않아 큰 곤란을 겪었는데 그 이듬해 학초가 의생으로 약국을 운영하여 벌어들인 돈으로 겨우 청산할 수 있었다. 학초가 어릴 때에 어려웠던 살림도 작심하고 노력하여 그리 오래 걸리지 않아 살림은 늘어났다. 갑오년 당시는 소작을 주려고 문전 답을 매수하려다가 갑자기 그 난시를 당하여 풍파에 구름정자가 되고 말았었다. 십 리 사방에 빌려준 많은 채권도 있었지만 정말 인정의 달라짐이 뜬구름이나 흐르는 강물과 같았다.

그러나 그러한 많은 사람 중에 오천장터 우시장에 있는 장점석과 그 소를 사양하는 사람은 달랐다. 오래전에 학초는 황소 두 마리를 사서 장점석을 통해 이웃 농가에 각각 한 마리씩 사양을 주었다. 당시에는 소를 기르고 싶어도 값이 여간 비싸지 않아 가난한 사람들은 사기가 어려웠다. 그래서 다른 사람이 사 준 어린 소를 길러 소가 비육하거나 새끼를 낳으면 그 이익을 서로 반씩 나누었다. 농우를 구하기 어려운 농가에서는 다른 사람이 사 준 큰 소를 사양 받아 길러주는 대신 밭 갈기, 짐 운반 등 농사용으로 이용하기도 하였었다.

갑오년 당시 소의 주인인 학초는 예천집강에 쫓겨 정처가 없고 거기에다 소병이 창궐하였으니 후일 주인이 소를 찾으러 오면 소가 죽었다고 하고 아니 주어도 할 말이 없었는데 이 장점석과 그 사람들만은 유독 신의를 지켰다.

을미년 음력 2월 보름에 혹시 사양을 준 소가 어떠한지 찾아가 보니 당시 그 지역도 우질이 어찌나 심하게 창궐하였던지 백여 호나 되는 큰 동네에 소라고 생긴 것은 모두 쓸어 죽고 유독 학초가 사양을 준 소 한 마리만 살아남아 근처 소나무 숲에 매여 있었다. 사양을 준 또 다른 동네를 찾으니 그 동네에도 약 80여 호 되는 농가 중에 모든 소가 쓸어 죽고 오직 학초의 소만 살아남아 동구 밖 임야에 매여 있었다. 두 곳 소를 모아 안동 솔티(현 안동시 송현동)에 있는 매가(妹家) 김 서방의 집으로 몰아오니 보는 사람마다 소 임자 운수가 하늘이 보호한다면서 축하해 주었다.

소는 그곳에 두고 학초는 은풍골 한감동으로 향하였다. 당시 예천집강을 피해 학초의 아내 최 씨와 어린 자식 병일 남매가 풍기군 은풍골 한감동(현 예천군 하리면 탑리) 학초의 외갓집에 피난을 가 있었다. 식솔들을 데리고 풍기읍 내성(현 봉화군 봉화읍 내성리)에 와서 그곳에 처자를 두고 가까이 있는 법전(현 봉화군 법전면 법전리)으로 발걸음을 옮겼다. 법전에는 예전 예천 동학 어려운 시절 서로가 도움을 주고받았던 용궁군 어촌 사는 신동건 역시 그의 외가인 이곳에 피난을 와 있었다. 도착하니 신동건 삼부자(三父子)가 하도 반겨 놓아주질 않아 수일 동안 같이 지냈다. 그래도 신동건 부자는 며칠을 더 유하고 가기를 권하였다. 부모 형제가 이미 경주에 있고 처자를 내성에 맡겨두었으니 부득이 하직하였다.

내성을 들러 처자를 데리고 안동 솔티 김 서방 집으로 다시 와서 맡겨둔 소를 몰고 새로 본가를 마련한 경주 봉계로 향하였다. 동학으로 인해 흩어졌던 모든 가족이 한데 모이게 되었다.

9. 살길을 찾아 안강으로 분가하여

– 약국을 개설하여 의생으로 생업을

1895년, 을미년 음력 8월, 일본은 자신들의 내정 간섭에 방해가 되어온 명성황후를 시해하였다. 우리는 이를 '을미사변'이라 한다. 음력 11월에는 상투를 끊고 머리카락을 자르는 단발령이 반포되었다. 이 단발령은 옛 풍습을 중요하게 여기는 지방 유림의 거센 저항을 받았다. 명성황후가 시해된 을미사변과 단발령으로 말미암아 지방 각지에서는 유림을 중심으로 의병을 일으켜 관아를 점령하였다. 옛 풍습을 지키고 일본을 배척하기 위함이었지만 이로 인해 을미년 후반과 이듬해인 1896년 병신년에는 전국이 또 한 번 소용돌이에 휩싸인다. 우리는 이때의 의병 운동을 을사늑약이나 경술국치 때의 의병활동과 구별하기 위해 '을미의병'이라 부른다.

1895년 을미 음력 2월 대구에 약령시가 열렸다. 학초는 대구에서 의약기구와 약재료를 사들여 의약국을 차렸다. 그러나 아는 사람도 적어 잘 알려지지 않아 약국 영업은 그리 잘 되지 못하였다. 이곳에서 처음 차린 것이라 아직 소문이 나지 않은 점도 있지만, 봉계동 위치가 너무 외진 구석이었고 흉년 끝이라 찾는 사람이 있을 리 없었다. 별 소일거리도 없이 몇 달간을 할 일 없이 지내왔다.

그러던 차에 경주에서 새로 사귄 친구의 권유로 음력 5월 24일 경주군 강서면 홍천동(현 경주시 안강읍 산대리)의 빈집을 얻어 약국 명호를 달았다. 수중에 있는 돈으로는 봉계에 집과 얼마간의 전답을 사고 지금은 빈손 무일푼으로 처자를 앞세우고 낯선 동네로 떠나는 모양을 툇마루에서 부친이 걱정스러운 모습으로 물끄러미 바라보았다. 나귀 한 필을 세내어 의약 기구와 약을 싣고 부인 최씨와 부실 강씨 그리고 어린 자식 병일을 앞세우고 산수 인물 낯선 곳으로 떠났다.

왜지동에 당도하여 노당재(현 안강읍 노당리 소재)를 넘으니 옛 신라 고도로 통해있는 광활한 안강들이 눈 아래에 보였다. '기름져 보이는 너른 들판에 갑오년 흉년이 어찌 그리 참혹하였을까?' 도저히 믿어지지 않았다.

오시(午時)가 되어서 홍천 새터 빈집에 당도하였다. 그동안 비워둔 집이라 흉가와 다름없었지만 온 식구가 합심하여 청소하였다. 그러나 이사 온 지 한 달이 채 지나지 않아 청소한 물이 다 마르기도 전에 집을 비워두고 떠난 주인이 돌아왔다. 다시 그 옆의 빈집으로 이사를 하여도 또 그러한 일이 반복되었다. 몸이 정착 안 되니 마음 또한 안정되지 않았다. 학초는 이때의 생활 모습과 심정을 가사로 기록하였다.

걸인모양	머물더니	일삭이	못되어서
그걸사	집이라고	개걸갔던	가주가찾아와
또한집을	얻어가니	일삭이	또못되어
가주(家主)가	찾아오니	부엌에	삼천하여
또한집을	찾아가니	부엌에	내자두고
홍수자의	머리방에	약을걸고	머문거동
주인수재	벗을삼아	빈천에	낙을붙여
세월을	보내자니	소위요절	행색이라
내마음	모른사람	웃는거동	먼저알고
사람경력	하여보니	각자수신	제일이요
방언과영	이한마선	상하도가	판이하다
중심을	촌탁하니	이마음	뉘알소냐
산수인물	사귀어놓고	갈곳을	둘러보니
뚜껑에	밥도같고	창파에	배도같다
추풍이	불작시면	낙엽도	기근이요
하물며	사람이야	낙지(樂地)가	어디인고

이하 생략

홍천으로 분가하여 흉년으로 걸식을 떠난 빈집을 찾아 터를 잡고 살았으나 떠났던 집주인이 돌아오니 세 번이나 이사를 갔다. 낯선 곳에 빈집을 수리하여 지내자니 집은 비가 샜다. 산지가 아닌 평야인지라 땔감도 부족하고 식수도 멀었다. 거기에다 논이나 웅덩이가 많은 곳이다 보니 여름이면 모기도 남달랐다. 낯선 곳이라 풍습도 달랐지만 어려움을 참고 환경에 익숙해지다 보니 어느덧 을미년은 지나가고 1896년 병신년이 되었다.

해가 가고 병신년 봄이 되니 지금까지 동학 동란은 대부분 종식되고 각처에 의병이 일어났다. 의병들이 내세우는 주장은 1895년 을미년 음력 8월에 일어난 소위 을미사변 때문이었다. 국모인 명성황후가 일본인에 의해 살해되어 이것을 복수하겠다는 것이다. 또 다른 하나는 을미개혁의 일환으로 내려진 단발령으로 세록의 사림(士林)들이 각기 자신의 문벌을 내세워 삭발한 사람 머리를 베겠다고 주창하였다. 이들은 각 군에서 대장이니, 군사를 모으는 역할을 맡은 소모장이니 하고 두서없이 무리를 모아 군용을 갖추어 안동 관찰사 김석중을 비롯한 몇몇 군수의 목을 베기도 하였다. 당시 관찰사 김석중은 개화를 주장하며 본인도 단발을 하고 주위 사람들에게 단발할 것을 권하였다.

갑오개혁 이후 잦은 지방 조직의 변화가 있었다. 1895년 이전에는 안동부로 부사가 재임하였으나 1895년에는 지금까지의 8도제를 없애고 전국을 23개 관찰부제로 나뉨에 따라 안동에 인근 17개 군을 관장하는 관찰부가 생겼다. 이 23관찰부제는 지금까지 8도제에 익숙하여 내려온 탓에 그 시행함에 혼란이 많았다. 그래서 다음 해인 1896년 양력 8월에는 종전의 8도제를 근간으로 큰 도는 다시 반으로 나누는 13도제 시행에 따라 안동관찰부는 폐지되었다. 안동의진에 의해 목을 베인 김석중은 당시 안동관찰부에 관찰사로 임명되어 내려와서 자신이 먼저 단발을 하고 개화에 앞장섰던 사람이다.

의병의 활동이 왕성할 당시 청송군 의병장 홍성등, 이준구가 학초를 찾아와 소모대장(군대를 모으는 책임자)을 맡아주기를 청하였다.

"사람이 세상에 나서 나라를 위함과 입신양명을 하여 집안의 영광을 다시 일으킬 수 있는 절호의 기회이라."

하며 다소 웅변조로 함께 참여할 것을 청하였다. 이 둘은 홍성등의 일가인 진사 홍기섭의 집에 사나흘이나 묵으면서 학초를 설득하였다. 학초는 이미 마음 깊이 정한 뜻이 있으므로 흔들리지 아니하였다. 그렇다고 홍·이 양장을 도로 달랠 말을 구체적으로 할 형편도 못되었다. 학초는 당시의 의병활동을 두고 칠언절구의 시를 지어 간접적으로 자신의 뜻을 전하기로 하였다.

五百年民義有親(오백년민의유친)
風聲高出舊邦新(풍성고출구방신)
心中欲作嚴光宅(심중욕작엄광택)
世上何多夷叔人(세상하다이숙인)
經來久矣海東俗(경래구의해동속)
待掃時乎天下塵(대소시호천하진)
南陽隱士自知臥(남양은사자지와)
千萬起兵眞不眞(천만기병진부진)

이것을 풀이하면,

오백 년 내려온 나라 백성의 한 사람으로 친한 의기 있으니
바람 소리 높이 나기에 옛 나라를 새롭게 하자 할지라도
이미 마음속은 엄자릉의 집을 짓고자 한다.
세상에 어찌 백이·숙제와 같은 이 이렇게 많은가?
겪어옴이 오래라 해동의 풍속이여
천하에 티끌을 쓸어 볼 때를 기다리리라
남양 땅 숨은 선비가 스스로 알고 누우니
천이나 만이나 일어나는 군사가 참이라도 다 참 아니라.

5백 년 동안이나 이어온 이 나라 조선의 한 백성으로서 어찌 연민의 정이 없으며 나라에 대한 의로운 마음이 없겠는가? 지금 곳곳에서 의기 소리 높이 울리며 나라를 새롭게 만들자고 할지라도 학초의 마음은 이미 엄자릉과 같음이라. 즉 옛 한나라 광무제가 친구 엄자릉을 그렇게 애타게 찾아 함께 국사를 논의하자고 찾아와도 엄자릉은 이를 따르지 아니하고 낚시를 벗 삼아 초야에 묻힌 그 예를 따르고자 하는 데는 변함이 없다. 지금 세상에 옛 은나라가 망하자 수양산에 은거하여 목숨을 초개같이 버린 백이와 숙제와 같은 사람이 어찌 이렇게도 많은가? 해동의 풍속도 오랜 세월 동안 변화를 더하여왔다. 풍속은 세월을 따라 변하는데 지금 단발을 하고 양복을 입는 일을 꼭 옛 풍속을 해친다고 할 수 있겠는가?

어찌 되었건 천하에 티끌을 쓸어버리는 일도 기회가 있는데 지금은 그때가 아니다. 남양 땅 숨은 선비 제갈량 같은 이도 아직은 때가 아니라고 돌아눕는데 천 명이나 만 명의 군사를 일으킬 지라도 그 군사가 참 군사라고 말할 수 있겠는가? 하는 내용이었다.

학초는 재작년 갑오년 8월 화지도회 때에도 예천관아를 점령하는 것을 피하였다. 관아를 침공하는 것은 조정에 죄를 짓는 것으로 생각하고 있었기 때문이다. 이제는 을미개혁과 을미사변을 당하여 사방에 의병이 일어나서 수백 년 이어온 풍습을 지키려고 하는 것이나 왜국의 세력을 꺾고 왜인의 난동에 대한 보복을 하고 싶다 할지라도 아직은 때가 아니라고 생각하고 있었다.

풍속은 언제나 변하는데 옛 풍속을 되살리려고 수령 방백을 해하는 것은 오히려 혼란을 가중하고 왜국의 세력을 몰아내려고 관아를 탈취하는 일은 오히려 나라의 힘만 소모케 한다고 생각하였다. 그뿐만 아니라 지금 군사를 모아 관아를 점령하였다 할지라도 다음날이면 대구의 진위대를 비롯하여 사방에 있는 관병이 몰려와 다음에는 쫓기는 신세가 될 것이 불을 보듯 뻔하리라는 생각을 이미 헤아리고 있었다.

홍·이 양장이 이 글을 몇 번이나 읽어보고 학초가 불응하기로 작심한 것을 알고 떠났다.

그 후에 홍성등은 청송군 의병 대장이 되고 이준구는 소모대장이 되어 다수의 군병을 모아 영솔하고 천지를 희롱하는 듯한 기세로 청송으로부터 경주로 이동하여 경주성을 함락하고 영변 칠읍과 안동과 울산 등지를 통솔하였다.

이러한 소문이 파다하게 퍼지자 홍성등의 종형 되는 홍 참봉이 경주성이 함락되던 그다음 날 학초에게 와서 경주성 함락 소문을 대단히 기뻐하며 자랑을 늘어놓았다. 이야기를 다 들은 학초는 홍 참봉을 보고,

"홍성등이 경주성을 함락한 것을 기뻐하는데 다음에 일어날 일에 대

해서는 어찌하리오?"

학초의 질문에 홍 참봉은 우선 종제의 경주성 함락에 대한 대견함에 심취한 나머지 계속 자랑을 늘어놓았다.

"우리 성등이가 집안사람으로서 대장이 된 것만 해도 자랑스러운 일이지. 청송에서부터 경주까지 와서 성을 함락한 소문을 들으니 참 굉장한 일이지. 당시 경주군수 이현주는 의병이 몰려온다는 소문을 듣고 성안 군졸을 통솔하여 성 위에 올라 위엄 있고 서슬 퍼렇게 사대문을 철옹같이 지켰건만 우리 성등이가 동문을 짚고 솟아올랐다 하지. 들리는 풍문으로는 아마 성 위를 날았다고 하더구먼. 의병이 동문으로 들어오자 군수는 황급히 남문으로 도주하고 성은 의병의 수중으로 넘어갔다네. 경주 같은 웅도가 이제는 의병의 소혈이 되었다네. 마침 성등이 경주에 왔으니 경주 성내로 들어가 만나 보고자 하노라."

집안사람, 그것도 사촌 동생인 홍성등이 청송의 의병 대장이 되어 경주까지 와서 뜻을 이룬 것에 대해 감격한 말과, 평소에도 만나고 싶었는데 이제 가까이 경주에 있으니 바로 내일이라도 찾아가고 싶어 학초의 의중을 물었다. 학초는 덤덤히,

"6~7일 지나면 이곳 육통(현 경주시 안강읍 육통리) 주막에서 만날 것이니 굳이 문전 육통을 두고 40리 경주 성내로 가서 볼 필요가 없으리라."

학초의 대답에 홍 참봉은 의아한 표정으로 그 까닭을 물었다. 그러나 학초는 자세한 부연의 설명을 하지 않고 그냥 두고 지내보라고만 하였다. 학초의 예견으로는 불을 보듯 뻔해 보이지만 지금의 시점에서 아직 일어나지 않은 일을 경솔히 말할 필요는 없었다. 그 이치를 하나하나 설명을 한다 해도 홍성등의 경주성 함락 일로 기분이 들뜬 홍 참봉이 쉽

게 믿지 않을 것이기 때문이기도 하였다.

다음 날 아침 일찍 홍 참봉이 다시 학초를 찾아왔다. 어제는 학초가 앞으로 6~7일 만이면 성등을 육통 주막에서 상봉한다고 하였는데 아무리 생각해도 그 이치를 알지 못하니 설명해주기를 청하였다. 아침 일찍 다시 찾아온 것을 보면 밤새도록 학초가 던진 말이 마음에 걸린 모양이었다. 학초는 몇 번 망설이다 육통 주막에서 상봉하는 이치를 설명해 주었다.

"세상 사람들이 일의 시작과 끝남을 헤아리지 못하고 대부분의 일을 임시 성 한쪽을 선택하여 생각하는 것이 모두라 해도 허언이 아니라. 의병이라면 농사를 짓던 사람들을 갑자기 모은 군사들이라. 아직 큰 군대와 접전의 경험도 없는 편이어서 실제 접전에 있어서는 오합지졸이라. 성 중의 백성이 의병을 돕는다고 하지만 그들 또한 마찬가지라. 경주성을 함락한 의병들이 먹을 양식을, 우선은 성 중 백성들이 장날마다 조금씩 사서 먹는 그 얼마 되지 않은 양식을 얻거나 여의치 않으면 토색하여 조달하여야 하는데 수일이 지나면 성 중 백성들도 돌아설 터. 그렇다고 하여 경주성 밖으로부터 군량을 들여올 길은 없을 터. 그 기간이 5일 내외간이요. 의병은 성안에 있는 무기들을 큰 기물로 믿고 들어왔지만 군기고에 구식화약은 실상은 녹아서 떡이 되어 있을 터. 그 5일 동안에 모두 수리하여 사용하기에는 기간이 너무 짧을 것이라. 지방 관아의 군기고에 보관된 총이라 하는 것은 쓸만한 것은 진작 다 없어지고 쓰지 못할 것으로 군기대장에 정한 수효만 두었을 터. 이러는 사이에 군수 이현주는 당일 내에 대구에 가서 진위대병을 청병하였을 터. 대구에서는 1~2일 이내에 울산진위대병과 연합하여 남문과 서문을 칠 터. 봉황대에 올라 천보대(조선 후기에 발명한 총으로 천보나 떨어진 멀리 있는 것도 명중시킨다고 이름 붙여진 총) 터지는 날 의병들은 동문은 의심이 들어 나가지 못하고 무인지경인 북문을 통하여 도망을 칠 테니 그 기간이 불가불 6~7일 예상 되니라. 퇴병 도주하는 '화룡도 군사(삼국 적벽싸움에서 촉, 오군의 공격으로 황급히 도망가기에 바쁜 조조의 군사를 빗댐)'들이 안강으로 와 육통 주막에서 영락없이 상봉하려니와, 그렇다고 그간의 정을 나눌 수 있는 여유는 없으리라."

학초의 긴 설명이었지만 이야기를 다 듣고 난 홍 참봉은,

"성 중 관속들이 나라에 애틋한 마음을 갖고 있어 그들도 의병에 가담하여 일조가 될 터인데 설마…?"

홍 참봉은 이치를 생각하여 알려준 학초의 긴 설명이 모두 믿어지지 않은 모양이었다. 학초는 빙그레 웃으며,

"설마가 불연(不然: 그렇지 않음)이라. 조선의 아전 관속이라 하는 것들은 구관이 갈렸다면 신관이 오기 전에 벌써 구관을 괄시하기 주장이오. 목하에 의병이라 하는 사람들도 동도(東都)는 예로부터 화류계가 유명하다는 소문은 듣고 알 터이니 무례하게 부녀를 겁간이나 화간하는 사람이 혹 그중에 없다고는 하기 어려울 터. 이들은 값을 주지 아니하고 전곡을 취하여 인심을 잃어 의병이 성을 나가기를 내심으로는 원할 터. 서쪽의 대구 관병과 남쪽의 울산 관병이 쳐들어오면 오히려 그들과 내응을 할 터이라. 지금까지 눈치로 살아온 성 중의 아전 관속들은 오히려 관군의 선봉이 되려니 의병들은 곧 퇴병하리라."

학초의 부연 설명에도 홍 참봉은 믿어지지 않은 듯 고개를 갸웃거리며 돌아갔다.

그로부터 7일 후 해가 뉘엿뉘엿 넘어갈 무렵 홍 참봉이 다시 학초를 찾아왔다.

"과연 학초 선생이로다. 이 같이 빈촌에 와있는 것부터 정녕 무슨 경륜이 있는 줄은 짐작하였거니와 실상 겪어보니 옛날 남양의 제갈량이 은거함에 비유되리라."

라고 하며 말문을 열었다.

"성등은, 학초가 말하던 7일 만인 오늘 오시(午時)에 육통 주막 앞에서 훨훨 지나가는 것을 잠깐 보고, 그저 인사만 나누었지. 어디로 가는지도, 그간 있었던 일도 묻고 대답할 여가 없이 눈으로만 작별 인사라."

홍 참봉은 연이어 학초에게 그다음은 어찌 되는지를 물었다.

"성등의 의병들은 어디로 가리까? 그 같이 간 뒤 앞으로의 흥망 행적을 전일과 같이 자세히 가르쳐 주시기를 바라노라."

한참을 묵묵히 있다가 학초가 입을 떼었다.

"아마 짐작으로는 육통에서 기계로 들 것이고 청송은 아니 갈 터. 냉수정을 거쳐 영덕으로 가는 길뿐이라. 추도 오강에 자문지 지장이라 그 마두(馬頭)시오."

학초가 말미에 이야기한 '추도 오강 자문지 지장'이란 말을 부연 설명을 한다면 이러하다.

옛 중국 초·한 싸움에, 처음에는 항우의 초(楚)나라가 우세하던 전쟁이 7년이 경과되자 한신의 공적으로 유방의 한(漢)나라 쪽으로 세가 기울어지게 되었다. 항우는 할 수 없이 한의 유방과 잠시 휴전 강화를 맺고 초나라 땅이 있는 동쪽으로 퇴각하였다. 그렇지만 한신은 이 절호의 기회를 그냥 넘길 리 없었다. 철수하는 항우의 군대를 겹겹으로 포위하면서 추격을 하였다. 항우의 군대는 크게 패하고 항우를 따르는 자 몇 명 없이 오강에 이르렀다. 후일 재기를 위해 항우는 오강을 건너려 하였으나 항우의 애마인 추가 강을 건너려 하지 않았다. 이것을 본 항우도 스스로 깨닫는 바가 있어 사랑하는 우희와 애마를 죽이고 자결하였다. 그를 따르던 부장들은 강동의 옛 초나라 땅으로 건너가서 다시 군대를 모아 재기를 노리자고 간하였지만, 항우는 '추도 오강을 건너려 하지 않은데 후일의 기약이 어찌 있겠는가?'라고 하며 모든 것을 포기하였다는 그 고사를 인용한 것이다.

며칠 후에 홍 참봉이 수색이 가득 찬 얼굴로 다시 학초를 찾아와서 공손히 입을 떼었다.

"일전에 홍성등에 대한 말을 나누다가 학초가 하신 말 중에 '6~7일 이내에 추도 오강에 자문지 지장'이란 말은 어찌 된 이치의 말인지 알기를 바라노라."

학초는 대뜸 언성을 높여 정색하면서 말하였다.

"직접 가서 보는 이가 오히려 보지 않은 내게 취맥(取脈: 더듬어 짐작함)을 하시려오? 사람 사는 세상의 범어만사 추리 예상이 역재기중(주역의 내용 속에 들어있음)이라. 조화도 역재기중이오, 변통도 역재기중이오, 불변 또한 역재기중이라. 각 지역의 진위대는 전화 급보로 상통하여 북에서 원산진위대가 해상으로 강릉을 경유하여 영덕에 내리고, 안동진영군이 청송과 영양을 거쳐, 서로 날짜를 맞추어 영덕으로 와서 대구, 울산진위대가 경주성을 되찾은 그 걸음으로 영덕으로, 한날한시에 남, 북, 서에 포성이 자연히 일어날 테니 동으로는 망망 창해이라 그다음에 일어나는 일은 군이 이야기하지 않아도 될 일이라. 자칫 시신도 고기 뱃속에 장사지내 찾지 못하기 쉬우니라."

자세한 설명을 들은 홍 참봉은 수심이 더욱 짙은 얼굴로,

"지금까지 성등에 대한 일은 학초의 말대로 날짜도 그같이 하고 패진 형세 또한 그 모양으로 되었으니 그 명감(明鑑)에 참말로 감복하겠노라. 앞으로 남은 가족의 운명을 과연 어찌하면 보존하리까?"

성등이를 비롯한 의병들에 대한 걱정도 걱정이지만 앞으로 불어닥칠 가족이나 집안에 대한 우려도 하지 않을 수 없었다. 홍 참봉은 학초와 다음 내사에 대해서 서로 이야기를 주고받고 하다가 늦게야 헤어졌다.

경주성을 함락하던 당시 을미의병의 활동에 관한 자료는 경기도 이천에서 의병을 조직하여 제천, 단양, 풍기, 안동, 의성으로 남하하면서 의병활동을 펼치다 경주성 전투에 참가한 김하락 선생이 기록한『진중일기』에 기록되어 있다. 이 책은 자신이 이천의진을 조직하여 영덕전투에서 순국하기까지 있었던 일을 간략히 기록한 가로 7cm 세로 11㎝, 71면인 수첩만한 크기의 작은 분량의 책으로 주로 자신이 몸담은 이천의병에 대한 활동이 간략히 기록되어 있다. 당시 경주성 함락과 영덕전투에 참여한 여타 의진, 그 중에서도 이 자서전에 나오는 홍성등에 대한 내용은 아직 발굴되지 않고 다만 이 자서전에 소개한 내용이 유일하다.

1896년 병신 음력 8월, 경주 홍천에 사는 홍 진사 집에 30여 명의 동네 친구가 모여 놀고 있었다. 그 속에는 학초도 있었다. 그때 갑자기 대구진위대 병정 하나가 들이닥쳤다. 문을 열어보니 한 병정이 문 앞에서 총을 짚고 하는 말이 대구 병정 한 소대가 이 집에서 하룻밤 자고 가기를 청

한다고 하였다. 갑자기 당한 일이라 홍 진사 부자는 사색이 되어 말대답을 못하고 학초를 돌아보며 대신 대답해 주기를 바라는 눈치였다. 그 낌새를 알고 학초가 입을 열었다.

"어찌 된 연고로 여러 명의 병사가 이곳에 머물려고 하시며 병사와 부대장이 모두 이 집에서 숙사를 정하나이까?"

병사는 학초의 말에는 대꾸도 없이 그냥 부대장의 명령이라는 짤막한 말을 남긴 채 사라지자 바로 일 소대 병정이 뒤를 이어 동구 밖에 모습을 드러내었다. 담소를 나누던 사람들은 모두 흩어지고 주인 또한 자리를 피해 숨었다. 가솔들도 집안일을 하는 하인을 제외하고는 집을 비우며 난리가 난 형용으로 다른 집으로 숨었다. 할 수 없이 학초가 주인 대신 남을 수밖에 없었다.

학초가 혼자 주인 대신 여러 장교와 하룻밤 담화 상대를 해주었더니 다음 날 아침이 되어 부대장이 하룻밤 숙식한 값을 주고 떠났다. 홍 진사가 진위대를 이토록 겁을 내는 까닭은 바로 전날에 있었던 청송의병장 홍성등의 가까운 집안이어서 혹 불똥이 튈까 두려워하였던 것이다. 학초의 침착한 수접 행동에다 밥값까지 받아주니 한편으로는 위기를 넘겨주어 고맙기도 하였지만 그 의연함에 탄복하지 않을 수 없었다. 이러한 소문은 곧이어 주변에 퍼졌다.

조선 후기 지방 군사조직으로는 관찰사가 있는 각 감영에는 남영군을 두었다가 1895년 음력 8월 3차 김홍집 내각이 들어서자 지방 군사조직에도 변화가 일어났다. 1895년 9월 이후 전주와 평양을 시작으로 하여 관찰부가 있던 각 지역에 진위대를 두었다. 경상도에는 대구에 진위대 연대를 두고 울산, 진남(현 통영)에 대대를 두었다. 그 배치가 외적을 방어하기보다는 민란을 대비해서이다. 그 뒤 울산에 있던 진위대는 경주로, 진남진위대는 진주로 옮겨졌다. 그러다가 일본이 러일전쟁에 승리하고 각 지방의 소요가 줄어들자 지방군 유지가 필요 없게 되고부터 규모가 감축되다가 1907년 8월 중앙의 시위대와 지방 진위대의 해산령이 발표되었다.

학초는 이 홍천동(안강읍 산대리)에서 을미, 병신 두 해를 지냈다. 의생약국으로 생업을 삼아 지내보니 당시 신의 없이 무의무탁한 부량패류들은 갑오 흉년에 모두 떠나고 본심 있고 살림살이도 넉넉한 사람들이 많아 인정이 그리 메마르게 지내지 않았다. 의약 수입도 그렇게 빈약하지 않았다. 감기와 식채를 다스리는 곽향정기산을 기준으로 하면 한 첩이 당시 돈으로 치면 7전 정도 하였다. 당시 콩 한 섬이 90전에서 1원 정도 하였으니 거기에 비한다면 그 가격이 낮지 아니하였다.

전일 고향인 예천 장점석에게 받아온 소 두 마리 중 한 마리는 봉계에 사는 동생을 주어 동생 살림 밑천이 되도록 하였다. 남은 한 마리는 팔아 구강동에 아홉 두락의 전답을 샀다. 홍천에 머무르는 2년 동안에 살림이 제법 불어 63두락(마지기)의 논을 소유하고 구강동으로 이사를 할 때에는 청결한 5칸짜리 기와집을 샀으니 이제 가난을 면할 정도가 되었다.

대한 광무 원년인 1897년 정유년 음력 2월 24일에 이웃 동네인 구강동으로 이사를 하였다. 2년 전 봉계에서 이곳으로 이사를 올 때에는 겨우 의약 기구와 약재료 외에는 빈손이어서, 가는 이나 떠나보내는 부모와 형제 내외 모두가 가슴이 미어질 정도이었다. 그러나 구강동으로 이사하는 이 날의 분위기는 사뭇 달랐다.

홍천동 남녀노소 모두가 전송을 해주었다. 그래도 남자들은 앞으로 이웃 동리 간 내왕을 하면 가끔 볼 수도 있어 그렇게 애틋한 마음은 적었지만, 바깥나들이가 없는 당시 부녀자들 간에는 영영 작별이 되니 여간 섭섭한 것이 아니었다.

구강동에 사들인 집은 정결한 기와집으로 해마다 지붕을 새로이어야 하는 수고를 하지 않아도 되었다. 동 중 호세 등급도 2등급은 될 정도로 살림이 늘었다.

새로 이사를 가든 아니면 잠시 출타를 하였어도 그곳 지세를 먼저 살펴보려는 학초라 구강동의 지형과 그곳 생활을 가사로 나타내었다.

어래산이	주산으로	뒤으로	내응하여
형제봉이	안대로서	안강들이	앞이되고
서으로	자육봉은	백호밖에	솟아있고
동으로	설창산은	청룡낮아	멀리뵈고
구성이	앞에있어	촌명이	구강이요
나의집	볼작시면	장관을	뉘알소냐
뒤으로	죽림이요	앞으로	못이로다
십리안강	너른들은	농가일석	들어있고
영천흥해	통한앞길	상고매가	오락가락
사업에	벌린몸이	자취가	한가하니
산에올라	들구경은	날로소풍	잠깐하고

집에는	서책을위우하니	고금사적	흥망일다
부귀는	변복장이요	세월은	여몽경이라
처자에	낙을부쳐	화락담화	경계할제
명주비단	고운옷은	아주작정	생각말고
마음편코	몸편하면	이아니	낙일손가
청당을	수쇄하고	북창에	누웠으니
도연명의	안재지며	호중천지	어디런고
엄자릉의	남은뜻인	낚시터가	이아니냐
공명은	유수요	부귀는	뜬구름이라
창문앞의	살구꽃에	봄소식이	가는구나
애석	촌음으로	세월을	돌아보니
처자와	내몸모두	어찌하든	늙지말자

이와 같이 여유롭게 세월을 보내니 실인 강씨가 주(主)가 되어 살림살이를 맡으니 그 범절이 검소한 가운데에서도 유족함을 느꼈다. 모든 살림살이에 규모가 있었다. 있는 것은 소중하게 사용하여 넘치지도 아니하였다. 설혹 없어도 걱정 근심을 말하지 아니하였다.

가정 집물과 돈은 귀중하게 여기고 대청은 나날이 청소하였다. 심지어는 간간이 발판을 놓고 집 서까래까지 걸레질하였다. 백 가지 물건이 들고 나는 것이 규모에 변경이 없었다. 방안이나 마당에 흘린 곡식이나 밟히는 물건이 없었다. 울타리 안 채소밭은 심을 때를 놓치지 않았고, 김을 자주 매니 가꾼 채소가 화초로 보일 정도였다.

혹 불시에 손님이 오면 사람 보아 따로 통지하지 아니하여도 미리 두었다 내어오는 것처럼, 대접하는 범절이 모자람과 지나침이 없었다. 하루를 보내다가 간혹 시장기가 들어도 남자가 되어 가볍게 '시장하다'라고 말도 못할 때 어찌 그리 용케 짐작으로 아는지 그 양도 허비 없이 부지중 별식을 내어놓는다. 친구들과 종일 이야기를 나누다가 밤이 깊어 돌아와서 잠자리에 들면 손으로 일으켜서 미리 준비한 별식을 내어놓는다.

일이 있어 멀리 출타하면 밤중이라도 목욕재계하고 샘물을 길어 소반에 받쳐놓고 '우리 지아비 만사가 여의하게 해 달라.'고 하늘에 축원하는 일을 한 번도 빠뜨림이 없었다. 이러한 실인 강씨의 정성 어린 축원 때문인지 학초가 출타하여 마음 내어 하는 일은 아니 되는 일이 없을 정도였다. 여기에는 다 기록하지 않았지만, 학초가 경주 관아에 붙잡혀 가서 근심으로 나날을 보낼 때가 많았다. 이때 거짓말 같게도 실인 강씨가 꿈에 그것도 자정 전에 보이면 그다음 날 오전 중에 풀려나고 자정 후에 보이면 그다음 날 오후에 풀려날 정도였다.

홍천동에 있을 때 살림이 근근이 살아가는 정도밖에 안 되었을 때 바깥양반의 요량보다는 안주인의 요량이 항상 여유가 더 있었다. 그 여지에도 저축하여 논밭을 사니 남 보기에도 살림이 윤택해 보이게 되었다. 어쩌다 학초가 알지 못하는 일로 걱정을 하면 따뜻한 말로 위로하였다. 무엇을 물어도 밝은 얼굴로 웃으며 대답하니 집안의 화기는 언제나 넘쳐났다. 지아비의 말이라면 비록 실행하기 어려워도 못한다는 말을 들어보지 못하였다.

아들 병일에 대해서도 비록 자신이 낳은 자식이 아니지만 여간 극진히 보살피는 것이 아니었다. 때를 맞추어 글을 읽도록 지성으로 권유하였다. 혹 병일이 바깥에 오래 있으면 일일이 불러 손을 이끌어 돌아오며 독서하라 하니 그 옛날 모범 부인과 다를 바 없었다.

이러한 일화도 있었다. 홍천동에 살 때 그 동네 회계사에 몸담고 있는 전정국이라 하는 사람이 학초의 집에 땔감을 단골로 값을 지정하여 대고 있었다. 하루는 아침 전에 땔감을 지게에 져다 부엌에 쌓아두고는 돌아가지 아니하고 마당에 서서 안주인이 부엌에서 불 때는 모습을 오랫동안 지켜보고 있었다. 학초가 바깥사랑에서 그 거동을 보고 이상히 여겨 그 연유를 물었더니 전정국은,

"정말 탄복할 정도의 일을 보았나이다."

"무엇이 그리 탄복할 정도인가?"

"산이 가까이 없는 이 동리에 부엌 하나에 나무를 때자면 흔한 말로 상머슴 하나로는 부족합니다. 두 군데 부엌에 불을 때자면 상머슴 둘이라야 당한다고 하였습니다. 상머슴 둘이면 일 년에 먹는 것까지 곡식 15석은 해야 할 것입니다. 거기에다 의복과 돈을 주는 것도 전곡은 계산밖에 두더라도 열닷 섬 곡식이 들어갑니다. 이것을 안강들 논으로 말하면 열 마지기를 사서 남을 주어 그 수확을 반으로 나눌라치면 상머슴 둘에 들어가고 별로 남는 것이 없습니다. 이러한 일이 올해도 내년에도 반복되면 자수농업하여 집안에 필요한 땔감을 주인이 아니하고는 못 배기나니 그러니 귀한 나무를 흥청망청 쓸 수는 없나이다. 우리 조모가 생전에 하신 말씀이, '주부가 되어 부엌에 불을 땔 때 나무를 꺾어 부엌에 던지거나 불을 다 땐 뒤 나무 부스러기를 함부로 부엌으로 쓸어버리지만 아니하여도 그 집안이 망하지 않는다.'고 합디다. 오늘 댁에서 불 때는 것을 보니 깊은 부엌 바닥은 돌로 높게 구들장같이 하여놓고 불을

부지깽이로 들고 넣는 것을 보았고 불을 다 땐 다음에는 나무 부스러기를 어떻게 하는가 살펴보려는 중입니다. 이 한 가지를 보더라도 이 댁은 부자가 될 집입니다. 속담에 가정집 부엌 하나가 한 식구 먹여 살리는 것과 같습니다."

그 사람이 간 후 학초는 지금까지 별 관심 없이 보아오던 부엌을 한 번 살펴보았다. 과연 전정국의 말대로인 것을 보고 실인 강씨에 대한 생각이 더욱 깊어졌다. 물자가 부족한 당시라 아끼는 것이 최고의 미덕이고 아끼는 방법이 최고의 기술이었다. 특히 산과 멀리 떨어져 있는 평야지대의 사람들은 땔감에 대한 걱정이 클 수밖에 없었다.

학초가 을미, 병신, 정유년 이 3년 동안은 낯선 타향에 와서 살아가니 그 근본도 서로 알지 못하고 하여 살아가는데 큰 변화는 없었다. 세상은 동학 동란 후 의병 난리로 사방에 길이 막혀 내왕이 어려웠지만, 이곳 경주는 해마다 농사가 풍년이어서 비록 객지 생활이었지만 큰 어려움이 없었다. 세상만사를 운외청산으로 던져두고 한가롭게 나날을 보냈다. 정결한 집에서 젊은 처자로 벗으로 삼아 의식주에도 별 군속함이 없으니 그저 분수를 지켜가면서 사는 것이 낙이었다. 이때의 생활과 자신의 심정을 '낙빈가'라는 가사를 통해 나타내었다.

시절은 태평하고 이몸은 한가하니
재미는 무엇이며 할일은 무엇인고
신롱여읍 설약하여 거세인정 촌락하며
내인거인 허다인을 거취수접 제중후에

한가한 그가운데 옛글을 구경하고
산에올라 들구경은 장관으로 들어보니
이때는 칠월이라 농사가 한창일세
농담 일서석에 칠우성이 상반하고
옆의남교 에서나는 농가를 들어보고
앞길에 내거행인 채질하는 말꾼들은
마상에 길로앉아 소리를 부르며간다
농상에 그재미가 제각기 낙이로다
집으로 돌아오니 청풍지 북창하니
한가로이 누웠다앉았다 연소처자 낙을부쳐
두어말식 경계하되 천석만석 부러워말고
마음편코 몸편하면 이아니 낙일손가

이하 생략

10. 세상이 조용하니 탐학이 다시 고개를 들어

– 사문사 배지를 피하니 동학 이력을 협박하는 자가

1895년 을미사변 후, 전국은 의병활동으로 들끓었고 조정은 청일전쟁에서 승리한 일본과 이를 동조한 친일세력이 주도하여 개혁을 단행하였다. 명성황후 시해 등 일본에 위협을 느낀 고종은 1896 병신년 양력 2월에 친러파의 권유로 러시아 공사관에 몸을 의탁하였다. 우리는 이를 '아관파천'이라 부른다. 당시의 러시아를 '아라사'라고 불렀으니 왕이 아라사 공관에 몸을 피하였다고 하여 붙여진 이름이다. 지금까지의 친일 내각은 무너지고 개혁을 주도하였던 김홍집은 보부상들에 의해 피살되었다. 다른 인사들도 백성들에 의해 피살되었다.

러시아는 일본 대신 각종 내정에 간섭하고 광산채굴권과 산림채굴권 등 각종 이권에도 관여하였다. 고종은 약 1년간 러시아 공사관에 머무르다가 그다음 해인 1897년에야 덕수궁으로 환궁하였다. 환궁한 지 몇 달이 지난 그해 양력 10월 고종은 연호를 광무로, 국호를 대한제국이라 고치고는 광무개혁을 단행하였다. 아이러니하게도 역사상 국왕의 권력이 가장 약할 때 황제에 등극하게 된다.

중앙정부에서는 나라의 국호를 고치면서 개혁을 단행하였지만 지방의 관아는 개혁과는 거리가 멀었다. 오히려 갑오년 이전으로 돌아간 느낌이었다. 갑오년과 을미, 병신년은 동학과 의병 세력에 의해 감히 하지 못한 탐학을 다시 시작하였다.

사람이 세상에 태어나고 살아감에 무슨 이치가 그러하던지 편하면 걱정이 생기고 먹을 것이 있으면 도적이 생기고, 친할 만하면 해할 마음을 낸다.

1897년 광무 원년 정유년은 세상의 소요도 수그러지고 원근 간에 소통도 원활하여졌다. 때맞추어 해마다 풍년이 이어지니 백성들이 살기가 아주 좋은 시기였다. 학초도 안강의 구강동에서 의생 약국이 재미가 없다 할 수 없었다. 끼니 걱정 없이 살림도 불어나고 큰 근심 없이 운외청산 한가롭게 세월을 보낼 수 있었다.

그러나 세상의 이치가, 모든 것이 다 좋아지지는 않았다. 동학과 의병이 사라지자 지금까지 없어졌던 관리의 탐학이 갑오년 이전과 같이 다시 고개를 들었다. 이는 관리뿐만 아니라 백성 중에서도 교활한 자는 다시 간교한 꾀를 내기 시작하였다. 극악한 인심이 새로 났다.

1898년 무술년 음력 2월에 안동에 사는 김봉재라는 사람이 학초를 찾아왔다. 자신이 살기가 어렵다고 구걸하듯이 말하면서도 옛날 학초가 예천에서 동학을 한 것을 약점으로 잡아 돈을 요구하였다. 학초가 혼자 생각해보니 직업도 없이 저런 형세로 다니니 강도와 다름없는 행위이지만 관아에 고발하여 보았자 그곳 역시 이 사람과 다름없을 터였다. 오히려 이를 빌미로 탐학을 당할 수 있었다. 달래서 보내는 방법밖에 달리 없어 보였다. 얼마간의 돈을 쥐어 보내었다.

같은 무술년 음력 3월 3일, 당시 경주군수는 안동 출신 권상문이라는 사람이었다. 그러니 자연 안동에 사는 사람들이 많이 찾아와 관청의 손님인 소위 아객이라 하고 읍내 여관에 오랜 기간 자리를 잡고 갑오년 이전에 하던 대로 사문사(查問事)를 일으켰다. 그동안 상당한 세월이 지났는데 그 수법은 잊어버리지도 않은 모양이었다. 당시 그 여관촌을 '안동촌'이라 불렀다. 군수의 고향인 안동 사람들이 아객으로 머물러 있어서 주위 사람들이 그렇게 불렀다. '사문사(查問事)란 앞에 설명한 바와 같이 향촌 백성들의 미풍양속을 살펴본다는 미명 아래 빼앗을 재산이 있는 촌민들을 불러다가 조사를 한답시고 갖가지 죄를 붙여 재산을 강탈하는 행위를 말한다. 아객들이 군수의 힘을 믿고 그곳 형편을 잘 아는 아전의 도움을 얻어 군수에게 사문사 배지를 보채는 그 원천이었다.

이날 군뢰가 배지를 들고 나와 학초를 잡으러 나왔다. 학초는 배지를 받고 군뢰를 앞세우고 안강을 나와 그곳에 사는 박기계라는 사람 집에 들러 돈 열 냥을 빌려 군뢰를 주면서,

"네가 차고 들어가되 오늘 저녁과 내일 아침까지 이 중에 내가 먹을 식채(음식값)까지 겸해 들어있으니 나머지 돈은 네 차지라."

배지를 받고 지체하였다간 또 죄가 더해지니 서둘러 앞서갔다. 당시 풍속에 사문사 배지 하나만 얻어 나오면 운이 따르면 군뢰에게도 많게는 3~4십 냥 정도의 돈이 생기는데 학초를 잡으러 온 이 날 군뢰는 영

기분이 안 좋은지 따라오며 묻는다.

"본래 어디에 살다 오셨습니까?"

"순흥에 살다 왔노라."

"순흥에 사셨다면 앞두들 박참봉 나리를 아시나이까?"

"나의 삼종 되는 분이라."

뒤따라오던 군뢰가 깜짝 놀라서,

"소인은 군뢰 김명생올시다. 자칫하면 큰 실수를 할 뻔하였습니다. 그 참봉 나리가 일가 되신다니 정말 뜻밖이올시다. 참봉 나리께는 오랫동안 문안을 드리지 못하고 죄송한 마음만 갖고 있었습니다. 그러나 저희들의 마음 한구석에는 항상 잊지 못하고 있습니다."

"어찌하여 그 같은 인정이 영구불망(永久不忘) 하느냐?"

"제가 전자에 진영 군뢰로 있을 때 참봉 나리가 숭덕전 참봉으로 있었습니다. 하루는 진영에 들어가시고 나올 때 수군뢰를 불러 "군뢰 하나 대령하라." 하셔서 소인이 갔었습니다. 사문사 배지 하나 맡아 사람 하나 데려오라 하셨습니다. 잡아다 대령하니 잡혀 온 백성을 관방에 들여 앉혀 어찌 수작하였는지 보내고 소인에게 돈 3백 냥을 주시었습니다. 소인은 그 돈으로 참죽골에 없던 집도 사고 살림을 차려 부모 처자를 데려왔고 남은 돈은 살림 밑천으로 하였습니다."

학초는 뒤따라오던 군뢰를 돌아보며,

"내 너에게 부탁할 일이 있으니 지금 경주 40리를 가면 날이 저물 터라. 삼문에 들러 곤란한 말 하지 말고 향청에 먼저 가게 하여라."

향청은 군수가 있는 관아와는 다른 관청으로 지방의 사정을 잘 모르는 군수를 자문하고 나아가서는 풍속을 단속하기 위하여 설립된 기관이다. 향장을 중심으로 향리들이 여기에 있었는데 지방의 토속 유지들이 이 자리를 차지하고 있었다.

황혼이 되어 향청을 찾아가니 향장은 없었다. 기생집에 사처를 옮겼다고 하였다. 향장이 머문다는 사처를 찾아가니 노령(奴令: 관노나 사령)들이 문밖을 지키고 있었다. 방문 밖에는 등롱을 휘황하게 밝히고 있었고 그 방문을 들어서니 여화미인 기생만 혼자 앉아 있었다. 물으니 향장은 군수가 있는 동헌에 갔다고 하였다. 동헌으로 향장에게 통기를 보낸 후 그 기생과 더불어 이야기를 나누었다. 이 기생은 당시 향장의 수청기생이었다. 향장에 대한 이야기를 나누다 보니 이곳 향장의 이름은 이능기라고 하는데 어찌 보면 알 듯 한 사람이었다.

한참이 지나 향장이 좌우에 등롱을 들이고 도착하였다. 학초가 일어서서 맞고 보니 일전에 학초의 약국에 약을 지으러 온 사람이었다. 한 번 본 면목이 있어 두 번째로 만난다는 인사를 하니 향장이 깜짝 놀라며,

"여기서 보기 뜻밖이오."

"남아는 노소불문하고 어느 곳에서나 만나는 것은 항시 있는 일이지만 내실에 돌입하여 남의 내실 미인을 데리고 놀았으니 대단히 실례올시다."

향장이 웃으면서,

"허물없소. 그나저나 촌 선비로서 화류 수작을 알겠더이까?"

"동도에 와서는 처음이올시다. 그 밖에 또 처음 겪는 일이 있어 향장께 부탁을 청하러 왔습니다."

"무슨 일이오?"

"이름도 적혀있지 아니하고 '구강동에 사는 박 약국을 삼배도착래'라

고 하여 왔는데 방금 나를 잡아 온 군뢰가 저 문밖에 있습니다. 다른 청이 아니라 잡혀 온 박 약국이 이름이 없을 수 없으니 박학래라 하오. 부탁드릴 말은 동헌에 가서 '박 참의(參議) 봉래가 삼종이요. 진사 영래의 재종'이라는 이 말만 원님께 하여주소."

"그 말뿐이오? 그건 어렵지 않으리다."

향장은 동헌을 곧 다녀온다고 하면서 일어섰다. 향장이 간지 그렇게 오래지 않아 돌아왔다.

"사또께서 아시는 모양이라. 군기골 박능술의 집으로 주인을 정해주라고 하더이다."

연이어 밖에 있는 군뢰에게 학초를 그 집까지 안내해 주라고 하였다. 학초는 향장과 하직하고 박능술의 집에 가면서 생각해보았다. '사또가 나서서 특별히 사처를 정해 준 데에는 그 집에 어떤 묘미가 숨어 있을 수 있다.'고 생각하였다. 일단 군뢰가 안내하는 대로 방안에 들어섰다. 방안에는 5~6명의 사람들이 앉아 있었다. 서로 인사를 나누었는데 지금은 모두 기억하지 못하고 그중에 안동 가일에 사는 권문약과 춘양(현 봉화군 춘양면)에 사는 윤상재라고 하였다. 인사를 마친 후 학초가 먼저 입을 떼었다.

"평수상봉(萍水相逢)이라. 부평초 같이 떠다니는 사람의 인생이라, 이렇게 각처의 새로운 친구와 만나게 되니 반갑기야 하오만 안동 양반은 아니 좋소."

그러자 권문약이 기분이 언짢은 표정으로,

"그게 무슨 말이오?"

학초는 그 묻는 말에는 대꾸를 하지 아니하고,

"어찌 오셨소? 원님도 아시지요?"

하고 다그쳐 물으니 권문약은,

"알다 뿐이오? 관해(官廨)에도 참여하고, 여기 온 지가 한 달포(한 달가량) 되었소."

관해(官廨)란 관원들이 모여서 공사를 처리하는 행사를 말함인데 은연중 군수와는 막역한 사이라 고을 공사에도 참여하였다는 점을 내비쳤다. 학초는 언성을 높여,

"그 정도만 해도 나쁜 사람이라. 이러한 나쁜 행위를 하고도 부끄러운 줄 모르니…."

권문약은 어찌 된 영문인지 알지 못하겠다는 듯이,

"도대체 어찌하잔 말이오?"

"온당한 선비 같으면 원님을 평소에 알더라도 군 동헌에 와서 잠깐 보고 떠나는 것이 순리인데, 이렇게 세도아객으로 자처하니 진정한 친구라면 그렇게 해서는 안 되지. 나 같으면 관해에 댁 같은 사람을 들이지 아니하지. 관해라니 그 관해가 어느 여관하는 월녀 이름인가?"

학초는 내친김에 말을 이어갔다.

"한 놈 잡아 학민을 해야 이제까지 머무른 여관비나 식대를 갚을 수 있겠지. 댁 같은 사람이 많이 있어 어진 군수의 정치에 누명이 되고 있소. 경주 성내에 안동촌 폐단이 대단하다고 소문이 난 걸 아시오? 댁이 그 소문 한 부분이라. 이제부터라도 깨달아 이 밤이라도 떠나가소."

권문약은 갑자기 당한 말이라 당황한 기색이 역력하여 할 말을 잇지 못하고 있을 때 옆에서 듣고 있던 윤상재가 끼어들었다.

"초면 친구가 너무 과하오."

학초는 이번에는 상복을 입고 있는 윤 상재를 향하여,

"사람이 초면이나 새교(오래전부터 사귄 친구)나 간에 정당하게 말도 하고 사귀어야 쓰는데, 우선 듣기 좋은 간교한 수작은 도적이나 하지. 정곡을 찔러 말하면 윤 상인(喪人)은 내가 당장 태벌이라도 내리고 싶소. 여막(廬幕: 상주가 기거하는 초막)은 남의 집 측간 보듯이 팽개치고 부모의 상복을 입고 친구 군수의 아객질에 참여하다니. 관아 구경 아니하면 어디 두통이라도 나오? 상주가 되어 상복을 입고 부득이 아니 가고 안 될 일은 어쩔 수 없다 하더라도 이 아객질이 바로 그 일이오? 안동이 본래 사대부가 많다고 사부향(士夫鄕)이라고 하더니 아주 되지 못할 간교한 꾀만 생각하는구려. 위국모 복수에 삭발자 목 베인다고 들고 일어나서 의병이라 칭하고 관아를 습격하더니만, 처음에는 본 군수가 서울에서 경주군수 제수받고 안동에 가서 친구를 찾으니 개화군수라고 더럽다고 문을 닫고 만나보지도 아니하더니. 이제는 의병이 쓸데없다고 하면서 도리어 동학하였느니, 의병하였느니 하고 그들을 몰아세워 학민 토전에 눈이 벌게 가지고…. 이렇게 선비의 직분을 잊어야겠소? 심지어 상주까지 아객질에 가담하다니. 만일 법이 있으면 볼기를 때려 보내야 옳지."

안동에 살면서 스스로 자신들을 양반이니 선비이니 하면서도 비열한 일만 찾아 하는 이런 부류의 사람들을 학초는 평소에도 경멸하였는데 막상 이들을 목전에 대하고 보니 분통이 터진 것이었다. 더구나 학초가 사문사 배지를 받은 그 원인도 십중팔구 이들이 꾸민 일이었기 때문이었다. 군수는 고향 사람 괄시 못 하여 그저 눈감아주고 있을 뿐이었다. 이러한 아객질에 심지어 부모상을 당한 상주까지도 끼어 있으니 학초가 그냥 참을 수만은 없었다. 당시에는 부모의 상을 당하면 삼 년 동안 산소에서 시묘살이는 안 하더라도 집 앞에 나무를 얽어 세우고 볏짚과 새끼를 감아 여막임을 상징적으로 나타내고 탈상할 때까지 근신하며 지냈다. 삼년상을 낼 때까지는 상주는 잠을 잘 때 외에는 상복을 벗을 수 없었다. 부모를 여읜 죄인이라고 하여 가급적 동네 밖 출입을 삼가고 더러운 일이나 유흥에도 참여하지 아니하였다.

오히려 그보다도 더 화가 치민 것은 지난 병신년 의병의 근거지가 바로 안동이고, 안동에 있는 사대부들은 대부분 의병의 선봉에 서거나 아니면 후원을 하였었다. 사람마다 생각이 다르니 의병에 참여를 하든, 그러하지 아니하든 그것을 나무랄 일은 아니었다. 다만 학초의 눈에 거슬리는 것은 의병활동이 정지되자 이번에는 '누가 의병의 선봉에 섰느니' 하면서 한때 같은 배를 타고 갔던 그들을 잡아 협박하여 재산을 빼앗는 일이었다.

학초의 긴 질책이 끝나자 이번에는 권문약이 거들고 나섰다.

"너무 심하오."

이 말에 학초의 심기가 누그러질 리 없었다.

"남자는 눈치가 만리경이라. 내가 안동촌의 사문사로 오늘 잡혀 온 것을 모를 줄 아는가? 이름도 모르는 약국 직업 하는 사람에게 사문이 다 무엇이오? 어진 군수의 정치를 안동촌이 다 망치고 있으니 안동촌에 북이 한 번 울어야 경주 백성이 마음 놓고 살지. 경주에도 사람이 있지."

방안에서 이렇게 분주하게 질책하는 소리가 있을 때 방 윗목 문 쪽에 한 소년이 앉아 누구를 기다리는 척하면서 밤새 듣고 있었다.

학초의 꾸짖음이 끝나자 윤·권 두 사람은 학초와 함께 있기가 불편하였는지 어디를 잠깐 다녀온다고 나가고는 돌아오지 않았다.

다음 날 아침 일찍 통인(관아에서 수령의 잔심부름을 하는 사람)이 와서 학초를 찾았다. 방문을 열고 밖을 나가니 강서주인이 찾아왔다. '강서주인'이란 군수의 아래에서 각 면의 일을 맡아보는 소위 '면주인'이라는 직책이었는데 강서면의 일을 맡아보는 면주인을 말한다. 예전에는 면의 책임자를 '풍헌'이라고 불렀으나 근래에는 '면주인'이라 불렀다.

학초를 찾은 강서주인이 군수로부터 받은 전령을 내보였다. 이를 쉽게 풀이하면,

> 강서주인(江西主人)
>
> 일전에 박 약국을 타지 사람들이 고변하여 죄를 묻기 위해 잡아 왔으나 알아본 즉 착오이라 특위 방송하니 앞으로는 이 같은 수모가 없도록 하라.
>
> 무술 삼월 초삼일
>
> 군수 인

통인이 학초를 보고 곧 떠나라고 재촉을 하였지만 학초는 무슨 생각이 있어 식후에 떠난다고 하였다. 한참을 지나 문밖을 쳐다보니 사령과 군뢰가 마당에 가득 들어서서 윤·권 양인을 잡아 결박하여 어제 학초가 말한 것처럼 각자 등에 북을 지게하고는 높은 영기를 앞에 세우고 북을 둥둥 치며 안동촌을 빙빙 돌고 있었다. 성 안 사람들이 몰려와 구경을 하는데 '워워'하고 야유를 보내고 있었다. 지금까지 군수를 안답시고 안동촌에 머물면서 온갖 패악을 저지르다가 이제 할안명고를 당하는 모습을 보니 그동안 눈꼴사나웠던 것에 대한 분풀이로 따라다니면서 짓

궂게 야유를 보내었다.

학초는 구강동으로 가기 전에 우선 이 향장이 머문 곳으로 향했다. 어제에 있었던 감사의 인사를 전하기 위해서였다. 향장을 만나 하직 인사를 하니 향장이 먼저 말을 꺼내었다.

"어제 그 방에 젊은 아이 하나 있었지요?"

향장이 묻는 말에 지금까지 대략 짐작은 하고 있었는데 모든 일의 전모를 확실하게 알 수 있었다. 학초가 예측한 대로 사문사를 낸 사람과 당한 사람을 한 방에 넣어두고 젊은 아전을 보내어 그 안에서 일어나는 상황을 살피고 있었던 것이다. 군수도 평소 고향의 '집안사람이다. 친구다.'하여 여관에 묵으면서 관해에도 참여하고 안 할 짓 못할 짓은 다 하고 있으니 차마 내칠 수도, 그냥 둘 수도 없어 고민 중이었던 모양이다. 어제 학초가 이들을 꾸짖는 것을 보고 결단을 내어 학초가 말한 바대로 북을 지어 내쫓은 것이었다. 향장은 말을 이었다.

"아침 식전에 동헌에 들어가니 원님 말씀이 박학래, 박영래가 갑오년에 동반 진사한 사람이라. 아마 갑오 난중에 시골에서는 진사 행세할 여가 없었겠으나 조정에서 내린 분명한 진사요. 박봉래와는 삼종 간이라. 본디 그 조상은 소북 영수로 유명한 밀창군 영의정 집안으로 새로 신원 된 색색한 집안이라. 어쩌다 객지에 와 있지만 세상에서 괄시받을 사람이 아니라. 필히 떠날 때 향장을 찾을 것이니 같이 데리고 들어오라 합니다."

신분 차별이 심한 당시였다. 같은 사람이어도 근본이 없으면 괄시를 받았던 시절이었다. 군수가 말하는 소북의 영수란 광해군 시절 소북파의 우두머리이며 학초의 9대조인 밀창군 박승종(朴承宗)을 말한다. 그는 광해군 당시 대북파가 집권하던 시기에 소북파로 당파가 달랐지만, 주위의 명망으로 인해 영의정에 추대되었던 인물이다. 그는 새롭게 일어나는 청나라와 명나라 사이에 등거리 외교를 펼쳤을 정도로 국제 시세를 보는 안목도 있었다. 당시 대북파가 일으킨 인목대비 폐비사건에도 극력 반대하였던 재상이었다. 그러다가 인조반정으로 당시 경기감사이었던 맏아들 자흥과 함께 자결하였다. 그의 자결로 자손들은 더 이상의 정치적 보복은 면하였지만 관직은 삭탈되고 재산은 적몰되었다. 수많은 세월이 흘렀지만, 그의 신원은 회복되지 않고 내려오다가 철종 임금 때인 1870년에야 회복되었으며 비로소 그의 자손들은 과거에 참여할 수 있게 되었다. 하기야 과거 길이 일찍부터 열려 있었다 하더라도 서인에서 분파된 노론이 아니고서는 대과에 급제하기는 하늘의 별 따기였다. 그 후 순조 임금 이후 세도정치 때에는 세도가가 아니고는 이마저도 어려웠다.

향장이 학초더러 함께 동헌에 가기를 청하였지만, 학초는 정중히 거절하고 집으로 향하였다. 고성을 오니 아는 사람이 찾아와서,

"서울에 사는 박 진사가 강서에 와서 박 약국을 찾았는데 사람들이 읍으로 갔다고 하니 아마 그리로 갔을 것입니다."

'재종 동생 영래가 어찌하여 내려왔는가?' 싶은 궁금증이 들었다. 경주로 갔다는 말을 짐작해보니 필경 군수를 만나러 갔을 터, 다시 발길을 돌려 경주로 향하였다. 성내에 당도하여 군수가 있는 동헌은 가기 싫고 삼문간 앞을 배회하고 있었다.

재종인 영래는 학초가 잡혀간 그 이튿날인 3월 4일 일찍 구강동을 찾아오니 학초가 성내로 군뢰와 함께 갔다는 이야기를 듣고 부랴부랴 군

수 권상문을 만나러 경주로 향하였다. 동헌 앞 삼문에 들러 승발(지방관아에서 구실아치들의 심부름을 하는 하인)에게 부탁하여 군수에게 통자를 넣고 헐소청(歇所廳: 관청의 벼슬아치를 만나기 위해 대기하는 방)에서 기다리다가 이때 마침 다시 돌아온 학초와 만났다. 두 사람은 근처 주막을 찾아 오랫동안 헤어져 지낸 그동안 있었던 이야기를 나누었다.

학초와 헤어진 영래는 이왕에 통자도 넣어놓았고 내친걸음이라 군수를 만나려고 삼문에 가보니 영래가 데리고 온 두 하인이 사령들을 혼을 내고 있었다. 영래가 데리고 온 예전 심 판서의 하인은 본래 서울에서 별순검에 다니던 사람이었다. 사령들이 하인이라 얕잡아보고 문밖 홀대를 하니 괄괄한 성미를 참지 못하고 사령들의 상투를 잡아 돌리고 장작개비를 마구 휘두르며 분풀이를 하고 있었다. 영래는 서울에서 자신이 데려온 하인들이 동헌 삼문 밖에서 소란을 피웠으니 계면쩍기도 하고, 재종 형의 일은 본인이 슬기롭게 해결하였으므로 따로 삼문 들기를 사양하니 승발이 계속 재촉을 하였다.

"아니 드시면 사또께서 곧 나오십니다."

박 진사는 동헌에 들러 군수와 인사를 나눈 후 내동헌에 들어 군수의 모친에게 인사를 올렸다. 원래 서울에 살 때 군수의 모친과는 각별히 대하며 '아주머니'로 불러왔던 터였다. 서울의 본가에서 지내다가 마침 이즈음에 경주에 잠깐 들러 있었다. 영래와 마주한 군수는,

"자칫하였으면 재종씨를 욕보이는 실수를 할 뻔하였는데 본인이 지속있게 청을 넣어 무사하였습니다."

하면서 그 후에 안동 아객들에게 명고출송 이야기까지 들려주었다. 영래는 저녁 늦게까지 내동헌에서 지내다가 구강동 학초의 집에 들러

그다음 날은 학초를 대동하고 다시 군수를 찾았다. 아마 타관 객지에 있는 자신의 재종 형이 다시는 이러한 수모가 없도록 군수와의 만남을 주선한 것이다. 그 후 군수 권상문이 있는 동안은 서로 아는 사이로 지냈다.

이 일이 있은 지 딱 한 달이 지나 윤삼월 초이튿날 이번에는 대구에 산다는 정치근이라 하는 자가 찾아왔다.

"주인이 순흥에 살다가 동학 난리에 경주 이곳으로 오셨지요? 내가 그 무렵 장사를 하러 다녔더니 갑오 동란에 예천 경진에서 5백 금 재산을 잃어버렸소. 모두 동학 때문에 잃어버렸으니 이제 주인이 대신 갚아 내시오."

예전의 동학을 한 사람을 찾아다니며 겁박하여 얼마간의 돈을 요구하는 모양이었다. 과거 동학에 참가하였거나 의병에 몸을 담았던 그 약점을 잡아 얼마간의 재물을 갈취하는 일은 그때나 그 뒤에도 끊어지지 않고 이어졌다.

앞서 찾아왔던 김봉재와 같은 부류이었지만 돈을 요구하는 방법은 달랐다. 혼을 내어 쫓으려고 하면 이웃에 예전에 동학한 이력이 소문을 타고 퍼지면 다시 이와 같은 사람이 생겨나지 않으리라고 장담할 수 없었다. 어찌하였든 김봉재와 같은 방법으로는 해결하지 않기로 마음먹었다.

"더 할 말 없소. 노형이 오실 줄 알고 미리 돈을 준비해 둘 일은 없었으니 집에 며칠 유숙하면 경주에 들러 얼마간의 돈을 구해오리다."

정치근을 집에 유숙하도록 하여놓고 학초는 비밀리에 소장을 써서 경주로 향하였다. 당시 군수는 앞에 재종제 영래의 주선으로 만났던 권상문이었다.

군수가 소장을 자세히 본 후 나졸을 붙여 정치근을 잡아 오라 하였다. 학초는 나졸을 대동하고 집으로 돌아와 정치근을 찾으니 스스로 의심이 들었는지 집에 유숙해 있지 않고, 온다간다 말도 없이 사라졌다.

군수에게 정치근을 잡지 못한 사연을 고하니 군수가 특별지령문을 써 주었다. 이를 알기 쉽게 풀이하면,

> 소위 정치근이라는 자가 촌민들을 무단 토색하여 어려움에 빠지게 하니 그 죄를 엄히 물어 급히 가서 잡으려 하였으나 아직 잡지 못하였으니 동민들은 그런 자를 꾸짖지 아니하면 그 책임을 면하기가 어렵다. 차후에 여혹 다시 출입하면 기다림 없이 영을 거행하라. 동임과 동민은 힘을 합쳐 스스로 잡아 결박하여 올리라.

는 내용이었다.

이로부터 닷새 후인 윤삼월 초 8일에 미리 알고 도망갔다고 생각했던 정치근이 다시 나타났다. 학초는 몰래 사람을 보내 동네 사람들에게 연락한 후 그를 맞았다. 자리에 앉자마자 학초는 대뜸 꾸짖었다.

"네가 무엇이 할 짓이 없어 강도 짓을 하고 다니느냐? 다시는 용서할 수 없으니 관아로 잡아 보낼 것이다."

하고 군수에게 받은 지령을 보였다. 정치근은 갑자기 태도를 바꾸어 꿇어앉아 빌었다. 다시는 이 같은 행습을 하지 않기로 애걸복걸하였다. 학초는 이 사람을 관아로 압송하여 나중에 방면되면 자연 원수를 맺는 결과가 되므로 자복 증서를 받고 용서하여 보내었다.

11. 안강 달대평 사건

- 동학혁명의 도화선이었던 고부 만석보 사건이 안강들에도 일어나

동학농민혁명의 첫 봉기의 불씨는 바로 '만석보' 때문이었다. 새로이 보를 쌓지 않아도 관계를 할 수 있는 들판에 조병갑이 군수로 부임해 와서 새로이 보를 만들어 해마다 수세로 700여 석의 쌀을 거두려 하였다.

그곳의 동학 접주 전봉준을 위시한 고부의 백성들은 사발통문을 돌려 거사를 하여 고부관아를 점령하였으나 조병갑은 도망을 쳤다. 조정에서는 장흥부사 이용태를 사건을 해결하는 안핵사로 파견하였다. 안핵사로 파견된 이용태는『학초실기』1권에 기술된 10년 전 예천에서 학초가 흉년으로 인한 세금 경장을 주장할 당시의 예천군수였다.

안핵사 이용태는 관청에 반기를 든 농민을 그대로 두는 것은 조정의 체면과 기강이 무너진다고 생각하여 고부로 쳐들어가 난동자를 잡는다고 고부군을 도륙 냈다. 피신하여 있던 전봉준은 무장현의 접주 손화중과 같이 다시 봉기하였고 김개남이 합류하자 호남에서 시작된 동학농민혁명의 불길은 걷잡을 수 없이 커져 전주성 점령으로 확대되었다.

갑오동학농민혁명의 처음 불씨는 바로 고부군에서 조병갑이 시행한 만석보이다. 수세를 받아 착복하기 위해 필요 없는 보를 만드는 데서 시작된 것이다. 이와 똑같은 일이 5년 뒤 경주 안강의 달대평에서도 일어났다.

1899년 기해년이었다. 경주군 강서면 달대평이라 하는 큰 들은 경주, 흥해, 연일 삼군(三郡) 백성들이 농사를 지어온 예로부터 유명한 들이다. 조정의 관원들은 국가를 위하여 생민들을 구제하려는 마음은 없고 동학봉기와 을미의병으로 인한 소요가 가라앉으니 관령을 빙자하여 백성의 재산 떨어먹을 흉계를 다시 꾸몄다.

경주군수 조의현과, 대구진위대 부위인 중대장 조중석과, 진위대 참교인 하사 지재홍과, 수륜과(대한제국 시절 지방관청에서 수리시설 업무를 맡은 부서) 직원 서상윤이 서로 동모(同謀)하여 달대평 상류에 방천 공사를 벌였다. 지금까지 전답을 부쳐 먹던 몽리민들이 해놓은 보를 살짝 헐고 거기에다 약간의 공사를 새로 하려고 하였다. 보란 논에 물을 대기 위하여 냇물을 가로질러 막는 수리시설을 말한다. 논밭을 부치는 몽리민들을 위해 정부에서 공으로 해 주는 것이 아니라 수세를 받을 명목으로 하는 공사였다. 달대평 3만여 두락에 매 두락마다 수세를 해마다 받아먹을 계책이었다.

달대평의 논을 경작하는 평민(坪民) 오륙천 명이 모여 이를 못하게 말리자 조중석과 지재홍은 대구진위대 병정을 풀어 방천에 둘러 세웠다. 평민들은 무기도 없이 맨손인 자신들을 설마 어찌하겠느냐는 생각으로 다가가니 진위대 병정들이 총을 발포하면서 가로막았다. 이러자 평민중에 앞뒤 생각하지 않은 과격한 사람들은 분을 참지 못하여 가슴을 풀어헤치고 달려들며 "쏴라 쏴라." 하면서 대드니 포중대는 그중 16명을 관령 거역 죄로 붙잡아 결박하여 갔다. 그들은 경주 관아의 옥사에 가두려 하다가 혹 군수에 대한 원성이 있을까보아 바로 대구로 압상하여 경무청에 가두었다.

이를 해결하고자 그때 잡혀간 16인의 가족과 평중(坪中) 상·중·하 도감(都監: 몽리민의 대표) 3인이 강어귀에서 달대평 대도회를 부쳤다. 농사를 짓는 사람의 수효는 5천여 명이고, 지주(地主)의 수효도 여러 명이었다. 도회를 부치는 목적은 눈앞에 일어나고 있는 달대평 방천공사를 멈추는 문제와 붙잡힌 16인의 석방에 대해서였다.

이 대도회는 장두의 선출부터 난관에 부딪혔다. 마땅히 일을 처리할 사람을 찾지 못하였다. 단순히 대항하던 사람 열여섯 사람도 경무청에 잡혀가 감옥에 갇혀있는데 농사만 짓던 순박한 농민이 혼자 책임을 떠맡을 장두 자리에 선뜻 나설 리 없었다. 진위대와 경주군수가 공모한 일이니 경주관아에 호소할 수도 없고 부득이 대구의 감영에 호소하여야 하는데 그 일이 말처럼 쉬운 일은 아니기 때문이었다. 모인 사람들은 관원들의 횡포에 대한 성토와 붙잡힌 사람에 대한 염려에 대해서만 수군수군 이야기를 나누었다. 그러다가 장두는 약국 하는 박 모가 아니면 아니 된다는 쪽으로 여론이 모이고 해산하였다. 당시 학초는 그 문제의 달대평에는 달랑 다섯 마지기 논밖에 없었다.

그다음 날 나이가 든 몇몇 지주와 소작인 대표, 그리고 도감 3인이 학초를 찾아와 달대평사 장두를 맡아 줄 것을 부탁하였다. 학초는 몇 번이나 사양하였으나 여럿이 여러 번 청하므로 부득이 승낙하였다. 재무 및 서기를 맡을 부장두 1명, 말 두 필, 심부름할 하인 둘에, 일에 쓰이는 비용은 재무 서기가 쓰는 대로 대어 주기, 일이 진행되는 동안 장두의 지휘대로 따르기 등 사건 해결에 필요한 것들을 의논하여 정하였다. 평 중에서는 나중에 일이 끝난 뒤에 사례금으로 2천 냥을 준다고 하였다.

다음 날 안강 창정에서 다시 대도회가 열려서 미리 의논한 대로 파임을 정하였다.

- 달대평사 소장 장두 박학래
- 상평도감 겸 부장두 및 서기, 재무에 이순구
- 중평도감 겸 후원 재무에 신유태
- 하평도감 겸 후원 재무에 이남기
- 상, 중, 하 각 평에 출납의 감독을 맡을 감고 3인
- 심부름할 하인 겸 마부 2인
- 장두와 부장두가 탈 말 2필
- 채수된 16인의 가족은 특별 후원하기

역할을 맡은 사람들은 여러 사람 앞에 따로 열을 지어 앉고 장두로 선정된 학초가 일어서서 평 중 평민들에게 인사 겸 부탁의 말을 꺼냈다.

"이 사람이 달대평 근 만 명 인구의 대표 장두가 되었습니다. 앞으로 잘 되고 못 되고는 모두 평 중 지사입니다. 옛말에도 '작사도방이면 삼년불성(作舍道傍 三年不成)이라.' 하였습니다. 길옆에 집을 지으면 온갖 사람들이 입을 대어 3년이 지나도 완성할 수 없다고 하였습니다. 모든 범사가 사람이 많으면 시끄러워져 원래의 할 일에 방해가 될 수도 있습니다.

단심 단체로 장두의 하는 대로 인준을 해주셔야 후에 중도 지탄이 없을 것입니다."

인사가 끝나니 모두들 동의하였다. 학초는 선 김에 대구 관찰부에 보낼 의송장을 모든 사람이 듣게 큰 소리로 부르니 부장두 겸 재무 서기인 이순구가 받아썼다. 이순구가 쓰기를 마치자 학초는 기록된 내용을 모인 평민들이 알기 쉽게 풀이를 해 낭독하였다.

경주군 강동면과 강서면에 속한 달대평 대소민 등 의송장두 박학래 관찰 합하께 엎드려 고하나이다.

자고로 경주군 달대평은 경주, 연일, 흥해 삼군 인민들이 경작하는 곡식 창고로 내려왔습니다. 조선 개국 후, 아니 고려, 신라까지, 단군에서부터 4천 년이나 무탈하게 내려온 유지입니다.

얼마 전 대구진위대 중대장 조중석과 향관하사 지재홍과 경주군수 조의현이 선희궁(宣禧宮) 지령이라 하며 달대평민이 부탁하지도 아니하고, 승낙하지도 아니한 무탈한 방천을 무너뜨리고 해마다 가을 수확 때 매 두락마다 엽전 일금 1냥 3돈 5푼씩 받기로 작심하고 백성이 한 방천을 다시 한다고 하였습니다.

이에 평 중(坪中) 백성 오륙천이 항변을 한 즉, 진위대 병정을 풀어 발포 접전을 하였습니다. 평민(坪民)들은 신명을 보존하기 위해 논에 있는 흙덩이로 탄알과 대전을 하니 하늘이 내려다보시었습니다.

백성이 농사를 짓지 못하게 군병으로 접전한다는 사실은 고금 역사상 들어본 적이 없습니다. 정부에서 어찌 경주 달대평 백성의 땅을 강탈하라고 진위대 병정과 부대장을 내실 리는 없을 듯합니다. 또한 선희궁은 국가의 친척이라. 무단히 경주 달대평을 강탈할 리 없을 것입니다.

경주군수 조의현은 경주 인민의 원·불원은 듣지 아니하고 평 중 토지에 폐를 주출할 명령은 조정에 없을 줄 압니다. 수륜과 서상윤은 수륜할 곳도 아닌 대대로 자연 천연수로 관계하는 곳에 수륜할 수는 없습니다. 전후 행위가 모두 국가의 벼슬을 빙자하여 위로는 조정을 속이고 아래로는 생민을 도탄에 빠지게 하여 자신의 욕심을 채울 일만 짐작함입니다.

영감 귀정에 이두 후페를 천만복 축원 드림

이 당시 경상북도관찰사는 김직현이었다. 학초는 부장두 이순구를 대동하고 즉시 대구로 가서 이송장을 사송과에 접수하였다. 그다음 날 지령이 나왔는데 거기에 다음과 같은 내용이 쓰여 있었다.

特定查官 以待回報事(특정사관 이대회보사)

본 사건을 조사할 사관을 특별히 정하였으니 다음 회보를 기다리라는 지령이었다. 학초가 의송장에 대한 지령을 받아보고는 궁금한 점이 있어 사송과를 찾아가 담당인 배정섭, 최석연에게 물었다.

"사관은 누구시오?"

사송 담당관은 학초의 묻는 말에는 대답하지 않고 학초를 힐난하는 말부터 꺼내었다.

"소송장에 적힌 사실이야 그럴듯하지만 군수를 두고 감영에 월정(越廷소관 부처를 제쳐놓고 상급 관청에 송사를 함)을 한 것도 모자라 조정에서 이름난 영남 대관을 모두 죄인으로 걸고 심지어 조정의 선희궁(宣禧宮)까지 걸었으니 무엄하기도 짝이 없거니와 백성 된 자가 관령이면 거역하지 않고 따를 일이지, 장두가 제정신이 아니고서야 간이 부어도 단단히 부었음이라."

하는 힐책을 마치자 학초의 물음에 대해 대답을 해주었다.

"명사관(明査官: 중요한 민소나 범죄 사실을 처리하기 위해 임시로 파견된 관리)은 흥해군수 강태형(姜台馨)이라."

달대평 일에 대한 소장은 당연히 관할 관청인 경주 관아에 제출하여야 하는 것이 바른 순서이겠지만, 경주군수 조의현이 바로 이 사건에 연루된 장본인이니 부득이 관찰부에 낼 수밖에 없는 데도 트집을 잡았다. 평민들이 관리를 고소하는 것도 마땅치 않았지만, 특히 진위대 장교와 하사를 고소하였으니 '초록동색'이라고 달갑지 않은 것은 당연스러울지 몰랐다.

수륜과(水輪科) 파원 서상윤과 중대장 조중석, 하사 지재홍은 평 중 백성이 감영에 소장을 제출한 줄도 모르고 이날도 여러 명의 병정을 인솔하고 경주군에 들러서 관아의 노령을 데리고 와서 토목공사를 하고 있었다. 그때 장두인 학초는 대구에서 내려와 있었지만 여독으로 인한 발병으로 평 중에는 나가지 않고 있다가 마부의 연락으로 현장에 급히 달려갔다. 학초가 오기 전 평 중 사람들은 장두인 학초의 명령 없이 집집이 장작 세 가지, 고춧대 한 단씩 모아 중대장과 서상윤을 불에 태워 죽인다고 야단으로 시위하고 있었다. 그중에 한 사람이 이를 말리는 한편, 장두가 도착하면 장두의 명령대로 하자고 하였다.

학초가 도착해보니 당산(堂山) 밑에 장작가리와 고춧대 가리를 태산같이 쌓아놓고 인산인해의 인민들이 장두를 환영하였다. 반대편을 바라보니 하얀 장막을 치고 그 앞에 진위대 깃발이 바람에 펄펄 날리며 병정들과 나졸들이 군용을 갖추어 경계를 맡고 있었다. 그 옆에는 일하는 역군들이 무덕무덕 앉아 있는 모습이 보였다.

학초는 도감 3인을 불러 모두가 한눈에 볼 수 있는 큰 글씨를 써서 각각 장대에 달게 하여 3명의 도감과 옥사에 갇혀있는 사람의 가족 16명을 대동하고는 제풀에 흥분하여 떠들고 있는 평 중 사람들 무리로 들어가서 순회를 돌며 큰 소리로 외쳤다.

"짚단과 장작을 갖고 시위를 하는 것은 못난 난민들이나 하는 처사이시오. 그런 행동 일절 하려 하지 마시오. 관찰부에서 명사관이 정해져서 얼마 기다리지 않아 오실 테니 그동안 일체 난동을 하지 마시라. 불법 관리라도 깨달으면 좋은 사람이 될 수도 있을 터. 여혹 관리들을 대하더라도 그저 공손한 말로 다만 '억울하다.'는 말만 하시오."

평민들의 격한 마음을 겨우 진정시켜 놓고는 사람을 시켜 진위대장 막사에 평 중 장두가 가서 보기를 원한다고 통지를 보냈다. 이순구는 걱정스러운 안색으로 학초를 말렸다.

"장두 행동이 혹여나 경솔하지 않겠습니까? 불법 행위만 하는 저네들에게 혹시나 장두가 잡히고 보면 그 뒤의 일은 어찌하리까?"

"염려 할 일 없습니다. 아방전상에 형경(일명 형가)이도 있었는데 설마 저만한 군병 속으로 가는 것이 두려워할 리 없음이라."

하면서 천천히 포중대가 있는 막사로 발걸음을 옮겼다. 부장두 하나만 대동하여 막사를 찾아갔다. 포중대의 책임자와 처음 인사를 나눈 후 책임자가 먼저 입을 떼었다.

"이게 모두 다 백성을 위해 방천을 하려 함인데 저 우매하고 어리석은 여러 평민이 기어이 반대를 저같이 하니 장두께서 이해로 잘 달래 주시오. 평민들이 귀순하면 대구경무청에 갇혀있는 죄수들도 곧 방면할 테니 장두가 힘써 주시오."

학초는 강하게 고개를 저었다.

"민유반본이라, 백성은 나라의 근본이올시다. 문관은 인민들의 크고 작은 억울함을 밝혀주고, 무관은 나라의 도적을 진압하기 위해 있습니다. 그 속의 수륜과는 물을 못 대는 곳을 찾아 관계를 하여 백성들이 농사짓기 편하게 하는 곳이올시다. 문관과 무관이 공모하여 병정과 나졸을 풀어 농민과 접전을 벌인다는 것은 대명 천하에 수치올시다. 가만히 두어도 자연으로 들어가는 봇물을 무단히 손을 본 후 수세를 받는다는 것은 '산에 가서 배를 탔으니 뱃삯을 내어라.' 는 말과 무엇이 다르오니까? 우리 평 중이 상부에 원정을 하여 곧 명사관이 올 것이니 명사관의 명사에 따르리다."

명사관이 온다는 말에 포중대에서는 더 이상 할 말이 없는지 묵묵히 앉아있고 학초 또한 하고 싶은 말을 다한지라 서로 묵묵부답으로 앉아 있다가 학초와 그 일행은 돌아왔다.

흥해군수 강태형(姜台馨)은 당시 공명 정직한 군수로 알려져 있었다. 경삼감영으로부터 경주 달대평에 대해 명사를 보라는 명령에 따라 미리 통지를 보내어 달대평 대소 농민들을 모이게 하여 놓았다. 전배, 후배, 형리, 통인, 나장, 사령들이 사인교를 옹위하고 나발 소리 울리며 달성 주막 근처에 당도하였다. 달대평의 지주와 소작인들은 타군의 군수가 명사관으로 온다는 말에 모두 나열하여 환영을 하였다. 학초가 사전에 시킨 대로 땅에 엎드려 '억울합니다. 억울합니다.' 만 연발하였다.

명사관이 평 중 농민들을 대동하고 보가 놓일 방천 근처를 세밀히 살펴본 후, 평민들에게 전말의 사정을 듣고 다음은 경주로 향하였다. 경주군수의 이야기를 끝으로 양쪽의 주장을 모두 듣고는 대구 감영에 보고를 낸 후 흥해로 환관하였다.

명사관의 조사와 보고가 있어 달대평 사건은 쉽게 해결이 되는 듯이 보였다. 그렇지만 생각지도 않은 방해꾼이 나타났다. 당시 수륜과 사검위원(査檢委員)인 김종호(金鍾昊)가 서상윤을 변호하기 위해 관찰부에 재판을 청하였다. 이렇게 평 중의 등소와 명사관의 조사와 보고, 거기에다 수륜과 위원의 소송 등으로 인하여 사건은 얽히고설키게 되었다. 이 때문에 선화당 재판이 세 번이나 열리게 되었고 옥에 갇힌 16인은 무려 넉 달 만에 풀려나게 되었다. 재판 결과는 김종호와 서상윤의 뜻대로는 되지 않고 명사관의 보고한 대로, 즉 달대평 중의 소원대로 끝이 났다.

관찰사는 이 사실을 조정에 보고하자 이 사건과 관련된 자들은 모두 징계를 당하였다고 한다. 조중석과 지재홍은 진위대의 직분과는 거리가 먼일을 저질렀으므로 일찍이 징계를 받고 경주군수 조의현의 마지막 재판이 끝난 후 징계를 받았다.

대구진위대 부위인 중대장 조중석에 대하여 대구에서부터 들려오는 소문이 있었다. 조중석과 동임으로 지내던 진위대의 대소 장관과 본군관리, 그리고 감영의 각 주사가 모여 조중석의 송별회를 열었다. 그 송별회는 자연히 대구 부내에서 소문이 난 기생들은 다 모였다고 하였다. 헤어지는 송별회다 보니 분위기는 자연 침통해져 가고 있었다. 술에 취할수록 조중석은 기분이 우울하여져서 한 가닥의 노래를 불렀다.

'산아 산아 팔공산아, 아미산 밝은 달아, 기세 좋은 호응으로 정든 친구 미인들과 언제 다시 놀아볼꼬.'

노래가 끝나자 신세타령이 이어졌다.

"이놈이 당초에 무관학도 졸업 출신으로 병정으로부터 출발하여 수년이나 경력을 쌓은 이력으로 승차하여 나라로부터 봉명부월(奉命斧鉞: 명을 받고 출정할 때 생살권의 상징으로 주던 도끼)을 잡아 경상일도 진위권을 취하고 다솔 병정을 옹위하여 나서면 산천초목도 내 앞에서 허리를 굽혔는데 한낱 박가 놈으로 인하여 일시에 파직이 되니 백년신사가 일장춘몽이로다. 아이고 분해라."

딱한 모습을 보다 못한 옆에 사람이 위로를 하였다.

"하관이 차후에 기회를 얻어 그놈의 몸에 총을 한 방 탕 쏘아 원수를 갚아드리리다."

술김에 농담 반 진담 반으로 위로의 말을 건네자 조중석은 손사래를 치며

"그 말 말게. 자네는 직접으로 일을 당해보지 않아 그러네."

옆에 있던 참위인 소대장 나종배도,

"실상 말이지 당해보지 않은 사람은 함부로 말을 말라."

하고 조중석의 말을 거들었다. 이렇게 파직을 당한 조중석을 위로하고 학초를 힐난하는 이야기가 이어지다가 발 달린 소문이 전해오면서 더 불어났는지 조중석은 술에 취하여 그 자리에서 똥을 쌌고 그래서 송별회는 파회 되었다 하는 풍문도 들려왔다.

대구진위대 조중석과 관련된 자료를 찾다 보니 1899년 4월 15일 자 승정원일기에서 대구지방대대 소속 부위 조중석의 징계 사실을 찾을 수 있었다.

· **전략**, 大邱地方大隊副尉趙重錫, 遽離隊次, 干涉民事, 行爲乖當, 至登公牒° 似此尉官, 規[揆]以軍規, 不可仍置, 竝停職懲戒, 何如? 奉旨依奏
(대구지방대대 부위 조중석, 거리대차, 간섭민사, 행위괴당, 지등공첩° 사차위관, 규이군규, 불가잉치, 병정직징계, 하여? 봉지의주

'대구지방대대 부위 조중석은 갑자기 대오를 떠나 민간의 일에 간섭하였는데, 행위가 괴당하여 공문서에 오르기까지 하였습니다. 이와 같은 위관들은 군대의 규율로 헤아려 볼 때 그대로 두어서는 안 되니, 모두 정직(停職)하는 것으로 징계하는 것이 어떻겠습니까?'라 하였는데, 아뢴 대로 하라는 칙지를 받들었다.는 내용이다. 그 글 중 '갑자기 대오를 떠나'의 부분은 '군인으로서의 본분을 잃었다.' 는 뜻으로 짐작된다.

경주군수 조의현과 관련된 사실을 찾다 보니, 같은 해인 1899년 음력 7월 18일에 경상북도관찰사 김직현의 보고를 근거로 경주군수 조의현에게 견책을 내린 내용을 관보에 게재하라고 궁내부에서 의정부로 보낸 다음과 같은 공문을 발견할 수 있었다.

慶州郡守 趙儀顯

右는 慶尙北道觀察使 金稷鉉의 報告書를 據흔즉 該員이 民隱攸關에 修報遲滯이다ᄒᆞ니 是는 職務上에 疏忽ᄒᆞ미라 是以譴責事.

(우는 경상북도관찰사 김직현의 보고서에 의한즉슨, 해원(해당 관원)은 민은유관에 수보지체이다 하니 이는 직무상에 소홀함이라 이에 견책함.)

칠월 십팔일

내부참서관 김시남

경상북도관찰사 김직헌의 보고에 의하면 해당 관원(경주군수 조의현)은 백성들의 괴로움에는 빗장을 닫은바, (수령으로서) 베풀음(선정)을 닦아야 함에도 이를 게을리하고 막힘이 있다고 하니 이는 직무소홀에 해당하여 견책을 내린다는 내용이다. 시기적으로 1899년 7월 18일은 3회에 걸친 부정재판이 끝난 후 그 결과에 대한 상부 보고, 그 보고를 받고 그에 대한 징계 처리 시점과 일치한다.

세상 인사가, 천지가 막막하고 일신이 죽어가는 사람들을 살려주어도 자고로 인정을 갚는 자 그리 많지 않았다. 달대평 중의 일을 보기 위하여 세 번이나 재판이 이루어질 정도로 시일을 끌었다. 그간 일을 맡아본 사람들은 자신의 가업 일은 뒤로 미루고 평 중에 일을 보아왔으며 그 과정에서 개인 간에 쓴 돈도 약차하였다. 더구나 장두인 학초는 달대평에 속하는 논이 겨우 다섯 마지기뿐이었다. 평 중 사람들의 권유에 못 이겨 자신의 안위를 담보로 한 장두로 추대되어 선화당 부정재판을 세 번이나 하여 일을 어렵게 성공적으로 마쳤지만 학초가 중병에 걸렸다는 소문이 퍼지자 그 고마움은 어디로 갔는지 사라지고 심지어 당초에 약조되었던 사례금 2천 냥조차 언제 그런 일이 있었느냐는 식으로 흐지부지되고 말았다. 물론 뒤에 받아내기는 하였지만 서서 받는 격이었다.

학초가 달대평 평 중의 일로 대구에서 경주읍에 볼일이 있어 그곳을 거쳐 돌아올 때였다. 당시는 하절기여서 날씨가 무척 더웠다. 안강 포사에서 쇠고기를 사서 집에 와서 그동안 힘들었던 노독을 풀기 위하여 육회를 만들어 먹었다. 먹은 육회가 상하였는지 갑자기 몸 왼쪽이 황색으로 변하여 부어올랐다. 곧이어 상체와 하체에 고름이 생기고 열은 펄펄 끓어올랐다. 자연 음식은 전폐되고 몸은 죽은 송장처럼 야위고 늘어졌다.

이렇게 수개월 동안 운신조차 하지 못하고 병이 낫도록만 고대하고 있었는데 차도가 있기는커녕 부은 왼쪽이 곪아서 고름이 한량없이 쏟아져 나왔다. 백 가지 약을 써 보았으나 차도는 없고 나중에는 사경을 헤매었다. 주위 사람들이 병문안을 왔다가 학초의 몰골을 보고는 다시 살아날 수 없을 것이라고 수군대었다.

이렇게 소문이 퍼지자 상·중·하평 도감은 몽리민으로부터 학초에게 줄 사례금을 거두어 놓고는 학초가 세상을 떠나면 그만이라 생각하고 문병 차 들러서 엽전 백 냥만 내어놓았다.

실인(室人) 강씨는 밤마다 정결히 목욕하고 우물에서 정화수를 떠다 받쳐놓고 지아비의 병이 속히 나아 달라고 하늘에 축수하였다. 비바람이 칠 때도 하루도 거르지 아니하였다. 강씨의 정성 어린 축원에도 불구하고 부은 곳은 모두 종기가 되어 터지니 고름은 감당을 하기가 어려웠다. 강씨가 그 더러운 고름 구멍을 입으로 빨아 입안 가득 받아 뱉어내었다. 대체 이 병이 무슨 병인지 빨아내는 강씨의 입조차 부풀어 입의 모양이 흉하게 변하였다.

아무리 내외간 가까운 사이라고 하지만 남의 몸 종기에 입을 대고 고름을 빨아내기란 말처럼 쉬운 일이 아니었지만 강씨는 지성으로 간병하였다. 학초가 음식을 전폐하고 누워있으니 미음을 지어 시각을 맞추어 지성으로 권하였다. 그 권하는 성심을 보아 한 술씩이라도 받아먹으니 한 술이 열 술이 되어 다행히 기력은 잃지 않았다. 흔히들 '인명은 재천'이라 하지만 인명이 병을 구료하는 사람에게 달렸음도 알 수 있었다.

병이 차도를 보이지 않자 할 수 없이 점쟁이를 불러 독경을 하고 신장대를 흔들었다. 학초는 누워서 의서(醫書)의 병명 목록대로 낱낱이 따져 물으니 신장대가 응하지 아니하더니,

"육독이냐?"

라고 물으니 신장대가 야단으로 흔들리었다.

"육독이면 자금정이 적당하니 자금정을 쓸까?"

하니 신장대가 또 야단으로 흔들린다. 점쟁이를 돌려보내고 자금정 재료를 구하여 약을 지어 먹었다. 신기하게도 밤중에 강씨에게 의지하였으나마 일어나 요강에 앉을 수 있었다. 대변을 보니 계란같이 생긴 덩어리 하나가 나왔다. 이것을 강씨가 보니 하도 이상하여 섬돌 아래 청석에 놓고 물로 씻어보니 하얀 명주실 꾸러미처럼 보이는 것이었다. 하도 단단하여 도끼로 내리쳐도 찍히지 아니하였다. 약을 연이어 복용하니 그 이튿날에도 그보다는 작으나 똑같은 것이 또 나왔다. 석 달이나 백 가지 약을 써도 듣지 않던 병이 자금정을 복용하고부터는 차도가 하루

가 다르게 있었다. 부기도 빠지고 종기 구멍은 아물어지고 숨결은 편안해졌다.

전일에 있었던 달대평 사는 흥해군수 명사관의 공정한 조사와 보고 덕분으로 비록 재판이 몇 달이나 끌었지만, 다행스럽게 평 중 인민들이 바라던 대로 모두 해결이 되었다. 자연적으로 흐르는 물이 있는데 새로 보를 만들어 해마다 수세를 물어야 하는 일도 없어지고, 붙잡혀 간 사람들은 모두 돌아왔다. 그때 일을 꾸민 사람은 모두 징계를 받았다. 그러나 생각하지도 않게 새로운 것이 불씨가 되어 일어났다.

수륜과 위원 김종호와 직원 서상윤은 달대평의 장두 박 모가 병이 들어 사생이 불분명한 지경에 있다는 소문을 들었다. 설혹 살아난다고 하더라도 도감 등이 섭섭하게 사례하여 다시는 달대평의 일은 보지 않을 것이라는 생각이 함께 들자 같은 해 12월에 이들은 전에 방천을 만들 때 선희궁 돈 7천 냥이 들어갔다고 달대평 중에 그 돈을 독촉하였다. 끝내는 전일 잡혀간 16인 중에 4명을 잡아다가 대구경무청에 착수하고 돈을 독책하였다.

일이 이렇게 진행되자 평 중 3도감과 잡혀간 가족들이 앞장서서 달대평 중 사람들을 안강 창정(倉亭)에 모아 전과 같이 소장에 등장하려 하였으나 사람들이 모이지 않았다. 근 열흘을 두고 사람을 모았으나 다 모이지 않았다. 동쪽의 사람을 모아놓고 서쪽을 가면 이번에는 동쪽의 사람이 흩어지니 회의가 진행되지 않았다.

앞장설 장두가 없으니 평 중의 사람들이 모이는 일조차 성사되지 않았다. 사람들은 학초를 다시 장두로 세우자고 의논을 모았다.

그러나 학초는 달대평 사를 해결하느라 피로가 겹친 데다가 돌아오는 길에 우육(牛肉)을 먹고 생긴 괴질을 앓아 심신이 쇠약해질 대로 쇠약해져 있었다. 구강동의 어지러운 세상을 피하여 잠시나마 보현산 아래 청송군 고적동으로 이사를 할 작정으로 준비를 하고 있었다.

이사 준비로 바쁜 학초의 집에 달대평 일로 연로한 사람 육·칠 명이 찾아와서 다시 한번 장두를 맡아 죽어가는 4명을 구하고 평 중을 보존하게 해주면 영세불망 송덕비라도 세우겠다는 말까지 하며 애걸을 하였다. 학초는 한사코 거절하여 돌려보내었더니 이번에는 강동, 강서의 유수한 노인들을 더 많이 대동하고 그것도 하루에 4~5차례나 찾아와서 '네 사람의 인명과 달대평을 구해달라.'고 졸랐다. 학초는 부득이 이사하는 것을 중단하고 장두를 허락하였다.

그다음 날 이른 아침 안강의 양월동 창정에 나가니 동서남북에 무덕무덕 모여 있던 평민들이 학초가 나오는 것을 보고 사방에서 모여들었다. 학초가 나온다는 소문이 돌았지만 긴가민가하던 사람들도 모두 모였다. 학초는 대상에 서서 큰 소리로 외쳤다.

"지나간 달대평 사의 장두가 다시 복차하였으니 제반 절차는 그때와 별반 다를 것이 없습니다. 각항 소임도 그때와 같이 준행합시다."

모두들 좋다고 하였다. 상·중·하평의 각 도감은 종래대로 지원하고, 경주를 거쳐 대구 감영까지 발행하는데 왕복의 경비는 각자 비용으로 하여 돈을 따로 거두지 않기로 하고 즉시 시행하기로 정하였다. 학초는 부장두 겸 서기인 이순구를 불러 앞에 놓고 소장에 쓰일 내용을 불렀다. 다 쓴 소장은 모든 사람이 알아듣게 낭독을 한 후 모두에게 돌려 이름을 쓰고 서명을 받게 하였다.

다음 날 달대평 모든 사람이 경주읍을 거쳐 대구로 길을 잡고 행진하였다. 전에는 소임을 맡은 사람들만 대구로 가서 소장을 제출하였지만 이번에는 형편이 달랐다. 전에 달대평의 수세 받기에 가담하였던 경주 군수 조의현은 징계를 받아 나가고 김천수가 새 군수로 부임하였다. 예전처럼 감영으로 바로 월소 정장할 일은 없고 하여 경주에 들러 군수에게 호소하여 뜻이 이루어지지 않으면 대구에라도 갈 요량이었다. 그러기 위해서는 모두 함께 가는 것이 더 나을 것이라는 기대감으로 평 중 몽리민들이 한 사람도 빠짐없이 함께 가기로 하였다.

선두의 행진이 경주 동천 내를 건너가니 경주 육방 관속이 나와 말머리에 와서 따졌다.

"사또가 대구 감영을 가고 없는데 이 같이 다대한 인민이 읍을 들어오니 외지 사람들이 소문으로 들으면 '경주는 민란이 일어났다.' 할 터라. 일개 군의 공형 된 이목으로 대단히 안 좋습니다."

"백성이 억울함을 당해 호소함은 예로부터도 있었습니다. 특히, 새로 부임한 군수 김천수(金天壽) 사또는 조정에서 식견이 높다고 소문이 자자한 분이라. 우리들의 억울함을 들어줄 분이라 여겨지고, 지금 바로 대구로 가고자 함이라."

하고 대구로 향하였다. 성 중을 바로 지나 남문을 나서서 서진장을 건너서 평 중 인민들을 점고하였다. 상·중·하평의 각 도감이 각각 수십 줄로 앉혀 호명을 하고 점고를 한 후 다시 앉히어 파악한 숫자가 처음 생각하였던 5천7백여 명에 3백여 명을 더한 수가 모여 있었다. 의무적으로 함께 해야 할 수보다 더 많은 것은 한 집에 두 사람이 참여하였거나 아니면 평 중과 관련이 없는 사람도 함께한 것이 분명하였다.

인원 점고가 끝나자 다시 출발하여 각간 김유신 하마비 앞을 지나서 알마리 고개를 넘었다. 많은 사람이 행진하니 자연 사기도 높았다. 인중승천(人衆昇天)이라 하듯 사람이 많으니 그 사기는 하늘도 찌를 듯하였다.

모량(경주시 건천읍 모량리)에 당도하니 경주군수 김천수가 관찰사 김직현의 생일잔치에 참석하였다가 돌아오는 길이었다. '경주 백성들이 군수 없는 틈을 타서 민란을 일으켜 대구 감영을 향해 간다.' 는 소문을 들었다. 군수는 황급히 관속을 먼저 보내어 미리 통지를 보내고는 연이어 군수의 행렬이 당도하였다.

이때 풍속으로 원님의 행차는 앞에서 나발을 때때 불고 전배(前排) 군뢰가 용(勇)자가 새겨진 책재립을 쓰고 두 쌍 홍철릭(무관이 입던 공복)에 권장 둘러메고 두 쌍 나장, 사령 특별로 두 쌍 전배, 후배에다 인장을 맡은 통인이 앞선다. 좌우에서 옹위한 사인교가 오면서 흥소리와 권마성을 길게 외치니 누가 보아도 위엄이 넘쳐흘렀다.

사또의 행차 앞에 달대평 중 사람들이 앉아있어 길이 가로막히게 되자 나졸들이 권장을 마구 휘둘러 앉아있는 평민을 두들겨 팼다.

"이놈들이 민란을 일받아? 어딜 막고 앉아 있느냐?"

나졸이 사정없이 휘두르는 권장에 못 이겨 평민들이 물결 헤어지듯, 돌개바람에 낙엽 흩어지듯이 길을 피하여 논들이나 밭으로 사방으로 흩어졌다. 그러던 차에 사인교가 닿았다.

이때를 놓치지 않고 학초는 사인교 채를 붙잡고 군수를 쳐다보며,

"원통한 생민을 구해 주시오."

하며 뒤를 돌아다보고는,

"장민아, 들어서거라."

하니 흩어졌던 평민들을 모두 사인교 부근으로 모이게 하였다. 그리고는 거듭 군수를 향하여,

"생민을 살려주실 공사를 하여 주시오."

하면서 거듭 애원하였다. 내려치는 권장을 피하려 논밭으로 흩어졌던 평민들이 학초가 들어서라는 명령에 따라 모두 모여들어 앞뒤에 앉았다. 군수의 사인교는 더 이상 앞으로도 뒤로도 가지 못하게 되었다. 군수는 할 수 없이,

"가마를 놓아라."

하니 수배(隨陪: 수령이 행차할 때 시중을 드는 구실아치) 형리도 말에서 내려 시립하였다. 전배(前排: 수령이 행차할 때 가마 앞에 늘어서서 가는 하졸들)로 가던 노령(奴令)도 권장을 짚고 좌우에 섰다. 통인도 인장이 든 상자 즉 인피를 교자 안 군수 앞에 드린다. 군수가 먼저 말을 꺼냈다.

"너희들은 도대체 어떠한 백성이관데 길에서 관장을 압력으로 잡아다솔 군정하고 핍박함을 범하느냐?"

군수의 호통 소리가 끝나자 학초는 군수 앞에서 공손한 어조로 아뢰었다.

"여기 있는 모두는 군수 합하의 자식들과 다름없습니다. 자식이 부모 행차 길에 억울한 일을 호소하는 것은 죄가 되지 않은 일입니다."

"소장을 이리 다오."

평 중에서 작성한 소장을 올리니 받아 슬쩍 흩어보고는 다짜고짜 큰 소리로 꾸짖었다.

"본관이 환관 후 정식 소송을 아니하고 여러 인민을 데리고 민정을 하니 이는 민란과 같은 행위라. 풍화난리로 이 같이 하면 이것이 바로 억지이고 강제가 아니냐?"

"억지도 강제도 아니올시다. 저간 사실이 7천 냥 도적이 붙어 인민의 놓인 목숨이 시각이 급하기로 위민부모 지하에 관청의 힘을 아니 얻고는 모두 죽습니다."

"급하면 너희 백성 마음대로 하느냐?"

"백성이 억울하고 급하면 나라에 격쟁도 하고 문루에 올라가서 등문고도 울립니다. 천지 인민 간에 제 인명이 곧 경각인데 더 급한 것이 어디에 있으리까? 부디 밝으신 처분을 하여 주시기 바라나이다."

"다중한 평민은 다 물리고 너희 수삼인만 뒤를 따라 환관 후 처리하리라. 이제 물러서라."

하고 군수는 일어서려 하였다. 그러나 학초는,

"그렇지 않습니다. 주나라의 주공은 삼토(三吐)도 하였나이다. 일개인의 억울함도 유월비상(六月砒霜)이라 한여름에도 서리가 내리나이다. 나라에서 국록을 내어 경주의 생민들을 위하라고 군수로 내려보내신 인민의 부모가 아니십니까? 평민들이 사인교를 메고 바로 달대평으로 행차하시어 평 중을 직접 가서 살펴 주시기 바라나이다. 좋은 자리 일 순각 같은 데 앉으셔도 이 평민의 억울함을 빨리 알자면 밤을 타서 누지에 암행 조사를 하셔도 치정에 위력이 아닐 듯합니다."

학초가 말한 삼토(三吐)란 주나라의 주공이 신분이 낮은 사람이 찾아와도 먹던 음식을 세 번이나 토해가면서 맞이하였다는 고사를 인용한 것이다.

군수는 말아두었던 소장을 다시 꺼내어 찬찬히 훑어보았다. 소장 속에 '선희궁(宣禧宮) 지령'이라는 구절을 보고는,

"선희궁에 가서 소장을 정하지 어찌 본관을 찾아왔는가? 군수인들 상부에서 하는 일은 어찌하는 수가 없다."

군수는 선희궁을 핑계 대고 자신은 빠지려고 구실을 대었다.

"그렇지 않습니다. 원거리 서울을 수많은 평민이 간다 함은 있을 수 없습니다. 설혹 가더라도 지방 수령이 억울한 민정을 먼저 들어보고 난 후 하는 것이 순서일 것입니다. 속설에 열 감사라도 한 원님만 못하다는 말이 있습니다."

학초의 조리 있는 대답에 더 할 말은 없지만 여러 사람이 운집하여 있으니 부담이 되는지 다소 호통이 섞인 말로 힐난을 하였다.

"너희 장두와 지사 서너 명만 데리고 호소하여도 못할 일이 없지 않는가? 다수의 인민을 끌어모아 일군 연로에 출몰하여 노상(路上)에서 관장을 붙들고 강제로 이 같은 거조를 하면 치안 방해에 대한 민율(民律)이 있으니 엄치하리라."

이와 같이 군수와 장두의 주고받는 말이 계속되자 장두인 학초 혼자 응대하기 민망하여 옆에 앉아있는 부장두 이순구에게 넌지시 눈짓을 하였다. 이순구가 처음으로 말을 꺼내었다.

"많은 인민을 아니 모아 안 될 일이어서 많이 모아왔습니다."

이순구의 대답이 채 끝나기도 전에 군수는 대로하여,

"다중 취합하여 출몰 관정하자고 연로 중화에 민란이 났다 할 터라. 네가 바로 난민 괴수라. 어디 한 번 혼 좀 나보아라."

하면서 옆의 사령을 보며 잡아 물리라고 명령을 내리니 좌우 사령들

이 달려들어 갓 벗기고 '앳쏘' 하면서 잡아 한쪽으로 물렸다. 학초가 급히 나서서 변호를 하였다.

"그 백성의 말이 그렇지 아니하니 생의 말을 들어주시오. 금일 이와 같이 백성이 모이는 형용을 말하면 우리 새 군수가 오셨다 하며 우리 달대평 일을 살게 해 주시리라 믿고 남촌 백성이 간다 하니 북촌 백성이 먼저 나서고, 앞집 사람이 간다 하니 뒷집 사람이 먼저 나섰습니다. 죽을 함정에 빠진 백성이 사는 길이 났다 하면 권고 없이도 절로 나서는 것은 물이 아래로 흐름과 같은 이치입니다. 단사호장(簞食壺漿: 백성이 군대를 환영하기 위하여 음식을 갖추고 맞음)으로 군수를 맞는 것이 어찌 민란이라 하리까? 모두 합쳐야 모인 사람 겨우 6천여 명이로소이다."

학초의 변명에 다소 마음이 풀렸는지 군수는 이야기를 돌린다.

"이 같이 다솔 인민에게 장두가 없을 수 없을 터, 네가 장두냐?"

"생은 달대평 6천여 명의 장두요, 달대평 중의 권점에 자연 추선을 면치 못하여 장두가 되었습니다. 영감은 조정에서 택출하신 경주 지방 일경 군수이시니 상당한 처분을 바라나이다."

"네가 그만한 언권 수단으로 일찍 벼슬을 구하였으면 이 같은 공사를 아니하고도 되었는데 겨우 뭇 백성의 등소에 장두가 된단 말이냐?"

"다만 황송할 뿐입니다. 벼슬을 얻기에는 자격도 부족하고 세록가에 출생하지도 못 하였고, 돈이 없어서 매관에 참여도 못 하였습니다. 오륙천 명 중에 장두는 스스로 자원한 것이 아니라 평 중의 논의로 권점 되어 불가불 장두가 되어 이 같이 존엄지장을 대하오니 일시 연분이 아니라 할 수 없습니다. 이제 명결하신 처분을 받아 공정한 장두가 되기 바랄 뿐입니다."

"어찌 된 사실이기에 지나간 지사를 지나간 군수에게 하지 못하고 내게 가져와서 관 · 민 간 곤란을 이같이 겪게 하는가?"

군수는 부임한 지 얼마 되지도 않아 본 민소를 자세히 알지 못하는 것은 사실이었다. 더구나 민소 내용에 선희궁 이야기가 있으니 처리하기가 부담되는지 발뺌을 할 궁리만 찾아 말하였다.

"기해년 봄에 대구진위대 중대장 조중석과, 하사 지재홍과, 떠나간 경주군수와, 수륜과 직원 서상윤, 그리고 위원인 김종호 등이 달대평 상류에 와서 지금까지 신라 건국 이후 무탈한 방천을 한다 하고 3만여 두락 답에 매 두락마다 엽전 일금 1냥 3돈 5푼씩을 해마다 받을 흉계로 선희궁에 세납 5백 냥씩 한다 하고 공사를 시작하였습니다. 평 중 백성들이 다소간 모여 못하게 하니 병정을 내세워 방포 접전을 하였습니다. 이후 평민 16명을 난민 장두라 하여 잡아 대구경무청에 가두었습니다. 그때 평 중이 등장(等狀)하니 관찰부에서는 흥해군수로 명사관을 정해 특별 무사하고 말았더니 이제 또다시 '선희궁 돈 칠천 냥이 평 중에 들었다네.' 하고 평 중 백성 4인을 대구경무청에 가두었습니다. 아무 탈 없는 곳을 공연히 중간에서 해마다 선희궁 5백 냥 세금을 빙자하고 수륜 위원된 자의 사탁(개인이 사사로이 착복하는 주머니)을 채우고자 하니 가슴이 미어질 뿐입니다. 살지 못한 백성이 살기를 바라서 이 같은 사실로 바로 임금 전에 알게 하여 이 백성이 살게 하여 주시기 바라나이다."

학초는 지금까지 있었던 달대평 사에 얽힌 내용을 알아듣기 쉽게 이야기를 올렸다. 학초의 긴 설명이 끝나자 군수는 알았다는 듯이 고개를 끄덕이며,

"그 사연을 상부에 보고해 줄 것이니 다솔 평민은 당장에 해산케 하라."

군수는 무엇보다 6천이나 되는 무리가 부담이 되는지 시종일관 해산시키기에만 골몰하였다.

"그렇게는 못 할 이유가 있습니다. 못합니다."

"어찌하여 못 한단 말이냐."

"가뭄 한천에 단비를 빌던 백성이 검은 구름만 보고는 '풍년이라.' 믿는 것과 같은 격입니다. 너도 가자 나도 가자 불가분 모인 사람 6천여 명입니다. 화살에 놀란 사람은 바람 소리만 들어도 마음을 놓지 못합니다. 부득이 위민부모의 명령을 받더라도 상부에 발송하는 보고의 초건(초를 잡은 원고)을 아니 보고는 흩어질 수 없나이다."

"각 동 지사 되는 인민만 남고 그 외는 일병 해산하라."

"여기서 해산하면 모두 읍으로 갈 터, 잘 된 행적 보고 싶은 마음은 모두 같을 것입니다. 아무리 가라 하더라도 다 보고 가려 할 터, 자식이 부모 하시는 처분 명령을 기다리는 자를 무슨 명분으로 말릴 수 있겠나이까? 두드려 패도 안 될 것이니 발송할 보고문 초건을 등본하여 낭독하는 것을 듣고 나서 사또를 송덕하고 갈 것임을 고하나이다."

"그러면 그리하라. 속히 물러서라."

군수의 '해산하라.' 는 종용과 장두인 학초의 '아니 된다.' 하는 이야기가 오가는 동안 밝은 낮부터 하던 공사가 황혼이 되었다. 결국, 6천여 명의 평 중 백성이 모두 경주성으로 가게 되었다. 학초의 끈질긴 설득에 군수는 응낙하지 않을 수 없었다.

학초가 군수에게 감사의 절을 올리니 6천여 명의 평 중 백성들이 모두 따라 송덕배를 올렸다. 이미 날이 저물었으므로 학초는 평 중에 명령을 내려 다섯 사람 앞에 횃불 한 자루씩을 켜 들도록 하여 군수와 함께 경주로 들어갔다. 군수의 행차를 드는 수배에게도 행차를 편안히 모시게 하라고 평 중에서 준비한 횃불을 건네었다.

앞서가는 군수의 행차에서 '쉬이 사또 행차이시다.'라고 권마성을 길게 뽑아 외치면 뒤에서도 '우리 장두 행차 모신다.'라는 평 중 인민들의 소리가 마치 선후 가락 회답하듯 하며 경주성으로 향하였다. 알마골 개울을 넘어 김 각간 하마비 앞을 다시 지날 때는 평 중 백성은 마치 전장터에 갔다가 승전을 하고 돌아오는 모양처럼 흥취가 대단하였다. 서진장을 당도하니 읍에서 삼공형리, 육방 관속이 모두 군수 행차 마중을 나와 있었다. 평 중 백성들도 이날 밤은 경주읍에서 숙박을 하였다.

다음 날 사관 후에 학초는 형방청에 가서 상부에 한 보고 초를 등본해보니 구절구절 모두 장두가 바라던 대로 된 것을 보고 안심하고 돌아왔다.

경주군수의 보고가 떠나고 대구 관찰부에서도 궁내부로 보고가 들어갔다고 하였다. 그러나 아직 그에 대한 회답공문은 돌아오지 않고 대구 경무청 유치소에 갇혀있는 사람도 풀려나지 않았다.

참다못한 그 가족들은 조급한 마음을 견디지 못하여 다시 또 관찰부에 등장한다고 여러 평민들을 안강 창정에 평회를 열고 학초를 청하였다. 학초도 연락을 받고 참석하였다. 이번에 등소하는 것은 성사되기가 어려운 점이 여럿 있어 못한다고 하니 사람들이 그 이유를 물었다. 학초는 그 이유를 자세히 알아듣게 설명하였다.

"모든 일은 형편을 보아 강약을 두어 시행해야 할 터입니다. 감옥에 갇혀 있는 이가 아무리 급하기로 군수의 보고에 따라 관찰사의 보고가 궁내부로 갔으니 이 때문에 관청의 일이 지체되는 것은 보통이라. 시간이 지체되더라도 차차 상당 처분이 있어 무사할 것입니다. 그러나 지금은 등소 못할 조짐이 몇 가지 있습니다.

첫째는, 관찰사 김직현 씨가 갈리고 김종호 일가가 대구군의 군수인데, 그 군수가 다음 관찰사 오기까지 관찰사 서리를 맡아볼 터이니 김종호의 두호청탁이 무시될 수 없다고 생각해야 합니다.

두 번째는, 지난번처럼 평 중 백성이 모두 등소하여 가는 것도 한 번이지, 걸핏하면 외군에서 무리를 지어 대구로 가면 사대문에 순검이 수직 섰다가 붙잡을 터, 경무청 유치소에 달대평 죄인만 더하는 꼴이 됩니다."

하고 돌아왔다. 그러나 달대평 평 중 사람들은 새로 장두를 뽑아 전일에 하였던 대로 등소를 진행하였다.

어느 날 아침 일찍 이성률이 학초를 찾아와서 그간의 일을 전하는데, 학초가 불가능하다고 말하고 들어간 뒤에 새로이 임시 장두를 뽑고 소장을 지어 대구로 향하였다고 한다. 다만 학초의 생각대로 여의치 않다고 하는 사람이 많아 그들은 빠지고 나머지 사람들이 무리를 지어 전일처럼 대구로 갔는데 관찰부에서는 미리 그 소문을 듣고 순검을 풀어 여관을 샅샅이 뒤져 잡는 통에 의관도 갖추지 못하고, 심지어는 신발도 찾지 못하고 도주하여 밤새도록 걸어서 안강으로 돌아왔다고 하였다. 아마 소장도 넣지 못한 것 같았다. 학초는 그 이야기를 듣고,

"가만히 기다리면 먼저 군수 보고가 있었기에 시일이 지체되어도 결국 무사하리라."

돌아가는 이성률에게 안심시키는 말을 전하였더니 과연 그 후 대구에 잡혀있던 네 사람은 모두 무사히 돌아왔다.

달대평 일에는 무슨 마(魔)가 씌었는지 꺼지고 난 불씨가 또 일어나고 그 불씨를 끄고 나면 또 일어났다.

경주군 강동면 당귀동에 사는 이경험이라는 사람이 있었다. 그의 별호는 '이춘풍'이라 하였는데 부랑으로 치면 당시 영변 칠읍에 부량당류 18형제가 있다고 하는데 이 사람이 그중에서 으뜸이라고 하였다. 바로 앞 달대평 일로 대구경무청에 갇혀 있었던 네 사람 중 한 사람이 바로 이경험이었다. 학초의 예견대로 대구의 관찰사 김직현이 이직하기 전 경주군수가 보고한 것을 궁내부로 보내었는데 마침 선희궁 당상은 경주군수인 김천수의 부친이어서인지는 몰라도 일이 원만하게 해결이 되었다. 학초가 달대평 평 중 백성을 이끌고 등소를 하고, 군수가 관찰부로 보고한 지 약 한 달이 지난 음력 2월 23일 미시(오후 1시~3시)에 궁내부에서 관찰부로 전보 훈령을 보내 네 사람이 모두 석방되었다.

그런데 이경험은 자신의 아들이 서울에 가서 득방 운동을 하여 약차한 돈이 들었다고 소문을 내고 달대평 중 매 두락마다 40전씩 거두는데 일본인 하나와 차경옥이라는 사람을 내세워 가가호호 방문하면서 거두었다.

당시 학초는 청송군 고적동으로 이사를 하고 없어 이러한 사실을 모르고 있었다. 8월 초 어느 날 학초의 논 소작인이 찾아와서 수전 독촉 난감을 하소연하여 알게 되었다. 학초는 이 이야기를 듣고 '세상인심이 이같이 악독한가?' 하는 생각이 들었다. 비록 달대평과는 멀리 떨어진 곳에 이사를 와서 살고 있지만 이경험 부자를 이대로 둘 수는 없었다.

당시 경주군수는 아직 부임하지 않고 영천군수 강영서가 겸관으로 공사를 보고 있었다. 1900년 경자년 음력 8월 7일에 학초는 겸관에 소장을 넣어 지령을 받았다. 그 지령을 들고 관찰부에 가서 지령을 보이니 순사 둘, 부헤 둘을 얻었지만 이경험 집안이 넓은 고로 그 세가 우려되어 영천관아를 찾아 나졸을 더 얻고 그도 부족하여 다시 경주로 와서 나졸을 얻어 대동하고 당귀동으로 갔다.

이경험을 잡아서 경주 노실 주점에서 날이 저물어 숙박을 하였다. 그 날밤에 이경험의 아들이 한 사람당 거금 1원씩을 주고 50명의 사람을 모군하여 각자 대창을 들고 달려들어 죄인 이경험을 빼앗아 가는 일이 벌어졌다.

이 사실을 이경험을 잡아오던 순사가 대구 관찰부에 보고하니 경무청 일동과 영천과 경주의 나졸들이 무기를 갖추어 당귀동을 사방으로 포위하여 수색하였으나 이경험을 잡지 못하였다. 대신 그 집안사람 여럿을 잡아 경주로 데려와서 어떻게 심하게 압형을 가하였는지 잡힌 백성의 가족이 이경험이 있는 곳을 자백하였다. 나졸들이 이번에는 사골로 가서 이장거의 집 벽장에 숨어있던 이경험을 잡을 수 있었다.

포박한 이경험을 경주 남문 밖에서부터는 상투를 풀어 말꼬리에 달아 대구 겸무청으로 압송하였다. 이경험은 이로부터 아홉 달 징역을 살고 풀려나 집으로 돌아왔지만, 그 후 병을 얻어 세상을 하직하고 말았다.

이로써 말 많고 탈 많던 달대평에 대한 일은 모두 마무리되었다. 후일 평 중 사람들은 당시 관찰사 김직현과 앞장서서 해결한 장두 박학래의 송덕을 기리기 위하여 '달대평사 김직현, 박학래 송덕'이라는 비석을 세우려고 하였으나 이경험 집안의 반대에 부딪혀 애써 만든 비석은 결국 상류 방천에 묻었다는 이야기를 전해 들었다.

동학농민혁명의 도화선이 된 고부군의 만석보 사건과 후에 일어난 안강의 달대평 사건은 모두 부패한 관리가 수세를 착복할 요량으로 필요하지도 않은 보 공사를 벌인 데서 비롯된 사건이다. 고부의 만석보 사건은 고부군수 조병갑이 단독으로 일으킨 데 비하여 안강의 달대평 사건은 경주군수와 대구진위대 장교의 주도 아래 수륜과 위원과 직원이 공모하고 간접적으로 서울의 선희궁이 후원하는 등, 많은 사람들이 연루되어 더욱 풀기 어려운 사건이었다.

여기에서 우리가 주목할 부분은 똑같은 문제이지만 그 해결 방법은 다르다는 점이다. 만석보 사건은 전봉준과 농민들이 고부관아를 무력으로 점거하여 농민들이 스스로 해결하려 하였고, 달대평 사건은 절차가 복잡하고 다소 시간이 걸리더라도 해결 당사자인 관리가 해결하도록 억울함만 호소하였다.

같은 상황에서라도 해결하려는 방법이 다르니 결과도 판이해진 점을 찾을 수 있다.

12. 시끄러운 세상을 피하여 청송 고적동으로

– 의병 이력자의 가산 보호 겸 떠나왔지만 분요는 늘 따라다녀

앞에 이야기한 이경험의 사건이 있기 전 1900년 경자 음력 2월 29일, 학초는 경주군 구강동에서 청송군 보현산 아래 월매 고적동(현 청송군 현동면 월매리)으로 이사를 떠났다. 원래는 한 달 전에 떠나려고 하였으나 수륜과 위원인 김종호가 달대평 공사에 선희궁 돈이 들어갔다고 평 중 4인을 대구경무청에 구금하여, 이를 해결한다고 달대평 중 인민이 다시 장두를 맡아달라는 부탁 때문이었다.

청송 고적동으로의 이사는 경주에 사는 친구 한 사람이 부탁한 논밭과 집 등 가산을 지키기 위해서였다. 그 친구는 지난 병술년 당시 의병에 참여하였다는 죄목으로 가화(家禍)를 입고 난 뒤 그 지역 유세력자가 공으로 가산과 재물을 들어먹으려 하니 대신 지켜달라고 학초에게 부탁을 하여왔다. 학초와 같이 담대한 사람이 버티고 있으면 누가 감히 범접하겠느냐는 생각에서였다.

그렇지 않아도 전일 여러 번에 걸친 사문사 일과 이번 달대평 일로 피로가 쌓여있던 차에 말래에는 우육을 먹은 후 병까지 얻어 사경을 헤매다 일어나니 산수 좋은 곳에 가서 휴양하고 싶던 차이기도 하였다.

거기에다 구강동의 생활도 분요만 있고 약국 영업의 이익은 줄어들고 있었다. 홍천동이나 구강동에 처음 들어왔을 때는 의원약국 영업도 잘 되어 한 농장을 장만하여 남을 주어 그 소출을 나누어 먹으면서 일가족이 큰 걱정 없이 낙을 부쳐 살아왔는데 의병의 소요가 종식되니 탐학이 다시 시작되었다. 동학에 참여하였느니 의병에 가담하였느니 하는 약점을 잡고 협잡배들이 찾아오고 여기에는 다 기록하지 않았지만, 군수나 아객의 사문사도 여러 번 당하였다. 또한, 달대평 사 해결에 장두가 되어 그 책임을 지니 항상 마음의 부담감이 있었고 몸도 지쳐있었다.

그러한 일로 학초가 어떠한 사람인지 원근에 알려지자 수다한 사람들이 자신의 어려움을 들고 와서 그 해결 방법을 묻거나 도움을 청하였다. 그 딱한 처지를 보아 도와주지 않을 수 없었지만 대신 자신의 심신은 지칠 대로 지쳐갔다. 이제는 버티기가 힘이 들어 어디 산수 좋고 조용한 곳이 없을까 생각하던 차이기도 하였다.

학초는 구강동의 가장은 박치록에게 사음을 주고 음력 2월 29일로 날을 잡아 처자를 대동하고 고적동으로 향하였다. 노당재에 올라 남쪽을 바라보았다. 지금까지 몸담아왔던 달대평을 바라보니 감회가 새로웠다. 지난 1895년 을미 음력 5월 24일, 이 재를 넘으며 생각하였던 일을 지금 생각하니 세상의 일은 뜬구름과 같이 흘러감을 느꼈다.

당시 이 고개를 넘어 홍천동으로 갈 때는 빈손 맨주먹에 떼걸인 형세로 지나갔으나 이제 다시 이 재를 넘는 지금은 한 농장에 와옥(기와집)을 마련하여 휴장을 두고 세상 번요를 피해 녹수청산을 찾아가니 그 감회는 다를 수밖에 없었다.

부친이 계시는 봉계동을 거쳐 한티재를 넘고 죽장을 오니 잔잔한 시냇물은 을미년 봄에 봉계동을 찾아오던 그 모습 그대로였다. 물은 그때나 지금이나 그대로 흐르고 있으나 지나가는 사람은 변하여 간다. 꺽두방재를 넘어 보현산 아래 월매 고적동에 짐을 풀었다.

음력 3월이 되니 여기저기서 봄꽃이 만발하고 산자락에 나는 산나물도 모처럼 먹어보니 별미로 느꼈다. 비록 삼간초옥이지만 개울 옆에 자리하고 있으니 그 흐르는 물소리가 마치 풍악으로 들렸다. 개울의 반석위로 맑은 물이 흐르고 그 옆에 녹음이 우거진 곳을 청여를 짚고 산보를 하였다. 맑은 물밑에는 물고기가 한가로이 헤엄치고 나무 위에는 꾀꼬리가 춘색을 노래하니 더불어 시도 지으며 한가롭게 세월을 보내었다.

가끔은 위로 올라 월매 침류정과 아래로 내려가 천변리 만수정과 같은 산간 고적에 들러 시구(詩句)를 흥얼거리며 시간을 보냈다. 혹 산중 친구들을 대하면 풍류지사도 나누고 병든 사람을 만나면 의사도 되고, 근심 걱정 있는 사람을 대하면 구절구절 그 해결 방침도 말해주고 하다가 집에 들어오면 처자와 더불어 독락 세월로 소일을 삼았다.

산수에 탁적하고 소견 세월로 한가로운 나날을 보내는 것도 잠깐이었다. 고적동에서의 생활이 언제나 여유자적하지는 않았다. 이 산 좋고 물 좋은 곳으로도 협잡꾼이 찾아오기는 매한가지였다. 이해 7월에 충청도 연풍에 산다 하는 이름도 알지 못하는, 그저 자신을 신 서방으로 칭하는 자가 서너 명씩 작당하여 각 군으로 다니며 살림이 넉넉한 집을 골라 유세가로 자처하여 돈을 갈취하였다. 어떤 곳에 가서는 도내를 돌면서 남의 비밀 사정을 몰래 살피는 관찰사 염객이라 하다가, 어떤 곳에 가서는 군수의 아객이라고 하였다. '예전에 동학에 가담하였느니, 의병의 남은 잔당이다.' 하고 엮어서 돈을 적게는 일이 원씩, 많게는 일이십 원씩 성세대로 달라 하였다. 아니 주면 본군에 알려 잡아간다 하거나 관찰사에 보하여 잡아간다고 협박하였다.

학초가 마침 의병에 참여하였던 사람의 전장을 맡고 있으니 그것을 약점으로 잡고, 또 학초가 옛날 동학에 참여하였다는 것을 알고 갑오년 당시 소위 신장원 소화 사건을 들먹이며 그 설분을 하러 나섰다고 하였다. 신장원 소화 사건으로 말하면 구담 영벽정에서 대도회를 열고, 불을 질러 신주를 태운 죄인까지 학초가 직접 잡아주지 않았던가? 그 일로 치면 학초는 신장원의 신 씨 집안에는 은인이라 해도 틀린 말이 아닌데 거꾸로 트집을 부리고 있었다.

학초를 찾아와 협박하는 신 서방을 대하니 화가 먼저 치밀어왔지만, 꾹 참고 얼굴에 웃음까지 띠고 공손히 물었다.

"여보시오, 창졸간에 돈이 있을 수 없으니 후에 주기로 하고 그간에 어디에 계시려 하나이니까? 한 5일을 기한으로 하여 후일 만나기로 합시다."

후일 만나자는 학초의 제안에 그사이에 돈을 구해 주는 줄 알고는 반기는 말로 그동안은 달전의 신 구관 집에 머물겠다고 하였다.

"신 구관? 신 구관 집에…. 그리합시다."

군수의 아객이니 관찰사의 염객이니 하면서 가만히 있는 사람들을 등을 쳐서 먹고 사는 이 사람도 혼쭐을 내어 이후로 억울하게 당하는 사람이 없도록 해야겠다고 생각하였다. 더구나 그가 묵겠다고 하는 집도 옛날 청송군수를 지냈다가 달전동으로 퇴촌한 신관조 구관(舊官) 집으로, 홍성등이 의병에 참여한 일을 약점으로 잡고 앞으로는 문제가 없도록 해준다고 매년 2천 냥씩 받고 있다는 소문이 있었다. 백주강도도 잡고 홍성등의 가족이 매년 연례로 2천 냥씩 주는 것을 이참에 시정하여 줄 방침이었다.

마침 신 구관 집에 머문다니 청송군수를 만나야겠다고 생각하였다. 약속을 단단히 하고 신 서방을 전송한 후 그다음 날 청송관아를 찾았다. 군수를 찾아보러 가서 처음에는 소장을 써서 내는 송민(訟民) 행위는 하지 아니하고 문간 헐소청(歇所廳: 수령을 찾아왔을 때 잠시 대기하는 곳)에서 승발을 불러 군수에게 통자를 넣었다. 잠시 뒤에 삼문을 여니 학초가 들어가 군수와 인사를 나누었다. 인사가 끝나자마자 학초는 여기에 온 사유를 말하였다.

"요즈음 이 군에 관찰사 염객이니 어사의 집안이니, 때로는 군수 영감의 아객이니 하면서 촌민을 겁박하여 금전을 취하는 자가 있으니 곧 잡아서 대구경무청으로 가게 하여 주시리까?"

하면서 그간에 있었던 일을 자세히 말하였다.

"그자 성명이 무엇이며 지금 어디에 있소?"

"그 사람의 이름은 생도 알지 못하오만 성과 모습은 알 되, 어디에 있는지 이 자리에서 먼저 말하면 잡지 못할 일도 벌어질 수 있나이다. 그렇다고 장교와 포교만 보내면 그도 아니 될 것이고 다만 포교를 딸려주시면 생이 대동하여 가서 잡아드리리다."

신관조 구관 댁에 있다고 사실대로 이야기하면 자신의 말을 들어주지 않을 수도 있는 일이어서 대강 얼버무려 말하였다.

"그리 하라."

군수는 쉽게 허락을 하고는 장교와 포졸의 수효는 마음대로 데리고 가라고 하였다. 삼문을 나서니 장교가 따라오면서 물었다.

"어디로 가시나이까?"

"멀지도 않은 곳인데 따라오면 알 것이다. 다만 그 집 안에는 포교는 들어가지 못하는 집이라. 그 집 앞에 당도하여 내가 하라는 대로만 하라."

신 구관 집 윗대의 노인은 옛날 청송군수를 지낸 구관이고 그 아들인 젊은 주인은 홍문관 교리를 지낸 소위 옥당 출신이었다. 고래 풍속으로 옥당 집 문안은 특별한 일 아니고는 도둑 잡을 포교가 들어가지 못하였다. 신 구관 집에 당도하자 학초는 문간에 포졸을 둘 세우고 집 뒤 두 곳에 파수를 세운 후 문 안으로 들어갔다. 대청과 사랑방에는 손님들이 여럿 모여 있었다. 한 가운데에는 바둑을 두고 있는데 둘 중 금관자를 갖추어 있는 이가 젊은 주인 신 교리로 보였다. 문이 닫히어 보이지는 않지만 후당에서 기침소리를 내는 이는 군수를 지낸 노주인(老主人) 신 구관으로 짐작되었다.

학초와 초면 인사를 나누는데도 젊은 주인은 평상에서 내려와서 하지 않고 접객 예절 없이 앉은 자리에서 입으로만 인사를 하였다. 학초는 내심,

'서울에서 내려온 신 교리는 청송 골짜기에서는 예절이 필요 없는지, 사람이 사람으로 보이지 않는지 입으로만 인사를 하는가?'

하고 짐작하니 불쾌한 기분이 들었다. 지금까지 앉은 자리에서 인사

를 해보거나 받아 본 일이 없는 학초로서는 퍽 당황스러웠다. 더구나 이 젊은 주인이 선비 중의 선비라 할 수 있는 옥당 출신이 아닌가? 심정이 뒤틀리니 처음부터 좋은 말이 나올 수는 없었다. 학초는 비꼬는 어조로,

"금관 옥당이 청송 달전에서 세월을 보내나이까? 제객과 더불어 지내는 소견세월이 보기 좋습니다. 그러나 조금 미안한 말이올시다만 이렇게 허다한 식객을 어찌하여 나날이 먹여댑니까? 더구나 요즈음은 농번기라 일손이 부족할 정도인데 농사일은 안 하더라도 좋은 학업은 없고 신선이 하는 기국(碁局: 바둑)을 두시나이까? 생은 알기로 신선은 죽은 사람으로 알고 있습니다만…."

학초의 비꼬는 말에 신 교리는 바둑판을 밀쳐놓고는 다만 묵묵히 듣고만 있었다. 속으로 생면부지의 사람이 찾아와서 대뜸 저러한 말을 하니 아마 '저 사람이 어떤 사람인가?' 싶은 모양이었다. 그중 한 사람이 전일에 알고 지내던 박장화라는 사람이었다. 박장화가 학초에게 잠깐 인사를 건넨 후,

"종씨, 여기에 오시기 천만 이외올시다. 그런데 하시는 말씀이 쓸데없는 말이 들어있는 것 같습니다."

학초는 이 말에 대꾸하지 않고,

"주인 영감과 종씨에게 묻나니, 연풍 신 서방이 이 댁에 있습지요?"

박장화는 말이 없고 신 교리가 여기에 있지 않다고 대답하였다.

"있는 줄 분명히 아는데 없다 하니 믿지 못하겠습니다. 안을 잠깐 통해 주시면 포교를 데리고 뒤져보겠습니다."

주인의 허락을 받기도 전에 학초는 문간에 손짓을 하여 포교를 바깥마당 안으로 들였다. 이 집에 들어오기 전에도 홍성등의 일로 좋게 보지

않았지만, 더구나 오늘 초면 인사를 나누고는 더욱 체면을 보아줄 이치 없다는 생각이 들었다. 옥당 집 안에 포교가 들어오니 신 교리는 내심 창피도 하였음인지 초면 인사 때에도 꿈쩍하지 않던 자리를 박차고 일어나 평상을 내려왔다.

"명색이 누대 청관으로 지냈으며, 더구나 생존하고 있는 양대 옥당 문안에 포교가 들어서기 처음이라. 어찌한 일인지는 모르나 뒤져보고 없고 보면 서로 피차 부끄러운 일이 생기리라."

젊은 옥당의 서슬 퍼런 경고에 학초도 지지 않고 대답하였다.

"조선에 옥당은 맑고 청렴한 행위를 하셔야 옥당 대접을 받는데, 지금 바쁜 농번기에 사람들을 모아 기국이나 벌이니 염치가 있는 일이오? 더구나 홍 배반(홍성등) 같은 집안에 무슨 경우로 주지 아니한 돈을 해마다 2천 냥씩 세금처럼 받아 도박객의 양식을 하시오?"

오기 전 별러왔던 홍성등에 대한 일을 꺼내어 따지기 시작하였다. 주인이 무색해지니 박장화가 가로막고 나섰다.

"직접에 해당하는 말만 하시오. 연풍 신 서방을 찾으시나 그 사람이 여기 없으니 어찌하오?"

"나는 그 신 서방을 신 옥당 집에서 필시 잡고야 말 터이니 어찌하리오? 빨리 안쪽 문을 통하시오."

하고 독촉을 하였다. 그때서야 신 교리는 신 서방이 진골이라고 하는 동네에 사는 자기 동생 경해의 집에 머무른다고 하였다. 학초는 청송 관아로 도로 들어와 군수에게 고하였다. 군수는 각 면에 신 서방을 비밀리에 잡으라는 다음 내용의 전령을 보냈다.

직접 들으니 소위 연풍 신 서방이라 칭하는 자가 자칭 어사를 따르는 사람이라고도 하고, 또 관찰부 염객이라고도 하며 세 명씩 작당하여 민가에 백주 토색을 한다 하니 매우 괴이한지라. 소위 신가와 그 따르는 자를 보는 대로 잡아 결박 착상하기로 각 면, 각 동에 발령하니 만일 중도에 붙잡기 어렵거나 놓칠 염려가 있으면 일군에 몰래 통하여 특별히 함께 잡아 착상할 사

경자 7월 16일

청송군수

신 서방은 신 교리가 말한 대로 진골 신경해 집에 있다가 자신을 잡으려 한다는 소문을 듣고 쇳재를 넘어 안동을 향하여 도주하다가 콩밭골이라 하는 동네에서 잡히어 치도곤을 당하였다고 풍문으로 들었다.

13. 대구 관찰부 주사로부터 송사를 당하여

– 선화당 부정(府庭)재판까지 하여
겨우 사슬에서 벗어나 집으로 돌아오니

우리나라의 근대적인 사법제도가 생긴 것은 1895년 서구의 사법제도를 본 딴 재판소구성법이 공표되고부터이다. 재판은 2심 제도로, 1심 재판은 지방재판소와 개항장 재판소에서, 2심 재판은 관찰부가 있는 고등재판소와 순회 재판소에서 이루어지도록 하였다. 그리고 왕족의 재판을 위해 특별재판소를 따로 두었다. 재판소 구성에서는 판사, 검사, 주사, 정리를 두었으며 고등재판소와 특별재판소에는 재판장을 추가로 더 두었다. 그러나 운영 면에 새로운 법률이 제정되지 않아 종래의 대전회통에 근거하여 관찰사나 지방의 수령이 재판관을 겸하여 담당하였다. 1899년 재판소구성법이 개정되어 대구 등 관찰사가 있는 고등재판소가 평리원으로 그 이름이 바뀌었다.

경찰관서는 1898년에 주요 도시부터 설립되었고 미쳐 설립되지 않은 곳은 수령이 있는 관아나 영문에서 지금까지 해오던 대로 경찰의 업무를 맡아왔다.

이 사건의 발단은 몇 년 전으로 거슬러 올라간다. 1898년 무술 추령시에 학초는 대구에 볼일이 있어 갔다. 추령시(秋令市)란 해마다 봄과 가을에 열리는 약령시 중에서 가을에 열리는 영시를 말한다. 학초는 약제 구매의 볼일도 있었지만 차후 서울을 가기 위해 그 무거운 엽전을 가벼운 은전으로 바꾸기 위하여 손봉백의 가게를 찾았다. 당시 은전은 처음 발행되어 대구의 특별한 곳이 아니면 구하기가 어려웠다.

손봉백은 대구 감영에 세력을 가진 사람의 아들로서 남문 안에 상점을 차리고 있었다. 손봉백의 가게에는 마침 서울의 김종한 판서의 조카인 진사 김기동이 기거하고 있었다. 학초와 김기동은 비록 초면이었으나 진사 영래가 김 판서 집에 내왕이 많아서 대구에 있는 동안 며칠을 함께 보낸 일이 있었다. 영래는 학초의 재종일 뿐만 아니라 학초 집안의 여러 형제 중 자신에게 가장 관심을 보이는 막역한 사이이기 때문이었다.

김기동 진사는 평소에도 집안에서 크게 신망을 받지 못하고 걱정을 끼치는 말썽 되는 일만 꾸미는 난봉꾼이었다. 그런 부류의 사람들을 학초가 가까이하지는 않지만, 김 진사가 하도 붙잡고 하여 재종제 영래의 체면을 보아서 며칠간 함께 지내다가 내려왔다. 김기동은 대구에 와서 얼마 지나지 않아 밀양군의 상납획을 위조하다가 감영에 잡혀 들었다.

학초가 구강동에서 김기동의 급한 편지를 받고 대구를 가니 감옥에서 나오는데 식채를 갚지 못할 정도로 옴짝 못할 간두사세였다. 학초가 그를 만나보자 몰골이 말이 아니었다.

'오죽 도움받을 사람이 없어 자신을 청하였겠는가?'

라는 측은한 생각과 함께 영래의 체면을 보아 식채를 갚고 우선 경주로 데려오려고 하였다.

이때 대구 말방골에 사는 성초은이라는 전일 김 진사의 부친 김영한이 대구 감영에 와 있을 때 수청을 든 퇴역 기생으로, 김 진사가 감옥을 나와 경주로 간다는 소문을 듣고 이웃집 기생 월향이에게 맡겨 돌보게 하였다. 이것이 서울에 알려지게 되어 도리어 성초은이 호되게 혼이 나기도 하였다는 소문을 들었다.

진사 김기동이 대구에 와서 이러한 일이 일어나는 동안 손봉백은, 김기동이 서울 고관대작의 자식이라 후일 좋은 일이 있을 것으로 기대하고 자신의 집에 거처를 만들어 주고 수천 냥의 금전까지 대어주었다. 그러나 일은 손봉백의 욕심대로 이루어지지 않았다. 오히려 김기동이 감옥에 갇히고 종래에는 기동을 보살피는 사람까지 혼이 나게 되자, 서울을 찾아가서 김기동에게 빌려준 돈을 받을 용기도 나지 않았다. 기동을 통해 빛을 보기는커녕 수많은 노력과 금전만 날리는 꼴이 되었다. 자신의 집에 오랫동안 머무르는 식채는 마음에 두지 않더라도 빌려준 거금 수천 냥을 그냥 떼인다고 생각하니 잠을 청해도 잠이 올 리 없었다.

손봉백은 울울심화로 지내다가 학초를 떠올리게 되었다. 학초가 전일 자신의 집에서 기동과 며칠간 함께 지낸 일 하며 기동이 감옥에 나올 때 식채까지 갚아주는 것으로 보아 기동에게 날린 돈을 학초로부터 받을 궁리를 하게 되었다.

손봉백이 학초에게 전일에 1,800냥을 빌려주었다고 위조 채무증서를 만들어 보내왔다. 이때 손봉백은 관찰부 서무주사로 있었다. 당시 관찰부 주사는 남전복을 입고 관찰사가 있는 징청각을 무상출입하며 자연히 그 세력이 대단하였다. 학초는 그러한 일이 없었으므로 '달라고 하다가 아니 주면 제풀에 주저앉거니.' 하고 별로 마음에 두지 아니하였다.

이렇게 하는 동안 세월은 흘러 1901년 신축년 음력 4월 24일 평리원을 통해 학초의 부친을 압상하라는 지령을 경주에 보낸지라, 경주 영문과 대구의 경무청이 협력하여 봉계의 학초 부친을 잡아갔다. 당시 학초는 청송 고적동으로 이사를 하여서 잠시 세상의 번잡한 소요를 잊고 은거하고 있었던 때였다. 학초가 있는 곳을 찾지 못하였는지, 아니면 일부러 그렇게 하였는지 부친을 대신 붙잡아갔다.

부친이 대구 감영으로 붙잡혀 갔다는 소식을 들은 학초는 급히 서둘러 신령군수 박준성을 찾아갔다. 박준성은 같은 일가 족인으로서 차차 평리원에 소장을 넣을 때 혹여나 도움이 될만한 길을 터놓기 위해서였다. 학초는 갑자기 급박한 일을 당하였기 때문에 작은 지푸라기라도 잡고 싶은 심정이었다. 마침 신령군수 박준성은 영천군 오종동 조 진사 집에 있다는 소문을 듣고 찾아갔다. 편지를 받아 사일당 김 진사에게 전하고 소장을 지어 절차를 밟아 사송과에 접수하게 했다.

5일 만에 지령이 오는데 그 지령에 소송 일정을 세부과에 맡겨 두었으니 찾아가라는 것이었다. 학초는 이를 찾아보고 생각하니 지금까지 숱한 난관과 풍파를 겪어왔지만, 이 염라국 같은 곳에서 당당한 세력을 가진 손봉백과 송사를 벌이자니 난감하기 그지없었다. 만일 소송에서 패하는 날이면 손봉백이 달라 하는 대로 돈을 물어내어야 하고, 그 뒤에 돌아오는 죄를 어찌 감당하랴 싶었다. 당시 세부주사는 김재익(金在益)으로 상주 사람이었다. 사람은 분명하기로 알려져 있지만 서무주사인 손봉백과는 서로 동임 동료 사이니 그 인정이 없다고 할 수 없었다.

절벽에 이마치기의 사생결단으로 백화당 재판정에 들어가니 평민인 학초는 마당에 세우고 손봉백 손 주사는 감영에 직함이 있기 때문인지 재판을 맡고 있는 재판서리 김 주사 김재익과 동석으로 대상에 앉아있었다. 좌우에는 나졸들이 벌려 서 있고 재판 분위기의 위엄이 대단하였다. 학초는 재판이 시작부터 이렇게 되어서는 안 되겠다는 생각이 들었다.

"지금 이 자리에서 같이 재판을 벌이고 있는 송민(訟民) 간에는 관직하고는 구별이 없을 터입니다. 원고는 대상에 앉아있고 피고는 마당에 앉아 있으니 이런 공평치 못한 일이 어디에 있습니까? 만일 이렇게 계속 재판을 진행하면 무일언(無一言), 즉 이 재판정에서 한마디의 말도 하지 않겠습니다. 원고와 피고 동좌(同坐) 합시다."

학초는 말을 끝내기가 무섭게 허락을 기다리지 않고 층계를 올라갔다. 사령들이 앞을 가로막았지만 학초는 뿌리치고 대상에 올라가 자리를 잡고 앉았다. 김 주사는 마지못해 그렇게 하라고 허락해 주었다.

재판이 진행되었지만 원고는 '돈을 주었다.'고 하고 피고는 '알지 못한다.' 하는 소리만 시종일관 반복되었다. 이러한 일이 오전부터 시작된 재판이 오후 석양이 가까이 올 때까지 끝이 나지 않았다. 학초가 말을 꺼내었다.

"당장 이 자리에서 두 사람 중에 거짓말을 하는 도적을 적발할 계책이 있습니다."

라고 하자 재판 서리인 김 주사가,

"어찌한 말인가?"

"피고가 넉넉지 못할 문필일지언정 이러한 채무증서를 남의 손을 빌려 쓸 리 만무하니 이 자리에서 글씨를 써서 대조하여 찾아냅시다."

재판 서리인 김 주사가 손봉백을 쳐다보며 그렇게 할 것인지 표정을 살폈다. 학초는 내친김에 다시 말을 꺼내었다.

"서울 양반 대접으로 경비를 대 주고는 시골에서 관직도 없이 만만하게 살아가는 사람에게 횡징을 하려 하니, 국록을 먹고 이 같은 욕심을 내면 경상도 백성이 모두 손봉백의 먹잇감이 되리다."

앞에 있는 벼루와 붓을 당겨 글씨를 써내려갔다. 쓰기를 마친 학초는 다시 말을 꺼내었다.

"피고가 지극히 원하는 바는 손봉백의 행위가 괘씸하니 부정재판을 하여주소."

'부정재판(府庭裁判)'이란 선화당이나 징청각 앞에서 오늘처럼 재판서리가 아닌 관찰사가 직접 재판을 관장하며, 삼문을 열어 놓고 누구나 재판을 구경할 수 있도록 하는 공개재판을 말한다. 당시는 관찰사가 재판정의 판사를 겸하고 있었다.

김 주사는 학초의 부탁을 듣고 한참 생각하더니 그렇게 하라는 말을 남기고 사일당 앞 징청각으로 들어갔다. 김 주사를 비롯한 손봉백과 학초, 이 세 사람이 앞에 서고 나졸들이 그 뒤를 따랐다. 김 주사가 징청각 문 안으로 들어가려 할 때였다. 학초는 갑자기 손봉백 손 주사의 두루마기와 남전복 자락을 꼭 잡고는 김 주사를 쳐다보며,

"손 주사는 오늘 나와 같은 송민(訟民)입니다. 징청각이라 하는 징(澄)자가 어떠한 징(澄)자인지 이치를 알지 않습니까? 같은 소송을 하는 송민으로서 한 사람은 대상에 올라가고 한 사람은 대하에서 재판 받을 이치 없는 것처럼, 만일 박 민을 밖에 두고 손 주사가 혼자 들어갈 권리가 있다 하면 이 백성의 성명은 떼고 들어가소."

손 주사는 별 쓸데없는 말도 다 들어보겠다는 듯이 무시하고 안으로 들어가려 하였지만 학초에게 옷자락을 꼭 잡혀 있어 옷이 찢어질 지경

이 되었다. 이러한 모습을 본 나졸들이 앞으로 나서며 학초를 밀쳐내고 있었다. 그래도 학초는 옷자락을 놓지 않았다. 이렇게 실랑이를 벌이다 시간이 지체되자 김 주사는,

"그 사람이 주장하는 '동시 송민'이라는 말이 그럴듯하고 손 주사가 같이 들어가야 별 소용도 없으니 밖에서 기다리시오."

하고 손봉백을 바깥에 둔 채 혼자 들어갔다.

학초는 밖에 남은 손봉백이 언제 다시 징청각 안으로 들어갈지 몰라 계속 동행하기로 마음먹었다. 만일 그렇게 하지 않으면 몰래 징청각 안으로 들어가 무슨 일을 꾸밀지 모르기 때문이었다. 나졸들은 다 물러가고 두 사람이 남아 사일당 문간청에 더위를 식힐 겸 쉬고 있어도 아무런 소식이 없기에 손 주사는 자신의 관방처소로 향하였다. 학초도 뒤따라 관방처소로 같이 들어갔다.

그의 관방처소를 한눈에 보니 돋을 보료 안석에 산수병풍 두르고 갖은 문방제구를 갖추고 있었다. 통인이 백통장죽(담배 연통이 은백색의 합금으로 만든 긴 담뱃대)에 불을 달아 올렸다.

학초가 먼저 입을 떼었다.

"손 주사의 벼슬이며 좌석 위치가 대단히 좋소. 앞으로 이 자리에 장구히 계속 있으면 내가 치하를 하리다."

손 주사가 기분이 언짢은 표정으로 학초를 돌아보면서,

"그게 무슨 말이오?"

"허공에 뜬 일천팔백 냥 받으려 하지 말고 육천오백 냥 들인 주사 벼슬이나 잃지 마소. 양소실대(養小失大)라. 작은 것을 얻으려고 하다가 큰 것을 잃지 마시오."

학초의 타이르듯 하는 말에 손봉백은,

"댁이 내 주사 벼슬을 떠 잡수실 테요?"

"국법이 있고 체통이라는 것도 있지. 체통을 돌아보지 아니하고 그와 같이 묻나이까?"

이렇게 서로 말을 주고받고 있을 때 저녁상이 들어왔다. 학초는 저녁상을 당겨 먼저 숟가락을 집어 들고는,

"송사는 송사이고 모처럼 이렇게 만났으니 한 상의 밥을 정분 있게 같이 먹읍시다."

할 수 없이 손 주사는 통인에게 수저 한 벌을 다시 가져오게 하여 같이 겸상으로 저녁 식사를 하였다. 이러한 모습을 다른 사람이 보았다면 한 상의 밥을 나누어 먹으니 아주 막역한 친구인 줄 알 것 같았다. 상을 물리고 나니 징청각에서 집사가 손 주사에게 전할 전갈을 가져왔다.

"징청각 사또 명령이 경주의 박 민과 부정재판을 하려면 주사 관직을 내어놓고 재판에 임하라 합니다."

학초가 들어도 가슴이 서늘한 전갈이었다. 자리에 일어서면서 물었다.

"부득이 나는 여관 정한 곳으로 가니 손 주사는 자신이 스스로 헤아려 보시오. 어찌하리까?"

손봉백은 굳어진 표정으로,

"취판(재판정에 나감) 하리라."

학초는 마지막으로 한마디 충고를 해주었다.

"사직하고 취판하면 다시 환직(還職)은 못 될 터이니 충곡으로 말씀드리니 자세히 살펴 생각해보시오."

하고는 황혼에 주인으로 정한 숙소에 왔다.

당시에 부정(府庭)재판이라 하면 선화당이나 징청각 재판이라고도 불리었다. 여간한 일이 아니면 부정재판을 아니하고 재판 서리가 원고와 피고의 이야기를 들어보고 작성한 서류를 보고 관찰사가 판결을 내렸다. 부정재판은 관찰사가 직접 공개적으로 재판을 관장하였다. 그러나 이러한 공개재판인 부정재판도 신분이 전혀 고려되지 않게 공평하게 진행되는 것은 아니었다. 자신을 칭하는 말조차 구별이 되었다. 송사에 참여한 사람 중에 아전이나 평민은 '소인(小人)'이라 칭하여야 하고, 양반 사족은 '생(生)'이라 칭하여 자신에 대한 호칭부터 달랐다.

학초가 정한 숙소에 있었더니 감영사령이 와서 내일 오시(午時 :오전 11시에서 오후 1시 사이)에 재판에 나오라는 통지를 전하였다. 다음 날 사령을 따라 들어가니 포정사 안에서 내외 삼문을 활짝 열어놓고 군뢰 수십여 명, 사령 수십여 명이 좌우에 벌려 서 있었다. 중간계단에는 감영관노가 둘러서고 사령, 군뢰들은 붉은 주장을 짚고 서 있었다. 대상 위에는 각방의 영리들이 옹립하고 유세한 관속들이 빽빽이 서 있었다

좀처럼 열리지 않은 부정재판이라 많은 구경꾼이 몰려들었다. 더구나 감영에서 업무를 보고 있는 손 주사와 경주의 어떤 사람이 부정재판을 한다는 소문이 나니 다른 때보다 더 많은 사람이 몰려왔다. 좌우를 둘러보니 포정사 안은 물론 담 위에도 사람들이 구경하려 고개를 내밀고 있었다. 그 많은 사람이 운집하여 있지만 바다가 자는 듯 조용하였다. 그중에 두 송민은 마당에 앉히고 고개를 들지 못하게 하였다.

'바로 아뢰라.' 하는 청령이 떨어지니 노령이 일시에 '바로 아뢰어라.' 하는 소리가 떠나갈 듯이 다시 외쳤다.

먼저 손 주사에게 할 때는 노령들이 사정을 두어 작은 소리로 하였다.

다음 학초에게 할 때는 야단이 일도록 외쳤다. 학초는 대답을 않고 있으니 '바로 아뢰어라.' 는 말이 벼락 치듯 몇 번이나 반복되었다. 그래도 말을 꺼내지 않았다. 어찌 보면 기가 죽어 말을 하지 못하는 듯이 보였다. 대상에서 기다리다 못하여,

"네가 어찌 말을 아니하는가? 속히 아뢰어라."

그때서야 학초는 천천히 입을 떼었다.

"이 백성의 11대 조부(祖父)도 이 자리에서 관찰사를 지냈나이다. 관찰합하께서도 전일 벼슬 없이 가난한 선비로 지낸 때를 생각하시면 후손이 이 같은 백성이 다시 없을는지. 이 자리에서 차마 '소인'이라 하기에는 원통해 말할 수 없습니다."

학초가 말한 11대 조부란 선조 임금 시절 한때 경상관찰사를 지낸 박계현을 말함이다. 아무런 사전 설명 없이 자신을 사대부로 행세하여 '생'으로 호칭하다가는 오히려 호통을 받게 될 수도 있고, 그렇게 되면 다음에 진행되는 재판에 전혀 영향이 없다고 할 수 없었다. 그렇다고 신분차별이 엄연히 있어 만만하면 억울한 일을 당하던 시대라 자신을 '소인'으로 낮추어 칭하다가는 재판에 혹시나 불이익을 받을 수도 있어 이도 저도 못하고 한참을 망설이다가 이렇게 아뢰었다. 그저께의 재판에서도 손봉백은 관찰부의 주사라 하여 당상에 앉아 재판관 서리와 동좌하고, 만만하게 보인 학초는 땅바닥에 앉아 재판을 시작하지 않았던가?

당시 관찰사는 이유인이었다. 관찰사는 별일 아니라는 듯이,

"너 하고 싶은 대로 하라."

그제서야 학초는 말을 꺼내었다.

"생은 무술년 추령 때에 은전을 바꾸자고 엽전 백 냥을 들고 와서 손

봉백의 상점에 들렀으나 은전이 없어 교환하지 못하였습니다. 그러나 손가의 돈을 쓴 일은 없습니다."

이 말이 끝나기가 무섭게 손봉백이 아뢰었다.

"소인이 일천 팔백 냥을 주었으니 받아 주십사 간청 드립니다."

"생이 전자에서부터 손가는 그리 깊이 알지도 못하였는데 어찌 손가가 적은 돈도 아닌 그 많은 돈을 빌려주겠습니까? 이 말은 이치에 닿지 않은 억설입니다."

손봉백은 이에 질세라,

"소인이 예전 서울에 사는 김 진사가 대구에 내려와서 기거할 때 빌린 증서가 소장에 있습니다."

하고 능청을 부렸다. 손봉백의 이 말에 학초는,

"생의 전후 소장 글씨가 자필이오니 손가가 주장하는 증서 글씨를 대조하면 위조 포기라는 것이 금방 판명될 줄 아나이다."

이처럼 손봉백과 학초가 서로 주장하니 양쪽의 말이 누가 옳고 누가 그른지 분명하지 않아 점심때에 시작한 재판이 석양이 될 때까지 끝이 나지 않았다. 마침 서울에서 어사 강용구가 내려와 관찰사를 만나러 왔다가 대상에 올라가 함께 보고 있었다. 손봉백의 말에 학초는 그 이치가 부당함을 말하니 자연 학초의 말이 길어질 수밖에 없었다. 시간은 자꾸 흘러 결말이 나지 않고 지루해지니 관찰사는 학초를 보고 단출하게 말을 하라고 지시하였다. 그러나 학초는

"나라에서 백성을 위하여 군수 위에 관찰부가 있으니 생의 일을 자세하게 심리하시어 주시기 바라나이다. 아무리 급하여도 금일 결판이 나지 않으면 내일 아니 모레라도 자세히 들어 판결해 주시기를 바라나이다."

손봉백의 수단도 보통이 넘는지라 자신에게 유리한 말을 청산유수로 늘어놓으면 학초는 이것이 사리에 맞지 않음을 하나하나 반박하였다. 이러한 때에 이미 날은 어두워 당상에는 등롱을 켜고 마당에는 황덕불을 놓고는 재판이 지루하게 계속 이어졌다. 이렇게 계속 두 사람의 말이 오고 가는 도중에 손봉백이,

"박가의 조화수단은 누구도 따르지 못합니다. 조금 전처럼 자신을 스스로 양반이라 자처하여 능청한 수단도 많으며 글씨도 여러 가지로 잘 씁니다. 그 술법이 풍운조화를 일으킬 정도로 능수능란합니다. 목버선 짝을 던지면 비둘기가 되어 날아갈 정도이니 박가의 말은 믿을 말이 하나도 없습니다."

하였다. 학초는 이 말을 듣자마자 대상에서 학초에게 '아뢰라.' 는 말이 나오기도 전에 손봉백을 돌아보며 있는 힘을 다해 큰소리로 외쳤다.

"이놈이 당당한 본 건에 목적에 합당한 말은 아니하고! 이게 비둘기 재판이냐?"

학초의 호통 소리 중 '이게 비둘기 재판이냐.' 는 말에 당상 당하의 사람들이 웃음을 참지 못하고 심지어 나졸들까지 돌아서서 손으로 입을 막고 웃었다. 오(午)시부터 어둑할 때까지 무료하게 이어지던 재판정이 갑자기 웃음바다가 되었다. 학초는 뒤의 말을 더 하지 않고 그냥 앉아있었다. 한참 뒤 당상에서는 담뱃대 떠는소리가 '땅땅' 울리더니,

"손봉백이를 잡아 올리라."

하는 청령이 울렸다. 급창이 다시 '손봉백이를 잡아 올리라.' 하고 따라 외치니 사령들이 손 주사에게 달려들어 갓을 벗기고 잡아 올린다. 잡혀 올라온 손봉백을 보고 감사는 호통을 내렸다.

"너의 죄가 비둘기 이치의 뜻을 모를 사람이 없으니 어리석고 무리한 행동을 차후에는 하지 말라. 막중 벼슬을 사양하고 인민과 재판을 하니 그 자체가 악행이라. 박 민의 손해를 물어주라."

하고 하옥을 시켰다.

"물러가라."

하는 청령을 내리니 당상과 당하에 있던 모든 사람이 물러났다. 이때 학초가 나졸이 물러 나오는 속에 싸여 나오다가 잊은 말이 있어 다시 들어가고자 하니 나졸이 가로막아 섰다. 학초는 한발 물러섰다가 다가서며 발로 사령의 가슴을 차며 소리쳤다.

"이 사령아, 네가 무슨 원수로 나를 방해하느냐? 이 법정을 다시 들어가기 어려운데 아주 할 말을 하고 갈려 하니 비켜서라."

하고 눈을 부릅뜨며 밀치고 앞으로 나섰다. 대상에서 그 광경을 보고,

"두어라. 불러라."

한다. 학초가 다시 들어서서 아뢰었다.

"황송합니다. 백성이 되어서 이 법정을 다시 들어오기가 옥황상제가 사는 옥경(玉京)을 오르기보다 더 어려워 범금(犯禁: 규정을 어김)을 하였습니다."

"무슨 말이 또 있는가?"

"오늘 관찰 합하 명감처결하신 일은 일월같이 명명하오되, 합하께서 후일 내직 대관으로 이직하신 후 손가는 대구 성 중에 계속 살아갈 터, 또다시 구미호 꼬리 흔들듯 외군 백성인 생 같은 사람의 인명과 살림은 왔다 갔다 할 것이니 이후에는 이런 일이 아주 없게 완문(完文: 증명서)을 내어 주시든지, 손가의 소장을 생에게 주시든지, 오늘 하신 자취가 후일

까지 명명케 하여 주시기 바라나이다."

관찰사는 그리 어려울 것이 없다는 듯이,

"그리하라."

하고 사송주사를 불러 손가의 전후 소장을 저 박 민에게 낱낱이 모두 주어 처리하라고 시킨 뒤 물러갔다.

학초는 그다음 날 부친을 구하여 집으로 돌아오시게 하고, 재판이 끝난 후 14일 만에 손봉백에게 손해에 해당하는 돈을 물려 가지고 돌아올 수 있었다. 날이 저물어 경산 노실 주막에 들어 숙소를 정하였다. 주막에는 학초 외에도 많은 사람이 묵고 있었다. 사이 미닫이문이 열려 있는 가운데 윗방에 있던 한 사람이 이야기를 꺼내었다.

"대구 감영 생긴 이래 처음 보는 이야기 어디 한번 들어보시려오?"

하니 모두 하던 일이 없던 차에 고개를 돌렸다.

"전자 감영에서 세도 하던 손기관의 아들이 6,500냥의 돈을 들이고 관찰부 주사 벼슬을 사서 하던 차에, 1,800냥 받으려 하다가 돈도 못 받고 주사 떨어지고 부옥에 채수되었다네. 경주에 산다는 그 피고 되는 사람이 징청각 재판을 하였다네. 일약 외지에 사는 연소한 사람으로 심지도 담대하고 경우도 밝고 법정 말로는 옛날 소진이나 장이가 이보다는 낫지 못할 터라. 척척 구절이 격에도 맞고 남 보기 체면도 있고 법정에서 한 사람 웃기기도 힘든데 공사하던 관원과 여러 방청 구경꾼을 웃기게까지 하니. 어디 그뿐인가? 돌아서 나오다 관찰사 앞에서 염라부 귀졸 같은 사령을 발로 차고 다시 들어가서 할 말 다하는 것은 모두 처음 보았다고 부중 내에 소문이 파다하다네."

듣고 있던 좌중의 모든 사람이 처음 듣는 이야기라고 한 마디씩 거들었다. 학초는 듣고 빙그레 웃기만 하였다. 이야기를 꺼냈던 사람이 한 참 후 학초를 알아보고는,

"여기서 뵙습니다. 저는 대구 감영사령 김종한올시다. 각 군에 감영을 오가는 영주인이 있는데 저는 흥해군을 맡은 영주인입니다. 매년 봄이 지나고 여름이 닥쳐오면 대구에서 만든 부채 자루나 가지고 군에 가면 괄시 아니하고 돈을 줍니다. 마침 흥해 가는 길에 여기에서 하룻밤 같이 유하게 되어서 영광입니다."

인사로 잠깐 숨을 돌리고는 다시 말을 이었다.

"재판이라 하면 가슴부터 떨리는데 관찰사 앞에서 열리는 부정재판에 조상의 내력을 꺼내어 '소인' 자 아니하고 '생' 자를 쓰는 것도 그렇습니다. 종일 벌어지는 재판에도 같은 말 하지 아니하고 특히 끝 무렵에 '비둘기 재판이냐?'라고 호령…. 거 정말 어렵습니다. 듣고 웃기는 쉬워도 그 자리에서 하기는 정말 어렵습니다."

하면서 그 당시 자신이 보았던 이야기와 대구 부중에서 학초를 비둘기 구(鳩) 자를 써서 '구재판장(鳩裁判長)'이라고 별호가 붙었다는 이야기도 좌중에 늘어놓았다.

학초는 백척간두에 서 있던 사세에서 손봉백과 부정재판까지 하여 억울함을 벗고 무사히 아비를 구하고 이 일로 인한 손해까지 배상받고 집으로 향하였다. 자신의 생일날 청천벽력과 같은 소식을 듣고 황망 중 대구로 향한 발걸음이 며칠 모자라는 한 달이 경과 되었다. 장기간 기거하면서 엉킨 실타래를 풀 듯 해결하고 이제 홀가분한 마음으로 집으로 향하였다. 그러나 처자가 기다리는 집에는 학초가 감당할 수 없는 가슴 아

픈 일이 기다리고 있었다.

학초가 손봉백 송사 건으로 대구에 간 지 열흘이 조금 더 되어 그동안 봉누병이란 지병으로 앓고 있던 실인 강씨가 음력 5월 8일에 세상을 떠났다. 비록 정실은 아니었지만 학초의 생애 중 가장 어려운 시기에 서로 만나서 그 어려운 내우외환을 모두 이겨낸 지금에 홀연히 세상을 떠났다. 이 사실을 학초에게 달리 연락할 방도도 없었지만, 더구나 학초가 워낙 엄청난 사건으로 대구로 떠난지라 빠른 시일에 돌아올 수는 없다는 것을 아는 본처는 하세월을 기다릴 수 없어 장례를 치르고 홀로 빈소를 지키고 학초가 돌아오길 고대하고 있었다. 젊은 나이에 일점혈육 없이, 더구나 학초가 출타한 중에 세상을 떠나니 학초의 마음은 찢어질 듯 아팠다. 숱한 어려움을 함께 해오면서 동반자로서 힘이 되어주었던 강씨가 이제 어려웠던 모든 일이 해결되어 홀가분한 마음으로 집으로 돌아오니 홀연히 사라지고 없었다. 슬하에 자식이라도 있다면 대신 그 자식에게라도 정을 쏟을 수 있겠지만, 실인 강씨와 사이에는 일점혈육도 없었다.

관아에서 붙잡힌 몸이었을 때에도 일이 잘 풀리게 해달라고 치성드리는 것을 잊지 않아 학초가 생각하여도 신기하게 해결되지 않았던가? 특히 학초가 사경을 헤맬 때도 그 피고름을 입으로 빨아주고 '우리 가주(家主) 낫게 해 달라.'고 하루도 거르지 않고 치성을 드린 그 실인 강씨가 학초가 없는 사이에 세상을 떠났다. 실인 강씨가 세상을 떠나니 하늘이 무너지고 가슴이 미어지는 것 같았다. 학초는 이후로는 울울심화로 세월을 보내었다.

자서전에는 실인 강씨의 죽음에 대해 더 이상의 기술을 하지 않았으나 학초는 이와 관련하여 따로이 '처시영결가'라는 가사를 남겼다. 4음보로 된 장문의 가사 속에는 학초의 강씨에 대한 애틋한 마음과 함께, 살아오면서 가슴에 새겨두었던 많은 사실들이 구절구절 스며있음을 찾을 수 있다. 학초가 남긴 이 가사 원본은 현재 전남 담양군에 있는 한국가사문학관에 보관되어있다. 모두 928구의 장문의 가사인데 여기에서는 지면 관계로 모두 싣지 못하고 일부분만 소개한다.

내가왔네	내가왔네	어이하여	못볼런고
내가왔네	내가왔네	어이하여	말이없노
슬프다	못보고말없으니	이것이	영결인가
허다한날	다놔두고	내없을때	이웬일고
오호라신축사월	스무나흗날	내생전	생일이라
뜻밖에	대구일로	불시에	떠날적에
대추찰밥	남은것을	나를위해	전한말이
한술만더뜨시오	더뜨시오	앓아하던	그모양이
눈앞에	보이거늘	또다시	하는말이
객지나서	너무너무	시장한걸	참지말고
돈너무	아껴말고	몸을부디	상케말고
부디부디	축없이다녀오고	자꾸자꾸	부탁커늘
우연히	내한일이	내가슴	내가치며
대사를	당두하여	걱정너무	하지말게
걱정은	쓸데없고	내가살아	있거든

무슨근심	할리	내말그리	하였더니
이것이	영결인가	이것이	영결될줄
내정녕	몰랐으니	어이하여	다시볼꼬

이하 생략

학초는 후일에 실인 강씨의 묘를 경주군 봉계동으로 이장하였다. 뒷날 경북 영양으로 이사를 한 후에도 세상을 떠날 때까지 노구의 몸을 이끌고 230여 리 원거리를, 불편한 교통임에도 불구하고 1년에 한 번씩은 꼭 찾아 성묘하는 등 강씨를 평생토록 잊지 않았다고 한다.

14. 분요를 피해 온 곳도 장두는 피할 수 없어

– 보현산 투장사건을 해결하려 다중 인민을 대동하여 청송 관아로

1901년 신축년 음력 6월이 되어 가뭄이 어찌나 심한지 농민들은 하늘만 쳐다보며 비를 바랐다. 무심한 하늘은 이제나저제나 농민들이 원하는 비는 보내주지 않고 이글이글거리는 불볕만 내리쪼았다.

청송군 현남면 보현산 자락의 천주봉은 고래(古來)로 비가 오지 아니하면 기우제를 지내는 제단(祭壇) 터가 있었다. 주변 사람들이 천주봉을 명산으로 여기니 이 산이 효험이 있을지 몰라 어떤 자손은 복을 빌기 위하여 조상의 묘를 몰래 쓰는 경우가 더러 있었다. 반면에 부근에 사는 사람들은 속설에 천주봉에 묘를 쓰면 가뭄이 든다고 믿고 있었다. 6월이 되어도 비는 내리지 않아 심어 놓은 모는 말라서 타들어가고 있었다. 더 이상 기다리지 못하고 인근 동리 사람들이 기우제를 지내려고 산에 올라가 보니 과연 누가 그 봉우리에 묘를 몰래 쓴 투장 흔적이 보였다. 사람들은 묘를 파고 치성을 드려야 비가 온다는 말이 오가니 모두 한목소리로 그렇게 해야 한다고 의논을 모았다. 그렇지만 법률상 남의 묘를 파헤칠 수는 없었다. 법이 정한 대로 군수의 허락을 받고 몰래 쓴 묘를 독굴(묘를 파냄)을 하는 수밖에 없었다. 그러나 관아에 등소를 하기 위해서는 처음에 등장하는 장두가 필요하였다. 비가 내리는 일이 하루가 급한지라 속히 군수의 허락을 받아야 하는데 그런 일에 적합한 장두가 있어야 하였다.

천별리 장터에 모여 대도회를 열었으나 장두를 선출하지 못하였다. 모두 농사밖에 모르는 사람들이 모이니 선뜻 우두머리로 뽑혀서 여러 사람을 대신하여 일을 이끌어나갈 자신이 없었다. 그다음 날에는 고적동 반석에 모여 도회를 부치고 학초를 초청하였다. 천별리장터 회의에서 장두의 이력이 많은 학초를 염두에 두고 고적동도회를 생각한 모양이었다. 사람들이 장두를 부탁하니 학초는 실인 강씨를 사별한 지 얼마 되지도 않아 세상만사의 모든 의욕을 잃고 있어 극구 사양하였으나 여러 사람이 찾아와 반복해서 권하니 하는 수 없이 승낙할 수밖에 없었다. 천주봉 아래 벼 심을 논 한 뙈기 없는 학초가 하는 수 없이 떠밀리어 장두가 되었다.

학초는 다음 날 다중 인민을 대동하고 만수정 앞으로 하여 천별리장터를 지나 선음령(삼자현재)을 넘어 청송으로 향하였다. 이번에 소요되는 비용은 새삼 징수를 하는 것도 번거롭고, 또 달대평 일처럼 분란도 생기지 않는다고 할 수도 없어 각자 부담하기로 정하였다.

청송관문 앞에 있는 황주일의 집을 임시 도소로 정하고 소장을 지어 사람을 시켜 관아에 전하였다. 그러나 소장은 군수에게 전달되지 못하고 문간의 사령이 '지대하고 있으라.' 는 말만 하였다. 다시 사람을 시켜 독촉을 하여도 사령이 계속 기다리라는 말만 전하여 왔다. 군수가 동헌에서 손님과 함께 계속 바둑을 두고 있어 마칠 때를 기다리고 있는 모양이었다. 몇 번인가 사람을 보내어 확인을 해보아도 종무 소식이었다. 도소에서 기다리고 있던 학초는 이제는 참을 수가 없어서,

"백성이 어찌 관원에게 소지를 못 전하며, 관원이 어찌 국록을 먹으며 정당에서 기박을 하고 인민의 원송을 아니 받는가? 허다한 인민이 하루를 무단히 유하면 그 객비 손해는 어찌하잔 말이냐? 뒤를 따르라."

하고 일어나 사람들을 대동하고 삼문 안에 들어서려 하니 담 모퉁이에서 사령들이 나와 앞을 막아섰다. 학초는 큰소리로 호통을 쳤다.

"여러 사민의 등소에 원님이 국록을 잡수시면서 막중 정당에서 기박을 하자고 소송 수리를 아니 한단 말이냐?"

하며 한발 물러서며 오른 발길로 막아서 있는 사령의 가슴을 차며,

"장민아, 들어가라."

하니 수십 명 사령이 몰려와 앞을 막아서고, 학초의 명령에 따라 동헌으로 들어가려는 동민들과 일대 접전이 벌어지려 하였다. 이때 어떠한 사람이 탕건과 안경을 쓰고 의관은 아니 갖추긴 해도 신수 좋은 사람이 나서며 사령들에게,

"그만두어라. 그 같이 의무당당한 사람들을 어찌 막아내느냐? 그만두어라."

하고 사령을 말려놓고는 학초를 보고,

"뉘시오니까?"

급한 인사를 한다. 학초가 대답하였다.

"나는 경주에서 살다가 고적동에 와 있는 박학래라 하는데 뉘시오."

"저는 이 고을 아전 박충서라 합니다. 경주에서 하신 일에 대해서는 익히 들어 알고 있습니다."

하고는 사람을 알아보지도 않고 길을 막는 실례부터 한 사령들을 꾸짖었다. 학초는 다솔 인민을 대동하고 물밀듯이 입정하니 급창이 뜰에 나서며 큰 소리로 '형리' 하고 외쳤다. 좌우에 사령들이 나열하고 군수는 대상 평상에서 바둑을 두던 것을 물리고 형리가 올리는 소장을 대강 훑어보았다. 읽기를 마치자 각 동리 동임을 시켜 그 사실을 자세히 알아 도형을 보고하라는 제사(題辭: 백성이 제출한 소장이나 민원에 대한 판결문)를 내렸다.

이를 보고 학초가 사람들 속에 섞여 있다가 앞으로 나서면서 제사를 쓰고 있는 형리를 향해,

"형리는 붓을 잠깐 멈추시오."

제사 쓰기를 멈추어 놓고는 곧바로 군수를 향해,

"군수 영감이 막중 국록을 잡수시고 나라의 명리로 공당에서 기박을 못하게 하는 분풀이를 이 민소에다 하시나이까? 한 마디의 물어봄도 없이 부당한 제사부터 먼저 쓰시니 어찌 된 연고이시오?"

군수는 벌컥 화를 내며

"그러면 어찌하잔 말이냐?"

"영감이 하시는 공사를 백성에게 물으시니 백성의 민원을 어찌 백성이 처리하란 말씀이오니까?"

군수는 갑자기 당하는 말이라 한참 동안 말이 없이 있다가 홀연히,

"인민의 도리상에 어찌 관장의 허물을 꺼내어 이를 핑계로 소송을 임의대로 하여 달라 하느냐?"

"군수 영감이 국록을 아니 잡수시면 청송군을 어찌 오셨습니까? 동헌은 인민의 원·불원을 밝혀주시는 공당입니다. 그 공당에 앉아 기박을 하시면서 다른 백성의 도박은 어찌 금하며 항차 하늘이 가물어 억조창생이 비를 비는 것이 시급한 터에 인민의 대표로 계시는 사또께서 비 오기는 빌지 않으시고 기박이 무슨 의무이십니까? 옛날 은나라의 성탕 임금 시절부터 날이 가물면 비를 빌으셨고, 현시 국가에서도 한소가 심하면 비를 비는데 기박으로 비를 구한단 말은 듣지 못하였습니다."

군수도 지지 않을세라,

"민총굴이라. 백성의 투장에 관한 법률도 여러 가지인데 어찌 도형을 보지 않고 백골에 대한 원망을 해결하려 한단 말이냐?"

"맞는 말씀이긴 합니다. 그러나 실제 도형이 오고 가고 하는 동안 백성이 농사를 위하여 기우제를 지낼 시기가 지나게 되니 군수 영감의 가마채를 모시고 실제로 현장에 가서 친히 살펴보신 후 속히 처분하여 주시는 것이 좋을 것 같습니다."

실제 현지로 가서 알아보자는 학초의 말에 군수는,

"그리하면 대강 도형을 말로 하라."

하며 한발 물러섰다.

"청송군 보현산은 청송 일군의 남쪽에 있는 안대 주산입니다. 그 산 서쪽은 신령군이요, 남쪽은 영천군이라. 그 산의 물이 사방으로 흘러 세 고을 백성들의 전답에 관계하는데 날이 가물면 그 산 위에 올라가 하늘에 제사를 지낸다고 '천주봉'이라는 이름이 고래로 전래하여 왔습니다. 실제로 효험이 있는지 그저 미신일 뿐인지는 모르나 인민 투장을 파내고 기우제를 지내서 비록 오비이락처럼 곧 비가 내리면 모든 사람이 군수의 명결 하회 덕분이라고 송덕하겠습니다."

묵묵히 듣고 있던 군수가 형리를 불러 군수가 부르는 지령대로 받아쓰게 하였다. 지령의 내용은 대략 이러하였다.

고래로 내려오는 막중한 자리에 투장을 하는 욕심은 극히 괴이한지라. 당장 무덤을 파서 산 아래 동민은 그 해골을 보관하며, 만일 그 주인이 나타나 항대하면 엄히 다스리라.

군수가 퇴정을 명하고 형리와 장교를 각 구장이 대동하여 무덤을 파러 현장으로 가고 다소 인민들은 각자 먹은 식비를 내고 떠나갔다.

학초는 하루를 묵고 떠나기로 작정하고 폐문루에 올라 찌는 듯한 더위도 식힐 겸 읍내를 두루 살펴보았다. 다음에는 찬경루에 올라 옛 현인들의 현판 글도 읽어보고 하다가 날이 저물어 숙소를 정한 곳으로 돌아왔다. 저녁을 먹고는 홀로 평상에 누워 밤을 보내려고 하였는데 이때 읍촌 간 인민들이 그 여관집에 여럿이 모여 오늘 민소에 대한 이야기에 대해 제각기 말을 하였다. 이야기 도중에 한 사람이 아는 체하고 나섰다.

"오늘 장두가 누구냐 하면 지난 경주 달대평 사에 여러 인민을 대동하고 등소하여 타군 군수를 명사 나게 하여 대구진위대 영문과 경주 원(군수)도 면파직과 면징계를 시켰다 하네. 오늘 일이야 큰일도 아니지."

오랜 세월 동안 관아의 학정에 시달려 온 탓인지 어느 사람이 관청의 관리를 혼낸 이야기들은 마치 자신들이 당한 분풀이를 대신해주듯 관심을 나타내면서 이야기를 주고받았다. 학초는 자신에 대해 주고받고 하는 이야기들을 들으면서 말없이 묵묵히 듣고만 있었다. 그때 낯선 사람 하나가 학초에게 인사를 건네었다. 학초도 일어나서 서로 시명을 상통하였다.

"나는 국보 이준구라 하는 사람이오."

"아, 노형이 전일 청송 의병 창의할 때 소모대장이시구려. 노형이 바로 그 당시 독 속의 쥐요 이불 밑의 장군이오?"

이준구는 첫인사에 갑자기 '독 속의 쥐니, 이불 밑의 장군'이니 하는 농 섞인 말을 건네니 불쾌하여,

"노형이 뉘신데 초면에 사람을 '쥐이니, 이불 밑의 장군이니' 하시오? 이불 밑에 장군이면 아이 만드는 자지란 말이오?"

학초가 웃으면서,

"나는 청송 보현산 산중에 잠시 숨어 사는데, 은적하는 것도 내 마음대로 하지 못하고 오늘 군정에 미친 사람처럼 출두한 박학래올시다."

이준구는 학초의 손을 덥석 잡았다. 어두운 밤이라 더구나 서로 낯이 익지 않아 몰라보았지만, 예전 병술년 봄에 홍성등과 본인이 학초를 찾아가 소모대장을 맡아주기를 청하지 않았던가? 결국은 학초의 승낙을 얻지 못하고 자신이 소모대장을 맡았지만 그때를 잊지는 않았다. 당시 병신년 을미 의병 창의 때는 생각이 서로 달라 한사코 참여를 거절하였지만, 그 뒤로 의병에 참여하였던 사람들이 곤경에 처할 때마다 도와주지 않았던가? 오늘도 농민들의 어려움에 자신의 땅 한 마지기 없는 데도 앞장서서 관아에 오지 아니하였던가? 오늘에야 오랜만에 의기투합

하는 사람을 다시 만났다.

"아 그 말에 상관치 않으리다. 그나저나 아무리 농이지만 독중지서(囊中之鼠)이니 금하지장(衾下支將)이니 하는 그 연유나 듣고자 하오."

이준구와 함께 자리에 앉은 후 학초는 이야기를 꺼내었다.

"춘추전국 시대에 진(晉)나라의 예양(豫讓)은 처음에는 다른 임금을 섬기다가 나중에 섬긴 임금인 지백을 위해 목숨을 바치지 않았습니까? 예양은 왜 전의 임금을 위해서는 그러하지 아니하고 나중에 섬긴 임금을 위해 목숨을 바쳤겠습니까? 임진왜란 당시 정유년의 조선 의병은 조정과 백성이 함께 참여하였습니다. 하지만 근래 병신년의 의병은 조정이 삭발하고 양복을 입어 문명세계로 나아가자 하는데 이를 거절하고, '삭발하고 양복 입은 자 목 베인다.'고 창의하니 그것이 독중지서요 정저지와(井底之蛙)라 할 수 있소"

학초가 예로 든 예양의 이야기를 조금 더 자세히 설명하면 이러하다.

예양은 춘추전국 시대에 진(晉)나라 사람이었다. 당시 진나라에서는 여섯 가문이 서로 왕위 다툼을 벌였는데 그는 처음에는 범 씨와 순 씨를 섬겼다. 범 씨와 순 씨는 자신을 보통 사람으로만 여겼다. 그러나 나중에 섬긴 지백은 자신을 알아주는 사람이었다. 그러다가 지백이 조양자에 의해 피살되었다. 그는 자신을 알아준 지백을 위해 원수를 갚을 궁리만 하였다. 그는 조양자가 출입하는 측간에 숨어 조양자가 들기를 기다리고 있다가 그만 발각되었다. 그러나 조양자는 예양의 충성심에 감복하여 풀어주었다. 예양은 거기에 그치지 않고 조양자를 암살할 계획에만 몰두하였다.

그는 숯을 먹어 목소리를 바꾸고 얼굴에는 옻칠하여 아무도 자신을 알아보지 못하도록 만든 다음에 칼을 품고 다리 밑에 숨어 조양자가 지나가기를 기다렸다. 그러나 이마저도 사전에 발각되어 실패하자 스스로 자결하였다. 그는 여러 임금을 섬겼지만, 자신을 그저 보통으로 알아주는 전의 임금을 위해서는 아무것도 하지 않았지만 뒤에 자신을 알아주는 임금을 위해서는 목숨까지 바쳤다.

학초가 옛 춘추전국 시대의 예양이라는 사람의 고사를 꺼낸 이유는 임금이 자신을 알아주었기 때문에 의를 행한 것이고, 옛날 임진왜란 때 창의한 임진 의병이나 정유 의병은 임금이나 백성이 모두 알아주고 원하여 나라의 관병과 함께 활동하였다.

그러나 얼마 전의 병신년 의병 창의는 임금이 금하는데도 불구하고 국가의 군대와 맞섰으며 더구나 창의를 '삭발 양복한 자 목 베인다.'고 내걸었으니, 이미 세계가 삭발 양복의 개화 문명으로 달라지고 있는 점을 파악하지 못한 점을 두고 독중지서, 즉 독 안의 쥐에 비유한 것이었다.

학초가 말로는 이렇게 나무라면서도 자신과 같이 병신년에 의병에 참여하였다는 죄목으로 근방 유세력자에게 그 약점을 잡혀 가산을 빼앗길 처지에 있는 것을 알고는 학초가 일부러 청송 보현산 중에 와서 지켜주는 점을 풍문을 통해 들었기 때문에 별다른 나쁜 감정은 없었다. 오히려,

"옳지, 옳지."

하면서 맞장구를 쳤다. 그날밤 두 사람은 밤을 새워가면서 서로 이야기를 나누는 모습이 마치 백년지교와 같았다. 이준구와는 이 이후로도 자주 교류하였다.

천주봉에 몰래 투장한 묘를 독굴하고 기우제를 지낸 덕택인지, 아니면 내릴 비가 내려서인지는 몰라도 바로 비가 내려 이 해는 대풍을 이루었다.

15. 어느 날 젊은 부녀가 물음을 쓰고 찾아와

– 연소부인을 함정에서 구해주었지만 두 명의 부실은 둘 수 없어

부실 강씨가 세상을 떠난 이후 우울한 나날을 보내는 학초를 보고 각처의 친구들이 여러 곳에서 알맞은 사람들을 추천하였다. 학초는 실인 강씨에 대한 생각으로 늘 우울하게 지내는 지금의 생활을 청산하려고 마음을 고쳐먹고 친구들의 여러 추천 중 경주 노곡동 정권봉 자손으로, 흥해군 등명동에 사는 처자로 낙점하여 성혼이 되었다. 성혼하고는 곧장 신부를 부모가 계시는 봉계에 들어가서 살도록 하였다. 학초는 청송에서의 생활은 접고 다시 구강동으로 이사할 마음을 굳히고 있어서 구강동으로 이사할 때까지 실인을 그곳에서 지내도록 할 참이었다. 새로 성혼한 신부를 청송 고적동으로 데려오지 않으니 청송에 살고 있는 사람들은 학초가 부실을 새로 들인 것을 알지 못하고 있었다.

어느 날이었다. 어떠한 나이 어린 젊은 부녀가 물음(머리까지 둘러쓰는 장옷)을 쓰고 의원을 찾아 진맥을 보러 온 것처럼 하여 학초 앞에 마주 앉았다. 나이는 스무 살 남짓 되고 모습이 누가 보아도 밉지 않을 정도로 잘 생겼으며, 의복 맵시와 앉는 거동이 조용하면서도 침착한 것으로 보아 양반가의 규수인 듯 보였다. 학초는 어디가 아픈가를 물어보니 이 규수는 좌중에 다른 사람이 있어서 말하기 곤란하다며 뒤에 차차 말하겠다고 하였다. 좌중의 사람들이 모두 물러가자 규수는 조용조용하게 입을 떼었다.

"주인 양반이 어느 날 더울 때 청송 폐문루에 오른 적이 있었지요?"

"생각해보니 언제 그런 일이 있었던 듯합니다."

"그때 아마 여러 사람을 데리고 관청에 들러 볼일을 보신 적이 있지요?"

"예, 그리하였지요."

규수는 이렇게 지나간 일을 묻고는 한참을 더 머뭇거리다가 자신에 관한 이야기를 꺼내었다.

"이 사람의 병은 다른 병이 아니라, 이 넓은 천지에 제 몸 하나 의탁할 곳이 없는 병입니다. 이에 더한 병은 없사오니 들어주시기 바랍니다. 차차 앞으로 살아감에 체모를 가리고자 하나 인도해 줄 사람이 없습니다. 청춘 행색이 사지에 빠져 함정에 들어있어 남녀 체면을 차릴 수 없어 염치를 무릅쓰고 쇠가죽 얼굴을 가렸다고 생각하고 말씀드립니다."

"어찌 된 연유인지는 모르나 화용월태 젊은 부녀로 보아하니 박복한 터는 아닐 것으로 보입니다. 가족도 있고 혼인 성취도 한 이상에 무슨 연고로 함정에 빠졌다 하오?"

"염치 불고하고 비밀로 묻어온 것들을 이제 털어놓습니다. 이 사람의 친정이 영해군 나라오리라 하는 이가(李家)의 집에서 출생하여 16세에 안동으로 출가하였습니다. 복이 박복하여 초례 후 신행 전에 남편을 잃고 외로운 세월을 보내며 친정과 시가를 오가며 지냈습니다. 그러다가 작년 늦은 봄과 이른 여름 사이 녹음방초 우거진 시절 몸종에게 폐물과 의복 속가지를 들게 하고 안동과 영해 중간인 진보(현 청송군 진보면) 지경 중로를 지날 때 아주 유명한 부랑자에게 붙들리어 몸을 더럽히고 말았습니다. 보따리에 싼 패물은 그놈이 가져가고 몸종 또한 데려가서 다른 곳으로 팔아먹었습니다. 이 사람은 자기 계집이라 하니 몸은 이미 더럽혀지고 다시 오도 가도 못할 신세로 지냈습니다. 세상에 계집 팔자는 먼저 맡은 이가 임자로, 사나우니 원수이니 하여도 다시 용신을 못하고 있으니 부디 구해주시기 바라나이다."

"조선 습관에 양반 풍속으로 가문에 욕된다고 돌아보지 아니할 터. 정말 측간에 빠진 격이 되었는데 대체 어떤 자에게 붙들리어 그 같이 되었소?"

"청송군 관노에 함봉학이라 하는 부랑자이옵니다. 그자의 세력은 관청의 여러 사람과 친숙도 하고 조화도 부릴 줄 아는 자입니다. 관아의 이교노령(吏校奴令)들이 나를 이미 관노의 계집이라 하고 꼼짝달싹도 못하게 하니 이 몸은 날개가 있어도 날아가지도 못합니다. 설혹 날아간다 해도 각 군에 통문하여 찾을 것이니 함정에도 단단히 빠졌다 할 것입니다. 이 사람이 그날 폐문루 옆 후원 퇴청에서 바느질하다가 우연히 폐문루를 쳐다보았습니다. 그때 마침 함봉학이 들어와 폐문루에 올라 서 있는 사람을 가리키며,

"저 사람이 오늘 관정에 등장한 장두인데 관아에 들어와서 원님을 꾸

짖는데 우리 원님이 똥을 쌀 정도로 당하고 지령을 자기 마음대로 원하는 대로 받아간 사람이라."

하며 그날 있었던 일을 늘어놓았습니다. 속으로 어디에 사시는지 후일 알아보아 망문투지 찾아가리라 마음먹었습니다."

나이 어린 젊은 부인은 신세타령과 함께 자신을 맡아 달라고 간청하였다. 학초는 난처한 표정으로,

"내가 본래 양실을 두고 살았습니다. 그러다가 연소한 실인이 근년에 세상을 떠나고 부실속현(副室續絃), 즉 가야금의 줄을 다시 잇는다는 마음으로 새로 부실을 구하여 경주에 두었습니다. 일개 남자가 3부인(三婦人)은 부당하니 할 수 없는 일이오."

학초가 측실로 맡기 어렵다는 뜻을 비쳤지만, 연소부인은 그래도 간청을 하였다.

"이 같은 신세가 되어 있는 마당에 첩의 첩이 되더라도, 아니 종의 종이 되더라도 지금처럼 관노의 계집은 되기 싫습니다. 지극히 애통한 마음으로 의탁하기를 바라옵니다. 만일 거두지 않으면 오늘 날짜로 나를 죽이는 줄 생각하겠나이다."

죽음으로 한사코 매달리니 학초도 부득이하여 연소 부인을 받아 거두었다. 생각하지도 않았던 본부인을 합쳐 3실을 두고만 결과가 되었다. 이후 일곱 달 동안은 3실 간에 투기가 있거나 분란은 없었지만, 학초가 평소에 결심한 대로 1남 3실은 분에 넘친다는 생각을 하고 있었다. 함께 지내는 동안 마침 청송 관노와의 인연은 끊어지고 하여 울산 어느 곳으로 떠나갔다.

학초가 청송군 보현산 아래 월매촌 고적리 반석에 개울물이 흐르는 산수 좋은 곳에 몸을 의탁하고 살았지만, 처음에는 시율도 혼자 읊조리며 조용히 지낼 수 있었다. 그러나 차츰 그가 누구인지 알려지니 아는 사람 모르는 사람 모두 찾아와서 전과 다름없이 분란스러웠다. 더구나 부실 강씨를 잃고 나니 나날이 울적한 마음으로 지내게 되었다. 산수 좋은 보현산 자락도 정이 깊이 들지 못하였다.

16. 친구의 토지문서를 내놓으라는 군수를 향해

– 군수가 화적공사를 한다고 대들어

1901년 신축년 음력 8월 9일 학초 나이 38세였다. 새로 성혼한 부실 정씨를 봉계에서 오게 한 후, 청송 고적동의 짐을 꾸려 예전에 살다가 사음을 준 구강동으로 향하였다. 즐거울 때나 어려울 때나 늘 함께 따라나섰던 실인 강씨는 이제 아무도 아는 이 없는 그곳에 묻어놓고 구강동으로 떠나는 발걸음이 그렇게 가벼울 수는 없었다.

꼭두방재와 죽장장터가 처음 봉계로 넘어올 때와, 구강동에서 청송으로 넘어올 때와, 지금 다시 구강동으로 돌아갈 때의 산천의 모습은 변함이 없으나 지나가는 학초의 마음은 그때마다 달랐다.

당시 경주군수 김윤란(金允蘭)이라는 사람은 원래 의성 관노 출신으로 대구 서문 밖에서 소를 잡아 베어 팔고, 그 처는 술장수를 하여 내외가 억척같이 재산을 많이 모아 일자무식에 가까웠지만 조정에 매관하는 길을 잘 타서 경주군수로 부임하게 되었다.

그 군수와 함께 따라온 책실은 대구 본부 아전의 후손인 정해붕이었는데 그 두 사람 모두 탐관학민의 수단이 대단하였다. 이전부터 경주 관아에 있던 관속들은 제쳐놓고 군수와 책실, 아객 등 새로 들어온 사람 자기네들끼리 한통속이 되어 공사를 벌여나갔다.

백성이 원통한 일이 있어 소지(민원)를 청하면 그 소지를 즉각 해결하려 하기보다는 산처럼 쌓아놓고 '착오 없이 내사를 거친 다음에 판결한다.'고 우선 소지에 적힌 피고를 나졸을 시켜 하나하나 잡아 와서는 그 사람의 살림부터 떨어먹는데 보통 2~3백 냥부터 많게는 천 냥까지 받아냈다. 그 받은 돈은 군수와 책실이 비율을 정하여 나누어 가졌다. 보통 탐학하는 관리는 여기에서 그치는데 군수의 탐학 공사는 이제 시작에 불과하였다.

소지를 당한 사람에게는 별별 수단을 부려 있는 대로 떨어먹고는 죄가 없다고 방면하고서, 이번에는 소지를 올린 사람을 불러다 무단히 남을 해하고자 공연하게 일을 꾸몄다는 무고죄를 씌워 옥에 가두어 전처럼 받아 챙겼다. 소지를 당한 사람과 소지를 낸 사람 모두 떨어먹었다고 끝이 아니다.

그다음에는 동네일을 보는 동임(洞任)과 동네 유지격인 두민(頭民)이나 지사인까지 불러다가 이웃에서 지도를 잘못하였다고 잡아 가두었다. 소지 한 장에 줄줄이 엮이어 가고 모두 돈을 바쳐야 풀려났다.

이러한 소문이 경주 일대에 삽시간에 퍼지게 되었는데 기계면 화대동 부녀들이 팔월에 목화를 따면서 노래같이 나눈 이야기를 들어보면 그 분위기를 알 수 있다.

'동해면 문약국의 딸 처자가 겨울철 얼음 얼 때 우물에 미끄러져 죽어 두 동네가 망하였다네. 이웃집 말 한마디로 셋 동네가 망하고, 온 마을 사람이 역졸이 토색질한다고 보고하고 다섯 동네가 망하였다네. 촌촌가가 면면이 돈은 죽어가며, 가산을 다 맡겨도 군방 구류 면치 못하다가 말래에는 자부가 원정소지를 넣었는데 측실로 불리어가 간통 후에야 방송되었다네. 토성의 김 참봉은 일등 빈민 구제와 가난한 사람 자제 학비 대어주고, 과객 밥 먹여 재웠던 것을 무단히 화적 두목으로 몰아 몇 달간 구류에 무수 학정을 하여도 끝내 돈을 아니 주니 칼을 씌워 장시에 효시하였다네. 그 장면을 본 장내 사람들이 통분을 참지 못하여 무법천지라 말하니 또 화적 접주로 얽어 진위대에 넘기니 무수 곤란 후 방면되었다네. 허다 학정은 천지 인민이 생긴 후 수만 년 이래 처음일러라.'

들려오는 소문들을 목화를 따면서 이야기를 서로 주고받았다고 하였다. 소문이 한 입, 한 입을 거치면서 이어지다 보니 다소 늘어난 부분도 있을 것이다.

군수 김윤란의 처(妻)가 아들 혼인을 위해 인근 군 청송 오사리라 하는 곳의 처자와 선을 본다고 가마를 타고 강서면 노당재를 넘으면서 '산유화' 노래를 불렀다. 소위 조선의 천인 본색이 평소에는 나타나지 않다가 버드나무 가지를 보고 '고리짝 만들기 좋다.' 하여 천인 본색을 다 드러낸다고 한 말과 같이, 그 처가 바로 기생 본색을 다 드러내었다고 수군거렸다.

김윤란이 군수로 부임해 오고부터는 내동헌에는 고기 냄새가 하루도 거르지 아니하니 성안의 개가 모두 냄새를 맡고 들어가면 오는 대로 잡아먹었다는 소문도 들리었다. 하루는 동헌에서 손님들과 비밀 수작을 벌이고 있자니 그 문밖에서 소위 신래부인(新來婦人: 고을 수령의 적적함을 달래기 위해 임시 부인 역할을 맡은 기생)으로 짐작하여 군수가 기생을 데리고 노는 줄 알고 화들짝 문을 열어젖히니 기생은 없고 손님뿐이라. 이러한 창피도 당하였는데 그래도 고치지 못하였다.

어느 날 군수가 급창, 사령, 형리, 아전이 늘어선 가운데 공사를 하고 있었다. 혹 거기에도 기생이 있는지 담구멍에 눈을 대고 보다가 급창이 '이게 무엇이냐?' 하면서 작대기로 쑤시니 얼굴이 찔려 피가 낭자하게 흘렀다는 소문도 돌았다.

같은 해 가을에 학초의 친구인 최세인(崔世仁)이라는 사람이 가세가 넉넉하여 서울에 벼슬자리를 구하러 가면서 강서면 반월샘(半月井)이라는 곳의 토지문서를 학초에게 맡겼다. 서울에 가서 벼슬을 구하는 연줄을 찾은 후 연락을 하면 팔아서 그 돈을 보내 달라고 하였다.

불량한 군수 김윤란이 이를 알고 학초를 잡아다가 그 토지 판 값을 바치라고 종용하였다. 아직 토지를 팔지 못하였으면 그 문서를 관정에 바치라고 하였다. 군수가 아무리 윽박질러도 학초가 그 문서나 돈을 내어줄 리 없었다.

"최가의 물건을 최가의 허락 없이 무슨 이유로 관정에 바치리까?"

하고 일언지하에 거절하니 옥에 가두고 5일마다 불러내어 돈을 내놓으라고 윽박질렀다.

'사람이 되어서 신용이 명맥이라. 최세인이 자신의 힘으로 애써 모은 재산을 나 같은 사람에게 맡긴 것을 무단히 강도 같은 군수에게 주고

보면 나의 처사가 명맥이 없는 모양이라.'

하는 생각으로 모진 문초를 당하면서도 응하지 아니하였다.

학초가 옥에 갇히는 신세가 되어 옥사에 갇혀있는 죄수의 형편을 살펴보니 새롭게 들어오는 죄수가 매일 이삼십 명씩이나 되었다. 나가는 죄수도 많은데 그냥 방면되는 것이 아니었다. 군뢰나 사령이 밖으로 불러내어 수군수군하다가 다음에는 형리, 아전이나 책실 통인이 불러 또 수군수군하고 난 뒤 돈을 바쳐 나갔다. 혹 항대하는 사람은 관정에 내어다 곤장을 치고 옥에 가둘 때는 족쇄를 채워 달아놓고 매질을 하였다. 관리의 처리하는 방법이 형법대전 같은 대전회통은 얻어 보지를 못하였는지, 아니면 행할 줄을 모르는지 무죄·유죄를 재산 바치는 대로 정하였다.

설혹 죽을죄를 지었다고 해도 돈을 쓰거나, 아니면 세도가의 두호편지를 받아 전해주면 그만이었다. 그도 저도 못한 사람은 군수와 친한 길만 터놓으면 무사하였다. 심지어는 책실이나 수청기생의 말만으로도 효험이 있으니 수청기생까지 세도를 부렸다. 이때 아객이라 하는 자는 여관에 머물러 있다가 근자의 변호사같이 억울한 사람이 부탁하러 찾아오면 일금 얼마에 착수하여놓고 밤이면 군수 아중에 들어간다. 더 심한 아객은 군수나 책실을 만나지도 않고 받은 금액을 혼자 착복하기도 하였다. 군수와 책방, 아객들이 자신들은 제쳐놓고 새로 들어온 저희끼리 탐학을 저질러 나누어 먹으니 관아에 옛날부터 있어 온 관속들은 겉으로는 군수의 명령을 따르는 체하였으나 속마음은 오히려 죄수들을 동정하였다.

밖에서 옥사를 찾아 면회를 오는 사람은 자기 능력대로 음식을 사 가지고 들어오며, 들어가고 나가는 죄수들로 옥사는 언제나 붐볐다. 학초는 돈을 쓰고 나가는 내용을 일일이 살펴보았다. 살아오면서 있었던 일들을 기록으로 남기는 성미인지라 이것도 모두 세세히 기록하였다. 군뢰 사령들이 옥 안에 갇힌 만만한 죄수를 구타하면 학초가 이를 못하게 일일이 말렸다. 언제 어디서나 만만한 사람은 사람 대접을 받기는커녕 분풀이의 대상이 되었다. 돈을 낼 형편이 못되거나 돈을 내고 나가려 하지 않은 사람은 효과가 있건 없건 학초가 일일이 소장에 쓸 억울한 말을 가르쳐 주었다. 그러다 보니 학초에게는 별별 기이한 음식이 들어왔다. 이 음식들을 형편이 어려운 죄수들에게 나누어 주었다. 학초는 자신의 일은 어디를 통해도 군수에게 아니 될 줄 알고 우편으로 대구 감영에 전하였으나 종무소식이었다.

하루는 군수가 동헌 마당에서 심문을 한다고 학초를 옥에서 불러내었다. 끌려 나온 학초를 보고 군수는 단단히 벼르던 말을 하였다.

"네가 최세인의 땅값을 아니 바치고는 견디지 못하리라."

학초는 대갈일성으로,

"최가의 돈을 박가에게 바치라는 말은 당치 않은 말이오. 이교노령(吏校奴令) 세워 놓고 위엄으로 화적공사를 하니 어디 영감 하고 싶은 대로 해보오."

범 같은 군수를 보고 화적공사를 한다고 하였으니 이 소문은 경주 관아는 물론 성내로 삽시간에 퍼졌다. '화적'이란 떼를 지어 다니면서 행패를 부리며 강도질을 일삼는, 여러 도적 중에서도 가장 무시무시한 도적이 아닌가? 관아의 이교노령들은 신임군수와 책실을 탐탁히 생각하지 않고 있었다. 수많은 죄인을 잡아 돈을 착취하여도 저희끼리 나눠 가지고 궂은일만 시키니 불만이 쌓여가고 있었다. 학초가 그 군수를 보고 대들었으니 자기네들로서는 체증이 내려가는 기분이었다. 이 일로 학초는 경주관아에서는 일약 유명인사가 되었다.

군수는 진노하여 관장을 능욕한다고 하면서 영천으로 이수 지령을 내렸다. 틈틈히 불러내어 으름장을 놓아도 씨가 먹히지 않자, 이러한 소문이 퍼지고 있는 것도 우려되나, 내보내주고 싶은 마음은 없어 아예 이웃 군으로 죄수를 보내버렸다.

1902년 임인년 음력 1월 10일, 학초가 경주군수의 지령에 따라 영천으로 이수(移囚)를 갔다. 학초가 영천으로 이수를 간다는 소문이 학초가 떠나기 전에 경주는 물론 영천에까지 퍼졌다. 경주 장방의 방장 사령이다, 도사령 등이 자기네들끼리 미리 선통을 보낸 모양이었다. 옥사에 갇힌 사람이 어디 학초뿐이겠느냐만 비단 학초가 이들에게 이름이 오르내리는 것은 예전 달대평에 관한 일도 있었지만 모든 죄수들이 서슬 퍼런 군수에게 감히 항대는 엄두도 못하고 줄줄이 돈을 바치는데, 학초는 군수를 화적이라고까지 하였으니. 더구나 자신의 재산도 아니고 친구의 재산을 지키려 이러한 곤욕을 치르고 있지 않은가?

그동안 경주 옥에서 한 방에 함께 지내던 윤사과, 김 참봉, 김익서 등 10여 인과 이별을 하고 영천으로 이수를 갔다. 옥사를 벗어나자 학초의 이수 떠나는 모습을 보려고 구경꾼들이 모여들었다. 그 틈에 기생 차림을 한 부녀들도 보였다. 범 같은 군수에게 화적이라고 대든 사람이 누구인지 궁금하였던 모양이다. 죄수를 옮기는 영거장교를 따라 경주 남문을 나서니 이교노령까지 전송을 하였다.

학초를 인솔하는 영거 장교가 같이 가면서 먼저 입을 떼었다.

"정말 이해하기 어려운 일을 보겠나이다. 자기 재물이라도 욕을 볼 지경이면 돈을 주고도 면하려 하는데 항차 남의 재물을 다른 사람도 아니고 서슬 퍼런 군수가 바치라 하는데 장방 구류를 마다하지 않으니…. 거기에다 군수를 대하여 화적이라 하시니 지나오면서 숱한 죄수들을 보았지만 이런 경우는 처음이올시다."

"그렇지 아니하오. 재물 자체가 소중한 것이 아니라. 친구와의 믿음이 더 소중하오. 믿을 신(信)자의 신이 없으면 효(孝)도 없고 임금을 향한 충(忠)도 없는 것이라. 최세인이 나를 사람으로 믿는 터이오. 또 내가 능욕 관장을 한 것이 아니라 오히려 관장에게 충언을 하였지. 그 관장이 내가 한 충언을 능욕으로 알고 있다면 장차 이 길로 '너화너화'를 부르는 삽짝을 타고 갈 것이라."

학초가 말한 '너화너화를 부르는 삽짝'이란 군수가 군 백성으로부터 내어 쫓김을 당한다는 말이었다. 이 같이 말을 주고받으면서 알마리 고개를 넘었다. 그 고개 마루에 돌이 약간 얼멍얼멍한 것을 군수 김윤란이 석수를 시켜 다듬고는 그것을 선정이라고 그 아래에 이 사실을 천추에 전한다고 선정비를 세워 놓은 것을 보았다. 학초는 가소로운 생각과 함께 옛글이 생각났다.

'산을 뚫고 길을 낸 진시황도 덕이 없으니 여산릉(진시황의 무덤)에 굴총이 났다 하는데, 모든 사물은 극에 달하면 다시 되돌아오는 이치처럼 이 같은 군수의 선정비가 어찌 오래도록 남으리오. 착한 문명 세계가 되면 이 길이 이대로 있지 아니할 터라. 자신의 악행을 깨닫지 못하고 없는 덕을 전하고자 하는 것은 후세에 웃음거리만 남겨 '선정비'가 아니라

'요절비'가 될 것이라.'

이날 석양이 되어 영천에 도착하여 군수 이장용의 명령에 따라 장방에 채수되었다. 방장 사령 이명천이 도사령을 대동하고 주안상을 마련하여 죄수인 학초에게 먼저 문안을 왔다. 날이 어두워지니 영천 관아의 이방과 황수가 형리를 데리고 주안상을 들고 와서 인사를 왔다. 바로 연이어 자신을 금란이라고 하는 기생이 동기 둘을 데리고 문안을 왔다. 경주에서 채수를 올 때 학초의 이력을 영천에 선통을 보낸 때문으로 보였다.

학초는 죄수의 몸으로 이수되어 와서 이 같은 대접을 받으니 한편으로는 미안스럽고 한편으로는 고맙기도 하여 체면의 인사를 건네었다.

"이 망한 사람을 위하여 각처에 점잖으신 이가 와서 환대하여 주시니 감사도 하거니와 이 고마움을 장차 어찌 갚아야 할지 모르겠소."

이방 이만석이 먼저 대답하였다.

"당시 경주사또의 위령 지하에 '화적공사'한다는 네 글자 호통이 그리 쉽지 않습니다. 그 군수가 어떤 군수요? 이수 오시기 전에 이미 우리도 그 소문 들었습니다."

방장 사령이 위로 겸 말을 건네었다.

"참, 경주 각 청 여러 곳에서 우리 영천에 사통(私通)을 보내었습니다. 여기에서 고생되시더라도 얼마 멀지 않아 그 고생 끝나시리라 믿습니다."

기생 금란이도 한마디 거들었다.

"소녀는 선대부터 경주에서 살았던 정든 고향이올시다. 생살지권이 왔다 갔다 하는 그 동헌 뜰에서 염라대왕보다 더 무서운 군수를 향하여 '사또가 화적질을 한다.'는 그 말이 이곳까지 들려왔나이다. 정말 그러한 말하는 사람이 있어야 우리같이 힘없는 사람들이 살 수 있지요. 남문 밖 떠날 때 동도 기생들이 전송하더라는 소문이 여기까지 들려왔습니다."

학초가 이수를 온 직후 이름난 죄수 두 사람이 다른 곳에서 영천으로 이수를 왔다. 이 중 한 사람이 최달임이라 하는 사람이었다. 최달임의 집안은 당시 대구 감영 영리의 아전이었다. 그 당시 영리의 아전이라 하면 각 지방의 수령들도 괄시를 못하였다. 관찰사가 각 수령의 치적을 조사하여 임금에게 알리는 포제를 작성할 당시 벽에다 경상도 각처 군수 이름을 붙여놓고 누워서 '요놈을 지울까? 저놈을 지울까?' 저울질을 할 만큼 그 세도가 대단하였다. 이름하여 대구 '진골목 최대감'이라고 부르는 그 사람의 조카이다. 그 최달임이가 이수를 와서 처음 꺼낸 말이,

"들으니 경주에서 범 같은 김윤란에게 '화적공사 한다.'라는 말을 서슴없이 한 사람이 누구요? 내가 들으니 영천으로 이수를 오셨다 하는데 이 중에 뉘시오니까?"

좌중의 사람들이 모두 학초에게 눈짓을 보냈다.

"어찌 그 사람을 찾아 물으시며 알고자 하나이까?"

하고 학초가 묻자 최달임은 다짜고짜,

"경주군수 오고는 경주 백성들의 털린 재산이 약차하고 심지어 인피를 벗긴다는 소문도 자자한데 그 범 앞에 하고 싶은 말 다하는 이가 바로 귀하시오?"

하며 학초의 손을 덥석 잡았다. 최달임은 대구 남문 밖 큰 상점을 운

영할 때 경주의 전 군수 조의현의 상납외획의 돈을 많이 빌려 쓰고 장사를 하였으나 영업 이익이 없어 그 돈을 갚지 못하여 결국 감옥에 갇히는 신세가 된 지라 영천으로 이수 되었다. 두 사람은 자신이 여기에 온 지금까지 내력을 주고받으며 서로 가까운 사이가 되었다. 하루는 최달임이 학초를 보고,

"귀하가 당한 일을 감영에 의송장을 지어 내 편지와 동봉하여 우편으로 대구에 보내면 귀하가 방면되도록 주선하여 드릴 것이외다."

그 이야기를 듣고 학초가 소장을 지어 주니 최달임은 자신의 편지와 함께 동봉하여 우편으로 부쳤다. 당시 경상북도관찰사는 김해 사람으로 지난 손봉백 송사 사건을 재판한 이유인이었다. 이유인은 마흔 살이 될 때까지 포의한사 가난한 선비로 때를 얻지 못하여 과객으로 떠돌아다녔다. 대구에 왔을 때 칠성정의 양주사 댁에 신세를 많이 졌다. 나중에 자신이 관찰사가 되고 양주사를 사송주사로 발탁하여 그 공을 갚았다는 소문이 있었다. 알고 보니 그 양주사가 공교롭게도 최달임의 매부였다.

최달임의 편지가 대구에 갔을 때는 마침 관찰사 이유인이 임기를 마치고 떠날 때였다. 양주사가 학초의 소장을 들고 떠나는 그 임시에 원통한 백성 하나 구제하고 떠나시라는 간청을 드리니 학초가 특별 방면되었다.

학초를 방송하라는 지령이 영천에 도착하니 학초는 방면되고 자연히 최달임과 이별하게 되었다. 강도 같은 김윤란으로 인해 옥사에서 구류를 산 지 어언 6개월이 지난 때였다.

이 사실을 확인하기 위해 경상북도관찰사 이유인의 이임 기록을 살펴보았다. 당시 승정원 일기에 의하면,

1902년 1월 13일, '경상북도관찰사와 겸임하고 있던 대구재판소 판사를 면한다.'는 기록을 찾을 수 있었다. 학초의 소송장과 최달임의 편지가 도착하였을 때는 이유인이 관찰사의 임기가 만료되고 서울로 떠나려던 참으로 확인되었다.

최달임은 떠나는 학초를 보고,

"귀하가 필시 그저 있지는 않고 대구에 가실 터. 가시거든 장동에 가서 우리 집을 팔아 상납을 메꾸어 해결하라는 부탁을 전해주소."

학초는 최달임에게 감사의 인사를 하고 서로 헤어졌다.

지금까지 6~7개월간 새장 안의 새처럼 할 일 없이 갇혀있었으나 이제 무사득방되었다. 이제부터 강도 같은 경주군수 김윤란을 영문에서 꼭지를 칠 계획을 세운다. 영천으로 이수를 올 때 경주 알마리 고개를 넘을 때 각오를 하였던 그대로 백성이 군수를 삽짝을 태워 '너화' 소리를 내게 하는 학초의 수단을 다음 권에서 읽어보시오.

자서전 ①권과 ②권은 여기에서 끝을 맺는다. ②권의 글 마지막에 '다음 권에서 읽어보시오.' 라는 구절이 있는 것으로 보아 학초는 ③권을 저술하였을 것으로 보이나 아쉽게도 찾지 못하였다.

학초의 그다음 행적이 궁금하여 자서전 3권을 수소문하여 찾던 중 대구에 소재한 계명대학교 도서관 고문헌실에서 학초가 남긴 『학초소집』을 우연히 찾을 수 있었다. 자서전이 순한글로 기록된 데 반하여 이 자료는 순

한문으로 기록되어 있었다. 처음 부분에는 학초가 태어나서 78세(우리 관습상 연령은 79세)로 세상을 떠날 때까지의 자신의 행적과 당시의 중요한 사건을 간략히 연보형식으로 기록하고 뒤에는 자신과 관련된 여러 자료를 정리하여 둔 책이다.

17. 『학초실기①,②』이후

– 『학초소집』에 기록된 39세 이후 중요한 행적들

2권 말미에 있었던 경주군수 김윤란에 대한 학초의 행적을『학초소집』에 간단히 기술되어 있었다. 그 내용을 번역하여 옮기면 다음과 같다.

'(김윤란은) 민란을 당해 삽짝(扉)을 통해 내어 쫓김을 당한 자로, 당시 관찰사는 (김윤란을 두고) '목불식정(目不識丁 눈을 뜨고도 가장 쉬운 고무래 정(丁)자도 알지 못할 정도로 무식함)으로, 사리사욕만 채우려 하다가 파직을 당하였다.'고 하였다.

『학초소집』에서 경주군수와 관련된 부분은 언제, 어떻게 삽짝을 당하였는지는 구체적으로 기술하지 않았다. 아마 자서전 3권에 밝혔으니 연보에 다시 구체적으로 거론하지는 않았을 것이다. 자서전 3권이 없는 아쉬움이 그대로 남는다.

이 내용에 대한 관련 사료를 찾던 중 한국사료총서 53집에서 관찰사가 의정부로 보낸 '의정부 내부 경주군수 김윤란 주면(해임)사'에서 경주 백성들의 소요와 관련된 내용을 찾을 수 있었다. 이를 지면 관계로 번역한 내용만 소개하면,

<전략>
이달 음력 12월 7일, 군수가 자리에 앉아 일을 논하려는 즈음에 민중들이 향장소(鄕長所향청)에 모여 왁자지껄하게 떠들었으나 이를 금지하거나 제어하지 못하였습니다. 이에 관찰부에서 파견한 사람이 탄식하며 계속하여 무리 속에 들어가 진압하였습니다.
여러 백성들이 본 군수 송덕비각을 부순 뒤에 각 주점에 모여 머물렀습니다. 같은 달 9일 저물녘에 서로 모여 객사에서 울부짖으며 아직 흩어지지 않았습니다. 이 사실을 듣고 놀라 특별히 부(관찰부)의 노련하고 풍력이 있는 자를 골라 밤새워 달려가 방을 붙여 알리고 민중을 달래어 물러가게 하였습니다. 본 군에다 훈령을 내어 단속하면서 이른바 장두(狀頭)를 먼저 잡아 가두겠다고 보고해 왔기에 다시 조사관을 정해 윗 항의 각 조목의 제반 폐해를 하나하나 조사하여 차례로 보고를 올리게 할 계획입니다.
해당 군수 김윤란으로 말하자면 매우 피폐한 큰 고을을 맡았는데, 하물며 처음 하는 일이라 수령의 일 처리에 완전히 어둡고 이익만을 꾀하는 일이 많았습니다. 여러 차례 훈칙을 받았으나 끝내 그치지 않아 마침내 이처럼 놀라운 일에 이르게 되었으니 이는 실로 자신이 불러들인 것이라 하겠습니다. 이처럼 맡은 임무를 감당하지 못한 것은 용서하기 어려우니 경주군수 김윤란은 특별히 조사하여 대조하고 주면(奏免해임)하기를 바랍니다.

이라 하였다.

장두(狀頭)의 이름은 별도로 거명하지 않았으나 민중들이 객사에 모여 울부짖었다는 점은 학초가 이제까지 여러 차례 민중의 장두를 맡아오면서 항거하지 않고 오직 '억울합니다.'만 호소하던 방법과 동일하다.

계속해서 같은 해 『학초소집』에 기록된 이후 학초의 행적은,

* 1902년 임인년 광무 6년 양력 5월 31일 최우준, 장겸수, 권병례와 함께 중추원의관(中樞院議官)에 제수되었으나 같은 해 6월 10일 의원면직(依願免職: 스스로 면직을 청함)하여 강호에 살면서 약초 판매를 업으로 삼으며 다만 부모, 처자식과 살아가는 즐거움만을 원하다.

중추원(中樞院)은, 요즈음으로 말하면 의회와 같이 근대적 형태의 입법기관을 모방하여 설치한 국왕의 자문 기관으로 1894년에 설립되었으나 1896년부터는 독립협회와 만민공동회의 건의로 그 구성원을 황제가 추천하는 칙선의관과 백성들이 선발하는 민선의관으로 나누어 구성하였다.

『학초소집』에 기록된 학초의 중추원의관 임용에 대해서 1902년 5월 31일 자 승정원일기에 '박학래(朴鶴來)'의 성명을 확인할 수 있었으며 소집에 기록된 함께 임명된 다른 사람의 이름도 승정원일기와 일치하였다. 다만 의원 면직된 날짜는 차이가 있었다. 면직의 통보가 도착한 날짜로 기록한 것으로 보인다. 학초가 어떠한 경위로 중추원의관이 되었는지는 자서전에서는 소상히 밝혔으리라고 짐작되나 이 자료로는 알 수가 없다.

* 1902년 임인년 음력 11월 11일, 약을 사고파는 일로 대구 약령시에

갔는데, 마침 서울 사람 심상무와 김용락이라는 약초 상인을 만났다. 그의 말에 의하면 농상공부 훈령과 관찰사 훈령에 따라 파견된 관원이 온갖 물건에 세금을 새로이 매긴다고 하였다. 팔도의 이름난 상인들이 일제히 모이지 않은 변괴를 당하니 원성이 땅을 흔들었다. 아직 영시에 오지 않은 사람들은 소문을 듣고 타 곳에 머물렀고, 먼저 도착한 사람들은 변을 당해 원망하였다. 때마침 여러 사람의 논의를 모아 제소할 방법을 찾고자 장두를 뽑았다.

학초는 팔도 상인들이 많이 운집한 가운데 장두로 선발되었다. 이에 비밀리에 묵을 곳을 서문 밖 배준여 집에서 하룻밤동안 밤을 새워가며 8도의 8공원과 8서기, 8집사 등 파임(派任)을 정하였다.

여러 가지 소송 절차 등 제반 사항을 각 문에 훈령과 같이 알리니 전국에서 모인 상인의 수가 헤아릴 수 없이 엄청나게 많았다. 각 가게가 문을 닫고 머리에 띠 두르고 모두 징청각(澄淸閣) 아래로 가서 하소연하였다. 사람이 얼마나 운집하였는지 궁금하여 장두인 학초가 잠시 포정사 문루인 관풍루(觀風樓)에 올라 주변을 둘러보니 고소하는 자와 남녀간에 구경하는 사람들이 바다와 같이 들끓었다. 이에 세금혁파가 세 번이나 바뀌어 공표되고 영시(令市)가 다시 열리게 되었다.

학초는 21세가 되던 해에 세금 경장을 위한 일을 시작으로 안강에서의 달대평 사건, 청송에서의 천주봉 투장사건, 대구약령시 세금혁파에 대한 것까지 이 자서전에 기록된 것만 하더라도 무려 네 번이나 장두로 앞장서서 수많은 민중을 이끌고 관아에 민소를 내었다. 그리고 경주 군수의 횡포에 맞서 고을 사람들과 힘을 합쳐 군수를 몰아낸 일에도 자서전 2권의 말미에 '백성이 군수를 삽짝을 태워 '너화' 소리를 내게 하는 학초의 수단을 다음 권에서 읽어보시오.' 하는 대목과 앞에 소개한 한국사료총서에 나타난 내용으로 미루어 보아 주도적으로 참여한 것으로 추측된다. 민의가 반영되기 어려웠던 그 시대에 감히 관아에 다수의 민중이 모여들어 민소를 내고도 무사하였으며 심지어는 그 뜻을 관철하였다. 그런 일이 가능한 까닭은 무엇이었을까?

무엇보다 비폭력적인 방법으로 당면의 문제를 해결하려 하였기 때문이다. 손에는 무기를 들고 관아를 점령하거나 감정을 내세워 항거하는 방법은 사무친 일에 대한 분풀이는 되었을지 몰라도 나중에는 오히려 그것이 빌미가 되어 처벌을 받은 사례를 오늘날도 수없이 찾아볼 수 있다. 어떤 억울한 민원도, 억울함이 뼈에 사무친 일이라 하더라도 그 해결방법에 동원한 폭력과는 서로 상계할 수 없다.

* 학초 나이 40세가 되는 1903년 계묘년 음력 3월에는 봉계의 집은 부친과 부인이 유지하고, 약장 일부분을 옮겨 실인 정씨와 함께 영천군 조양각 서쪽의 임도야의 집 두 칸을 세내어 거주하였다. 다음 달인 6월 그믐날에는 같은 영천군 남문 안 과전동에 집을 구입하여 이사하였다. 영천에 거주하는 동안에는 당시 영천군수 서정철, 향장 박근호, 전 참판 장두한, 그리고 자칫 사문사를 당할뻔한 전 경주군수 권상문 등과 함께 시를 짓고 종유하면서 지내다.

* 1911년 신해년 음력 12월에는 경성의 '신해금사' 창설회원이 되어 당시 문집을 수집 및 수합하여 발간하는 데에 참여하다.

* 학초가 50세가 되던 해인 1913년 음력 2월 21일 50세 되던 해에 영

양군 남면 가지들(현 영양군 영양읍 감천2리)에 전주인 조영기로부터 삼수당 종택을 당시 대금 1,120원에 매수하고 그해 12월 26일에 이사하다.

* 1914년 음력 11월 정자를 '학초정'으로 개창하여 신해금사집에 '학초정실기'를 싣다. 이듬해 6월 19일에는 전국 13도 220여 문장가들로부터 '학초정'을 운으로 하는 시를 받아 이들의 이름을 현판에 게시하고 그 시는『학초소집』에 모두 정리하다.

본 자서전에 나오는 그와 함께 동시대를 살았던 영래, 봉래, 춘래의 근황을『학초소집』과 관련 사료에서 살펴보면,

* 학초가 41세가 되던 해인 1904년 음력 1월 14일, 친척 중 학초와 가장 친했던 재종 동생 박영래는 젊은 나이로 경주 봉계의 당시 학초 본가에서 세상을 떠난다.

* 학초의 친척 중 유일하게 관리의 길을 걸었던 삼종형 박봉래는 을사늑약이 체결되기 몇 달 전인 1905년 음력 4월 4일, 정3품 참의의 관직을 내던지고 인천에서 당시 '묵서가(墨西哥)'라 불리던 멕시코로 향하는 이민선을 타게 된다. 이 이민선에는 박봉래를 비롯한 전직 관리와 무관, 그리고 종교인, 노동자 등 각계각층 천여 명이 함께 타고 멕시코의 에네껜 농장의 5년 계약노동자로 가게 된다. 그는 여기에서 일하다가 1년이 겨우 되었을 때인 1906년 몇 명의 동포들과 함께 미국으로 탈출하여 뉴욕에 정착한다. 거기에서 자신이 꿈꾸어왔던 미국의 선진문화를 공부하는 만학(晩學)의 길을 걷게 된다.

그는 미국에서 1907년 12월 27일과 1908년 6월 30일에 각각 을사늑

약 체결을 비판하는 장문의 글을 국내의 대한매일신보에 싣기도 하였다. 그리고 학초에게도 미국의 독립기념일에 겪은 감동과 회포를 적은 장문의 편지를 보내기도 했다. 학초는 이 글들을『학초소집』에 그 전문을 실었다.

그의 다음 행적은 재미 한국인의 동포신문인 신한민보에 가끔 소개되었는데, 신문 지면에는 1919년 8월 10일 미국 거주 중국인 대표회의에 재미 한국인의 대표로 참가하였으며, 1919년 11월 15일'상해 대한민국임시정부 공채표 발행에 참가하자.'는 호소문을 싣기도 하였다. 그는 애석하게도 1923년 9월 23일 미국의 한 광산에서 일하다가 폭발물이 터지는 바람에 그 자리에서 사망하였다고 신문은 소개하고 있다. 이국에서 조국의 독립을 위해 노력하다가 애석하게 고국으로 돌아오지 못하고 세상을 떠난다.

* 조 판서 대감의 집사로 일하였던 박춘래의 이후 행적은 찾을 수 없었다.

1914년~1941년까지 학초는 약국을 운영하면서 뒷산과 전토를 사들여 과수 및 산림녹화에 힘썼는데『학초소집』에 기록된 그의 마지막 연보는 그가 세상을 떠나던 그 해인 1942년 3월에 있었던 다음의 내용으로 끝을 맺는다.

* 1942년 음력 3월, 산림녹화에 힘쓰고 임업개량과 증식에 공이 많아 군수로부터 목면표창을, 경상북도지사로부터 표창장과 학초의 장수함을 기념하는 뜻으로 황금색 나무 잔을 선물로 받다.

학초는 우리 관습의 나이로는 79세가 되는 그 해, 마지막 정착지인 경북 영양군 영양읍 감천2리 학초정이 있는 자택에서 음력 12월 12일 자손에게는 특별유훈과 유서를 남기고는 파란만장한 일생을 마친다.

특별유훈은 마지막 정착지인 학초정과 정침, 선산을 잘 간직하라는 지침이었다. 인조반정 이후 그와 그의 조상들이 각처를 떠돌아다니면서 어렵게 살아가다가 이제 자손이 안주할 터를 잡았으니 그 감회는 남달랐을 것이다. 다시는 자손들이 정착 터를 잃고 근본 없이 떠도는 일은 없도록 하기 위한 것 같다.

그리고 자손이 살아가면서 유념하여야 할 일을 유서로 남겼다. 그의 장문의 유서를 지면 관계로 모두 싣지는 못하고 그 내용만 간추려보면,

- 자신의 부귀와 공명도 가정을 지키는 것보다 더 우선할 수는 없다.
- 가정의 작은 일이라도 의논 없이 혼자 결정하여서는 안 된다.
- 음식과 의복, 집 즉 의식주는 언제나 정결해야 한다.
- 나태하거나 도량이 부족하면 스스로 망한다.
- 의기와 결단력이 없으면 평생을 궁하게 살아간다.
- 의롭지 않은 것을 취하지 말라. 그것이 바로 도적이다.
- 집안이 가난해도 독서를 좋아하고, 궁하고 어려워도 믿음을 지키면 향후 복록이 생길 것이다.
- 인정은 훗날의 복이 되고 신용은 앞날의 길이 된다.
- 온화한 말과 화사한 기운은 호걸의 칼끝과도 대적할 수 있지만 살기 띤 얼굴은 가마솥 안에 물고기가 헤엄치는 것과 같다.
- 압이경지(狎而敬知). 즉, 가깝게 지내는 사이일수록 공경하라.
- 넘치는 사랑에 공부만 좇아다닌 자식은 반드시 불효하고 자신도 패망하게 된다.
- 담배, 술, 잡기를 삼가라.
- 억울한 일이 있어 제소를 하더라도 1심법원에서 패소하게 되면 계속 거기에 매달려 항소하지 말라. 세상에는 정의가 미치지 못할 때도 있으니 감수하라.

자손을 위한 그의 유서는 어쩌면 본인이 평생을 살아간 좌우명이라고도 할 수 있겠다.

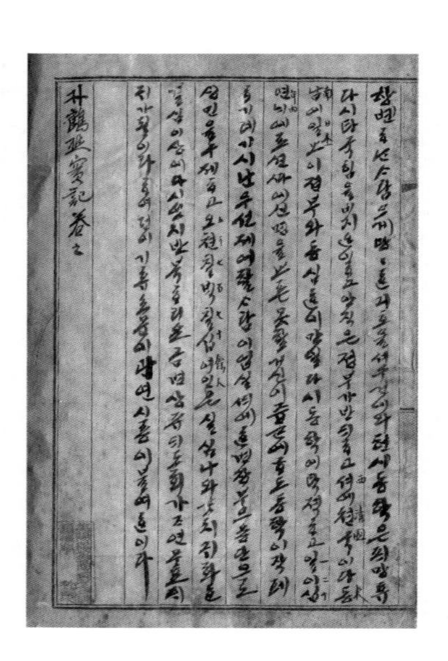

『학초전 (학초실기)』 1권 표지와 본문

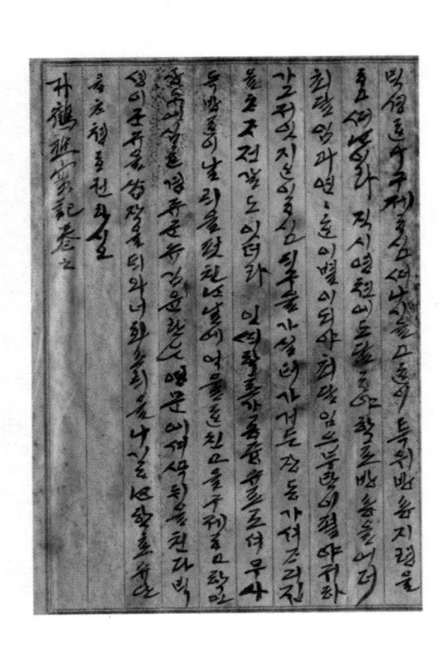

『학초전 (학초실기)』 2권 표지와 본문

학초 박학래

학초 박학래 묘소

학초 박학래가 말년을 보낸 학초정과 정침(경상북도민속자료 제64호)

경북 영양군 영양읍 감천2리 소재